북 아 메 리 카
인 디 언
문 학 선 집

빛을
보다

Coming to Light

북 아 메 리 카
인   디   언
문 학 선 집

Coming to Light

브라이언 스완 엮음
신문수 외 옮김

문학과지성사
2012

엮은이 브라이언 스완 Brian Swann

케임브리지 대학교에서 석사학위를 받고 프린스턴 대학교에서 박사학위를 받았다. 시집, 소설, 어린이 책을 여러 권 쓰고 번역했으며 『뉴요커』『파리스 리뷰』『파르티잔 리뷰』『뉴 리퍼블릭』에 글을 기고했다. 현재 쿠퍼유니언 대학교 영문학 교수로 재직 중인 그는 방학이면 숲으로 들어가 모든 문명과 떨어져 생활하며 아메리카 원주민 문학과 관련된 책을 꾸준히 출간하고 있다.

지은 책으로 시집 『가을 길』, 소설 『쥐들의 음모』가 있으며, 『프리모 레비 선선집』『하늘의 노래—아메리카 원주민의 시가』『샛별을 달다—아메리카 원주민의 시가』『네 방향으로부터의 목소리—북아메리카 원주민 문학의 현대어 번역』『앨곤퀸의 영혼—북아메리카 앨곤퀸 문학의 현대어 번역』 등을 엮고 번역했다.

북아메리카 인디언 문학 선집
빛을 보다

펴낸날	2012년 10월 31일
엮은이	브라이언 스완
옮긴이	신문수 외
펴낸이	홍정선
펴낸곳	**(주)문학과지성사**
주소	121-840 서울 마포구 서교동 395-2
전화	02)338-7224
팩스	02)323-4180(편집) / 02)338-7221(영업)
등록번호	제10-918호(1993. 12. 16)
전자우편	moonji@moonji.com
홈페이지	www.moonji.com

ISBN   978-89-320-2340-3

우리는 할 이야기가 많다.
저 태양처럼 오래된 이야기들.
가슴에서 터져 나오는,
혀에서 쏟아져 나오는,
한때 침묵을 강요당했던 말 많은 혀들,
우리가 가슴으로 품었던 온 바다들,
이제 빛을 보다.

·

린다 호건, 「빛으로」

'목소리 보내기'의 시학

　오랜 전통과 풍요한 자산을 가졌음에도 불구하고 미국 인디언 문학
은 1960년대 말까지는 별로 주목받지 못했다. 1969년 키오와족 출신
의 스코트 모마데이N. Scott Momaday가 『여명으로 지은 집House Made of
Dawn』으로 퓰리처상을 수상한 것을 필두로 제임스 웰치James Welch,
레슬리 마몬 실코Leslie Marmon Silko, 루이스 어드릭Louise Erdrich 등과
같은 인디언 출신 작가들이 주목할 만한 작품을 잇달아 내놓으면서
미국 인디언 문학은 문단은 물론 일반 대중들의 관심을 끌게 된다.
이들의 활약과 때마침 불어닥친 다문화주의 운동의 열기 속에서 원
주민 인디언의 풍요로운 구전문화 전통에 대한 관심이 고조되고, 이
를 계기로 산일된 인디언의 문화유산을 복원하고 소멸되어가고 있던
인디언 언어들의 보존 노력이 가세하면서 이른바 "미국 원주민 문예
부흥"의 시대를 맞게 된다.

　이렇게 피어오른 인디언 문학에 대한 관심은 1992년 콜럼버스 신
대륙 도착 500주년을 계기로 백인 문명의 아메리카 대륙 침탈의 역
사에 대한 수정주의적 반성 그리고 인디언 사회의 자주권 회복 운동

의 확산으로 더욱 고조되었다. 이런 분위기에 발맞추어 폴라 건 앨런Paula Gunn Allen, 조이 하조Joy Harjo, 린다 호건Linda Hogan, 셔만 알렉시Sherman Alexie와 같은 뛰어난 후속 작가들이 배출되면서 미국 인디언 문학은 소수 집단 문학의 차원을 넘어서서 미국문학을 새롭게 살찌울 중요한 문학적 자산으로 여겨지기에 이르렀다. 인디언 문학의 중앙 무대로의 진입은 흑인문학 및 아시아계 미국문학의 부상과 거의 동시에 일어난 현상이다. 그것은 오늘의 미국사회가 아메리카 대륙을 침탈하여 정복한 백인 기독교 문명뿐만 아니라 그 침탈의 희생자인 인디언 원주민과 백인들에게 끌려와 노예의 삶을 살아온 흑인은 물론 아시아계 이민자를 포함한 모든 소수민족이 참여한 다문화적 체험의 유산으로 일구어진 것임을 일깨운다.

백인 남성 작가 중심이었던 미국문학은 그동안 변방에서 소외되어 온 소수 종족 출신의 작가들이 가세하면서 그들을 통해 유입된 다양한 문화유산으로 인해 그 지평이 한층 확대·심화되었다. 그중에서도 특히 미국 땅의 원주인인 아메리카 인디언의 토착 문화는 후기산업 사회에 접어들어 가일층 분화되고 파편화되어가는 주류 미국사회의 문제점을 되비쳐주는 거울과 같은 역할을 떠맡아왔다. 이에 더하여 근래의 인디언 문학이 전경화하고 있는 부족 중심의 공동체 문화, 자연친화적 삶의 방식과 같은 주제나 인디언의 전통적인 구전 이야기 형식, 그리고 노래를 구성하는 운율적 언어, 수사적 반복, 혹은 비선형적 서사의 전개와 같은 형식적 특징은 미국문학을 한층 풍요롭게 쇄신시킬 대안적 자산으로서 특별히 주목받게 되었다. 인디언 문학의 부흥은 인디언 공동체 밖의 일반 정규 대학에서 영어로 교육을 받은 원주민 혹은 혼혈 작가 첫 세대가 영어로 쓴 작품들에 의해

주도된 것이지만 그 배후에는 영어가 아니라 쇠멸의 과정에 있는 수많은 인디언 언어들을 통해 전승되어온 거대한 문화적 온축이 자리잡고 있다. 이 문화의 저장고를 모두에게 접근 가능하고 영속적인 자산으로 만드는 번역 작업이 절실히 요청되는 까닭이 여기에 있다.

인디언 문학의 본령, 구전문학

일생에 걸쳐 인디언 문학 연구를 개척하고 선도해온 업적으로 2002년 미국현대문학회가 수여하는 공로상을 수상한 루오프A. LaVonne Brown Ruoff는 『미국 인디언 문학』(1990)이라는 저서에서 인디언 문학을 크게 구전문학, 생활사와 전기, 문자문학이라는 세 가지 범주로 나누었다. 그러나 아메리카 인디언 사회가 원래 문자가 없었던 점을 감안한다면 (19세기에 들어서서 문자를 고안하여 쓰기 시작한 체로키족과 마야 문명은 예외적인 사례이다) 인디언 문학의 본령은 아무래도 구전문학에 있다고 보아야 할 것이다. 인류학자들은 콜럼버스가 신대륙에 당도한 15세기 말에 아메리카 대륙에는 이미 수천 종류의 이야기, 신화, 전설, 노래, 축원, 연설들이 전승되어오고 있었던 것으로 추정한다. "인디언 부족은 말 속에서 창조되었다"고 말한 오지브웨족 출신의 작가 바이즈너Gerald Vizenor가 시사한 것처럼, 아메리카 인디언 문화는 입에서 입으로 전해진 구전 전통 속에서 꽃피운 것이다.

사우스다코타의 라코타 인디언들은 바람을 통해서 혹은 사람의 목소리를 보내서 삼라만상을 움직이는 신비한 권능을 모셔올 수 있다

고 믿었다. 그들은 태양춤을 추면서 하늘과 대지와 강물과 살아 있는 모든 것에 깃든 존재의 근원을 향해 치성을 드리고, 노래를 부르고, 축원의 탄가를 읊조렸다. 이렇게 목소리를 보내는 장본인이 바른 삶을 살아왔다면 그 노래와 축원은 응답을 얻으리라고 믿어졌다. 살아 있는 존재의 증표로서 신에게 목소리를 보내는 행위는 대다수의 인디언 부족들에게 누천년 계속되어온 일상적 의식이었다. 아메리카 원주민 인디언 부족들이 간직해온 구전 문화는 근본적으로 이 '목소리 보내기sending a voice'의 소산이다.

사회가 안정되어 있을 경우 이런 구전 전통은 별 어려움 없이 구성원들에게 전해지지만 생존이 위협받는 극심한 변화의 시기에는 사정이 다르다. 스코트 모마데이가 『여명으로 지은 집』에서 지적한 대로 구전 문화유산은 한 세대만 벌어져도 절멸될 수 있다. 지난 5백여 년 동안 수많은 인디언 부족들이 멸족의 비극을 맞았다. 그나마 생존을 이어온 부족들의 경우 태반이 백인 정복자들의 줄기찬 동화 정책과 단일 언어주의 압력으로 고유한 언어를 상실한 상태이다. 언어의 상실은 그 언어로 전승되어온 문화유산의 절멸을 의미한다. 유럽인들인 북미대륙에 처음 당도했을 때, 이론이 분분하긴 하지만, 약 5백여 개의 서로 다른 부족어가 사용되었던 것으로 추정된다. 5세기가 흐른 오늘날 그 가운데 2백여 언어만 살아남았는데, 그중에서 천 명 이상의 사람들이 사용하고 있는 언어는 45개 정도에 불과하다. 이 언어들의 경우도 주로 노년층의 사용에 국한되어 있고 50세 이하의 젊은 층이 그것을 유창하게 구사하는 경우는 흔치 않은 실정이다. 산술적으로만 보더라도 백인 기독교 문명의 신대륙 지배로 인한 인류 문명의 손실은 지대하다고 말하지 않을 수 없다. 근래에 들어서서 문명의 보존이라는 차원에서 언어의 중요성을 인지하고 인디언 언어를 보존하려는 다각적인 노력이 경주되고 있는 것은 그나마 다행이다.

유럽인들은 인디언을 단일 부족인 양 총칭하곤 했지만 그들이 사용하는 언어의 상이성을 인지하고 있었다. 그것은 인디언 언어를 체계적으로 분류해보고자 하는 시도가 끊임없이 이어졌다는 사실로도 확인된다. 그 의미 있는 첫 시도는 1836년 갤러틴Albert Gallatin에 의해 이루어졌다. 그는 북미대륙에서 사용되고 있는 인디언 언어들이 모두 서로 연관되어 있다는 전제하에 그것들을 38개의 어족으로 분류했다(캘리포니아 지역은 언어적 다양성이 상대적으로 크다는 이유로 별도의 분류를 시도했다). 뒤를 이어 1891년, 서부 탐험가인 파월 John Wesley Powell은 그 나름의 조사 결과를 토대로 멕시코 이북 지역에 58개의 서로 다른 어족이 있다고 주장했다. 인디언 사회에 대한 인류학적 연구가 본격화된 1930년대에 접어들면서는 어족을 통합하는 경향이 두드러졌다. 그런 추세를 대표하는 사피어Edward Sapir는 파월의 분류를 재검토하여 인디언 언어를 6개의 어족으로 정리했다. 그러나 1944년에 호이저Harry Hoijer는 사피어의 어족 통합을 비판하고 파월의 분류를 다시 검토하여 53개의 어족이 있다는 주장을 내놓았다. 그런가 하면 스탠퍼드 대학의 언어학자 그린버그Joseph Greenberg는 신대륙의 모든 인디언 언어는 3개의 어족으로 환원될 수 있다고 주장하기도 했다.

인디언 언어의 계통적 분류의 어려움이야 어떻든 중요한 것은 잔존하고 있는 언어를 더 이상 멸실하지 않고 보존하는 일이다. 1970년대 이후 인디언의 자주권이 신장되고 원주민 문화에 대한 관심이 증

대되면서 인디언 언어를 학습하고 연구하는 기회는 증대되고 있다. 예컨대 사우스다코타의 리틀 운드 학교에서는 모든 학생들이 라코타어를 익히도록 교과과정을 편성하고 있다. 영어와 함께 인디언 부족어를 가르치는 이중 언어 교육을 이제 인디언 보호구역 내에 있는 대다수의 학교에서 채택하고 있다. 대학에서도 인디언 언어 강좌의 개설이 증가하고 있다. 스탠퍼드 대학은 나바호어, 체로키어, 틀링깃어 강좌를 개설하고 있고, 캘리포니아 대학 버클리 캠퍼스의 경우 호피어와 라코타어 강좌를 정기적으로 설강하고 있다. 몬태나의 리틀빅혼 대학에는 미국에서 유일하게 크로우학 프로그램이 마련되어 많은 강좌에서 크로우어로 강의가 이루어지고, 파인리지 소재의 오글라라 라코타 대학과 로즈버드 소재 신테 글레스카 대학에는 라코타학 학위 프로그램이 개설되어 있다.

인디언 언어를 부활시키고 보존하려는 이와 같은 다각적인 노력에도 불구하고 전망이 밝은 것은 아니다. 현재 살아남은 인디언 언어 중 약 80%가 머지않은 장래에 사라질 것이라는 예측도 있다. 가장 큰 어려움은 주류 사회의 압력이다. 이는 정치적 압력이라기보다는 사회적 여건 자체에서 비롯되는 압력이다. 대다수의 인디언들은 주류 사회에 편입되기 위한 노력을 우선시한 나머지 부족의 언어와 문화 전통을 외면하고 있다. 게다가 대략 250만 명의 원주민 인구 중 50% 이상이 도시에 살고 있다. 바쁜 도시 생활에 적응하여 살다 보니 모어(母語)를 익힐 시간도 없고 어른들로부터 종족의 과거사를 들을 기회도 갖기 어렵다. 가정은 물론 직장과 사회에서 사용하지 않는 언어를 애족심에 호소하여 배우고 간직하라고 요구하는 것도 한계가 있다. 요컨대 변화하는 사회적 여건 자체가 종족의 언어를 보존하고 문화적 정체성의 존속을 점점 어렵게 만들고 있는 것이다. 『여명으로 지은 집』의 주인공 에이벌이나 『의식』의 주인공 타요가 극심한 정체성의 혼란을 겪으며 자신들의 부족어를 제대로 말하지 못하는 실어의 상태에 봉착하는 것은 이런 점에서 의미심장하다.

인디언문화의 수용과 그 문제점

북미 인디언의 언어와 문화유산의 번역 작업은 유럽인들이 신대륙과 접촉한 초창기부터 산발적으로 이루어졌다. 1534년 세인트로렌스만 지역을 탐사한 프랑스의 탐험가 자크 카르티에Jacques Cartier는 북이로쿼이어의 일종인 로렌시언Laurentian어의 어휘 목록 리스트를 남겼는데, 이것이 유럽인에 의한 최초의 번역 사례라 할 수 있다. 프랑스인 마르크 레스카르보Marc Lescarbot는 1601~1607년 사이에 노바스코샤의 미크맥족 노래를 채록하여 기록에 남겼다. 1612년에 발간된 윌리엄 스트래치William Strachey의 『버지니아 개척사The Historie of Travaile into Virginia Britannia』에는 포우하턴 부족 연맹의 풍요한 문학 전통에 대한 언급이 보이고 그들의 노래 한 수가 기록되어 있다. 1765년에 헨리 팀버레이크Henry Timberlake가 체로키 인디언의 전쟁 노래를 영웅 대구heroic couplet 형식으로 번역했는데, 이것이 인디언 노래 원전을 영어로 완역한 최초의 사례이다. 그 후 19세기 초반까지 의미 있는 번역 사례는 거의 눈에 띄지 않는다. 1819년에 출간된 선교사 존 헥커웰더John Heckewelder의 『인디언 부족의 역사, 예법, 풍속Account of the History, Manners, and Customs of the Indian Nation』은 델라

웨어 부족의 문화를 광범위하게 소개하고 있다. 페니모어 쿠퍼James Fenimore Cooper가 『가죽 각반 이야기Leatherstocking Tales』 연작을 쓰면서 참조한 것으로 널리 알려진 이 책은 인디언 문화를 백인사회에 널리 알린 공은 있지만 그것을 그 자체의 고유한 가치를 지닌 것으로 보지 않고 백인의 시각에서 평가하고 있다는 한계가 있다.

인디언 구전문학에 대한 본격적 관심은 1839년 발간된 스쿨크래프트Henry Rowe Schoolcraft의 『앨직어의 탐구Algic Researches』에서 찾아볼 수 있다. 롱펠로우가 『하이어와싸의 노래The Song of Hiawatha』(1855)를 쓰면서 의존한 이 책은 인디언의 전설과 신화에 대해 특별한 관심을 기울이면서 그것을 인디언 정신의 표현으로 파악하고 있다. 그러나 스쿨크래프트는 인디언에 대한 당대의 편견에서 자유롭지 못했다. 그는 인디언을 유아적 존재로 여기고 자신이 수집하고 번역한 인디언의 문학 작품들이 인류사의 유아적 단계의 마음을 표현하고 있는 것으로 보았다. 그는 원문에 충실한 번역을 지향하면서도 비속하고 거칠고 반복적인 대목을 삭제하기도 했다. 팽창주의가 본격화된 19세기 중엽 인디언은 사라져가는 종족으로서 낭만화되기도 했지만 대부분 문명인 백인과 대비되는 야만인으로 그려졌다. 인디언 문화에 대한 동정적인 시각은 19세기 말에 이르러서야 등장한다. 인디언의 전통적인 의식과 그때 부르는 노래에 대한 관심이 대두된 것도 이 무렵이다. 허레이쇼 헤일Horatio Hale의 『이로쿼이 의식의 서The Iroquois Book of Rites』(1883), 메노나이트파 선교사였던 보스H. R. Voth가 호피족 의식에 대해 기록한 『오라이비 포와무의 의식The Oraibi Powamu Ceremony』(1902)은 특히 주목된다.

미국의 민속음악학자인 커티스Natalie Curtis는 1907년에 인디언 부족의 절멸이 임박했다는 절박감에서 그들의 노래, 신화, 음악 유산을 수집하여 『인디언의 책*The Indians' Book*』을 발간했다. 이는 일반 독자를 겨냥한 최초의 책이라고 할 수 있다. 그녀는 노래의 음조를 수록하고 그 번역문과 더불어 인디언 원어를 함께 수록함으로써 후세 연구자들에게 도움을 주었다. 이 무렵 작가인 메리 오스틴Mary Austin은 인디언의 시를 본격적으로 번역, 소개함으로써 대중화에 크게 공헌했다. 그녀는 인디언 원시의 충실한 번역보다는 그 배후의 시 정신에 더 관심을 기울였다. 그녀는 인디언 시에 흐르는 정신이 새로운 미국 시의 형성에 유용할 것이라고 생각했는데, 이는 피카소를 비롯한 20세기 초의 예술가들이 아프리카의 전통 예술에서 영감을 얻은 맥락과 흡사하다. 이런 생각은 가령 에즈라 파운드와 T. S. 엘리어트 등 미국 모더니스트 시인들의 작품을 주로 게재한 시카고의 『시*Poetry*』지에서 1917년 2월호를 원주민 시 특집호로 마련한 데서도 확인할 수 있다. 이듬해인 1918년 크로닌George W. Cronyn은 이런 시각에서 기왕에 번역된 인디언 문학 작품과 새로운 시 번역을 묶어서 인디언 문학 선집인 『무지개 길*The Path on the Rainbow*』을 발간했다. 그러나 여러 부족의 시들이 망라된 이 선집에서 원주민 시는 원래의 맥락은 무시되고 미국적인 시로 혹은 새로운 미국적 리듬의 창출을 위한 모델로 주목되었다. 이와 같은 원주민 인디언 시의 미국 시로의 순치는 1887년 토지 일괄 분할법의 제정과 더불어 본격화된 인디언 동화 정책과 궤를 같이하는 것이기도 하다.

인디언 문학 작품의 번역과 수용에서 큰 난점 중의 하나는 전달 형식과 적절한 비평적 어휘를 찾는 일이다. 대부분의 번역에서 인디언 노래와 이야기는 서구의 서정시 형식이나 이야기 시의 형식을 원용해

옮겨졌고, 그 이해 또한 서구적 감수성을 바탕으로 한 것이었다. 넬리 반즈Nellie Barnes가 1921년에 펴낸 『미국 인디언의 운문American Indian Verse』은 이런 문제점을 드러낸다. 그녀는 인디언의 시가 절제된 생활의 부재 그리고 빈약한 기억력으로 높은 경지에 이르지 못했다고 진단하면서 주로 영혼, 상상력, 심미감, 반복, 병행, 의성어 등과 같은 영문학의 비평적 범주를 차용하여 그것을 분석했다. 그녀는 인디언 시가 "상상력이 풍부하고, 미적이고, 감성적"이지만 "지적 자질"은 부족하다고 평가했는데 이는 인디언에 대한 당대의 인종주의적 사고를 그대로 반영하고 있다고 말하지 않을 수 없다. 인종적 편견에서 벗어나 인디언의 문화 전통을 상대주의적 시각에서 새롭게 파악하고자 한 시도는 1930년대에 미국 인류학과 인류학적 언어학의 초석을 마련한 프랜츠 보애스Franz Boas에게서 찾을 수 있다. 그와 그의 제자들은 현장 조사의 성과를 담아서 여러 인디언 부족어의 문법, 사전, 텍스트 등을 발간했다. 그럼에도 불구하고 이 텍스트들은 민속자료로서의 가치가 우선하여 인디언 문학작품을 본래적인 예술 형식으로 존중하지 않고 자의적 편의에 따라 산문이나 이야기 형식으로 옮겼다는 한계를 보인다.

1970년대에 접어들어 민속시학ethnopoetics에 입각한 인디언 문화 수용을 강조한 델 하임즈Dell Hymes나 드니스 테들록Denis Tedlock의 등장으로 언어적 자질에 대한 관심이 제고되면서 인디언 문화유산의 번역은 비로소 이런 경향에서 벗어날 수 있게 된다. 하임즈는 특히 북서부 인디언 부족의 민속자료를 수집하고 번역하면서 구전 이야기의 시적 구조와 수사적 반복에 주목했고, 테들록은 인디언 시의 구연에서 목소리의 중요성을 환기시키면서 활자체와 자간 간격을 활용하여 휴지, 목소리의 자질, 템포, 율격, 어조의 변환 등을 표기하려고 노력했다. 이들의 이론적 작업과 구체적 사례는 미국 원주민 문예부흥 이후 출간된 여러 사화집의 길잡이 역할을 해주었다.

스코트 모마데이의 『여명으로 지은 집』의 퓰리처상 수상을 기점으로 지난 사반세기 동안 원주민 인디언과 그 문화에 대한 연구는 이전과는 비교할 수 없을 정도로 확산되고 강화되었다. 앞서 언급한 대로 초중등학교와 대학의 인디언 언어 프로그램의 개설이 대폭 증가했고 인디언 문화 연구를 위한 저널, 정기 간행물, 신문들이 발간되기 시작했으며, 인디언 언어로 방송하는 라디오 방송국도 생겨났다. 1971년에는 유수 출판사인 하퍼 앤 로우에서 '미국 원주민 출판 기획'을 마련하여 인디언 출신 작가들의 출판 활동을 지원하고 있다. 1977년에는 미국현대문학회의 산하에 '아메리카 인디언 문학 연구회'가 결성되고 기관지 『미국 인디언 문학 연구 Studies in American Indian Literatures』가 정기적으로 발간되기에 이르렀고 이와 더불어 『계간 미국 인디언 American Indian Quarterly』을 비롯한 새로운 전문 연구지가 속속 창간되었다.

인디언 문학에 대한 관심의 증대와 연구의 활성화는 그동안 유보해두었던 보다 근본적인 문제를 노정시키고 있다. 영어로 옮겨진 수많은 전승 자료와 텍스트들은 누구를 위한 것인가? 인디언 문화에 대한 관심이 땅을 빼앗기고 고유한 문명을 상실하고 주류 미국사회에의 동화가 직간접적으로 강요되고 있는 인디언들에게 궁극적으로 어떤 보탬이 되는가? 인디언 문학의 창달이 주류 백인사회의 일방적인 호기심과 찬사로 주도된다면 그 또한 식민주의적 소유의 또 다른 방식이 아닌가? 이런 문화정치적 이슈 못지않게 실질적인 난제 또한

제기되고 있다. 대부분의 인디언 부족 사회에서 지식은 누구나에게 개방되고 공유되는 대상이 아니었다. 특히 전통적인 종교 의식과 연관된 정보와 지식은 공개적 논의가 금기시되는 것이었다. 이 때문에 인디언 사회의 내부에서 백인의 주도하에 인디언의 전통적인 의식과 찬양의 노래들이 무차별적으로 수집되어 공개되는 것을 비판하는 목소리도 터져 나오고 있다.

또 다른 난제는 인디언 부족과 문화전통의 차이에 대한 구별과 다양성의 존중 문제이다. 인디언 사회는 하나의 단일 공동체가 아니라 서로 다른 역사와 문화전통을 지닌 별개의 국가 체제였다. 따라서 한 가지 시각으로 종합하기 어려운 다양한 편차가 있음에도 불구하고 지금까지는 일반화와 그 전체상의 정립에만 급급해왔다. 물론 근본적으로 구전문화 사회였고 부족 중심의 공동체적 삶의 영위와 같은 공통적인 요소가 중요한 특징을 이루고 있는 것은 사실이다. 그러나 인디언과 그 문화에 대한 보다 충실한 이해를 위해 이제는 인디언 부족 각각의 개별성과 지역적 특이성을 섬세하게 구별하고 각 문화 전통의 독자성과 차이를 고려하는 노력이 절실히 요청된다. 이는 가령 인디언 문학 수용의 문제와도 직결되어 있다. 지금까지 인디언 문학은 주로 인디언을 제국주의적 야욕의 희생자로 보는 탈식민주의적 시각이나 자연친화적 삶을 고취하는 생태주의에 초점을 맞추어 이해되어왔다. 그러나 이런 시각에만 초점을 맞춘 수용 방식은 인디언 문학의 세계를 축소시킬 우려가 있고 특히나 부족의 문화적 정체성과 생존 그 자체가 위협받는 절박한 상황을 감안한다면 이런 편향된 수용은 바람직하다고 말할 수 없다.

인디언 문학의 본래적 형식에 충실한 번역─『빛을 보다』

이 책은 브라이언 스완Brian Swann 교수가 편찬한 *Coming to Light: Contemporary Translations of the Native Literatures of North America*(Vintage, 1994)에 수록된 북미 인디언의 문학작품 23편을 골라 번역한 것이다. 번역의 대본이 된 영어 텍스트는 북미 대륙을 모두 일곱 지역으로 나누고 각 지역의 중요한 부족 공동체의 대표적인 작품들을 인디언 원어로 채록함과 동시에 그것을 영어로 옮긴 결과물이다. 이전에도 적지 않은 인디언 문학 선집이 발간되었지만, 이 책은 두 가지 점에서 차별성을 지닌다. 첫째, 델 하임즈와 같은 언어인류학자들이 인디언 구전문화 자료 편찬의 원리로 강조한 '민속시학'에 입각하여 인디언 문학 작품을 선별하여 채록하고 번역한 최초의 텍스트라는 점이다. 그래서 수록된 모든 작품에 채록 경위, 해당 작품의 출처인 인디언 부족과 그 문화에 대한 소개, 그리고 작품과 연관된 문화인류학적 정보 등을 담은 해설이 첨부되어 있다. 둘째, 이미 번역된 작품들을 재수록한 것이 아니라 인디언 부족 당사자들과 전문가들을 포함하는 광범위한 사람들에게 편지를 띄워 제보와 추천을 받고 그렇게 수집된 작품들 중에서 장르의 다양성과 지역적 대표성을 고려하여 선별했다는 점이다. 이런 점에서 이 선집은 북미 인디언 문학의 풍요한 다양성을 보여주면서 동시에 인디언 원전의 본래적 형식에도 충실한 번역임을 과시한다.

이 번역서에 수록된 23편의 작품은 편찬자인 브라이언 스완 교수가 지면 관계상 책 전체를 모두 번역할 수 없는 사정을 이해하고 직

접 추천해준 것들이다. 그동안 아메리카 인디언 문학 작품이 한국어로 번역된 적은 더러 있지만 그 전체 상을 그려볼 수 있는 본격적인 소개는 없었다. 이 책이 그런 역할을 수행하며 아메리카 인디언 문명에 대한 우리의 이해 지평을 넓혀주길 기대한다. 이 번역서는 일찍부터 미국 인디언 문화에 애정 어린 관심을 가지고 사진 작업을 해온 손승현 선생의 노력으로 기획되었다. 원서의 편찬자인 스완 교수와 서신 연락을 도맡아 해주고 번역에도 함께 참여해준 손승현 선생과 바쁜 와중에도 이 책의 의의를 높이 사서 번역에 동참해준 다른 역자들께도 이 자리를 빌려 감사의 말씀을 드린다. 아울러 어려운 시기에 이 책을 출간해준 문학과지성사와 꼼꼼한 편집으로 멋진 책을 만들어준 김은주 선생께도 고마움을 표한다.

2012년 가을에,
신문수

차례

일러두기

1. 이 책은 Brian Swann이 엮은 *Coming to Light: Contemporary Translations of the Native Literatures of North America*(New York: VINTAGE BOOKS, 1996)의 일부를 우리말로 옮긴 것이다.
2. 강조하기 위해 원서에서 이탤릭체로 표기한 것을 본문에서는 고딕체로 표기했다.
3. 맞춤법과 외래어 표기는 1989년 3월 1일부터 시행된 「한글 맞춤법 규정」과 『문교부 편수자료』『표준국어대사전』(국립국어연구원)을 따랐다.

제 1 장

알래스카,
유콘 및
북극권 지역

티케라크의 두 이야기

　알래스카의 포인트 호프 지역에서 살아온 티케라크 부족 사회에 전래되어온 다음의 두 이야기는 1976년 아사트차크로부터 들은 것이다. 아사트차크가 이누피아크어(북알래스카 이누이트의 방계)로 들려준 그 이야기를 나와 티케라크 출신의 여성 투쿠미크가 영어로 옮겼다.

　티케라크는 아메리카 대륙에서도 인간이 계속 거주해온 가장 오래된 곳 가운데 하나이다. 티케라크 마을은 예로부터 알래스카에서 이름난 곳이었다. 북극해 쪽으로 32킬로미터가량 돌출된 티케라크 반도는 고래와 물개에 손쉽게 접근할 수 있는 지리적 이점 때문에 타지방 사람들이 선망하는 곳이었기 때문이다. 뿐만 아니라 번성했던 티케라크 마을에는 아주 중요한 의전당(儀典堂, ceremonial center)이 있었다.

　티케라크 지역 전체의 인구는 천여 명가량인데, 그중 6백 명 이상이 반도의 끝자락에 몰려 살았다. 티케라크 사람들의 생활은 이글루를 중심으로 이루어진다. 이글루는 떠내려온 통나무로 골조를 세우고 흙으로 벽체를 바른 반지하 형태의 집인데 출입구 통로는 고래 뼈로 만들어져 있다. 출입구 통로에서부터 카탁이라고 부르는 원형의 구멍을 통해 이글루 안쪽으로 들어가게 된다.

티케라크에는 칼기라고 하는 여섯 개의 의전당이 있는데, 규모가 클 뿐 건축 원리는 이글루와 마찬가지이다. 다음의 두 이야기 모두 출입구 통로가 사건의 중요한 무대로 등장한다는 점이 주목된다. 티케라크에 전래되어오는 다른 구전 이야기들에서도 고래 뼈로 만들어진 출입구 통로는 위험한 유혹이나 섹스의 장소 혹은 샤머니즘적 비전을 얻는 무대가 되고 있음을 확인할 수 있다.

고래잡이는 티케라크 사회에서 생계 수단이기에 중요하다. 뿐만 아니라 고래잡이는 티케라크 사람들의 정체성은 물론 그들의 민속 의식과 서사의 원천이기도 하다. 티케라크의 기원 신화도 고래잡이를 바탕으로 한다. 태초의 샤먼인 갈까마귀 인간 툴룽기그라크는 주술사인 '대지 할멈aana'에 의해 탄생하였다. 툴룽기그라크가 어느 날 사냥을 나가서 고래처럼 보이는 거대한 바다 동물을 작살로 잡았더니 그 몸체가 변해 티케라크 곶〔岬〕이 되었다.

이 사냥에 앞서서 툴룽기그라크는 남편을 맞이하길 거부하고 외따로 살고 있던 한 여성 술사(uiluaqtaq, 어원적으로 "남편을 맞지 않으려는 여자")를 유혹하여 결혼한다. 고래의 죽음과 티케라크 땅의 창조는 이처럼 남녀 샤먼의 결합이 빚어낸 일이다. 「세르바나와 늙은 술사」의 이야기는 이 여성 술사가 갈까마귀 인간을 창조한 '대지 할멈'과 밀접히 연관되어 있음을 시사한다. 툴룽기그라크와 여성 술사 커플은 기원 신화에만 국한되지 않고 티케라크의 여러 전설과 이야기에 자주 등장한다.

가난한 고아 소년 티고시냐가 부족의 샤먼으로 성장하는 두번째 이야기에서도 기원 신화의 주인공 툴룽기그라크의 그림자가 어른거리고 있다. 툴룽기그라크가 고집 센 여성 샤먼을 유혹하여 티케라크 대지 창조의 권능을 얻었듯이 티고시냐 또한 위험을 무릅쓰고 다른 샤먼의 속임수를 꿰뚫어봄으로써 당당히 샤먼으로 성장한다. 궁핍과 소외를 딛고 예지의 권능을 쟁취하는 이와 같은 입신출세의 구조는 티케라크의 다른 전승 설화에서도 반복되어 나타난다.

〔해설: 톰 로웬스타인Tom Lowenstein, 투쿠미크Tukummiq〕

세르바나와 늙은 술사

내가 이야기를 하나 하겠소. 자, 내 이야기를 하나 하겠소.

여기 티케라크에 남편을 맞이하길 거부하던 한 여자가 있었소.

어떤 술사가 그 여자를 원했다오.

이 여자의 이름이 있었으니 세르바나요.

여자에게는 부모가 있었지요.

늙은 술사는 여자의 부모를 방문해서 그녀의 딸을 달라고 간청했습니다.

그 늙은 사람은 술사라오.

"그것은 우리 딸이 결정할 일이오." 부모는 그렇게 말했다오.

"만약 우리 애가 당신을 원한다면, 당신은 그녀를 차지할 수 있소."

부모는 그에게 그렇게 말했답니다.

그래서 술사는 어느 날 저녁 그녀에게 왔습니다.

"안 됩니다."

그가 들어오자마자 세르바나는 이글루 밖으로 걸어 나가버렸지요.

여자가 나가버리자, 술사는 잠시 안에 머물렀습니다.

그러고는 그도 이글루를 나와 그 여자를 찾아 나섰습니다.

술사는 세르바나가 어디로 갔는지 알 수 없었지요.

그래서 그는 묻기 시작했습니다. 그리고 사람들에게서 그녀의 소재를 알아냈지요.

그녀가 어느 이글루로 갔는지를 알아낸 뒤 그는 그 여자를 뒤쫓아 갔습니다.

그가 들어오는 것을 보자, 그녀는 이글루를 빠져나가는 것이었소.

그녀가 밖으로 나가자마자, 그는 그녀를 쫓아갔습니다.

그녀는 또 다른 이글루로 갔지요.

그녀가 이글루로 들어서려고 하니, 입구로 들어가는 통로에 그 술사가 있는 것이었습니다.

그녀가 들어서려고 하자, 거기에 있던 그가 다가왔답니다. 그는 이글루를 나오는 참이었지요.

그녀는 술사를 피해서 왔으나,

이제 그녀가 들어가려고 하는 이글루마다 거기서 나오는 그를 만나게 되었다오.

그녀가 들어가는 이글루마다 그가 이미 와 있던 것이지요.

술사를 보자 그녀는 몸을 돌려서 밖으로 다시 나갔습니다.

그녀는 돌아서서 그 이글루로 들어가지 않았습니다. 그녀는 또 다른 이글루로 찾아갔습니다.

이런 일이 계속되었습니다.

그녀가 이글루로 들어가려고 할 때마다
그녀는 거기에서 나오는 그를 만난 것입니다.
그들은 입구에서 그렇게 만났습니다.

이 젊은 여자는 이제 술사가 지겨워졌답니다.
그러자 술사는 그녀를 잠에 취하게 해야겠다고 생각했습니다.
그녀를 잠들게 만들고 그는 출발할 것이었습니다.

세르바나는 부모의 이글루로 돌아갔습니다.
그녀는 거기 입구에서도 여전히 술사와 마주쳤습니다.

그녀가 어느 이글루로 가든지 거기에 술사가 이미 와 있는 것입니다.
그녀는 그녀가 들어가려고 하는 이글루마다 그곳에 있다가 떠나는 술사와 만났습니다.

이제 젊은 여자에게 졸음이 몰려왔습니다.
남편을 마다하는 여자는 졸기 시작했습니다.
그녀는 잠을 자고 싶었지요. 그래서 집으로 가서 잠이 들었습니다.

술사는 아무 짓도 하지 않았습니다.

그는 그녀와 함께 잠을 자지도 않았습니다.

그는 아무 일도 하지 않았습니다. 그렇지만 그는 모종의 일을 꾸미고 있었던 것이지요.

밤을 지내면서 그 젊은 여자는 늙어버렸답니다.

머리는 회색으로 변하고 이빨이 빠져 베개로 새어 나왔습니다.

그녀의 부모는 어떤 일이 일어났는지를 보았습니다.

그들의 딸 세르바나가 노파가 된 것입니다.

그녀의 머리는 희게 세었고, 이도 빠져버렸습니다.

그녀는 하룻밤 사이에 노인이 되어버렸답니다.

그녀가 늙어버렸지만, 술사는 여전히 아무런 행동도 취하지 않았습니다.

그녀의 부모는 이 늙어버린 딸과 이글루에서 함께 지냈습니다.

그들은 그녀가 혼자 힘으로 설 수 있는지 알고자 했습니다.

하루 전까지만 하더라도 젊은 여자였던 그녀였는데 말입니다.

아버지는 이윽고 아내에게 술사를 데려오라고 말했습니다.

그에게 딸을 이전의 모습으로 돌려놓으라고 말하기 위해서지요.

"늙는다는 것이 어떤 것인지 알았을 터이니

얘가 이제는 술사를 맞이하기로 마음을 정할 테지요." 아버지가 말했습니다.

그리고 그는 딸에게 말했습니다. "술사는 이를 돌려놓을 수 있다. 그다음 그가 너를 아내로 맞을 것이다. 그러나 늙은 여자인 상태로는 안 된다."

어머니는 가서 술사를 데려왔답니다.

(술사는 과거에도 어떤 여자가 남편을 마다하자 이렇게 일을 꾸민 적이 있습니다.)

술사가 이글루로 들어왔지요.

그는 들어오면서 저편 마루에 앉아 있는 늙은 여자를 보았습니다.

그는 그녀의 이빨이 빠져버린 것을 보았습니다. 그녀의 잿빛 머리칼도 보았답니다.

그는 이글루로 들어와서 아무것도 하지 않고 자리에 잠자코 앉아 있을 뿐이었습니다.

그는 아무런 행동도 하지 않았습니다.

술사가 아무것도 하지 않고 자리에 앉아 있는데

침낭에 감싸인 그녀로부터 물개 한 마리가 기어 나오기 시작했습니다.

그녀에게서 물개가 나오기 시작하자 그녀는 미소를 짓기 시작했습니다.

그러나 그녀는 아무것도 할 수 없었습니다.

그녀는 설 수도 없었고, 움직일 수도 없었습니다. 물개는 몸을 움직여 나왔습니다.

물개는 그녀로부터 나오자 온몸이 얼얼했습니다.

그러나 그녀는 아무것도 할 수 없었습니다.

그리고 일단 나온 다음, 물개는 다시 그녀에게로 들어가는 것이었습니다.

술사가 들어서자 여자의 아버지가 그에게 말했습니다.

"이런 상태는 우리 딸에게 좋은 일이 아니오.

딸아이가 당신을 남편감으로 원한다면, 그 애는 당신을 택할 것이오.

그러나 그러려면 먼저 아이를 본래의 모습으로 돌아가게 해야 하오.

이는 그 아이가 원하는 모습이 아니오. 딸애를 정상 상태로 돌려놓으시오.

딸이 당신을 원한다면 그 아이는 당신을 받아들일 것입니다."

그러자 술사는 그녀를 정상으로 돌려놓았습니다. 그녀는 더 이상 늙은 모습이 아니었습니다.

그녀는 옛날 모습으로 돌아왔습니다.

그녀의 머리칼은 검었고, 그녀는 다시 젊은 여자가 되어 있었습니다.

술사가 이글루를 떠나면서 말했습니다.

"그래, 그래, 어떻소?" 술사가 말했지요.

그녀가 대답했습니다. "당신을 따르겠습니다."

그렇게 해서 술사는 큰 어려움 없이 아내를 다시 얻었습니다.

그 여자를 집으로 데려오면서,

그는 그녀를 완벽하게 제 모습으로 돌아오게 해서, 그녀의 젊음을 되찾아주었다고 합니다.

이것이 그 남자와 여자의 딸인 세르바나가 겪었던 일이랍니다.

티고시냐: 소년 술사와 사기꾼

어떤 티케라크 소년에 관한 이야기를 할까 합니다.

그 아이는 온 시간을 의전당에서 보냈습니다.

그의 집이 바로 의전당인 것이지요.

티케라크에서 누군가 죽었다는 소식을 들으면,

아이는 그때마다 의전당에 놓여 있던 고래수염 조각을 들고 출구 구멍으로 갔습니다.

출구 구멍에 양발을 걸치고

그는 고래수염 막대를 낮추어서 입구 통로로 내밀곤 했습니다.

그는 또한 고래수염 조각을 얇게 잘라 가는 띠 모양으로 만들기도 했습니다.

그는 두 가닥의 고래수염 띠를 낮게 드리웠다가 다시 올리곤 했지요.

티케라크에서 누군가 죽었다는 이야기를 들으면 그는 이 행동을 반복했습니다.

어느 날 밤 그는 올빼미 날개 깃털을 하나 집어 들었습니다.

그리고 그는 램프 심지 막대를 물개 기름에 담가 적셔냈습니다.

이 두 가지가 혼령들이 두려워하는 것이랍니다.

그는 이 둘을 출구 구멍 옆에 놓아두었습니다.

그가 의전당에 앉아 있는 동안 찬 공기가 출구 구멍을 통해 올라왔습니다.

그는 램프 심지 막대와 올빼미 깃털을 곁에 두었습니다. 그게 습관이 되었답니다.

그가 출구 구멍 옆에 앉으면, 막대와 날개 깃털이 튀어 오르기 시작합니다.

그것들은 출구 구멍 옆에 있는 그의 곁에서 제 스스로 튀어 올랐다가 내려앉곤 했습니다.

(그 시절에 사람들은 혼령에 관해서 많이 이야기하곤 했지요.)

심지 막대와 날개깃은 혼령을 몰아냈습니다.

혼령은 도망치면서 그 자신의 일부로 어떤 흔적을 남겨놓는 법입니다.

혼령이 때로 남겨놓고 가는 것으로 무덤의 덮개를 꼽을 수 있습니다.

의전당에 다음 사람이 들어서면서 이렇게 말하는 것을 듣는 경우도 있답니다.

"아이들이 순록 가죽을 통로에 놓고 갔네."

그런데 바로 이것이 혼령이 놓고 간 것이지요. 무덤 덮개 말입니다.

이런 일이 있는 와중에

의전당의 소년, 티고시냐는 술사 놀이를 즐겨 하는

또 다른 소년을 만나게 되었습니다.

두 사람이 만났을 때, 다른 소년이 그에게 말했습니다.

"그 사람들이 의식을 행한다고 하더라. 술사들이 카르마크투크 의전당에서 의식을 거행할 거라는데!"

(그 당시에는 모두 여섯 개의 의전당이 있었습니다.

그러나 오늘날 티케라크에는 둘만 남아 있을 뿐입니다. 웅가식시카크와 카르마크투크의 의전당이 그것이지요.)

티고시냐는 그들이 카르마크투크에 갈 것이라는 이야기를 듣고서는 그곳 의전당에 먼저 갔습니다. 그러나 사람들이 입구 구멍을 가로질러 썰매를 놓아두었습니다.

사람들이 입구를 봉쇄한 것이지요.

그러나 그는 썰매를 옆으로 옮기고 몸을 낮춰서 출입구 구멍으로 들어갔습니다.

그는 통로에 있는 두 개의 고래뼈 사이에 몸을 숨겼답니다.

그는 고래의 턱뼈 사이에 서서 귀를 기울였습니다.

그는 거기에 숨어서 사람들이 의전당에서 이야기하는 것을 들었습니다.

술사의 이름은 우트쿠시크*였습니다.

우트쿠시크는 술사로 훈련시킬 세 사람을 대동하고 있었습니다.

한 남자와 한 여자 그리고 작은 소년 한 명.

티고시냐는 통로에 서서 그들이 시작하는 소리를 들었습니다.

우트쿠시크가 말했습니다. "불을 들고 가서 통로를 수색하라."

---

* Utkusik: 주발bowl이라는 뜻이다.

그는 누군가가 그곳에 숨어 있다고 생각한 것이지요.

누군가가 심지 막대에 불을 붙여가지고 통로로 향했습니다. 그러나 아무것도 눈에 띄지 않았습니다.

그는 거기에 숨어 있는 티고시냐를 찾아내지 못했습니다.

의전당으로 돌아와서 그는 말했지요.

"통로에는 아무도 없습니다."

"그래, 잘되었군." 우트쿠시크가 말했습니다.

얼마 후 티고시냐는 출입구를 가로막고 있던 썰매가 움직이는 것을 보았습니다.

누군가가 출구를 통해 통로로 들어온 다음 출구를 닫았습니다.

그 사람의 얼굴은 볼 수가 없었습니다. 늑대의 두상으로 얼굴을 가리고 있었기 때문이지요.

두상에는 아직 이빨도 남아 있었습니다.

머리를 통로 쪽으로 향한 채 그는 마루의 중앙에 앉았습니다.

티고시냐는 고래 턱뼈 사이에서 그를 지켜보았습니다.

이윽고 출구 통로를 통해 어떤 사람의 다리가 나타났습니다.

그러자 늑대 가면을 한 사람이 그 다리를 향해 달려들었습니다. 통로에 있던 사람은 의전당으로 뒷걸음질 쳤습니다.

그는 통로 쪽으로 내려갈 수 없다고 말했습니다.

혼령이 거기에 있으니 감히 가까이할 수 없다는 것이었지요.

우트쿠시크는 소년에게 통로로 내려가보라고 말했습니다.

소년의 차례였던 것입니다.

그러자 소년은 몸을 낮춰서 통로로 내려가다가 멈춰 섰습니다.

늑대의 턱이 그를 향해 달려들었기 때문이지요. 그 역시 물러섰습

니다.

그도 혼령을 향해 감히 접근하지 못했습니다. 우트쿠시크는 말했습니다.

"통로에 있는 자에게 접근하는 사람은 누구든지 술사가 될 것이다."

이것이 우트쿠시크가 그들에게 한 말이었지요.

이제 여자의 차례가 되었습니다.

여자는 통로로 다리를 내려뜨리고 아래로 내려갔지요.

그러자 통로에 있던 늑대 형상의 사람이 가면을 벗었습니다.

그가 여자에게 손짓을 했고, 여자는 그에게 다가갔습니다.

티고시냐는 숨어서 이를 지켜보았습니다.

여자가 그의 곁으로 다가오자

남자는 입고 있던 파카의 아래쪽에서 사슴 가죽을 꺼내서

통로 마루에 그것을 깔았습니다.

그리고 그는 여자에게 그 위에 누우라고 말했습니다. 그리고 그는 여자 위에 누웠습니다.

그들이 깨어났을 때, 여자는 의전당으로 돌아갔습니다.

(어느 의전당인지는 모릅니다.)

그리고 그들은 각자 이글루로 돌아갔습니다. 밤중이었지요.

티고시냐는 아침에 일어나서

술사가 되기 위해 훈련받던 소년을 찾았습니다.

소년을 찾아낸 후 그는 물었습니다.

"너 어제 혼령을 만났니?"

"그래, 만났지." 소년이 말했습니다.

"진짜 혼령이었니?"

"진짜였지." 소년이 대답했습니다.

티고시냐는 이글루를 가리켰습니다. 현창에 불빛이 보였지요.

"저 현창이 보이지? 그곳이 혼령들이 살고 있는 곳이란다."

그는 소년에게 혼령 역할을 한 남자에 관해 말해주었습니다.

"저 이글루에 있는 사람이 바로 네가 만난 혼령이다."

그러자 소년은 술사에게 가서 훈련의 대가로 그에게 주었던 것을 되찾아야겠다고 말했습니다.

이제 그는 혼령이 진짜가 아니었음을 안 것이지요.

소년은 술사에게 제공한 것을 되돌려 받을 것이라고 말했습니다.

티케라크 사람들은 그날 밤 의전당에 모이라는 전갈을 받았습니다.

티고시냐도 의전당에 갔지요. 그는 벽 쪽의 벤치 옆에 앉았습니다.

(어떤 의전당에는 사람들이 앉을 수 있도록 벽 쪽으로 삥 둘러서 벤치가 놓여 있기도 합니다.)

그러자 우트쿠시크가 의식을 시작했습니다.

그는 가죽 한 조각과 작살을 들고 있었습니다.

우트쿠시크는 의전당을 걸으면서 돌기 시작했습니다.

그리고 앉아 있는 사람들 각자에게 작살을 겨누었습니다.

이윽고 그는 티고시냐에게 다가왔습니다.

티고시냐는 자신의 이에서 금속판을 떼어냈지요.

그리고 우트쿠시크가 작살을 자신에게 겨누자 그것을 작살에 뱉었습니다.

그러자 작살 끝이 아래로 처졌습니다.

술사는 계속해서 작살을 티고시냐에 들이댔습니다.

그때마다 작살의 끝은 엇나갔습니다.

우트쿠시크는 자신이 패배한 것을 알고 작살로 자신을 겨누었습니다.

그는 자신의 가슴을 작살로 찔렀습니다. 우트쿠시크는 그렇게 스스로 목숨을 끊었습니다.

그는 티고시냐로 인해 치욕을 당한 것이지요. 이것이 이야기의 끝입니다.

망자의 세계에서 돌아온 여자

유피크 인디언 부족은 베링 해 연안과 알래스카 남서쪽으로 흐르는 큰 강줄기의 삼각주를 따라 생활해왔다. 부족의 현존 인구는 2만 1천 명 정도이다. 북부 알래스카, 캐나다 및 그린란드 원주민들과 달리 유피크 부족은 인구 밀도가 높은 촌락에서 집단생활을 해왔다.

연어, 청어, 대구 등을 잡아 생계를 꾸려나가는 유피크 사회에서 일가족이 고기잡이, 사냥, 수렵을 위해 흩어지지 않는 겨울철에 사람들은 카스기크라 불리는 공회당 건물에서 함께 지낸다. 공회당에서 공동생활을 하면서 사람들은 가면무와 선물 교환을 곁들인 여러 가지 전승 의식을 행하고, 특히 밤이 되면 이야기를 주고받으며 시간을 보낸다. 서로에게 오락거리로서 혹은 젊은 사람들을 가르칠 목적에서 행해지는 이야기는 며칠이고 계속되는 경우도 있다. 여자들도 각자의 가족 거주지에서 서로 이야기를 주고받는다. 유피크 언어와 사회문화적 전통이 여전히 존중되고 있는 마을에서 이야기 솜씨가 뛰어난 사람들은 오늘날에도 존경을 받고 있다.

유피크 사회의 이야기는 두 종류로 나눌 수 있다. 전설적인 인물들의 이야기, 역사적 사건, 개인의 경험담과 같은 비교적 최근에 일어난 이야기qanemciq와 신화와 먼 과거를 배경으로 한 이야기quliraq가 그것이다. 여기에 소개하는 「망자의 세계에서 돌아온 여자」는 후자에 속한다. 오늘날에도 그렇지만 특히 19세기 말에 사후의 삶이라는 주제는 죽은 자가 다시 살아 돌아오는 '귀환 이야기uterneq'의 중요한 모티프였다. 이런 이야기가 환기시키는 것 중 하나는 저승과 이승의 구분과 나뉨이 희박하다는 점이다. 유피크의 전승 이야기에서 이 지상은 평평한 것으로 묘사되곤 하는데, 지상과 저승은 네댓 걸음 정도의 간극밖에 없다고 여겨졌다. 그렇기 때문에 살아 있는 사람들과 죽은 혼령 혹은 초자연적 존재와의 조우가 빈번하다. 유피크의 구전 이야기에서 동물과 인간의 변신담이 또한 큰 비중을 차지하는데, 이 모두는 결국 삼라만상이 상호 의존한다는 생각의 반영이다.

유피크 사람들은 망자와 긴밀한 유대 관계를 유지하기 위해서는 그들에 대한 정성스러운 보살핌과 수년간의 준비가 필요하다고 생각했다. 엘리크(elriq, 문자 그대로의 의미는 '내던지기')의식은 이승의 사람들이 죽은 친지와 같은 이름을 가진 혼령들에게 사후에 먹을 것과 물 그리고 옷가지를 봉헌하는 행사이다. 망자의 세계에서 돌아온 여자의 이야기는 두 세계 사이의 중간 지대와 사후 세계의 모습을 묘사하고 아울러 매장의 풍습과 그 후의 일에 대해 언급하고 있다. 이 이야기들은 살아 있는 자와 죽은 자의 상호 연관성의 유지를 위해 인간은 적절한 행동, 다시 말해 자신만의 고립된 생활이나 타인의 필요를 외면하는 생활을 해서는 안 된다는 것을 상기시킨다고 말할 수 있다.

유피크 사회에서 동일한 '명명naming'은 살아 있는 사람과 망자의

관계를 영속시키는 가장 근본적인 방식이다. 동일한 이름을 갖는 사람은 영적 본질을 공유하고 동일한 정체성과 동일한 성격을 지니는 것으로 간주되었다. 명명 의식은 망자에 대한 봉헌으로서 약간의 음식을 땅이나 물 혹은 새로이 이름을 부여받는 자가 마시는 음료수(사냥하여 육지로 데려온 물개에게 생수를 주어야 하듯이 망자는 늘 갈증을 느낄 것이라고 믿었던 옛 풍습에서 연유한다)에 함께 놓는 행동을 포함한다. 이 봉헌을 통해 죽은 자가 새로이 그 이름을 갖게 된 자에게 '들어가고', 그 결과 새롭게 명명된 자가 망자와 똑같은 행동을 하게 된다는 것이다. 이런 연유로 아이들은 종종 사망한 할아버지의 이름으로 불리게 되었다. 이런 순환적 작명 방식으로 세대 간의 구별이 희박해지고, 친족의 유대 관계가 여러 겹을 이루게 되며, 산 자와 죽은 자 사이에 긴밀한 사회적 망이 형성된다.

　유피크 사회의 많은 관념들이 그렇듯이, 망자에 대한 생각도 단일하거나 고정되어 있지 않고 다양하고 개방적이다. 사람들은 망자에 관련된 용어나 묘사를 달리 한다. 예컨대 유피크의 정신 세계에서 인간 개별 주체의 지각적 양태를 일컫는 여러 가지 말, 요컨대, 형상, 숨, 온기, 개성, 소리 등을 서양적 관념으로 '영혼'으로 총칭하는 것은 부적절하고 불가능한 일이다. 망자도, 그들이 사후 거주하는 곳도 여러 가지 용어로 불린다.

　망자의 세계로부터 돌아온 여자에 관한 다음 두 이야기는 이른바 엘리크 의식의 기원 혹은 그 설명의 사례로 행해진 것이다. 살아 돌아온 여자가 엘리크 의식을 '공고히' 혹은 '더 멋지게 향상시켰다'고 말하면서도 사람들은 그 기원을 구체적으로 밝히지는 않았다. 구전 전통에 입각한 얘기이므로, 각 이야기의 화자는 자신의 독자적인 권위를 부정하고 전승된 집합적 지식이 그 원천임을 확인하곤 했다.

유피크의 작시술에서 소리의 고저와 억양, 휴지, 문법 배열, 정서는 복잡하게 상호작용한다. 아래의 기술에서 행갈이는 이런 요소들 몇 가지가 동시에 작용하는 경우를 가리킨다. 행갈이 대목은 또한 이야기의 청자가 이야기에 대한 반응("음," "아!" 등)을 보인 곳이기도 하다. 화자의 어조는 행의 시작 부분에서 상승하기 시작하여 중간 부분까지 지속되다가 끝 부분에서 하강하는 것이 통례이다. 유피크의 이야기 서술에서 휴지pause는 영어 사용자들이 일반적으로 생각하는 것보다 길다는 것을 기억할 필요가 있다. 유피크의 이야기는 큰 소리로 낭송할 때 최상의 묘미를 느낄 수 있다.

전승을 바탕으로 하지만 유피크의 이야기가 있는 그대로 전달되는 것은 결코 아니다. 이야기의 화자는 자신의 처지나 성별에 따라 나름의 지식과 시각을 덧붙인다. 가령 앤디 킨지Andy Kinzy의 이야기에서 청자는 귀환한 망자를 처음 발견한 젊은 술사와 관점을 공유하게 되는 데 반해, 마사 만Martha Mann의 이야기에서는 손녀의 요절을 애통해하는 할머니의 입장에 서게 된다.

다음 두 이야기는 유피크의 전통 의식에 대해 연구하는 과정에서 채록되었다. 엘시 매더는 1983년 봄, 유콘 강 유역의 세인트 메리라는 마을에서 앤디 킨지와 만나 이야기를 나누다가 그의 이야기를 채록할 수 있었다. 이때 킨지는 일흔두 살이었다. 두번째 이야기를 해준 마사 만은 크위길링곡 출신으로 엘시 매더의 어머니 쪽 사촌으로 매더가 내내 알고 지내는 사이였다. 1984년 이 이야기를 들려줄 당

시 만은 70대의 노인이었다.

〔해설: 필리스 모로Phyllis Morrow, 엘시 매더Elsie Mather〕

망자의 세계에서 돌아온 여자 1
──앤디 킨지가 들려준 이야기

저 사람……
저 여자
죽었다가 살아 돌아와서,
엘리크 의식을 멋지게 치르도록 했다네.

이곳으로부터 강의 상류 쪽, 마셜로부터는 하류 쪽에 있는, 탁캇
이라고 부르는 곳에,
그 여자는 살았지.
우테르네크.
망자의 세계에서 살아 돌아온 사람을 우테르네크라고 불렀지.

늘 하던 엘리크 의식은
그녀로 인해 더 멋지게 되었다네.

그녀가 사람들을 가르쳤지.

그녀가 사람들에게 역설했다고 하지.
봉헌할 만한 것이 없어도
힘써 의식에 참여하라고.

지상에 남아 있는 친지,
사랑하는 사람을 여읜 사람이
엘리크 의식에
참여하지 않으면,
죽은 사람,
그가 보살폈던 그 사람이
사랑받지 못한다고 느끼고,
저승의 어딘가,
어쩌면 망자들의 세계에서 뒤처져
봉헌물을 받는 다른 망자들을 시샘한다네.

사람들은 말했네, 그 여자를
할머니가 돌아오게 했다고.
그녀를 이승에 다시 돌아오도록 한 것이 할머니라고.

그녀가 죽었을 때
할머니는 나이 든 노인이었다네.

그녀가 죽은 뒤
그녀를 보살펴온 친척들은

그녀에게 옷을 입히고
파카를 입히고
엘리크 의식에서

그녀와 이름이 같은 사람,
귀여운 동명의 사람을 통해서.

사람들은 말했네, 망자가
엘리크 의식에
참석하기 위해 돌아왔다고,
지상의 사람들,
망자들이 뒤에 남겨두고 떠난 사람들,
그들이 그 의식을 마련했을 때.

의식에서 돌아오는
그때,
그녀의 할머니는 그녀에게 외쳤네.
"오! 물고기를 얼려놓고선……!"
(사람들이 적은 양의 음식을,
아주 소량이라도 봉헌하면,
망자는 그 전부를 받는다고 하네.)

그때
그녀는 사랑하는 손녀딸에게

가서 그 물고기를 가져오라고 말했다네.
할머니는 그녀에게 말했네.
물고기를 음식 넣어두는 곳에 두고서
잊었다고.
가져오는 것을 잊었다고.

할머니는 설명했네.
길을 떠나
그것을 가지러 가다 보면,
뾰족하고 보기 흉한 가지로 덮인
가문비나무를 만날 것이라고.

나무가 그녀의 길을 가로막고 있을 것이라고.

나무에 이르게 되면
두려워하지 말고 나무 위에 넘어지라고.

그녀는 할머니가 말한 대로
잊었던 것, 그녀가 뒤에 남겨두고 싶지 않았던 것을 가져오기 위해
길을 따라 계속 갔다네.

그녀는 걷고,
또 걸어서
할머니가 말한 그대로인

가문비나무에 이르렀네.
나뭇가지가 그렇게도 뾰족하여
끔찍한 일이었네!
그 위에 넘어지는 것은 끔찍한 일이었네.

그녀는 우선 멈춰 선 다음
할머니에게서 들은 그대로
앞으로 달려가
나무 위에 몸을 던졌네.

그리고 의식을 잃었다네.

얼마 후 그녀는 정신을 차렸다네.*
그녀는 음식 저장소 안에
들어와 있었네.

정신이 들자 낯선 장소에 와 있는 것을 보고,

그녀는 큰 소리로 울었다네.

그 마을의

---

* 의식/각성은 인간의 개별성에 대한 유피크의 관념에서 핵심적인 것이다. 인지한다는
것은 곧 지속되어온 가장 오래된 기억을 가리키는 것이기도 하고 또한 이 세상에 온
전하게 현존하고 있다는 표지이기도 하다.

사람들 중에
한 젊은이가 있었네.
그에게 신통력이 있게 된 것을
사람들은
알게 되었네.
아직 그의 권능이 뚜렷이 드러나지 않았고,
그의 신통술이 아직은 알려지지 않았네.

사람들이 그에게 신통력이 있다고 말하게 되었네.

그 당시에 남자들은 모두
공회당에서 잠을 잤다네.
남자들은 공회당을 집으로 여기고
그곳에서 잠을 잤네.

한번은
그 젊은이 용변을 보기 위해
남자들이 지내는 그 집에서 나왔네.

그는 밖으로 나와
뒤쪽, 그 음식 저장소가 그다지 멀지 않은 곳에서
용변을 보고 있었네.

그 당시 음식 저장소는 문이 없고

다만 입구를 막아두기 위해서
나무 널판을 비스듬히 걸쳐놓았었네.

그곳에서 용변을 보다가
그는 누군가가 우는 소리를 들었다네.

그는 귀를 기울였네—
그 소리는 음식 저장소에서
나오는 것이었네.

그는 옆걸음질을 해서*
그 저장소 쪽으로
가보았네.

거기에 이르러
저장소 안을 들여다본 그는
한 여자가 벽을 마주하고 서서, 울고 있는 것을 보았다네.

그는 다가가 자세히 살펴본 후
그녀가 죽었던 여자라는 것을 알아보았네.

그는 그녀를 알아보았네.

————————

* 혼령이나 초자연적 존재와 대면할 때 유피크 사람들은 이렇게 옆걸음질과 같은 간접
  적인 방식으로 접근한다.

그래서 그는
입구를 가로막은
널빤지를 걷어냈다네.

그렇게 안으로 들어갈 수 있는 길을 트고,
그는 옆걸음질을 계속하여
곧장 앞으로 나가지 않고,
다만 옆으로 움직여서
그녀 쪽으로 다가갔네.

그녀에게 이르러
그는 준비를 하고,
온 힘을 다 모아서
그녀를 붙잡았네.
그러나 그의 팔에는 아무것도 잡히지 않았다네.

그녀는 사실 전혀 움직이지 않고 있었다네.

그러자
그는 주변을 둘러보고—
저장소의
선반과 마루에
먹을 것이 있는 것을 발견하고—

그 음식 부스러기를 집어 들어
그것으로 팔을 문질렀다네.*

그제서야 그는 그녀를 붙들 수 있었네.

그녀가 몸부림쳤지만
그는 그 여자를 공회당으로 데려왔다네.

공회당은 동물이 사는 은신처의 입구와 흡사한
출입처가 있다네.
거기
사랑방 건물의 마루에
사람들이 오르내리는
입구가 있다네.

그 남자는 그녀를 데리고
사랑방의 입구까지 와서

---

* 자신의 몸이나 살고 있는 집을 기름 성분의 검댕으로 문지른다든지 몸을 상자 같은
것에 집어넣는 듯한 동작을 취하는 것은 초자연적 존재로부터 자신을 보호하는 장벽
을 만들려는 취지의 행동이다. 음식 부스러기가 이승과 저승, 두 세계 모두에 속한다
는 것도 주목할 일이다. 우테르네크가 가져가려고 하는 것이 음식 저장고에 남아 있
는 음식이고, 망자에게 봉헌하는 음식은 통상 공회당 마룻바닥의 틈 사이로 떨어뜨린
다. 음식을 이용해서 젊은이는 이승의 세계를 떠나지 않은 채로 저승 세계에 속한 그
녀에게 다가갈 수 있는 것이다. 나중에 그는 마루를 램프 기름으로 문지르고서야 그
녀를 공회당 안으로 데려갈 수 있게 된다. 그녀는 또한 또 다른 상징적 장막인 새로
운 사슴 가죽이 없이는 마루에 앉으려 하지 않는다.

손으로 마루를 붙잡고
몸을 지탱하여 손을 마루 안쪽으로 뻗쳐 올렸네.

그때 노인 중 하나가
(이 당시는 기름 램프를 쓰고 있었지)
손에 기름을 묻혀서 그것으로 마루를 닦고 있었네.

그 남자는 그녀를 사랑방으로 끌어들일 수 있었네.

두 사람은 그녀를 사랑방의 뒷벽 쪽에
앉히고자 했네.*

그러자 그녀는
아직 한 번도 쓴 적이 없는
사슴 가죽 위에 앉고 싶다고 말했네.**

그래서
그중 누군가가 사슴 가죽을 가지러 갔다네.

그리하여 그녀는 마침내 자리에 앉았다네.

그때 사람들은

---

* 공회당의 뒷벽은 초대된 명사를 위한 자리이다.
** 이름을 부여받는 사람도 사슴 가죽에 앉는다.

그녀와 이름이 같은 여자에게 입혔던
파카를
그녀가 몸에 두르고 있는 것을 보았다네.

그녀가 이렇게 돌아오자
그녀와 이름이 같았던, 그 작은 여자가
갑자기 죽었다네.
그녀 대신 죽은 셈이지.

그녀가 망자의 세계에 있는 그 여자의 자리를 채운 것이네!

사람들은 그들이 행한 엘리크 의식을 바꾸게 한 사람이
바로 그 여자라고 입을 모았다네.

그녀는
사람들에게 어떻게 해야 할 것인지 말해줌으로써
의식을 치르며 제대로 행해지지 않던
일들을 바르게 고쳐주었다네.

그녀는 사람들에게 말했네.
의식에 참여하지 않는 사람들,
의식이 거행되는 동안 아무것도 하지 않는 사람들,
이들에게 참여할 것을 촉구했네.

그녀는 사람들이 의식에 참여하지 않는 것은
죽은 친척들을 고통에 빠뜨리는 것이라고 말했네.

나눌 것이 없다 하더라도 의식에 함께 참여하면,
망자들이 대단히 행복해한다는 것을……

망자의 세계에서 돌아온 여자 2
──마사 만이 들려준 이야기

그 젊은 여자가 죽었다고 하네.

그녀의 외삼촌이 옷과 음식을 그녀에게 봉헌하곤 했다고 하네.
(그녀와 이름이 같은 사람을 통해)

그래서 그때,
그녀는 죽어서 길을 떠났네.
그녀의 할머니는 그녀보다 먼저 세상을 떠났다네.

이 이야기를 해준 사람은
그 젊은 여자가 키나크 마을* 출신이라고
말했던 것으로 기억되네.
쿠누인의 할머니가 있었는데, 지금은 돌아가셨지.

───────────

* 쿠스코큄 강변에 있는 오늘날의 툰투툴리아크 인근의 마을 터.

이 이야기를 해준 사람은 바로 그 할머니의 언니였네.

그때 그녀는 그렇게 죽어갈 길을 찾아 떠났다네.

그녀는 길을 따라가면서
노상에서 온갖 일을 겪었다네.
사람들은 망자의 얼굴을 물건으로 덮곤 했지(적당한 덮개가 없으면
새의 가죽을 썼네).
그녀는
얼굴 덮개들이 놓여 있는 곳에 이르러
덮개로 얼굴을 가리고 계속해서 길을 따라갔다네.

이윽고 그녀는
물살이 거칠고 혼탁한 어떤 강에 이르렀네.
그러나 강을 건널 수가 없었다네.

강의 건너편에는
그녀보다 먼저 죽은 할머니가 있었다네.

강 건너에서 할머니는 그녀를 야단쳤네.
"왜 이렇게 빨리 왔느냐?
나는 너를 마중하러 가지 않겠다.
왜 이렇게 일찍 왔느냔 말이다! 돌아가거라."
할머니는 그녀에게 돌아가라고 말했지만,

그녀는 어떻게 돌아가야 할지 알 수 없었다네.

할머니는 그렇게 그녀를 야단친 후, 떠나버렸네.
젊은 그녀를 거기에 남겨둔 채.

할머니가 떠난 후, 이 불쌍한 여자는 눈물을 터뜨렸네.

이렇게 눈물을 흘리다가 그녀는 어떤 목소리를 듣고서
건너편을 바라보니
한 여자가 있었다네,
무슨 일인가를 하고 있는 나이 어린 여자였네.
그녀는 땅다람쥐 가죽 파카를 입고 있었는데
아이를 젖 먹일 수 있도록 가슴 부분에 구멍이 나 있었네.

그녀의 옷은 아기에게 젖을 줄 수 있도록 그곳에 구멍이 있었네.

그녀는 "아, 왜 건너올 수 없어요?"라고 말했다네.

소녀가 건널 방도가 없다고 말하자,
그녀는 두 개의 나무토막을 구해 와서
그녀가 걸어서 건널 수 있도록 해주었네.

그래서 그녀는 나무토막 위를 걸어 건넜는데,
건너편 여자가 팔을 벌리고 그녀를 기다리고 있었다네.

그녀가 팔을 뻗쳐 잡을 만큼 가까이 왔을 때, 건너편 여자는 그녀를 끌어당겼네.

"자, 이제 갈 길을 가시오."

이 젊은 여자는 그녀가 키우던 개의……
그녀는 정말로 그녀의 개를 사랑했었네!

그 여자는 그녀가 키운 개의 "사람"이었다네.*

그녀는 계속 나아가
마을에 이르렀다네.
그곳 사람들은 부자였네.
물개의 내장이 많이 걸려 있었지.**

이곳은 개 사람들의 처소였다네.

노상에서 그녀는 여러 가지 일을 겪었네.
그리고 마침내

---

* 일종의 정령. 동물, 장소, 날씨 등등의 정령들이 있는데 인간 형상을 하고 있다. 동물 정령들은 주둥이나 부리를 쳐들어서 사람 형상의 얼굴을 드러낸다. 사람들은 이 특별한 혼령들이 거주하고 있는 마을을 방문하기도 하고 우연히 찾아들기도 한다.
** 물개의 내장은 깨끗이 손질된 후 부풀려진 채로, 여러 가지 용도, 예컨대 가볍고 반투명한 우비를 만드는 재료 따위로 쓸 수 있도록 건조시킨다.

망자들이 있는 곳에 다다랐다네.
그녀가 어떤 집으로 들어가니, 그곳에 그녀의 할머니가 있었지.

할머니는 이번에는 그녀를 꾸짖지 않았네.

얼마 후, 어쩌면 그 이듬해쯤,
의식에 참석하기 위해서 예전의 마을로, 돌아가야 할 때가 되었
다네.

사람들은 의식을 물로 행했다네.
사람들은 그것을 작은 물을 들여온다고 말하지.
그들은 축연을 베풀고 선물을 준다네.
망자와 같은 이름의 사람에게 선물을 주는 사람은
사랑방에서 그것을 준다네.
그리고 음식 용기 전체를
마을 사람들과 다른 마을에서 온 손님들에게
나눈다네.

그들은 언제나 선물을 식별하고,
망자와 같은 이름의 사람들에게 분배되는 선물들,
그것들을 누가 한 것인지 밝힌다네.

죽은 젊은 여자를 위해
그녀의 외삼촌은 항상 선물을 준비해서 제공했다네.

그래서 그들은 마을로 돌아갔네.
그들이 마을에 도착했을 때,
외삼촌은 여느 때처럼 그녀에게 선물을,
그녀가 입을 옷을 준비해서 주었다네.

그는 또한 주발 속에 무엇인가를 준비해
그녀에게 주었다 하네,
밑바닥이 나무로 된 주발은 나무로 테를 두른 것인데,
그녀가 그것을 집어 들자
나무 테만 그녀의 손에 잡히고
밑창은 터져버렸네.

그렇게 매년
그녀는 자신에게 바쳐진 선물을 잃었다네.
사람들은
그런 일이 매년 반복되었다고 말했네.

그러던 어느 때 모두가 의식에 참석하기 위해 떠날 준비를 하고 있
었네.
그녀와 그녀 할머니는
마침 작은 썰매가 있어서
그들은 썰매를 타고 축연에 갔다네.

그들은 길을 따라갔네.

그들은 그곳에 도착했네.

그곳에 당도하자, 그녀의 외삼촌은
선물을 주었다네.
외삼촌은 또한 밍크 파카를 그녀에게 입혀주었다네.

외삼촌은 그녀에게 음식을 마련해주면서
별도의 나무 테가 없는
통나무로 만든 주발에 담아주었네.

그녀는 이번에는 그 선물을 받을 수 있었네.

그렇게 그곳에서 오래 머물다가, 그들은 돌아왔다네.

그들이 귀로에 올라 멀리까지 왔을 때,
아뿔싸,
그들은 받았던 선물을 놓아두고 왔다는 것을 알았다네.

그녀는 할머니에게 선물을 잊고 왔노라고 말하고,
이제 선물을 마침내 받을 수 있게 되었는데 그것을 놓고 왔으니,
그것을 가지러 되돌아가야겠다고 말했네.

할머니는 그러면 곤경에 처할 것이라고 경고하면서
가지 말라고 만류했네.

그러나 주발을 잃고 싶지 않았던 그녀는 가겠다고 우겼네.
할머니는 결국,
"그렇다면 돌아가봐라"라고 말할 수밖에 없었다네.

그리고 할머니는 일러주었네. 마을 가까이 이르면,
어망 안에 한 쌍의 원추형 바구니*처럼 보이는 것이 있을 터이니
그중에서 새것 위에 주저앉으라고.
그 말을 듣고 그녀는 마을로 돌아갔네.

바구니들이 있는 곳에 이르자
그녀는 새것을 찾아 거기에 몸을 던졌네.

몸을 일으키고 보니 그녀는 자신이 화덕 속에 있는 것을 발견했네.
오래전, 어떤 사체가 무덤으로 운구되었을 때,
사람들은 무덤가에서
나무로
불을 피웠네.
그리고 그들은 소량의 음식을 가져와 무덤가에 놓았었네.

---

* 유피크 사람들은 강 송어를 잡는 데 원추형 바구니를 썼다. 고기들은 어망 안쪽에 설
치한 원추형 바구니에 붙잡힌다. 킨지의 이야기에 나오는 전나무 가지처럼 이 원추형
바구니는 날카로워서 이것에 몸을 던진다면 고통스러울 것이다.

그들은 상징적으로 음식을 요리한 것이라네.

그녀는 마을로 내려갔다네.
그리고 그녀가 살았던 집의 음식 저장소를 들여다보고
거기에 주발이 있는 것을 발견했네.
그것을 집어 들고 그곳을 떠나려 했으나
아뿔싸, 그녀는 나가는 길을 찾을 수 없었네.

오! 그래서
그녀는 어찌할 바를 몰라서
어느 길로 나가야 할지 몰라서
바깥 현관에서
저장소의 안으로 다시 들어갔네.

그때, 한 소년이
용변 보러 밖으로 나왔다가, 그녀가 외치는 소리를 들었네.
그는 물었네. "어떻게……?"

그는 눈을 비비고 보았네.
그녀가 오래전에 죽었다는 것을 알고 있었기 때문이지.

그는 혼령을 보고 있다고 생각했다네.
그러나 그녀가 혼령처럼 땅 위로 떠다니지 않는 것을 보고서

눈 비비기를 멈추고
무슨 일인지를 물었네.

그녀는 선물을 가져가기 위해서 왔다가
되돌아 나갈 길을 찾지 못하고 있다고 대답했네.

그래서 그는,
그녀가 저항하는데도 불구하고, 그녀를 집으로 데려갔네.

집 안으로 데려가서 그들은 그녀의 옷을 벗겼다네.
겹겹이 몸을 감싼 옷들을!
그러자 그녀의 몸에 가장 가까이 밀착된 옷이
부풀어 올라 그녀의 살이 되었네.

그들은 이것을 눈여겨보지는 않았다고 하네.

그녀의 몸에 살집이 부풀어 오르기 시작하자
그녀의 몸으로 변하기 시작하던 옷이
떨어져 나갔네.

그때에 사람들은 알게 되었네.
마을의 한 여자가 유산했다는 것을!
이 때문에 그녀가 길을 잃게 되었다는 것을.
그녀의 길은 그로 인해 닫혀져버린 것이라네.

그녀가 이전에 다녔던 그 길.

그때에,
그녀가 마을에 내려와,
마을 소녀들이
호수 위에서 놀고 있는 것을 보았다네.
그중의 한 소녀가 그녀와 똑같은 옷을 입고 있는 것을 보았네.

그 소녀가 바로 그녀와 이름이 같은 사람이었네.

그리고 그 후로 곧
그 소녀가 갑자기 죽었네.

그녀와 이름이 같은 그 소녀.

나중에
그 소녀가 말할 수 있게 되었을 때 이렇게 말했다고 하네,
사람들이 의식을 행하면서
선물을 준비해
망자와 이름이 같은 사람에게 그렇게 마련한 것을 주고,
마을 공회당에서 잔치를 베풀 때는 언제나
사람들은 선물에 관해서 말해야 된다고.
그 선물이 음식일 경우라도

주발에 담은 음식이 무엇인지 말해야 된다고.
그래야 망자들이 함께 음식을 나눠 먹을 것이라고.

그녀는 사람들에게 선물에 대해 이야기하라고 말했네.
그들이 준비한 음식에 대해서 이야기해야 하고.
누가 사냥감을 잡았는지,
모든 것을 다 말해야 한다고,
심지어 누가 물을 가져왔는지도 말해야 된다고 했네.

그들이 말리고 있는 물고기에 대해서도 말하고—
누가 그것을 잡았는지,
그물에서 물고기를 잡아내 누가 그것을 패대기쳐 죽게 했는지 말해야 한다는 것이네.

사람들은 준비한 선물 모두에 대해 설명해야 한다는 것이네.
그녀는 사람들이 설명하지 않으면,
망자가 그 선물을 집어 들 때 마음이 불편하다고 말했다네.
선물을 받는 데 부끄러움*을 느낄 것이라고 말했다네.

---

* '부끄러움' 혹은 '수줍음'은 실제로는 존경심, 망설임, 사회적 경의 등이 혼합되어 있는 감정이다. 음식을 제공한 사람을 모르면 사람들은 제공자에 대한 경의의 뜻으로서 그것을 받아들이길 망설이게 된다고 한다.

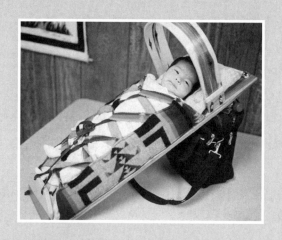

물개와 함께 산 소년

　서부 알래스카의 유피크 에스키모는 외부에 거의 알려지지 않은 원주민 부족이다. 이들은 고래잡이를 주업으로 하는 북 알래스카의 이누피아크 부족이나 캐나다 동부와 그린란드에 사는 가난한 이누이트 부족과는 언어나 생활 방식이 다르다. 강 하구의 배수지와 베링 해안가를 따라 주거가 형성되어 있어서 풍부한 어장과 야생지의 혜택을 누리는 이들은 중앙 유피크어를 사용하며 정교한 전통 의식을 지키면서 살고 있다. 척박한 환경에서 사냥으로 가까스로 연명해나가는 전형적인 에스키모들과는 달리, 유피크 에스키모는 물개, 해마, 용상어, 각종 해물과 민물고기, 사슴, 사향 소, 곰, 야생 딸기 및 채소가 풍부한 환경 덕분에 부족함이 없는 생활을 영위해왔다.

　해안가 저지대의 평원에는 나무가 자라지 않지만 봄이면 강을 따라 떠내려오는 다량의 유목을 활용해서 이들은 반지하의 흙집을 짓고 산다. 그렇기 때문에 고립된 이글루에서 거주하는 여느 에스키모족과 달리 유피크 부족은 공동체 생활을 중시하면서 오랜 전통을 지켜올 수 있었는데, 한가한 겨울철에는 삼사백 명에 이르는 많은 사람들이 전통 의식에 참여하기도 한다. 특히 다섯 살 이상의 부족의 소년과 남자들은 카스기크라 불리는 공회당에서 함께 일하고, 먹고, 잠을 잔다. 그 반면 여성들은 어머니와 자매 그리고 딸들이 함께 흙집에 거주한다. 19세기 초엽까지만 하더라도 유피크 부족들은 마을끼리 서로 빈번하게 전쟁을 치르는 힘든 생활을 해왔으나 백인들이 들어오고 그 뒤 전염병이 창궐하면서 전쟁은 줄었다.

유피크족은 북동부의 이누피아크족이나 이누이트족과 생활 방식은 여러모로 다르지만 문화 전통 면에서는 공유점도 많다. 가령 모든 이누이트 부족들에게 인간과 동물의 관계는 공동체 가치 체계의 핵심을 이룬다. 오늘날까지도 이누이트 부족들은 동물을 인간과 다른 것으로 생각하지 않는다. 동물도 인간이나 다름없는 존재로 여기는 이들은 인간 아닌 '사람들'도 정신을 구유한 존재이고 따라서 존경받을 가치가 있다고 생각한다. 인간 세계와 동물 세계 간의 경계는 유동적이고 두 세계 사이의 소통도 언제나 가능하다고 믿었다.

'퀼리라크quliraq'라고 불리는 유피크의 전통적인 이야기 장르에 속하는 다음 이야기는 동물에 대한 유피크 사회의 시각과 더불어 동물들이 인간을 어떻게 여길 것인지에 대한 그들의 상상력을 웅변적으로 보여준다. 이 이야기는 알래스카 서부 연안 지역에서는 잘 알려져 있고 오늘날까지 회자되고 있다. 나는 1977년 넬슨 섬의 폴 존Paul John이 톡숙만의 마을에서 고등학생들에게 이 이야기를 들려주는 것을 처음 듣고 이를 채록했다. 이의 번역에 원주민인 마리 미드가 함께 참여했다. 우리는 앤서니 우드베리Anthony C. Woodbury가 개발한 표기 방식을 따랐다.

〔해설: 앤 피엔업리어단Ann Fienup-Riordan, 마리 미드Marie Meade〕

물개와 함께 산 소년

조상들의 습속을 지켜보아온 마을의 술사(術士)[*]는 한 젊은이에게
바다로 나가서 물개들과 함께 지내도록 했다.

그도 여러분과 같은 평범한 젊은이다.

그는 꼬박 1년을 물개들과 함께 지냈다. 그리고 겨울의 끝 무렵에
그는 마침내 돌아왔다.

그는 여러분과 같은 젊은이다. 게다가 그는 외아들이었다.

그가 유일한 아이였기 때문에 그의 부모는 아들 처지가 걱정되었다.
"이 아이가 자라 어른이 되면 혼자 남게 될 테니 이 아이를 도와줄 사
람이 아무도 없겠구나." 부모 중 한 사람이 말했다. "이 아이가 어른
이 되었을 때 어떻게 해야 인생이 좀 편안하고 덜 힘들 수 있을까?"

어떻게 하면 아들의 인생이 좀더 편안할 수 있을까를 궁리한 끝에
아버지가 말했다. "영험하고 유능한 술사를 찾아보아야겠소. 그래
서 우리 아이가 사냥꾼이 된다면 인생이 평탄할 것인지 알아보아야

---

* '술사'는 유피크어로 angalkug(복수, angalkut)인데, 무당, 주술사, 샤면shaman
  등으로도 번역될 수 있을 것이다.

겠소."

그 아버지도 우리 조상 중 한 명으로, 여러분이나 나처럼 그저 평범한 사람이었다. 그래서 그는 제일 유능하고 신통한 술사를 찾아보리라 결심한 것이다.

그 당시는 외부에서 유입되는 칼이 드문 시절이었다. 칼이 흔치 않았기 때문에 누구나 칼을 조심스레 간수했고 잃어버리지 않을까 염려했다. 그 아이의 아버지도 칼을 잃어버리면 어떻게 되는지 잘 아는 사람이었다.

가장 영험한 술사를 찾기 위해서 그는 사람들이 잠자는 사이에 자신의 칼을 흙덩이 밑에 숨겼다. 그는 그 칼을 아무도 볼 수 없는 흙 속에다 묻었다. 흙 속에 완벽하게 숨겼기 때문에 그것을 묻은 자리에 아무런 흔적도 남아 있지 않았다.

그 당시 마을에는 많은 술사들이 있었는데 그중에 사람들이 별로 인정하지 않는 술사가 하나 있었다. 사람들이 그를 술사로 여기긴 했지만 신통력이 없는 것으로 치부해버린 사람이었다. 사람들은 그를 제외한 다른 술사들만이 술사다운 신통력을 갖추고 있다고 생각했다.

아버지는 칼을 이렇게 감추어놓고 아들이 훌륭한 사냥꾼으로 커주길 염원했다.

예전에는 술사에게 신술을 발휘해달라고 부탁을 할 경우 사람들이 어떤 방식으로든 사례를 하곤 했다.

아이의 아버지는 풍족한 편이었다. 물질적 재화가 많아서가 아니라 뛰어난 사냥꾼이었기 때문에 늘 먹거리에 여유가 있었다. 그래서 그는 소문이 자자한 술사에게 가서 이렇게 말했다. "여기 당신을 위

한 사례물이 있소이다. 당신의 신통력을 발휘해서 내가 잃어버린 칼을 찾아주겠습니까?"

그 술사는 노래를 부르고 알아들을 수 없는 주문을 외어댔지만 칼을 찾아내지는 못했다.

아버지는 마을의 또 다른 술사들을 한 사람씩 찾아가서 사례의 선물을 주고서 잃어버린 칼을 찾아달라는 부탁을 했다.

그가 부탁한 술사들 중 그 누구도 칼의 소재를 알아내지 못했다.

그리하여 마침내 누구나 형편없다고 여겨온 술사 한 사람만 남게 되었다. 영험하다고 소문난 술사들은 모두 요청을 받았었다. 아버지는 이들 각자에게 선물을 마련해가지고 사례하면서 칼을 찾아달라고 부탁을 했었다. 그러나 그들은 모두 칼을 찾아내지 못했다.

아버지는 신통력을 제대로 갖춘 술사를 찾아낸다면 그의 도움으로 아들이 훌륭한 사냥꾼으로 자라날 수 있을 것이라는 희망을 버리지 않았다.

그때만 하더라도 술사에 대한 믿음이 커서 사람들은 술사가 신통력으로 누군가를 훌륭한 사냥꾼으로 만들 수 있다고 믿었기 때문이다.

여하튼 마을에서 제일 무능하다고 여겨진 술사가 유일하게 남은 상황이었다. 그가 유일하게 남아 있는 술사고 보니 다른 선택의 여지가 없어서 아버지는 그를 찾아가 작은 선물을 주고 말했다. "지금까지 모든 술사들에게 제 칼을 찾아달라고 부탁했지만, 모두 찾아내지 못했습니다. 아, 무슨 일일까요?"

그리고 그는 계속해서 물었다. "어떻습니까. 당신이 한번 찾아보시렵니까?"

그러자 그 술사는 자신이 칼을 찾아낼 수 있을 것 같다고 대답했다.

자신만만했던 다른 술사들에게 사례로 큰 선물을 주고 난 후였기 때문에 아버지는 이 술사에게는 약소한 선물을 주고 칼을 찾아달라고 부탁했다.

마을에서 술사가 주술을 행할 때 다른 술사들은 통상 그를 지켜보곤 했다. 술사가 자신의 신령을 불러낼 때 다른 술사들은 그것을 예의주시하는 것이 관례였다.

이윽고 주술을 시작하여 입고 있던 가죽 파카(술사들은 주술을 행할 때 가죽 파카를 입었다)를 벗고 나자, 그 술사는 그의 칼이 숨겨진 자리를 정확히 알아맞히는 것이었다.

그는 아버지에게 말했다. "아, 당신이 저기 창문가에 묻어놓았던 칼을 이제 가서 가지고 오시오. 이제 칼을 잃어버릴 일은 없을 것입니다."

이렇게 마침내 숨겨진 칼을 찾아낼 수 있는 사람이 나타난 것이다. 그가 칼을 숨길 때 그 술사는 물론 그것을 보지 않았다.

아버지는 희망으로 가슴이 벅차오르는 것을 느끼면서 생각했다. "마침내 내 아들이 풍족한 사냥꾼이 될 수 있도록 도와줄 술사를 만났구나. 오래 찾은 보람이 있어서 마침내 그런 사람을 찾았구나."

그리고 아버지는 그 술사를 집으로 초대해서 아들의 장래를 논의했다. 그는 술사와 이야기를 나눌 때 오직 아내만이 자리를 함께하길 원했다.

술사를 집 안으로 안내한 후, 아버지는 말했다. "오! 당신네 술사들 중 당신이 내 칼의 소재를 찾아낸 유일한 분입니다. 내가 미리 칼을 숨겨놓고, 우리 아이가 훌륭한 사냥꾼으로 자라나는 데 술사의 도움이 필요할 것이라 생각하고 그런 분을 찾기 위해 칼을 찾아달라

고 부탁한 것입니다. 아이는 우리의 유일한 자식이라서 도와줄 다른 형제붙이가 없습니다. 그래서 칼을 숨겼던 것입니다."

그러자 그 평범하고 소박한 술사는 말했다. "당신의 마음속 생각을 말해보시지요."

아버지는 대답했다. "내 아이에게 당신의 신통력을 발휘해서 이 아이가 사냥할 수 있을 만큼 성장했을 때 아이에게 큰 행운이 뒤따르도록 해줄 수 있겠습니까?"

술사는 말했다. "당신은 이제 나에게 그렇게 할 수 있도록 허락한 셈입니다. 오늘 밤 모두 잠자리에 든 뒤에 아이를 마을 공회당 건물로 데리고 오시겠습니까? 아이와 함께 공회당으로 오시면 당신이 따라야 할 지침을 주겠소이다. 아이를 공회당으로 데리고 와서 입구의 구멍으로 오십시오. 그리고 알맞은 때가 되면⋯⋯"

(공회당 건물의 입구 구조는 이렇다. 입구로 들어서면 우선 머리 위쪽으로 구멍이 나 있는 것을 보게 될 것이다. 그 안쪽으로 더 가게 되면 함몰된 또 다른 구멍이 있는데, 그것은 불을 피우는 화덕 자리이다. 그 표면은 나무 널판을 쪼개 덮어놓았다. 그 끝 가장자리에 문 입구가 있는 것이다. 입구의 구멍을 통해 안으로 들어가는 것은 곧 구멍을 통해 위로 올라가는 것이다. 그렇게 올라오면 마루 아래쪽으로 또 다른 구멍을 보게 된다.)

술사는 말했다. "당신이 아이를 그 입구의 구멍을 통해 데리고 오면⋯⋯"

(사람들은 물개 가죽으로 밧줄을 만들곤 했다. 그것을 타프라르탓이라고 부른다. 그들은 물개 가죽을 말려서 그 가죽을 계속 연결되는 가는 조각으로 둥글게 잘라 긴 밧줄을 만들었다.)

술사는 아이 아버지에게 아들의 목에 밧줄을 감고 그것을 입구의 구멍으로 끌어 올릴 것이라고 말했다.

그러면 아버지가 칼을 가지고 입구의 구멍에 (아이는 참으로 가련한 입장인 것이다) 있다가 그의 목이 구멍을 통과하면, 곧 아들의 목이 구멍에 이르게 되면, 곧바로 칼로 목을 쳐야 한다고 말했다.

아들이 위대한 사냥꾼이 되길 원한다면 이것이 아버지가 해야 할 일이라는 것이었다.

그리고 술사는 다시 말했다. "다시 말씀드립니다만, 당신이 아들을 치지 않는다면 당신은 그가 훌륭한 사냥꾼이 될 수 있는 기회를 망쳐버리는 장본인이 될 것입니다."

술사는 아버지가 고통스러운 나머지 칼로 아들을 내려치지 않게 되면 그가 사냥할 수 있는 뛰어난 능력을 얻을 기회를 저버리게 되는 것이라고 거듭 말했다.

그래서 아버지는 아들을 마을 공회당 건물로 데리고 갔다. 술사는 그의 목에 물개 가죽 밧줄을 감고 앞에서 말한 그대로 아들의 목을 잡아당기기 시작했다.

구멍을 통해서 그의 목을 끌어당기다가 그가 말했던 위치에 이르렀을 때 술사는 내려치라는 신호를 보냈다. 아버지는 칼을 쳐들었다.

바로 앞에 그의 유일한 자식이 서 있었다.

그러나 그는 술사의 신호를 무시하고, 팔을 내렸다. 그는 자기의 유일한 피붙이인 아들의 목을 내려칠 수가 없었다.

그가 팔을 내리자, 술사는 말했다. "나는 당신에게 이미 말한 바 있습니다. 당신이 내 지시를 따르지 않는것은 곧 당신이 아이의 운명을 짓밟는 것이라고. 이제 만사가 끝장입니다. 내가 할 수 있는 일

이라고는 아무것도 없습니다."

그러자 아들의 목을 절단하길 거부한 아버지에게 한없는 회한이 밀려왔다. 후회막급이었다.

일이 끝나버렸음을 알게 된 후 아버지는 그 술사를 다시 집으로 초청했다.

술사를 집 안으로 안내한 후 그는 그에게 간청했다. 그는 술사에게 아들을 도와줄 다른 방법이 없는지 물었다.

술사는 마침내 입을 열었다. "당신네 두 분이 아들에 대한 슬픔과 애도를 피하려고 하시니 말씀드립니다. 물개의 방광으로 아이를 데려가도록 해보지요. 그것이 이제 내가 할 수 있는 유일한 방책입니다."

물개의 방광은 앞서 말한 그대로이다. 이미 말했듯이 이곳 사람들은 자신들이 잡은 물개의 방광을 부풀려서 그것을 말려서 가져간다. 그리고 겨울의 어떤 달에 이르면, 다시 말해 우리가 크리스마스와 신년을 축하하기 위한 날을 설정하는 것처럼, 그런 때에 이르면—물론 그들은 유피크족으로서 그런 목적의 특별한 날이 따로 있지만—그들은 방광을 거둬들일 때라고 부른다. 어떤 달인지 정확하게 알 수 없지만 아무튼 그때를 그들은 그렇게 부른다.

술사는 아버지에게 아들과 헤어지는 것을 염려하고 괴로워하지 않을 것이라고 약속한다면, 또 아들이 1년을 그렇게 떠나 있을 것을 받아들인다면, 물개의 방광으로 아들을 데려가게 할 것이라고 말했다.

아버지는 그의 말에 곧 동의했다. 그리고 술사에게 그렇게 해도 좋다고 말했다.

물개의 방광을 갈무리할 때가 되자, 그들은 방광을 물에 담가 적신 뒤 그것을 부풀린 다음, 공회당 건물의 뒤편에 그것을 걸어놓았다. 사냥꾼마다 자신의 방광을 한 묶음으로 걸어놓곤 했다.

많은 사냥꾼들이 물개의 방광을 모아서 걸어놓는다. 사냥을 잘한 사람은 물개의 방광이 많을 것이고 그렇지 못한 사람은 방광이 적기 마련이다. 이렇게 하는 것은 그들이 붙잡은 물개를 바다의 집으로 돌려보내기 위함이다.

물개를 한 마리 잡으면, 사람들은 방광을 떼어내서 간직한다. 그러면 물개는 여전히 살아 있는 것으로 여겨졌다.

그리고 사냥을 나갔을 때, 사람들은 그 전해에 그들이 잡은 물개가 다시 돌아온 것으로 믿는다. 사람들은 그들이 붙잡은 물개가 전년도에 잡은 물개와 동일한 것이라고 생각한다.

그들만의 생각이지만 그들은 그렇게 해서 물개가 죽지 않고 영속적으로 살아간다고 믿었다.

물개의 방광은 물에 적시면 부풀어 오른다. 방광을 떠나보낼 준비가 되면 사람들은 얼음에 구멍을 뚫고 그들이 갈 길을 마련한다. 사람들은 얼음을 강바닥에 이르도록 잘게 쪼아낸다.

사람들은 모아놓은 방광을 부풀렸다가 그것을 수축시킨다. 방광의 공기를 모두 빼낸 후 두 사람이 그것을 들고 강으로 가서 파놓은 구멍에 떨어뜨린다. 그렇게 방광을 강에 가라앉히고 난 후 사람들은 방광이 강을 통해서 바다에 있는 그들의 집으로 돌아간다고 생각한다.

그래서 그 술사는 아이를 방광과 함께 떠나보낼 수 있다면 그것이 그가 훌륭한 사냥꾼이 될 수 있는 유일한 기회가 될 것이라고 말했다.

아이의 아버지는 계획대로 실행하라고 재촉했다.

물개의 방광에서 공기를 빼내고 사람들이 그것을 강으로 운반해갈 때, 술사는 아이를 데리고 그들을 따라 강가의 얼음 구멍으로 갔다.

방광이 얼음 구멍 속으로 가라앉자, 그는 방광을 운반해온 두 사람에게 말했다. "당신들 먼저 돌아가겠소? 나도 곧 뒤따라가겠습니다."

두 사람은 마을 공회당 건물로 돌아와서 안으로 들어갔다. 얼마 후 술사는 혼자서 들어왔다. 그와 함께 있었던 아이는 가고 없었다.

그 이후로 그 꼬마 아이는 사라져버렸다. 그는 마을에서 완전히 자취를 감추었다.

그렇게 아이는 온 겨울을 마을에서 떠나 있었다.

아이는 강가의 얼음 구멍에 이르렀을 때, 갑자기 무엇인가에 사로잡혔던 생각만이 기억되었다. 그의 몸 전체가 최면에 걸린 것이었다. 어쩌면 그것은 한순간의 충격 같은 것이었다.

깨어나서 다시 정신을 차렸을 때, 아이는 자신이 다른 사람들과 여행을 하고 있는 중임을 알았다. 동행의 여행객들은 집으로 귀환하는 중이라고 말했다.

목적지에 당도했을 때, 그들은 공회당으로 들어갔다. 그의 마을에서와 마찬가지로 그곳의 공회당에도 안쪽에 빙 둘러서 일하고 잠잘 수 있도록 북돋운 단이 있었다.

마루 아래쪽에 사람들이 앉아 있었다. 그들의 몸은 종기투성이였다. 그들은 끊임없이 몸을 움직이고 몸을 긁어댔다.

마루 층에 놓여 있는 벤치에 앉아 있는 사람도 있었다. 그들은 체구가 작았는데 얼굴은 원형이고 눈은 크고 둥글었다.

그리고 높은 층의 연단을 따라 앉아 있는 사람도 있었다. 이들은 강건해 보였고 자신감이 넘쳐 보였다.

그곳에 이르는 여행 도중에 누군가 아이에게 겨울 동안 잘 보살펴 주겠다고 말했었다. 술사 또한 아이의 부모에게 아이를 위해 그의 후원자를 지정해주었다고 말했었다. 벤치 위에 앉아 있던 사람 중의 하나가 아이에게 그가 겨우내 아이 옆에 앉아 있을 것이라고 말했다.

마루에 앉아 있던 사람들은 겨울 동안 어디론가 떠나곤 했다. 그들은 쉴 새 없이 나다녔다. 그들은 들어올 때 옷의 앞쪽에 싱싱한 물고기를 품고 오곤 했다. 그런가 하면 어떤 사람들은 냉동된 물고기를 가져오기도 했다. 그런 후 그들은 먹기 시작하곤 했다.

마루 층의 벤치에 앉아 있던 작은 사람들도 또한 연신 밖을 다녀왔다.

아이는 이내 온몸에 종기가 나서 계속 몸을 움직이는 마루 아래쪽에 앉아 있던 사람들이 얼룩빼기 물개라는 것을 발견했다. 그리고 큰 눈을 가진 키 작은 사람들은 수염 물개였다. 그는 그들을 사람으로 본 것이었다. 높은 연단 위 벽을 따라 앉아 있던 사람들은 수염 물개였다. 그들은 밖으로 나가는 법이 없었다. 그들의 동료들이 쉬지 않고 그들에게 먹을 것을 가져다주었다.

겨울 날씨가 험해서 공회당 건물에 내내 앉아 있으면 누군가가 공회당 건물 지붕의 현창에 올라와서 청소를 하곤 했다. 아이는 고개를 돌려내려다보다가 그 사람이 누군지 알게 되었다. 그는 아이가 아는 마을 사람이었다.

청소하는 사람은 더 낮게 내려와서 물을 빨아 마시는 듯한 동작을 취하곤 했다. 그리고 갈증이 충족되고 나면 몸을 곧추세우곤 했다.

아이는 또한 폭풍이 부는 어떤 겨울날에 마을에 살았던 사람이 물 나오는 구멍에 와서 물을 마시는 것을 보았다. 그가 물 마시러 와서 연기 구멍을 통해 아래를 내려다보곤 하는 것을 공회당에서 볼 수 있었다. 아이는 그가 누구인지 알 수 있었다.

그의 후원자는 말했다. "너는 저기 저 사람이 네 고향 출신이라는 것을 알았을 것이다. 이제 집으로 돌아가서 네 스스로의 힘으로 살기 시작하면, 너 또한 갈증이 날 때에는 물 구멍을 주의 깊게 청소하고 물을 마셔야 한다. 네가 그렇게만 하면, 우리가 여기에서 저 사람을 볼 수 있듯이 우리도 너를 볼 수 있을 것이다."

그리고 또 다른 사람이 와서 창문을 깨끗이 청소하기 시작했다. 아이가 아래쪽에서 지켜보니 그는 창문을 잠시 청소하다가 이내 가버렸다.

그의 후원자가 말했다. "네가 집으로 돌아가면, 너는 종종 얼음 구멍을 아무렇게나 청소할지도 모른다. 너는 지금 네 마을 사람 중의 하나가 얼음 구멍을 청소하는 것을 지켜보았다. 그는 아무렇게나 청소를 하고 우리를 보지도 않고 가버렸다. 그의 행동은 그가 사냥하고 싶은 동기도 욕망도 없음을 뚜렷이 보여주었다."

이따금 그가 거기에 앉아 있을 때, 눈덩이가 공회당의 지붕 위에 내려앉으면서 요란한 소리를 내는 것을 듣곤 했다. 알다시피 삽으로 눈을 떠서 던지면 누구든지 식별할 수 있는 독특한 소리가 난다. 그는 그렇게 눈덩이가 위에서 내려앉는 소리를 듣곤 했다. 눈보라가 창문을 치는 경우도 있었다.

그의 후원자는 말했다. "네가 집으로 돌아가 살다 보면 날씨가 험할 때 마을의 다른 사람 집 앞의 눈 치우기를 게을리할 수도 있을 것이다. 위를 향해서 귀를 기울여보아라. 거기에서는 네 마을에서 온 누군가가 그런 날씨에 빈둥거리지 않고 집 앞을 청소하는 소리가 들릴 것이다. 그 사람이 삽으로 눈을 떠서 버리면 그 눈이 우리 집 지붕 위에 떨어지게 되고 너는 그 소리를 들을 수 있을 것이다. 그가 세심하게 길을 치우는 소리를 귀 기울여 들어보아라. 그는 봄철에 우리를 붙잡으러 올 때 이용한 길을 말끔히 정비하고 있는 것이다."

"그의 여행길을 막아설 수 있는 것들이 지붕 위에 떨어지고 있는 것이다. 집 앞길을 청소할 때, 때로 너는 산만해질 수도 있을 것이다. 너희 마을에서 사람들이 폭풍우 속에서도 계속하여 길을 보살피고 있다면, 그것은 봄에 동물들이 올 때 그들이 이용할 길을 닦고 있는 것일 뿐이다."

그리고 소년은 때때로 멀리 길에서 희미하게 들려오는 소리를 듣곤 했다. 누군가가 실제로 삽으로 눈 치우는 일을 하고 있는 것이었다. 그 사람이 눈을 던지더라도, 눈 떨어지는 소리는 거의 들리지 않았다.

그의 후원자는 말했다. "자, 이를 주의 깊게 살펴보아라. 너는 때로는 동물이 다니는 길이라는 생각을 미처 하지 못하고 아무런 목적의식 없이 삽질을 할 수도 있을 것이다. 누군가가 저기에서 삽으로 눈을 치우고 있지만, 그 사람은 자신이 동물이 다니는 길에서 장애물을 치우고 있다는 생각은 전혀 하지 않을 수도 있다. 그래서 그가 삽질로 퍼내는 눈이 그에게 다가올 누군가의 길 위에 던져지는 게 될 수 있는 것이다."

그의 후원자는 계속해서 이렇게 조언을 해주었다.

그가 그곳에 앉아 있을 때, 이따금 과즙이 담긴 주발이 입구의 통로를 통해 들어와서 미끄러지듯이 밀려와 그들 두 사람 사이에 멈추는 경우가 있었다.

이때 그의 후원자가 말했다. "너희 부모가 우리에게 음식을 마련해 보냈구나. 과즙을 좀 맛보기로 하자." 그리고 그들은 과즙을 빠르

게 들이켜곤 했다.

그는 이내 이해했다. 그의 부모가 보내준 과즙을 술사가 먹을 경우, 술사는 과즙을 그들과 더불어 나눠 먹는 것이라는 사실을. 그것은 음식의 봉헌이라는 의식을 통해 이루어지는 것이다. 술사가 자기 과즙을 조금 먹고 그것을 공중에 던지면, 그것이 거기 공회당에 있는 그들에게로 전달되는 것이다.

후원자는 소년이 집으로 돌아가서 종족의 일원이 되었을 때 어떻게 하면 생산적인 인간이 될 수 있을 것인가에 대해 지속적으로 가르침을 주었다.

그리고 얼마 후 밖이 점차 밝아왔다. 그곳 사람들 중 몇몇은 밖으로 떠난 후 더 이상 돌아오지 않는 경우도 있었다.

그의 후원자가 말했다. "이제 낮이 점점 길어지고 있으니 네 고향의 친지들은 틀림없이 사냥 기술을 과시할 수 있는 곳인 바다를 응시하고 있을 것이다. 적당한 때가 오면 너와 나 역시 우리가 택한 주인을 만나러 갈 것이다. 나는 매년 나의 주인에게 돌아가곤 했다. 왜냐하면 그는 나의 존재를 소중히 여기고 늘 경외심으로 대하여 나를 두렵게 만들지 않기 때문이다. 그는 그래서 나의 주인으로 계속 남았다."

마침내 마루에 앉아 있던 사람들이 되돌아오길 그쳤다. 이제 불과 몇 명만 남아 있는 상태였다. 그는 그들이 북쪽으로 헤엄쳐 갔다는 것을 곧 알게 되었다.

젊은이들 몇이 떠날 채비를 하자 나이 든 사람 중의 하나가 말했다. "여행 중에는 너무 오래 잠을 자지 말아야 한다는 것을 명심해라. 잠을 오래 자면 사냥꾼들이 너희들이 깨어서 정신 차리기도 전에 너희들을 포획하고 말 것이다."

젊은이들 중의 하나가 말했다. "두 고수가 쉴 새 없이 쳐대는 북소리를 들으면서 맨정신으로 깨어 있기는 어려운 일이에요."

(너희 여자애들은 이 말이 잘 이해되지 않을 것이다.)

바다의 얼음 한가운데에서는 그 가장자리에 얇은 얼음 층이 새로 형성될 때 둥둥 북 치는 소리가 난다. 고르지 못한 표면도 끊임없이 쫠쫠거리는 소리를 낸다.

그래서 물개들이 떠다니는 얼음 위에 올라앉아서 그 소리를 들으면 북소리를 듣고 있다고 생각하게 된다.

물개들이 일어나서 주변을 관찰하고 있을지라도 부빙의 주위에서 물결치는 소리가 계속 들려오기 때문에 졸리기 마련이다.

물개들은 잠들어 있는 사이에 붙잡히는 것을 원치 않았다. 그럴 경우 사람들이 떠내려 보낸 방광으로 피신하고자 해도 몸이 들러붙어 꼼짝달싹할 수 없기 때문이다.

그래서 그들은 사냥꾼이 그들을 사냥하는 동안에는 깨어 있어야 한다는 주의를 늘 들어왔다. 사냥꾼이 작살로 공격을 해오면 카약의 제일 먼 끝 쪽으로 온 힘을 다해서 도망쳐야 한다.

그 자신의 방광을 찾아서 그 안으로 달려 들어가는 것은 정녕 그의 생명이요 그의 영혼 그것이다. 그 안에 피신하기 전에 작살을 맞는다면 그 물개는 영원히 죽고 마는 것이다.

아이와 그의 후원자는 때가 이르자 마침내 여행을 시작했다. 여행을 하는 그들의 눈에 옆을 지나는 또 다른 캬약이 이따금 보였다. 가난한 사람의 카약은 낡은 옷으로 덮여 있기 일쑤였다. 그것은 낡은 가죽신과 해어진 옷으로 덮여 있었다.

후원자가 물었다. "지금 막 지나간 저 사람 보았느냐?"

그가 보았다고 말하자 후원자는 말을 이었다. "이를 기억해두어라. 네가 마을로 돌아가서 네 자신의 카약을 갖게 되었을 때, 너는 그것을 지지하는 장대를 집에 아주 가까이 두고 싶어 할 수도 있다. 여자들은 집 밖의 어디에나 옷을 걸어두려 한다. 그 장대를 집 근처에 너무 가까이 두면 여자들이 거기에다 옷을 걸어두게 되고, 그러면 네가 카약을 타고 바다로 노를 저어 나갈 때, 방금 본 그 사람과 같은 처지가 된다. 그러나 네가 너 스스로를 잘 살핀다면, 너는 낡은 옷으로 카약을 덮지 않아도 될 것이다."

계속해서 길을 따라가다가 그들은 물 위에 떠가는 또 다른 카약을 보게 되었다. 거기에 탄 사람은 카약이 거의 물 위로 뜨다시피 노를 저었다. 그가 젓는 노의 끝은 물을 스치는 듯 마는 듯했다.

후원자는 말했다. "카약을 물 위로 띄우는 저 사람을 보아라. 너는 그가 물 위로 노를 젓는 것을 볼 수 있을 것이다. 너는 살아가면서 때로 바다를 가볍게 여길 수도 있을 것이다. 네가 방금 본, 카약을 물 위로 띄우는 사람은 바다에 대해서 생각해본 적이 없는 사람이다."

그런 사람은 다른 사람들이 모두 밖으로 여행을 떠나기 시작할 때 갑자기 바다를 생각하는 사람이다.

여행을 계속하다가 그들은 또 다른 카약과 마주쳤다. 그 안에서 노를 젓는 사람은 머리 위에 양동이를 뒤집어쓰고 있었다. 양동이가 눈을 가리고 있기 때문에 그는 자신이 어디로 가고 있는지 알 수 없는 상태였다. 그런데도 그는 노를 지속적이고 규칙적으로 젓고 있었다.

내가 어렸을 적에 어른들은 몸을 아래로 수그려 양동이의 물을 마시지 말라고 가르쳤다. 어른들은 물을 마실 때는 언제나 자루 달린 바가지를 쓰라고 말했다.

이것은 오랜 과거로부터 내려온 근본적인 삶의 원칙 가운데 하나였다.

머리에 양동이를 뒤집어쓰고 노를 젓는 사람은 몸을 수그려 물을 마시는 사람이나 마찬가지라고 여겨진다. 그들은 충고를 무시하고 자루 달린 바가지를 사용하지 않고 물을 마시는 자들이다.

옆을 지나가면서 보니 그는 바로 그런 모습이었다.

그럼에도 불구하고 사냥꾼은 노를 쉬지 않고 계속 저었다.

그리고 그들은 가끔 멈춰 서 있기도 했다. 그때 또 다른 카약이 지나가고 있었다. 카약에 타고 있는 사람은 머리를 그의 입까지 길게 늘어뜨리고 있었다.

그의 후원자는 말했다. "자, 사람이 보이느냐? 네가 자식을 얻게 되면, 너는 이의 서캐를 입으로 훑어내고 싶을지도 모른다."

그 당시 사람들의 몸에는 이가 많았다. 그래서 다른 사람의 머리를 입으로 훑어서 이를 몰아 잡아 자신의 입안에 털어 넣는 사람들도 있었다.

아이는 후원자에게 자신도 자식이 생기면 그렇게 하고 싶을 것이라고 말했다.

후원자는 대답했다. "입까지 머리를 늘어뜨린 저 사람을 보아라. 그는 아이들 머리의 이를 입으로 잡아낼 그런 사람이다."

그들은 여행을 계속하다 어떤 마을을 지나가게 되었다. 후원자는 그곳이 어딘지 알아차렸다.

그들은 거기에서 북쪽으로 방향을 잡아 여행을 계속했다.

그렇게 계속 가다가 어느 날 그들은 어떤 마을에 이르렀다. 후원

자는 말했다. "내 주인의 마을에 이르렀구나. 여기 앉아서 그를 기다리기로 하자. 그가 내일 아침 일찍 이곳으로 올 예정이다."

그들은 앉아서 기다렸다. 그렇게 기다리고 있자니, 아이에게 졸음이 엄습했고 그래서 아이는 꾸벅꾸벅 졸았다. 그러자 후원자가 급히 그를 흔들어 깨우고 말했다. "오 제발, 지금 졸음에 져서는 안 된다. 정신을 차리고 우리 주인을 지켜보아라. 그는 방금 공회당 건물에서 걸어 나와 채비를 갖추기 위해서 그의 아내가 있는 집으로 가고 있다."

그들은 집들의 바로 아래쪽에서 기다렸다. 그가 지켜보니 한 여자가 한 아름의 풀들이 담긴 바구니를 들고 집에서 나왔다. 그 여자는 참으로 순수해 보였다. 그녀가 입은 파카의 주름 칼라의 가장자리에서 후광이 발산되고 있었다.

그 여자는 바다로 나갈 채비를 하는 남편을 도와주느라 분주했다. 그녀는 열성을 다해서 남편을 돕고 있었다.

그것을 보고서 후원자가 말했다. "저기 저 여자를 보아라. 그 여자가 게으른 여자가 아니라는 것이 분명하지 않느냐. 그 여자에게서 나오는 반짝이는 빛이 그녀의 정결함을 말해준다. 여자가 한가롭게 앉아 게으름 피우지 않고 또 해야 할 일을 소홀히 하지 않는다면, 그런 여자의 모습은 바로 저와 같을 것이다. 이제 그 여자의 남편이 이곳으로 올 준비가 다 된 듯하니 지켜보자."

그들은 멀리서 앉아 마치 텔레비전을 보는 것처럼 마을을 지켜보았다.

그 여자의 남편은 자그만 평썰매로 카약을 싣고 바다를 향해 출발했다.

그가 바다 쪽으로 내려오는 동안 그들은 얼음덩이 위에 앉아 있었다. 바닷가에 이르렀을 때 남자는 카약의 아래로부터 썰매를 잡아당겨서 그것을 카약의 뒤에 실었다.

그리고 그는 카약 안으로 들어가서 나무 주발을 들고 자리에서 일어섰다.

후원자가 말했다. "보아라, 저 사람이 이제 우리에게 과즙을 주기 위한 준비를 하고 있구나."

그를 지켜보고 있노라니, 그는 주발로 손을 뻗쳐 그것을 집어 들고 손을 올렸다. 그다음, 그들이 어디에 있는지 정확히 알고 있다는 듯이 그들을 향해 과즙을 던졌다. 과즙은 바로 그들 앞에 떨어졌다.

그러자 후원자는 "이제 과즙을 맛있게 먹자"라고 말했다.

그들은 남자가 던져준 모든 것을 먹었다.

그 당시, 아직 서양의 종교가 유입되기 전에는 바다로 나가는 사람들은 너나없이 동물들에게 먹을 것을 봉헌했다.

사람들은 가지고 온 모든 음식을 조금씩 떼어 물속에 던졌다. 사람들은 얼마간의 음식을 물고기를 위해 물에 던지는 것이다. 음식은 그들에게 올 가능성 있는 동물들에게 바쳐지는 것이었다.

그리고 그 사냥꾼은 카약에 올라서 그들이 있는 곳을 향해 노를 젓기 시작했다.

그때 아이의 후원자는 말했다. "저 사람이 우리를 쳐다볼 때 그의 눈을 관찰해보렴. 그 시선의 강렬함을 잘 보아두어라. 그가 너를 똑바로 쳐다볼 때, 그 시선의 강렬한 힘을 느껴보아라. 그의 시선이 얼마나 예리한지 살펴라."

"네가 마을로 돌아가면 여자들과 다른 사람을 그처럼 똑바로 응시

해서 그들을 불편하게 만들 수도 있을 것이다. 남자들이 여자들의 얼굴을 계속에서 똑바로 쳐다보게 되면 그의 시선은 약해진다."

"그러나 남자들이 여자의 얼굴이나 다른 사람의 얼굴을 똑바로 바라보기를 그만두고 사냥에 나가게 되면 그들의 시력은 예리해진다."

"저 사람을 세심하게 주시해라. 그가 우리 쪽을 바라볼 때, 너는 그 힘을 느낄 수 있을 것이다."

사냥꾼은 곧장 그들에게 다가왔다. 소년은 그를 지켜보면서 갑자기 굉장한 충격을 느꼈다. 그의 몸이 부르르 떨렸다.

그러자 그의 후원자가 말했다. "그가 우리를 보았다. 우리를 포착했다."

그리고 그는 덧붙였다. "이제 그가 우리 뒤를 따라올 것이다. 잠들지 않도록 해라. 잠자고 싶은 강렬한 충동이 너에게 엄습해올 것이다. 계속 깨어 있고 졸지 않도록 애써라."

(사냥꾼들은 흔히 나무로 만든 높고 끝이 뾰족한 모자를 쓴다. 나는 이전에 그런 모자를 보곤 했었다.)

그때 사냥꾼은 그의 나무 모자를 머리에 얹고 그들을 뒤쫓기 시작했다. 그 사람이 가까이 접근함에 따라 아이는 얼음 뒤로 사라졌다. 그들은 그곳에서 기다렸으나 사냥꾼은 나타나지 않았다.

그들이 기다리고 있는 사이 작은 새 한 마리가 천천히 나타났다. 사람들이 바다쇠오리라고 부르는 새이다. 담채색의 이 바닷새는 물 속으로 다이빙했다가 다시 나오기를 끊임없이 반복하고 있었다.

(그대들 젊은 사람들이 바다에 나가게 되면 틀림없이 이 새들을 보게 될 것이다. 그들은 깃털이 밝고 날개에 어두운 반점이 있다.)

새는 구부러진 만곡부를 돌아 그들을 향해 헤엄치기 시작했다. 얼마쯤 헤엄을 친 후 새는 잠시 트림을 했다. 새가 트림을 하자 희미한 물보라가 새에게서 뿜어져 나와 그들 쪽으로 천천히 퍼졌다.

그 기분 좋은 물안개에 감싸이자 소년은 어떤 쾌감을 느꼈고 동시에 졸음이 찾아왔다. 엄습해오는 졸음과 싸우며 정신을 차리려고 노력하고 있을 때, 후원자가 그의 옆구리를 부드럽게 찌르며 말했다. "아 안됐구나! 깨어 있도록 애쓰라고 말한 줄 아는데."

그는 자신을 채근해서 정신을 바짝 차리고 다시금 경계 상태에 들어갔다.

그러자 후원자가 말했다. "이제 새를 주시해라. 다음번에 새가 그렇게 하면, 그 여파는 훨씬 강렬할 것이다. 너는 정말 정신을 못 차릴 정도로 졸릴 것이다. 나 또한 깨어 있으려면 굉장한 고통을 느끼게 된다. 나 역시 조금 전에 대단히 졸렸었다.

만약 네가 어쩔 수 없이 잠에 빠져들었더라도 거센 충격을 느끼게 되면 곧바로 네 방광을 찾아 돌진해라."

(기억하고 있겠지만 사람들은 통상 물개의 방광을 간직해두고 있다. 그런 일이 일어날 경우 물개들은 그들의 방광을 향해 달리라는 말을 들어왔다.)

그때 새가 더욱 가까이 다가와서 트림을 하자 기분 좋은 작은 물안개가 다시금 피어올랐다. 그리고 전과 마찬가지로 물안개는 그들을 향해 밀려왔다. 물안개에 감싸이자 소년은 급작스럽게 졸음에 휘말렸다. 그는 깨어 있기 위해 애를 썼으나 이내 꾸벅 졸고 말았다.

그렇게 잠에 빠져드는 순간, 그는 갑자기 온몸을 뒤흔드는 커다란 충격을 느꼈다. 그 충격이 전해지자마자 그는 재빨리 자신의 방광을 찾아서 그곳으로 몸을 피했다.

사냥꾼은 그 둘을 모두 잡았다. 그는 그들의 육신만을 죽였다.

영혼이 그들 자신의 방광으로 피신했기 때문에 그들은 불멸의 존재로서 거기에 머물고 있는 것이다.

사냥꾼이 그의 피부를 벗기고 살을 베어낼 때, 그의 몸 전체가 따끔거렸다. 그것은 오싹한 느낌이었으나 아픈 것은 결코 아니었다.

사냥꾼은 살을 잘라내는 작업을 모두 마친 후 그것들을 썰매에 싣고 집으로 가져갔다. 사냥꾼은 마을 인근의 호수에 이르자, 노를 높이 쳐들어서 물개를 죽였다는 표시를 했다.

그리고 그가 다시 걷기 시작하자, 그들은 거기에 서서 그를 지켜보았다.

사냥꾼이 집에 이르자, 그의 아내가 벨트를 차고 마중 나왔다. 그녀는 잡은 것을 운반할 수 있도록 썰매를 대령했다.

사냥꾼의 아내가 모습을 보이자 술사는 방광을 타고 바다로 나갔던 소년의 부모 집으로 달려가서 아들이 돌아왔다고 말했다.

부모는 환호작약했다. 그들은 아들이 인간의 형체로 돌아온 줄로 알고 있었다.

그러자 술사는 말했다. "오 저런! 그렇게 뛰지 마십시오, 지금 아들을 만날 수 있는 것은 아닙니다. 아들은 금년 겨울 사람들이 방광을 띄워 보낼 때 비로소 나타날 것입니다. 당신네는 그를 환영하기 위해 과즙을 만들어야 합니다. 과즙이 만들어지면 나에게 조금 가져오십시오. 아들이 도착하면 과즙에 대한 갈망이 클 것입니다."

그래서 부모는 과즙을 만들었다. 그리고 얼마간의 과즙을 공회당 건물에 있는 술사에게로 가져왔다.

그리고 부모는 온 여름을 기다렸다. 아들이 도착했다는 말을 듣고 나서도 그들은 아들이 정말 그곳에 있는 것인지 의심스러워지기 시작했다.

그들의 마음이 울적해지기 시작했을 때, 술사가 뛰어 들어와서 말했다. "울적해 말라고 여러 번 말하지 않았습니까. 다시 말합니다. 당신네 아들은 실제로 여기에 와 있습니다. 그렇지만 아들은 때가 이르러야 모습을 나타낼 것입니다. 참고 기다려야 합니다. 과즙을 좀 만들고 나에게도 조금 가져오세요."

부모는 그 말을 듣고 과즙을 만든 다음 그가 있는 마을 공회당 건물로 약간 가져왔다.

마침내 겨울이 오고 방광을 기리고 띄워 보내는 때가 도래했다. 사람들은 각자의 방광을 잘 관리해서 매달아두었다. 그리고 그것을 띄워 보낼 날이 닥쳤다. 사람들은 방광에서 공기를 빼내고 강가로 가지고 나가서 얼음 구멍을 통해 그것을 띄워 보냈다.

그렇지만 소년의 모습은 보이지 않았다.

마지막 방광이 떠내려간 후, 마을 여자 한 사람이 강으로 물을 길으러 갔다.

겨울에 눈이 많이 내리면, 눈은 샘 주위로 높이 쌓이기 마련이다. 사람들은 쌓인 눈의 꼭대기에 지붕을 만들고 샘 주위에 작은 은신처를 만든 다음 마치 집인 것처럼 문간 길을 만들어둔다. 그것을 아니구야크라고 부른다. 그들은 그곳을 통해 안으로 들어가서 양동이에 물을 채우는 것이다.

마을 여자 하나가 강으로 물을 길으러 가서 아니구야크로 걸어 들어갔다. 안쪽을 바라보는 순간 그녀는 발가벗은 작은 아이 하나가 몸을 웅크리고 거기에 앉아 있는 것을 발견했다. 아이는 몸을 떨면

서 나지막하게 울먹이고 있었다. 그녀는 가까이 다가가서 그 아이를 보고는 1년 전에 사라져버린, 방광을 타고 떠나버린 바로 그 소년이라는 것을 알았다.

"왜 울고 있니?" 그녀가 물었다.

아이는 대답했다. "나와 내내 함께 다녔던 사람들이 가버렸어요. 나도 데려가달라고 그들에게 애걸했지만 그들은 거절하고 여기에 나만 남겨놓고 가버렸어요."

그는 그들과 함께 갔으면 좋았을 것이라고 말하면서 계속 울었다.

여자가 말했다. "오 얘야, 그만 울어라. 너는 이곳에 있어야 한다. 나와 함께 네 부모가 계시는 집으로 가자꾸나. 자, 이곳 네 부모에게 함께 가자."

여자는 그 아이를 데리고 부모의 집으로 달려갔다. 그는 정상적인 인간의 모습으로 돌아와 마을에 도착한 것이었다.

그가 집 안으로 들어오자, 그의 부모는 너무나 행복하고 기뻤다. 그래서 아들을 위해 새 옷을 준비했다.

그 후로 그는 마을에 머물렀고 정상적인 인간의 삶을 시작했다.

그 이듬해 사람들은 다시 방광을 띄워 보낼 준비를 했다. 어느 날 방광이 마을 공회당 건물에 매달려 있을 때, 소년은 옷을 모두 벗었다.

그가 옷을 벗기 시작하자 공회당에 있던 사람 하나가 물었다. "왜 그러니? 뭘 할 거니?"

소년은 "지난해 함께 지냈던 사람들을 방문하러 갈 생각입니다"라고 대답했다.

그는 사람들에게 마을을 떠나 있던 동안 함께 지냈던 사람들을 방문할 것이라고 말했다. 그리고 그는 자리에서 일어나 열 지어 걸려 있는 방광의 맨 끝으로 걸어갔다. 그리고 끝에 있는 방광 다발에 그가 손을 얹자 그의 모습이 천천히 사라졌다.

그러자 그가 손댔던 방광 다발부터 시작하여 모든 방광들이 떨리기 시작했다. 그 떨림은 물결처럼 천천히 번져나갔다. 방광들은 사람들이 만지지 않았는데도 계속 떨리고 있었다.

사람들이 모두 이 광경을 지켜보는 동안 어떤 방광들은 다른 것들에 비해 더 오랫동안 떨렸다. 어떤 것들은 잠시 떨다가 멈추었다.

이윽고 소년이 방광들의 끝머리에 나타났다. 방광들이 떨리기를 멈춘 후 얼마 되지 않아서 그는 다른 쪽 끝에서 방광 밖으로 빠져나왔다. 갈 때와 똑같은 모습이었다.

옷을 입으면서 소년은 말했다. "옛 친구들, 내가 이곳을 떠나 있었던 동안 함께 지냈던 사람들을 마침내 만나볼 수 있어서 정말 즐거웠습니다."

해마다 그는 그 일을 반복했다. 사람들이 방광을 보내는 때가 되면 그는 어김없이 옛 친구들을 방문하러 갔다. 그는 걸려 있는 방광들의 끝자락에서 그 안으로 들어갔다가 방문을 마치고는 다른 쪽 끝으로 나오곤 했다.

소년은 성인이 되어서 바다에 나가기 시작했다. 그는 바다에서 만나게 되는 물개를 모두 알아보았다.

그들에게 가서 지내는 동안 자신을 냉대하던 물개나 자기에게 화를 냈던 물개를 보게 되면 그는 그것을 향해 전력을 다해 작살을 던져 큰 상처를 입히려고 했다.

그러나 그를 환대해주고 잘 보살펴주던 물개와 조우하게 되면 그는 작살을 살짝 던졌다. 그는 작살을 던지기는 했지만 그 끝이 물개

의 몸에 꽂히더라도 작은 상처만 생기도록 했다.

그는 공회당의 동료들에게 이 모든 일들에 대해 이야기해주었다.

그리고 어른이 된 후로 그는 두 번 다시 사라지지 않았다. 얼마 후 그는 아기 아버지가 되었다.

사람들이 들려주는 이야기는 대개 여기에서 끝난다.

사람들은 바닷속 물개와 함께 지냈던 사람이 공회당에서 늘 이야 기를 들려주곤 했다고 말한다. 그는 나이 든 원로가 되어서도 다른 사람들에게 자신의 체험담을 들려주었고, 그가 방문했던 물개들에게 로 가는 관문과 얼음 구멍 그리고 집의 마루 등에 대해서 말하곤 했 다. 그는 젊은이들에게 이런 장소를 정결하게 보존하라고 당부했다. 그들이 이런 곳들을 잘 보존하고 있으면 인간과 동물 사이의 통로가 열려 있는 것이라고 말하곤 했다.

이야기는 대개 이것으로 끝맺음된다.

곰과 결혼한 소녀

　내가 「곰과 결혼한 소녀」 이야기를 처음 들은 것은, 1948년 인류학 대학원생으로서 캐나다 남부 유콘 지방의 카크로스에 살고 있는 태기쉬 부족들을 현지에서 조사하는 과정에서였다. 연구를 마치고 돌아올 무렵 원주민 노인 마리아 존스Maria Johns가 이별의 선물로 이 경이로운 이야기를 들려주었다. 그녀는 19세기 말 대다수의 태기쉬 부족들이 사용하던 언어인 틀링깃Tlingit어로 이야기를 시작했고, 그녀의 딸인 도라Dora Austin Wedge가 영어로 통역해주었다. 도라의 아홉 살 난 딸 애니도 나와 함께 이야기를 들었는데, 우리는 모두 이야기에 흠뻑 빠져들었다.

　나는 그 후로도 수년에 걸쳐서 이 이야기를 열한 번이나 더 들을 기회가 있었는데, 그중에 아홉 번은 원주민이 자진해서 들려준 경우였고, 두 번은 내가 특별히 요청해서 들은 경우였다. 처음에 나는 이 이야기의 의의를 곰 의례의 전승이라는 시각으로만 파악하여 이야기의 다른 요소들에 대해서는 별로 주의를 기울이지 않았다. 그러나 남녀노소를 막론하고 이 이야기에 매료되고 많은 사람들이 그것을 들려주고 싶어 하는 까닭이 무엇일까를 생각해보다가, 나는 거기에 민속 자료 이상의 가치가 있다는 것을 깨달았다. 이야기의 뼈대를 이루는 심리적·사회적 갈등이나 거기에 담긴 메시지는 원주민 문화에 친숙하지 않은 사람에게도 충분히 공감을 자아낼 수 있는 것이다. 나 역시 그 문화적 맥락에 대해서 거의 알고 있지 않을 때 이 이야기를 들었지만, 플롯에 내재하는 갈등과 그 심층적 의미를 놓치지 않았다고 기억한다.

최근까지도 서구의 학자들은 원주민 이야기의 문체에 대해서는 별반 관심을 기울이지 않았다. 그러나 원주민들은 구전 전통에 대한 그들 나름의 언어적 기준을 가지고 있다. 유콘 원주민들이 이런 문제를 직접적으로 언급하는 경우는 물론 드물다. 그러나 이야기의 전달 방식, 어휘의 선택, 그 밖에 말로 표현하기 어려운 언어적 자질 등, 다시 말해 '언어학적 마술linguistic magic'은 이야기의 내용 못지않은 핵심적 요소이다. 마리아와 도라는 이야기를 해가면서 발화의 속도를 조절하고, 목소리의 고저를 달리하고, 곰이 으르렁거리는 소리와 개가 짖는 소리를 흉내 내고자 애썼다. 마리아는 또한 곰이 인간의 형상으로 나타나는 경우와 본모습으로 나타나는 경우에 제스처를 달리하곤 했다. 구전 문화에서는 이처럼 구연의 형식이 중요하다. 유감스럽게도 영어로 활자화되는 과정에서 이 점을 제대로 반영할 수가 없었다.

구전 이야기의 의미를 보다 정확히 파악하기 위해서는 그 문화적 맥락의 이해가 요청된다. 남부 유콘 인디언 부족 사회에서 혈족 관계는 남녀를 불문하고 모계를 통해서 형성된다. 다시 말해, 한 가정에서 아내와 아이들은 동일한 모계에 속하지만 남편은 다른 친족 집

단에 속한다. 유콘 원주민의 경우 사회 전체가 두 개의 큰 친족으로 나뉘는데, 하나는 까마귀족이고 다른 하나는 늑대족이다. 유콘 사회에서는 누구든 모계의 친족으로 분류된다. 그러나 결혼은 반드시 부계 친족 계열의 사람과 해야 한다. 유콘 사회에서는 또한 어느 쪽 친족이라도 상대편 친족의 시체를 적절한 의식을 통해 매장해야 할 의무가 있다.

동기간의 남녀유별은 유콘 사회 체제의 또 다른 중요한 요소이다. 사춘기가 지나면 남매간에 서로 대화를 나눠서도 안 되고 서로 똑바로 바라보아서도 안 된다. 위기의 상황에서는 나이 어린 남동생이나 여동생이 손위의 누이나 오빠에게 제한적으로 이야기를 할 수는 있다. 이와 같은 남녀유별 체제에도 불구하고 동기간의 유대는 강하다. 연장자인 장남은 손아래 동생들을 돌보고, 손아래 형제자매들은 그의 행동에 이의를 제기하지 않는다. 동기간은 일생 동안 의식주 해결을 위해 상부상조한다. 결혼으로 맺어지는 형제자매의 유대도 중시된다. 유콘 사회에서 형제나 자매가 꼭 혈연적인 것은 아니다. 친족 내의 비슷한 또래이면 누구나 형제자매로 간주되고, 반대쪽 친족의 비슷한 나이의 사람이면 누구나 잠재적 형제자매로 여겨진다. 이관계는 인간에게만 국한되는 것이 아니라 동물도 포함된다. 나는 까마귀족에 속하는 어떤 사람이 한 무리의 늑대를 보고 매제라고 부르는 것을 본 적이 있다. 이는 곰에게도 마찬가지로 적용된다.

유콘 사회에서 동물과 인간은 엄격히 구분되지 않는다. 유콘 신화에 따르면 동물도 원래는 인간과 비슷한 모습이었는데, 까마귀가 햇빛 상자를 열어본 후에 동물들은 동물 가면을 쓰기 시작했다. 동물들은 그 이후로 아주 드문 경우를 제외하고는 인간에게 동물의 모습으로만 나타난다. 그러나 동물들은 인간보다 영적 힘이 강한 것으로 간주된다. 생존하기 위해서 종종 동물을 죽여야 할 처지에 있는 인간이 어떻게 동물과 조화를 이루며 살아갈 것인가의 문제는, 이런 상상 체계에서는 절실한 철학적 물음으로 다가올 수밖에 없다. 동물에 관한 유콘 사회의 여러 가지 의식과 금기 체계는 이런 고민의 소산이다.

　무엇보다 동물을 비하하는 말이나 생각을 해서는 안 되고, 동물의 배설물과 시체를 비롯하여 동물과 관련된 것을 함부로 대해서도 안 된다. 유콘 인디언들은 이를 어길 경우 모욕을 당한 동물들이 반드시 복수한다고 생각했다. 동물들은 종종 불경스러운 행동을 한 사람을 그들의 세계로 끌어들여서 그가 다시 인간 세계로 돌아가지 못하도록 만들기도 한다. 이런 사람이 인간의 세계로 귀환할 경우, 그는 동물 세계에서 체험한 것을 보고하여 인간과 동물의 조화로운 관계 설정에 도움을 주기도 한다. 이런 몇 가지 문화적 사실을 파악해두면 다음 이야기 「곰과 결혼한 소녀」를 이해하는 데 유용할 것이다.

〔해설: 캐서린 맥클렌런Catherine Mcclenllan, 마리아 존스Maria Johns,
도라 오스틴 웨지Dora Austin Wedge〕

곰과 결혼한 소녀

옛날에 나이는 어렸지만 여기 이야기를 함께 듣고 있는 애니처럼 몸집이 큰 한 소녀가 살았다. 그녀는 여름철이 되면 늘 열매를 따러 다니곤 했다. 그녀는 여름마다 가족과 함께 열매를 따러 갔고 그들은 그렇게 딴 열매를 건조시켰다. 그녀는 여자 식구들과 함께 숲으로 난 길을 따라갔는데, 길에서 곰의 배설물을 보곤 했다. 그 시절에 어린 소녀들은 곰의 배설물에 대해서 조심해야 한다고 가르침을 받았다. 그들은 곰의 배설물 위로 걸어서는 안 되었다. 남자들은 그 위로 건너뛸 수 있었지만, 여자들은 배설물이 있으면 돌아가야 했다. 그러나 이 소녀는 곰의 배설물 위를 건너뛰기도 하고 그것을 발로 차내기도 했다. 그녀는 어머니의 말을 듣지 않았던 것이다. 곰의 배설물이 눈에 띄면 그녀는 그것을 발로 차고 건너뛰기 일쑤였다. 그녀는 주위에서 배설물을 늘 볼 수 있었는데, 아주 어린 시절부터 배설물을 그렇게 대했다.

그녀는 어느 정도 자란 후부터 식구들과 함께 캠핑을 다녔다. 그들은 고기를 잡아서 말렸다. 그들은 밖으로 나가서 열매를 따기도

했다. 그녀는 어린 소녀에 불과했다. 그렇지만 그녀는 어머니, 이모들 그리고 다른 자매들과 함께 밖으로 돌아다니며 열매를 땄다. 그때마다 그녀는 곰의 배설물을 보곤 했다. 그녀는 배설물을 보면 온갖 말을 늘어놓으면서 그것을 발로 차기도 하고 건너뛰곤 했다.

식구들은 각자 딴 열매를 바구니에 담아가지고 집으로 돌아왔다. 어느 날 소녀는 귀로에 탐스러운 열매가 눈에 띄자 그것을 따기 위해 멈춰 섰다. 다른 사람들은 앞장서서 갔다. 소녀가 열매를 따서 일어서는 순간 바구니에 담겼던 열매들이 쏟아지고 말았다. 그녀는 몸을 숙여 쏟아진 열매를 주워 담기 시작했다.

그때 그녀는 한 젊은이를 보았다. 준수한 용모의 젊은이였다. 그녀는 그를 전에 본 적이 없었다. 그의 얼굴은 붉은색으로 칠해져 있었다. 그는 멈춰 서서 그녀에게 말을 걸었다.

그는 이렇게 말했다. "그대가 딴 그 열매들은 좋은 것이 없소. 온통 먼지투성이가 아니오. 저쪽으로 조금 더 가봅시다. 내가 바구니를 가득 채워주겠소. 저쪽에 아주 좋은 열매들이 있답니다. 열매를 딴 후 내가 집까지 바래다주겠소. 그러니 걱정할 것 없습니다."* 탐스러운 열매로 바구니가 반쯤 차자, 그 젊은이는 말했다. "여기에서 조금 더 가면 열매들이 또 있습니다. 그것을 따러 갑시다."

그 열매들을 모두 따자 그는 다시 말했다. "밥 먹을 때가 되었네. 배고프지요."

---

* 이 대목에서 도라는 이야기를 멈추고 설명했다. "그녀는 아직 모르고 있지만, 그 남자는 실제로 곰이었어요. 이 이야기는 세상에 사람들이 아직 많이 살지 않았던 옛날 옛적의 아주 오래된 이야기랍니다. 정말입니다." 내게 도라의 이 말은 불필요한 것으로 들렸다. 그래서 나는 마리아가 이야기의 일부로 이 말을 했을 리 없다고 생각한다.

젊은이는 불을 피웠다. 그것은 불처럼 보였지만, 실제로는 불이 아니었다. 그들은 땅다람쥐를 불에 구웠다. 아주 많은 양이었다. 그들은 그중 얼마간을 먹었다.

그러고 나서 남자는 말했다. "이제 집에 가기에는 너무 늦었습니다. 내일 집에 데려다주겠습니다. 여름이니 잠자리 막사를 크게 만들 필요도 없고."

그래서 그들은 함께 밤을 나기로 했다.

잠자리에 들면서, 그가 말했다. "아침에 나보다 먼저 깨더라도 머리를 들어서 나를 보지 마시오."

그들은 잠자리에 들었다.

이튿날 아침 그들은 잠에서 깼다. 남자가 그녀에게 말했다. "자, 이제 가는 게 좋겠소. 먼저 저 다람쥐를 먹기로 합시다. 불을 피울 필요는 없을 것 같소. 그런 다음 열매를 더 따서 바구니를 가득 채웁시다."

소녀는 내내 그녀의 아버지와 어머니에 대해 이야기를 했다. 그녀는 집에 돌아가고 싶었고 그래서 그에게 집에 가고 싶다고 계속해서 말을 했다.

그가 말했다. "걱정할 것 없소. 그대를 집에 데려다줄 것이요."

그런 다음 그는 그녀의 오른쪽 머리 위를 때렸다. 그리고 태양이 하늘에서 운행하는 것처럼 그녀의 머리 주위에 원을 그렸다. 그는 이렇게 해서 그녀가 모든 것을 망각하도록 했다. 그녀는 모든 것을 잊게 되었다. 그녀는 더 이상 집 이야기를 하지 않게 되었다.

그리고 그들은 함께 떠났다. 그는 말했다. "괜찮습니다. 내가 집까지 데려다줄 것이요."

그러나 그 이후로 그녀는 집에 갈 생각을 모두 잊고 말았다. 그녀는 열매를 따면서 그와 함께 지냈다. 한 군데에서 야영을 할 때마다 그녀에게는 한 달이 흐른 것처럼 느껴졌으나 실제로는 하루가 지난 것에 불과했다. 5월에 함께 지내길 시작해서, 그들은 줄곧 함께 여행을 하고 돌아다녔다.

그러다가 그녀는 한 장소에 이르러 그곳이 어딘지 알아차렸다. 그곳은 그녀가 식구들과 함께 늘 고기를 말리던 장소였다. 그러자 남자는 나무들로 경계 지어진 그곳에서 멈춰 선 다음 그녀를 손바닥으로 쳤다. 그는 그녀의 머리 위에 태양이 하루를 돌 듯이 둥그런 원을 그린 다음 그녀가 앉아 있는 땅에도 또다시 원을 그렸다.

그가 말했다. "여기서 기다리시오. 땅다람쥐를 사냥하러 가야겠소. 우리가 먹을 고기가 없소. 내가 돌아올 때까지 기다리시오."

그는 땅다람쥐를 잡아가지고 돌아왔다. 그리고 그들은 계속 여행을 했다. 저녁 늦게 그들은 야영지를 정하고 음식을 만들어 먹었다.

이튿날 아침이 되자 그들은 다시 일어났다. 마침내 그녀도 알아차리게 되었다. 그들은 다시 여행을 계속했다. 가을이 가까워오고 있었다. 잠자리에 드는 시간도 늦어졌다. 그녀는 정신이 들기 시작했고 사태를 알아차리게 되었다. 날씨가 추워졌다.

그가 말했다. "이제 숙소를 만들어야 할 때가 되었소. 집을 지어야 합니다."

그는 집을 짓기 시작했다. 그는 굴을 팠다. 그녀는 그때 그가 한 마리의 곰이라는 것을 알아차렸다.

그는 꽤 오랜 시간을 들여 굴을 팠다. 그리고 그가 말했다. "가서 전나무 가지와 잡목들을 모아 오시오."

그의 말대로 그녀는 나무 가지를 모았다. 그녀는 키가 닿는 대로 나무의 높은 가지를 잡아채 꺾어서 한 묶음의 잡목을 만들어가지고 돌아왔다.

그가 말했다. "그 묶음은 안 되겠소. 당신은 흔적을 남겼소. 사람들이 그것을 보고 우리가 이곳에 있다는 것을 알아차릴 것이오. 그러니 그것은 쓸모가 없게 되었소! 이제 여기서 지낼 수 없소이다!"

그래서 그들은 길을 떠났다. 그들은 계곡의 위쪽으로 올라갔다. 그녀는 그곳이 그녀의 남자 형제들이 곰 사냥을 하러 가서 곰을 잡아먹곤 하던 장소라는 것을 알았다. 남자들은 봄에 그곳에 개를 몰고 나가, 4월이 되면 곰 사냥을 했다. 그들은 오래전부터 곰의 굴속으로 개를 몰아넣어, 곰이 굴에서 나오도록 만들곤 했다. 그곳이 바로 그녀 형제들이 사냥을 나가던 곳이었다. 그녀는 그곳을 알아보았다.

그는 말했다. "숙소를 만듭시다."

그는 굴을 파고 그녀를 다시 밖으로 내보냈다. "나가서 땅에 흩어져 있는 잡목들을 주워 오시오. 높은 가지를 꺾어 오지 말고. 아무도 그것을 어디에서 구했는지 알 수 없어야 하오. 그 자리는 이제 눈으로 덮일 것이오."

그녀는 땅에서 잡목을 주워서 그에게 가져왔다. 그러면서 그녀는 또한 나무의 가지들을 높게 치켜 올려놓았다. 그녀는 또한 형제들이 알아보도록 가지들을 아래로 축 처지게 만들어놓기도 했다. 그리고 그녀는 온몸과 팔다리에 모래를 바르고 나무 주위를 돌며 몸을 문질렀다. 개들이 그녀가 남겨놓은 냄새 자취를 알아보았으면 해서였다. 그리고 그녀는 잡목 더미를 들고 굴로 갔다. 그녀는 그렇게 잡목을 날라 왔다.

그가 굴을 파고 있는 모습은 영락없이 곰이었다. 그것이 유일한 순간이었다. 그 밖의 다른 때는 그는 사람처럼 보였다. 소녀는 달리는 살아갈 방도가 없었기 때문에 그가 그녀에게 잘 대해주는 한 그와 함께 머물렀다.

"이번 것은 좋아요." 그는 그녀가 잡목을 가져오자 그렇게 말했다. 그리고 그는 주변을 다듬어서 집을 완성시켰다. 집이 마무리되자 그들은 밖으로 나왔다.

겨울에 대비해 그들은 땅다람쥐를 사냥하러 나섰다. 소녀는 그가 사냥하는 모습을 본 적이 없었다. 그가 다람쥐를 사냥하는 동안 그녀는 부근에 앉아 있곤 했다. 그는 회색 곰처럼 땅을 뒤져서 다람쥐들을 잡아냈다. 그러나 그는 그녀가 그 모습을 보길 원치 않았다. 그는 그녀에게 어디에다 땅다람쥐를 두는지 결코 보여주지 않았다.

거의 매일같이 그들은 다람쥐를 사냥하고 열매를 땄다. 때는 그해의 끝자락이었다. 그녀에게는 그가 그저 하나의 인간처럼 느껴졌을 뿐이었다.

이윽고 10월이었다. 가을의 막바지였다. 그가 말했다. "자, 이제 집으로 돌아갑시다. 먹을 것도 충분하고 열매도 넉넉합니다. 굴로 내려갑시다."

그들은 집을 찾아갔다. 그들은 파놓았던 굴로 실제로 들어갔다. 그들은 그곳에서 머물렀고 잠을 잤다. 그들은 한 달에 한 번 깨어 일어나서 음식을 먹었다. 그들은 그 일을 반복하고 다시 잠자리에 들었다. 한 달이 그저 하루의 한나절 같았다. 그들은 밖으로 한 번도 나가지 않았다. 모든 것이 그처럼 여일했다.

얼마 지나지 않아 그녀는 아기를 가진 것을 알았다. 그녀는 아이

둘을 낳았다. 하나는 딸이었고 다른 하나는 아들이었다. 그녀는 2월에 그 아이들을 굴에서 낳았다. 그때가 바로 곰들이 새끼를 낳는 철이었다. 그녀는 그때 아이들을 낳은 것이다.

곰은 대개 밤에 노래를 부르곤 했다. 밤중에 잠을 깨면 그녀는 그가 부르는 노래 소리를 듣곤 했다.

나는 꿈에서 보았네.
그들이 나를 뒤쫓아 오는 것을.

곰은 여자와 함께 살기 시작하면서 술사처럼 되어갔다. 무당처럼 그에게 그런 예지가 찾아왔던 것이다.

나는 꿈에서 보았네.
그들이 나를 뒤쫓아 오는 것을.

그는 이 노래를 두 번 불렀다. 그녀는 그 노래를 처음으로 들었다. 두번째 노래를 하면서 곰은 "우프, 우프"라고 소리를 질렀다. 그녀는 잠에서 깨었다.

"그대는 나의 아내요. 나는 곧 밖으로 나가보아야겠소. 당신의 형제들이 눈이 녹기 전에 이곳에 곧 들이닥칠 것 같소. 당신에게 말하지만 나는 이제 나쁜 일을 하게 될 것이오. 나는 그들과 싸울 것이오."

"그러지 마세요!" 그녀가 말했다. "그들은 내 형제들이에요! 당신이 나를 진정으로 사랑한다면 싸우지 마세요. 당신은 나에게 잘해주었어요. 그들을 죽일 작정이라면 왜 나와 함께 살아왔습니까?"

"그래, 좋소." 그가 말했다. "나는 싸우지 않을 것이오. 그러나 어떤 일이 일어날지 당신이 알았으면 합니다."

그의 송곳니가 그녀에게는 칼처럼 보였다. "이것이 내가 싸울 무기요." 그가 말했다. 그녀에게 송곳니는 칼날처럼 느껴졌다.

그녀는 계속 간청했다. "제발 아무 짓도 하지 마세요! 그들이 당신을 죽인다 하더라도 나에게는 아이들이 있잖아요."

그녀는 그 무렵에 그가 곰이라는 것을 알고 있었다. 그녀는 정말로 알고 있었다.

그들은 잠자리에 들었다. 그녀는 다시 깨어났다. 그가 또 노래를 부르고 있었다.

나는 그 젊은 사람들 하나하나를 모두 잘 피했다네,

그런데 맨 마지막 형제─나는 그가 바로 그 일을 하리라는 것을
안다네.

"그래 사실이오." 그가 말했다. "그들이 가까이 다가오고 있소. 그들이 나를 죽인다면 그들이 내 두개골, 곧 나의 머리, 그리고 내 꼬리를 당신에게 주었으면 합니다. 그들에게 그것을 달라고 말하시오. 그들이 나를 어디에서 죽이든, 커다란 불을 피우고 내 머리와 꼬리를 불태워주시오. 그리고 머리가 불타는 동안 이 노래를 불러주시오. 완전히 타 없어질 때까지 노래를 불러주시오.

나는 그 젊은 사람들 하나하나를 모두 잘 피했다네,

그런데 맨 마지막 형제—나는 그가 바로 그 일을 하리라는 것을 안다네.

그래서 그들은 식사를 하고 잠자리에 들었다. 그렇게 또 한 달이 지나갔다. 그들이 한 달 내내 잠을 잔 것은 아니었다. 그들은 깨어 일어나곤 했다.

"이제 점점 가까이 다가오고 있소." 그가 말했다. "나는 편하게 잠을 잘 수가 없소. 이제 맨땅이 드러나고 있소. 밖을 내다보시오. 굴 앞의 눈이 녹았는지 살피시오."

그녀는 밖을 살폈다. 밖에는 진흙과 모래가 있었다. 그녀는 그것들을 얼마간 집어 들어 둥근 공 모양으로 만들어서 그것을 온몸 위에 발랐다. 거기에 그녀의 냄새가 가득 배었다. 그녀는 그것을 언덕 아래로 굴렸다. 개들은 그 냄새를 맡을 수 있었다.

그녀는 안으로 들어와서 말했다. "맨땅이 드러난 곳도 꽤 있습니다."

그는 그녀에게 왜 그런 자국을 냈는지 물었다. "왜? 왜? 왜? 왜? 그들은 우리를 쉬이 찾아낼 것이오!"

반달 동안 잠을 잔 뒤에 그들은 다시 깨어났다. 그리고 그는 다시금 노래를 불렀다.

"이것이 마지막으로 부르는 노래요." 그가 말했다. "당신은 내 노래를 다시 듣지 못할 것이오. 개들이 어느 때라도 문전에 들이닥칠 것입니다. 그들은 가까이 와 있소이다. 그래, 나는 싸울 것이오. 나는 고약한 일을 하지 않을 수 없소이다."

그의 아내가 말했다. "당신은 그들이 내 형제라는 것을 알잖아요! 제발 그런 짓은 하지 마세요! 당신이 그들을 죽인다면 누가 우리 아이들을 돌보아준단 말입니까. 아이들을 생각해야 됩니다. 내 형제들은 나를 도와줄 것입니다. 내 형제들이 당신을 해치려 한다면 그냥 내버려두세요!"

그들은 잠시 동안 다시 잠자리에 들었다. "잠을 잘 잘 수 없소. 그렇지만 한숨 붙여봅시다." 그가 말했다.

이튿날 아침 그가 말했다. "아, 가까이 왔소! 가까이 왔소! 일어나시오."

자리에서 일어나자마자 그들은 소리를 들었다. 개들이 짖고 있었다. "자, 나는 밖으로 나갑니다." 그가 말했다. "내 칼은 어디에 있소? 그것이 필요하오!"

그는 칼을 집어 들었다. 그녀는 그가 그의 이빨을 끼워넣는 것을 보았다. 그는 큰 곰이었다.

그녀는 그에게 간청했다. "제발 싸우지 마세요! 당신이 나를 원했다면, 왜 일을 이렇게 만들었습니까. 아이들을 생각하세요. 내 형제들을 해치지 마세요!"

그는 나가면서 그녀의 손을 잡고 말했다. "이제 당신은 나를 다시는 못 볼 것이오!"

그는 밖으로 나가서 으르렁거렸다. 그는 무엇인가를 세게 쳐서 굴 안으로 내던졌다. 그것은 작은 개, 작은 곰 사냥개*와 한 쌍의 장갑이었다.

그가 개를 안으로 던져 넣자 그녀는 그것을 붙잡아서 둥지 밑의 잡목 속에 밀어 넣었다. 그녀는 개를 거기에 숨겨놓았다. 그리고 그녀

---

* 남부 유콘 인디언족은 곰 사냥을 위해 특수한 종의 작은 개, 탈탄 개를 길렀다.

는 그 위에 앉아 개가 밖으로 나올 수 없게 했다. 그녀는 무슨 까닭인지 개를 그렇게 숨겼다.

한동안 아무런 소리도 들려오지 않았다. 그녀는 굴 밖으로 나갔다. 굴 아래쪽에서 동생들의 말소리가 들려왔다. 그들은 벌써 곰을 죽인 것이었다. 그녀는 가슴이 아파서 주저앉았다.

그녀는 화살 하나와 장갑 한 짝을 발견했다. 그녀는 그것을 집어들고 또한 화살촉 모두를 집었다. 그녀는 숨겨놓았던 작은 개의 등을 끈으로 둘렀다. 그리고 화살과 장갑을 하나로 묶었다. 그리고 그것을 작은 개의 등에 매달았다. 개는 주인에게 달려갔다.

형제들은 잡은 곰을 갈무리하고 있었다. 그들은 개를 알아보았다. 그들은 묶여 있던 꾸러미를 보고 개의 등에서 그것을 떼어냈다.

"희한한 일이다." 그들은 말했다. "곰의 굴에 누가 있어서 이것을 매달았단 말인가."

그들은 논의를 거듭했다. 그들은 제일 어린 동생을 굴에 보내기로 결정했다. 그 당시 어린 남동생은 누이에게 말을 걸 수 있어도, 손위 오빠들은 그렇게 할 수 없었다.

손위 형제들이 막내에게 말했다. "1년 전 지난 5월에 누이를 잃었다. 어떤 일이 일어났던 것 같다. 곰이 누이를 붙잡아갔을지도 모른다. 너는 막내다. 두려워하지 마라. 굴속에 그녀 이외에는 아무것도 있지 않을 것이다. 네가 가서 누이가 있는지 살피고 오너라. 잘 찾아보아라."

그는 굴로 갔다.

그녀는 거기 앉아 울고 있었다. 막내가 다가갔다. 그녀는 앉아서 울고 있었다. 막내를 보자 그녀는 울음을 터뜨렸다.

그녀는 말했다. "너희들은 매형을 죽인 거야! 나는 지난 5월부터 그와 함께 지냈다. 너희가 그를 죽였다고! 형제들에게 가서 그의 머리와 꼬리를 남겨두라고 말해라. 나를 위해 그것을 거기에 두고 가라. 집에 도착하거든 어머니에게 내 옷 한 벌을 만들어달라고 부탁해다오. 그래야 내가 집에 갈 수 있다. 또 소녀 아이를 위한 옷 한 벌과 남자아이가 입을 바지와 셔츠도 한 벌 마련해달라고 부탁드려라. 그리고 가죽신도 한 벌. 어머님께 그렇게 나를 만나러 오시라고 말씀드려라."

막내는 굴을 떠나 형제들이 있는 곳으로 가서 말했다. "누이가 거기에 있었어요. 누이가 머리와 꼬리를 남겨두라고 당부했어요."

그들은 그렇게 했다. 그리고 집으로 갔다. 형제들은 어머니에게 자초지종을 말했다. 어머니는 바삐 바느질을 했다. 그녀는 옷 한 벌과 가죽신과 애들을 위한 옷을 마련했다.

이튿날 어머니는 굴로 올라갔다. 그녀는 그곳에 당도했다. 그들은 함께 아이들에게 옷을 입혔다. 그리고 그들은 곰이 죽은 곳을 찾아 아래로 내려갔다. 형제들이 큰불을 피워서 남겨두었다. 여자는 곰의 머리와 꼬리를 태웠다. 그녀는 그것이 타서 재로 변할 때까지 노래를 불렀다.

그들은 집을 향해 갔다. 그러나 그 여자는 곧바로 집으로 들어가지 않았다.

"가서 형제들에게 집을 한 채 지으라고 하세요. 나는 본가로 곧바로 들어갈 수 없습니다. 시간이 꽤 걸릴 것입니다. 형제들은 즉시 집 짓기에 나설 수 있겠지요."

그녀는 오랜 시간을 거기에서 지냈다. 가을이 가까워지면서 그녀

는 거기에서 내려와 어머니와 온 겨울을 함께 지냈다. 아이들은 자랐다.

그 이듬해 봄에 그녀의 형제들은 그녀에게 곰처럼 행동해보라고 요구했다. 그들은 그녀와 놀이를 하길 원했다. 그들은 새끼 딸린 암컷 곰을 죽였다. 암컷 곰의 새끼는 각각 수컷과 암컷이었다. 그들은 누이에게 곰 가죽을 뒤집어쓰고 곰처럼 행동하라고 요청했다. 그들은 작은 화살을 만들었다. 형제들은 그녀에게 함께 놀이하자고 성화를 부렸다. 그리고 그녀의 두 아이들도 함께하자고 말했다.

그녀는 하고 싶지 않았다. 그녀는 어머니에게 말했다. "나는 그런 놀이를 할 수 없습니다. 내가 그렇게 한 번 하면 나는 곰으로 변신할 거예요! 나는 이미 반쯤은 곰이 되었습니다. 내 팔과 다리에 털이 나오고 있어요. 꽤 긴 털이!"

그녀가 굴에서 곰 남편과 계속 머물러 있었다면 그녀는 곰으로 변했을 것이다. "내가 곰 가죽을 쓴다면 나는 곰으로 변할 것입니다." 그녀가 말했다.

형제들은 계속 그녀에게 놀이를 하자고 졸랐다. 그리고 나서 그들은 살금살금 다가갔다. 그들은 곰 가죽을 그녀와 아이들에게 씌웠다.

그러자 그녀는 네 발로 걸어 나갔다. 그리고 그녀는 곰처럼 몸을 흔들었다. 일이 난 것이다. 그녀는 한 마리의 회색 곰이었다.

그녀는 어떻게 할 도리가 없었다. 그녀는 화살에 맞서 싸워야 했다. 그녀는 형제들 모두를 죽이고 말았다. 심지어 그녀의 어머니조차도 죽였다. 그러나 그녀는 막내 동생, 그만은 죽이지 않았다. 그녀도 어쩔 수가 없는 일이었다. 눈물이 그녀의 얼굴을 타고 흘러내렸다.

그리고 그녀는 자신의 길을 떠났다. 그녀는 두 아이들을 데리고 떠났다.

　오래전부터 사람들이 곰은 부분적으로 사람이라고 주장하는 까닭이 여기에 있다. 사람들이 회색 곰 고기를 먹지 않는 것도 이 때문이다. 오늘날 사람들은 검은 곰의 살코기는 먹고 있으나, 회색 곰의 고기는 여전히 먹지 않는다. 회색 곰은 반은 인간이기 때문이다.

제 2 장

북태평양
연안

[하이다]

존 스카이의 「그들이 양도한 아이」

캐나다 남서부에 있는 브리티시 컬럼비아의 북부 해안에서 160킬로미터쯤 떨어진 위치에 약 320킬로미터 남짓한 숲으로 우거진 섬들이 있는데, 지도상에 이 섬들은 영국의 조지 3세의 아내 이름을 따서 퀸샬럿 제도라고 표시되지만 대부분의 주민들은 이 섬들을 하이다 그와이, 즉 "부족들의 섬"이라고 부른다. 「그들이 양도한 아이」는 이 섬에 사는 하이다Haida 부족에 관한 이야기이다.

하이다 구전문학의 전통은 바다에 뿌리를 두고 있다. 바다는 하이다의 구전문학에 끊임없이 등장하는 존재이다. 하이다 부족에 있어 만나Manna는 하늘에서 내려오는 것이 아니라 바다에서 나온다. 조개, 연어, 넙치, 청어, 강치, 바다표범 등을 바다에서 얻는다. 하이다의 우주 철학에서 신들의 영역은 하늘이 아니라 바다 밑이다.

하이다 부족은 신들과 인간들을 두 진영, 즉 까마귀와 독수리로 나눈다. 결혼이나 가문의 계승, 제사 등 사회질서의 기본은 까마귀와 독수리라는 양 체계를 기반으로 구축된다. 각 진영에는 수많은 모계 중심 가문 혹은 부족이 있다. 가문 내의 위계는 세습에 의거하며, 고기잡이 구역이나 다른 자원에 대한 가문의 소유권을 인정받는다. 그러나 최종 지위는 장기적인 관점에서 사냥 혹은 물물교환 행위자의 개별적인 인격, 기술, 운에 따라 결정된다. 상부구조는 중세 봉건제도에 가깝지만 하부구조는 그렇지 않다. 하이다 부족의 사회 체계는 어떤 수렵 문화에서와 마찬가지로 땅을 통제하는 데 기반을 두는 것이 아니라 그 땅 위에 있는 인간의 요구를 통제하는 데 기반을 둔다.

유럽인들이 이 하이다의 세계에 침입한 것은 18세기 말이다. 그들은 처음에는 모피 무역업자로 시작하여 그다음에는 노골적으로 고래 기름, 목재, 금, 물고기 등을 마구잡이로 포획했다. 유럽과 접촉한 지 백 년이 지나자 토착 경제와 문화는 완전히 황폐화되었다. 바다 수달과 순록은 지나친 남획으로 거의 멸종되었다. 고래, 연어, 고등어도 마찬가지로 남획되었고, 오래된 숲들이 급속히 사라져갔다. 그리고 천연두 같은 질병이 인구의 90퍼센트를 몰살시켰다. 그 결과 오륙십 개 되던 부락 중에서 하이다 그와이에 두 부락, 알래스카에 두 부락만이 잔존해 있다. 그것도 한 곳은 교도소 자리였고, 다른 세 곳은 기독교 선교를 위한 장소였다. 천 명도 채 되지 않는 하이다인들만이 살아남았으나 그중에서도 많은 사람들이 일자리를 찾아 섬을 떠나 본토로 흩어졌다.

이러한 상황 아래 젊고 유능한 인류학자인 존 리드 스완튼John Reed Swanton이 하이다 구전문학을 채록하기 위해 이 섬에 왔다. 스완튼은 1900년에서 1901년으로 넘어가는 시기의 겨울 동안 약 250개의 서사와 노래로 구성되어 있는 고전 하이다 문학을 두 개의 하이다 방언의 형태로 채록했다. 스완튼이 채록한 모든 원고는 대부분 하이다어

로 출판되었으나 몇몇 원고만 영어 번역본으로 출판되었다. 가장 중요한 미출판 원고는 미국철학협회 도서관에 소장되어 있으며, 여기에 소개된 작품은 그중 일부이다.

스완튼이 만난 최고의 하이다 구전 시인들 중 한 사람은 스카이 Skaai라는 노인이었다. 스카이는 독수리 진영 가문이었다. 1894년 스카이는 감리교 선교사에 의해 세례를 받았는데 그때 그는 60대였고 섬의 남부 지역 출신으로서 현존하는 최고의 남성 신화 구연가였다. 이 감리교 선교사가 선견지명이 있었는지는 알 수 없지만 그에게 요한John이라는 세례명을 부여했다. 이런 연유로 스카이는 상징주의 시인이며 신화 구연가로 변한 또 다른 어부(성경에서 요한은 '사람을 낚는 어부'로 묘사됨)의 이름을 갖게 되었다. 성 요한의 복음주의적 상징 또한 독수리로 그것은 스카이 가문의 문장과 같은 것이었다. 그 이후 그는 백인들과 젊은 하이다 부족들 사이에 존 스카이John Sky로 알려지게 되었다.

「그들이 양도한 아이」는 노인 존 스카이가 젊은 스완튼에게 들려주는 13개 서사시 중 한 편이다. 이 작품은 하이다 신화의 생생한 형태를 보여주며, 이 신화에서 큰 부분을 차지한다. 존 스카이는 이야기를 하나의 세트, 즉 모음곡 형태로 들려주는 것을 좋아했고 「그들이 양도한 아이」는 세 개의 모음곡 중 한 악장에 해당한다.

이 이야기의 기본 줄거리는 다음과 같다. 바다 위 한 섬의 추장의 딸인 소녀가 혼기가 차 혼인할 준비가 되었다. 모든 구혼자들이 이 소녀에게 구혼했으나 거절당하자 바다 밑에 사는 추장의 아들이 그 소녀를 납치한다. 그 후 한 하인이 바다 밑 세계의 동굴에 정신을 잃고 누워 있는 그녀를 찾아낸다. 이 이야기의 많은 부분을 차지하고 있는 이 탐험적인 여행 혹은 꿈은 그녀의 어머니의 죽음과 소생을 포함하고 있다. 그녀의 두 남자 형제는 초인간적인 아내를 취한다. 한 사람은 쥐 여인과, 한 사람은 이름이 밝혀지지 않은 강력한 샤먼과 혼인한다. 이 두 여인은 그 소녀를 되찾기 위해 모험을 감행한다. 임신한 몸으로 마침내 친정으로 돌아오게 된 소녀는 아이를 낳는데 그 아이는 그녀를 납치한 사람의 아버지, 즉 시아버지의 화신이다. 시아버지의 지시를 따라 그녀는 이 아이를 바다, 즉 섬과 본토 사이의 중간 지점으로 돌려보낸다.

　하이다 부족들에게서 인간은 "바다 위의 사람"이라고 일컬어지는데, 「그들이 양도한 아이」는 바다 위의 사람들의 세계를 바다 밑의 세계와의 관계 속에서 설정하려는 하나의 지도이다. 전체 서사의 모음곡은 그 지도를 숲과 하늘로까지 확대시킨다. 우리는 이야기를 따라 수평선을 건너 카누를 저어감으로써 혹은 도덕적 선택을 함으로써 한 세계에서 다른 세계로 이동하게 된다.

〔해설: 로버트 브링허스트Robert Bringhurst〕

그들이 양도한 아이

사랑스러운 한 아이가 있었다네.
그 애는 소녀였지.
사람들은 그녀가 춤출 때 입는 망토에
하강하는 송골매를 짜 넣었다네.
그녀의 아버지는 그녀를 사랑했다네.
그녀에게는 두 남자 형제가 있었다네.
오빠와 아주 나이 어린 동생.

어느 날 사람들이 그녀 아버지의 부락에 춤추러 왔다네.
열 개의 카누를 타고.
그리고 그들은 춤을 추었다네.
그리고 그들은 기다렸다네.
누군가—그녀의 아버지의 하인들 중 하나—가 그들에게 물었다네.
"이 카누들은 왜 여기 있소?"

"그 사랑스러운 소녀 때문이오."

그러자 누군가가 말했다네. "그녀가 거절한다"고.

사람들은 울면서 돌아갔다네.

다음 날 그들은 다시 열 개의 카누를 타고 춤추러 왔다네.
그리고 그들은 다시 질문을 받았다네.
"이 카누들은 왜 여기 있소?"

"그 사랑스러운 소녀 때문이오."

그들은 다시 거절당했다네.
그래서 그들은 울면서 돌아갔다네.

이제, 그다음 날 누군가 거기 나타났다네.
아침 일찍, 바다표범 카누를 타고, 챙 넓은 모자를 쓰고.
그 모자에는 파도 새가 팔랑거렸다네.
바다표범 카누를 타고 있는 그를 물끄러미 바라본 뒤
사람들은 물었다네.
"이 카누들은 왜 여기 있소?"

그는 아무 말도 없었다네.
그들은 그를 거절했다네.

그들은 그에게 말했다네.

"그녀가 거절한다"고.

무언가 그의 모자를 에워싸고 있었네.

그건 하얀색이었다네.

그건 파도처럼 부서지고 있었다네.

물거품이 일고 파도가 일었다네.

그들이 그를 거부했을 때, 대지는 달라졌다네.

바닷물이 육지로 넘쳐흘렀지.

마을 사람들이 물에 반쯤 잠겼을 때

그들은 그 소녀를 그에게 주어야 할지도 모른다고 생각했다네.

그녀에겐 하녀가 열 명 있었다네.

그들은 그중 한 하녀에게 그녀와 같은 옷을 입혔다네.

그리고 화장도 시켰다네.

그들은 그녀의 얼굴에 빨간 새털구름을 그려 넣었다네.

그리고 그녀가 입을 두 개의 하늘 망토*를 주고는 밖으로 내보냈다네.

그는 그녀를 거부했다네.

그는 오직 그 사랑스러운 소녀만 원했다네.

그들은 다시 다른 하녀를 치장시켰다네.

이번에는 그녀의 얼굴에 바다 가까이 있는 짙은 구름을 그려 넣었다네.

---

* 하늘 망토sky blanket는 구름 망토로도 불리며, 산 염소의 흰 털로 만든 것으로 검은색 비구름 문양이 들어가 있다. 현재는 까마귀 꼬리 망토로 더 널리 알려져 있다.

그리고 그녀가 입을 두 개의 담비 모피 망토를 주고는 밖으로 내보냈다네.

그는 역시 그녀도 거부했다네.

그는 열 명 모두를 똑같이 거부했다네.

그러자 마을 사람들은 아이들을 데리고 그녀 아버지의 집에 갔다네.

그들은 울었다네.

그리고 치장시키지 않은 그 소녀를 내려보냈다네.

그리고 열 명의 하녀들도 그녀를 따라갔다네.

그녀가 해안에 섰을 때 카누가 저절로 다가왔다네.

그리고 그 손님은 그녀의 아버지에게 줄 선물로 모자를 해안에 놓아두었다네.

그녀와 열 명의 하녀들은 카누에 올랐다네.

카누가 어떻게 움직이는지 아무도 알 수 없었다네.

그 사랑스러운 소녀가 카누에 올랐을 때, 그들은 앞바다에 다시 떠 있는 카누를 보았다네.

그들은 집 정면에 구멍을 뚫고 그 구멍으로

카누가 떠나는 모습을 지켜보았다네.

잠시 지켜보았지만 그들은 카누가 어느 방향으로 가는지 알 수 없었다네.

그 카누가 오던 길을 되돌아가는지도 보지 못했다네.

그들은 그 사랑스러운 소녀를 어디로 데려갔는지 알지 못했다네.

날이면 날마다 그녀의 아버지는 벽 쪽으로 돌아서서

울고, 울고, 또 울었다네.

그녀의 어머니도 벽 쪽으로 돌아서서
울고, 울고, 또 울었다네.
우두머리 하인이 날마다 그들과 같이 서 있었다네.
그녀의 아버지는 연신 울면서 그에게 말했다네.
"내 아이를 데려간 곳을 찾으라."

"추장님, 잠시 떠나겠습니다.
아씨를 데려간 곳을 찾고야 말겠습니다."

후에, 동트는 첫새벽 어느 날 그는 불을 지피고 목욕을 했다네.
집안의 모든 사람들이 아직 자고 있는 동안에.
그를 위해서 날은 잘 밝았고,
보는 사람이 아무도 없도록 그는 조심했다네.
이제 그의 젖은 몸이 다 말랐을 때 벽 쪽으로 돌아섰다네.
그리고 낚시 도구를 펼쳤다네.
그는 꾸러미를 펼치고 콘릴리 줄기*를 꺼내어
불을 붙였네.
잠시 그것이 불에 타자 그는 그 불을 끄고
그 재를 평평한 돌에 발랐다네.
그는 그것으로 자신에게 표시를 했다네.

이제 그는 출발했다네.

---

* 매우 유독한 식물로 북서 태평양 해안 지역의 샤먼들에 의해 널리 사용된다.

그 사랑스러운 소녀를 찾아 나섰다네.
그 사랑스러운 소녀의 어머니도 그와 함께했다네.

그때부터 그는 사냥꾼처럼 움직였다네.
그는 바다 수달로 만든 작살을 가지고 있었다네.
그는 배를 출발시켰고, 바다 수달 작살을 던졌는데
그 작살이 꼬리를 흔들며 잔물결을 만들었다네.
그 작살이 잔물결을 이끌고 갔다네.

이윽고 카누가 멈추었다네.
바다 수달 작살도 따라 멈추었다네.
그는 카누를 해안가에 정박시켰다네.
부인이 배에서 내리자 그는 배를 뒤집어놓았다네.
선체에서 푸른 해초가 자라나 있었다네.
이 때문에 카누가 느리게 움직였다네.
그들은 1년 동안 항해했다네.
그는 연필향나무 망토를 벗어
카누를 닦았다네.
부인도 닦아주고
자신의 몸도 닦았다네.
깨끗해질 때까지.
다시 그는 카누를 출발시키고,
다시 그는 바다 수달 작살을 던졌고
다시 바다 수달은 그를 이끌어갔다네.

그는 계속 가고, 또 가고, 쉴 새 없이 나아갔고
다시 카누가 멈추었다네.
그는 다시 한 번 카누를 해안에 정박시키고
그것을 뒤집었다네.
푸른 해초가 카누를 뒤덮고 있었고,
부인도 뒤덮고 있었다네.
해초는 그도 뒤덮었다네.
다시 그는 망토를 벗어 카누와 부인을 닦았다네.
그도 닦았다네.
그가 깨끗해졌을 때, 카누를 출발시켰다네.
또다시 그는 바다 수달 작살을 던졌고,
그것은 그를 이끌고 갔다네.

멀리 가던 중 그는 둥둥 떠 있는 숯들과 부닥쳤다네.
그 카누는 전진할 수가 없었다네.
그는 낚시 도구 상자를 꺼내 속을 뒤져보았다네.
넙치 낚시 갈고리를 손보는 데 쓰던 오래된 쇳조각들이 있었다네.
그가 이런 것들을 앞으로 던졌을 때 길이 열렸고
그는 거기로 빠져나갈 수 있었다네.
거기서 멀리 가지 않아 해협이 가로막았지.
다시 그가 가진 것을 바다에 던졌을 때
길이 열렸다네.
그는 거기로 빠져나갈 수 있었다네.

그리고 그는 하늘가까지 왔다네.

하늘이 열렸다, 닫혔다 하기를 네 번, 그는 작살을 밀어 넣어

하늘이 닫히지 않게 버티었다네.

그런 식으로 그는 계속 나아갔다네.

그런 후 그는 작살을 빼내었다네.

그때부터 그는 카누 안에 작살을 간직해두었다네.

그때 그는 노를 꺼내어 썼다네.

이제 그는 큰 마을에서 나는 연기를 볼 수 있었다네.

그는 그 마을의 한 모퉁이에 카누를 정박시켰다네.

그는 배를 뒤집고 그 밑에 부인을 앉혔다네.

그다음 그는 마을로 걸어갔다네.

그가 마을 가로 갔을 때는 간조였다네.

그는 해변가의 한쪽 끝에 앉았다네.

등에 아기를 업은 여인이 물가로 왔다네.

그녀는 바구니와 땅 파는 막대기를 손에 들고 무언가를 찾고 있었
다네.

무언가를 캐서 바구니에 넣었을 때, 그녀는 앉아 있는 그를 보았
다네.

그녀는 하던 일을 계속하다가 다시 그를 쳐다보았다네.

그녀는 돌을 들춰내고 바다 달팽이*를 캐서 그녀의 바구니에 담았
다네.

_____

* 바다 달팽이는 가난한 사람들의 양식이다.

그녀는 풍요 여인이었지.

다음번에 거기 앉아 있는 그를 보았을 때
그녀는 말했다네.
"전 당신을 알아요."
그러자 그가 일어섰다네.
그리고 물가로 가 그녀 가까이 섰다네.
그녀가 말하길
"당신은 그 사랑스러운 소녀를 찾으러 여기 왔군요."
그의 대답은 "예"였다네.

"여기서 부락이 하나 보일 거예요.
그 사랑스러운 소녀를 데려간 사람은 자기 아버지의 모자를 넘겨
주었지요.
그 때문에 그의 아버지는 아들의 여자의 영혼을 응고된 생선 기름
처럼 만들어버렸어요.
그런 상태로 그녀는 동굴에 누워 있어요.
추장의 집에서는 오른쪽으로 돌아가서 담장 뒤로 걸어가세요.
거기서 사람들이 하는 이야기를 들을 수 있을 거예요."

그래서 그는 풍요 여인을 거기에 두고 길을 나섰고,
그 사랑스러운 소녀가 있는 동굴로 들어갔다네.
그녀는 꼼짝도 못하고 누워 있었고, 눈꺼풀만이 파르르 떨리고 있
었다네.

그는 연필향나무 망토를 벗어 그녀를 닦아주었고,

그녀를 깨우려 애써보았지만

헛고생이었네.

그는 다시 한 번 시도해보았지만 또 실패하자 분노가 치밀었다네.

실패하고서 그는 길을 나섰다네.

그는 무늬 있는 칠캣 망토* 두 개를 껴입고서 그 부락 사람들 사이를 돌아다녔다네.

그들은 그를 알아보지 못했다네.

그는 추장의 집으로 들어가서

오른쪽으로 돌았다네.

집의 바닥은 열 계단 아래에 있었고, 불 쪽을 향해 있었네.

위쪽 계단의 한쪽에는 칠캣 망토가 망토 짜는 사람의 옷걸이에 걸려 있었는데,

그 망토에서 어떤 목소리가 들렸다네.

"내일 내 얼굴들 중 하나는 미처 완성되지 못하리라, 못하리라."

그리고 그는 담장 뒤로 갔는데

거기서 무언가가 그를 놀라게 했다네.

거기에 커다란 만이 펼쳐져 있었는데, 모래톱과 해변이 있고

크랜베리가 한창 익어가고 있었다네.

여인들이 거기서 노래를 부르고 있었다네.

---

* 산염소 털과 삼목나무 껍질을 이용해 동물의 무늬를 짜넣은, 술 장식이 달린 망토.

만으로 흘러들어가는 개울 가까이에는

소금물을 데울 불*이 마련되어 있었다네.

여인들이 크랜베리 더미에서 나와서 그의 옆을 지나갔다네.

마지막으로 지나가던 여인이 코를 킁킁거렸다네.

"사람 냄새가 나네."

"저기요, 나 말이요?" 그가 말했다네.

"내 춤복 망토는 그 사랑스러운 소녀의 열 명의 하녀들 중 한 명의

것인데,

그 하녀들은 다 잡아먹혔지." 그녀가 말했다네.

"냄새는 내게서 나는 거야."

그건 족제비 여인이었지.

이제 그는 그들이 소금물을 데우려고 준비해놓은 불 쪽으로 갔다네.

그가 가까이 가자 거기 앉아 있던 여인 하나가 말했다네.

"그들이 그 사랑스러운 소녀를 찾으러 오면 그는 어떻게 해야 되

지?"

"무슨 말을 하는 거야?

그 아이의 가족은 그의 아버지의 모자를 반드시 돌려주어야 해.

---

* 중요한 의식을 하기 전에 정화의 차원에서 따뜻한 소금물을 마신다.

그 모자를 돌려주면, 그는 그 소녀를 자리에서 일으켜 세울 거야."

그들이 하는 말을 듣고 나서 그는 돌아섰다네.
카누에 두고 온 부인을 떠올리고는 카누로 급히 달려갔다네.
선체를 들어 올리고 보니 그녀의 뼈밖에 없었다네.
그는 연필향나무 망토를 벗어 그녀 위로 펼쳐놓았다네.
그녀가 몸을 꿈틀거리더니 일어나 앉았다네.
그녀는 진땀을 흘리고 있었네.

그는 카누를 똑바로 세우고 물 쪽으로 당겼다네.
그 부인이 카누에 탔을 때, 그는 그 부락 앞에서 노를 저었다네.
거기서 그는 밧줄로 그녀를 카누에 묶었다네.
그 자신도 밧줄로 카누에 묶었다네.
풍요 여인이 그도 묶고 부인도 묶으라고 말했다네.
그들은 자리에 묶여서 추장의 집 앞 해변까지 둥둥 떠갔다네.
누군가가 그 집에서 나와 말하기를
"맞을 준비를 할 동안에 부인께서는 좀 기다려달라고 하십니다."

그들이 거기까지 잠시 떠갔을 때, 번개가 그 집을 내리쳤다네.
그 후에 날개 끝 하나가 굴뚝으로 날아올랐다네.
그 날개는 위로 올라오더니 부러졌다네.
그것이 그들을 향해 날아오더니 그 두 사람을 내리쳐서 기절시켰다네.

깨어보니 그는 그 집의 위쪽 계단에 있었다네.

거기서 그는 밧줄을 풀었다네.

부인의 밧줄도 풀어주었다네.

그가 걸을 수 있게 되자 그녀를 돌볼 수 있게 되었네.

그녀의 사위가 뒤쪽에 앉아 있었고

그녀를 위해 아래쪽에 돗자리를 펼쳤다네.

그러자 그녀가 앞으로 나아가서

여러 계단 중의 하나를 택해 그 계단의 중간에 앉았다네.

음식이 바구니 같은 통에 담겨 나왔고

그들은 그것을 부인에게 권했다네.

그들은 그녀에게 음식을 권했다네.

이것을 다 먹었을 때 불 쪽으로 또 다른 통이 왔다네.

그 통 속으로 신선한 물이 부어졌다네.

그들은 그 불 속에 돌들을 얹었다네.

그 돌들이 다 구워졌을 때, 그들은 그것들을 집게로 집어 통 속에
넣었다네.

이제 그것이 끓었다네.

그녀를 접대하는 주인인 사위는 그 통 가까이 있는 소년에게 지시
했다네.

그 소년은 구석에 있는 광으로 갔다네.

그는 꼬챙이 끝에 흑등 고래를 끼워 돌아왔다네.

그는 이것을 그 통에 집어넣었다네.

곧 그는 꼬챙이로 그것이 다 익었나 보았다네.
그것이 부드러워졌을 때 그는 고래 고기를 건져 올려
붉은 카이탄(치톤)*을 닮은 쟁반에 담아서
그 부인 앞에 차려놓았다네.

주인이 다시 지시했고
소년이 그녀에게 국물을 떠먹으라고 지저분한 왕우럭조개 껍질을
가져다주었다네.
그녀는 이런 식으로는 먹고 싶지 않았다네.
그녀의 가방에 손을 넣어
그녀는 두 개의 대합조개 껍질과 두 개의 홍합 껍질을 꺼냈다네.
침묵이 집 안에 흘렀다네.
그녀의 사위조차도 그 조개껍질들만을 바라보았다네.
그의 눈이 그 조개껍질들에 가 있는 것을 보았을 때 그녀는 동작을
멈추었다네.

그리고 그녀는 그 조개껍질들을 하인에게 건네주었고
하인은 그녀의 사위에게 차례차례 그것들을 바쳤다네.
그는 망토 속에서 그것들을 두 손으로 안듯이 받았다네.
그는 잠시 그것들을 감탄하며 바라본 후에 다시 지시를 내리자
그들은 막 뒤로 그것들을 치웠다네.

_____

* 아이다족이 사는 바다에서 흔하게 발견되는 가죽 빛의 큰 연체동물.

이윽고 저녁이 되었다네.

그 집은 잠자리에 들었다네.

하인들도 잠들었다네.

동틀 무렵 구석에서 물개 새끼가 울었다네.

그리고 날이 밝자 그 하인은 출발할 준비를 했다네.

카누는 그 집의 위쪽 계단에 놓여 있었다네.

그는 부인을 앉혀서 카누에 묶었다네.

그도 앉아서 자신을 카누에 묶었다네.

그 집 뒤쪽에 있는 막 뒤에서

번개가 쳤다네.

그리고 날개 끝 하나가 앞으로 나오더니 그들을 쳐서 기절시켰다네.

깨어나 보니 바다 한가운데에 둥둥 떠 있었다네.

그 하인은 그의 몸을 풀고 부인에게 갔다네.

그는 그녀도 풀어주었다네.

그들은 물개 새끼가 우는 한여름에 떠났었다네.*

이제 그는 그의 노를 잡고서 저었다네.

두 번 젓고 나니 어느새 그는 그의 주인의 부락에 도착했다네.

부인은 그 집 안으로 들어와서 앉았다네.

그녀는 딸이 어떤 상태에 있는지 보고 들은 것을 남편에게 숨김없

---

* 1년이 지났다는 의미임.

이 말했다네.

그리고 우두머리 하인이 주인에게로 왔네.

그는 소금물을 데우기 위해 불 가까이 있던 사람들로부터 들은 것을 낱낱이 보고했다네.

그는 그들이 말한 내용을 정확하게 보고했다네.

그의 주인이 불 간수자들에게 지시했다네.

그들 중 두 사람이 마을에 가서

사람들을 소집해 왔다네.

그 집은 사람들로 넘쳤다네.

그러자 그는 광에서 음식을 내오게 했다네.

그는 그들을 배불리 먹이고 또 먹였다네.

그들이 다 먹었을 때

그는 사람들에게 자신의 생각을 말했다네.

그는 마을 사람들에게 자신의 딸을 되찾아올 것이라고 말했다네.

그는 열 척의 카누에 선발대가 타는 것을 제안했다네.

그들은 그렇게 하기로 했다네.

그다음 날 그의 맏아들이 사라졌다네.

그리고 하루 뒤 그들이 작업을 시작했을 때

둘째 아들마저 사라졌다네.

소녀의 부모 것으로 대합조개 껍질 열 세트에

뭉게구름을 그려 넣었다네.

열 개의 홍합 껍질도 같이 있었다네.

맏아들 것으로 열 개가 그려졌다네.
둘째 아들 것으로도 열 개가 그려졌다네.
출정할 마을 사람들은 각자 남자들은 열 개,
여자들은 다섯 개의 조개껍질을 모았다네.
그들은 조개껍질을 다 모으고 나서 앉아서 기다렸다네.
사라졌던 그 두 아들은 알고 보니 장가들러 간 것이었네.
다른 사람들은 그들의 누이를 찾아 나설 준비가 되어 있었는데
그들을 기다리기 지쳤다네.
마을 사람들은 완벽하게 준비하고
기다리고 있었다네.

한낮이 되니 맏아들이 그의 머리에
삼목 가지를 얹고 돌아왔다네.
"어머니, 아내를 데려왔습니다.
지금 밖에 서 있습니다.
그녀를 맞아주시겠습니까?"
그렇게 그는 어머니에게 말했다네.

"아이이이! 내 아들이 왔구나!"
그녀는 밖으로 나갔다네.
수염이 있고 눈이 동그란 한 여인이 거기 서 있었다네.
그건 쥐 여인이었다네.

둘째 아들은 좀더 멀리 갔다네.

그 또한 한낮에 돌아왔다네.
그는 고비 잎들을 머리에 얹고 들어왔다네.
하이이이이, 하이 하이 하이이이!
"어머니, 아내를 데려왔습니다.
지금 밖에 서 있습니다.
그녀를 맞아주시겠습니까?"

무언가 놀라운 것이 거기에 서 있었다네.
사람들은 그녀를 잘 볼 수 없었다네.
그녀는 짧은 머리를 하고 갑옷을 입고 있었다네.

"아가야, 들어오너라."

그녀는 들어오기를 거부했네.

"그녀가 들어오기를 거부하는구나.
그녀는 거절해.
아들아, 네 아내가 거절하는구나."

"그녀는 후미진 곳에서 주로 행동합니다."

그는 일어나서 밖으로 나와 아내를 안으로 데리고 들어왔다네.

그다음 날 그들은 첫새벽에 출발했다네.

마을 사람들은 카누를 띄우고 바다를 향해 갔다네.

맏아들의 아내는 뱃머리 쪽 노잡이 자리에 앉았고

둘째 아들의 아내는 사람들 속에 자신의 모습을 숨겼다네.

맏아들의 아내는 높이 앉아서 잘 보였다네.

그녀가 어딜 가든 작은 가방이 늘 곁에 있었다네.

그들이 바다로 나갔을 때 그녀는 그 가방을 열었다네.

안으로 손을 넣어 그녀는 바느질용 바늘을 꺼냈다네.

그녀는 그것을 바다에 집어던졌다네.

그것은 물속으로 미끄러졌다네.

그들은 그 뒤에 일렬로 서 있었다네.

그리고 바늘은 그들을 끌고 갔다네.

바늘이 그들을 한참 끌고 갔을 때

그들은 한 부락에서 연기가 나 바다 쪽으로 향하는 것을 보았다네.

부락에서 조금 떨어진 곳에서 맏아들의 아내는 그들에게 땅에 내리라고 말했다네.

그녀는 그들에게 지시를 내렸다네.

사람들이 얘기하기를 그녀가 맏아들과 결혼했으니까

쥐 여인이 가진 것을 그들에게 조언해줄 수 있다고 했다네.

그들은 해안가로 가서 긴 장대를 잘랐다네.

그들은 그 장대를 한 쌍씩 잘랐다네.

둘째 아들의 아내는 맏아들의 아내가 지시를 할 동안

자신을 숨기고 있었다네.

열 척의 카누가 해안에 섰다네.
그들은 뱃머리에서 배와 배 사이를 장대로 연결했다네.
그들은 장대를 노잡이 자리에 묶었다네.
그들은 그것을 할 수 있었다네.
그리고 그들은 부락 앞에서 노를 저었다네.

그들은 가장 선호하는 위치에 자리 잡았다네.
이윽고 추장의 집에서 누군가가 나왔다네.
"맞을 준비를 할 동안에
여기서 기다리시랍니다."

잠시 기다린 후에 그들은 정신을 잃었다네.
그들은 그 집의 가장 높은 계단에서
깨어났다네.
거기서 그들은 묶은 것을 풀었다네.
그들은 카누를 연결시켰던 장대를 풀었다네.

돗자리가 위쪽 계단에 깔렸고
그 집의 양옆에는 사람들이 모여들었다네.
그들이 되찾아가려고 온 그 사랑스러운 소녀는 보이지 않았다네.
단지 그녀의 남편만이 거기에 앉아 있었다네.
그들은 그 남편 앞에 즉시 두 개의 돗자리를 펼쳤고
그는 계속 거기에 앉아 있었다네.
항해자들은 그 앞에 조개껍질을 쌓아놓았다네.

그들은 그것들을 그 집 높이만큼 높이 쌓았다네.

호 호 호 호오오오! 꼭대기까지!

그리고 그들은 그 모자를 그 조개껍질 더미의 맨 꼭대기에 놓았다네.

"아버지를 모셔라.

서두르시라고 말씀드려라."

하인 소년들이 급히 출발했다네.

"아직 오시지 않았나?"

"거의 다 오셨습니다."

흐위우우우우우우우우우!

그 집이 진동했고

지축이 흔들렸다네.

그들은 모두 두려워했다네.

아무도 위를 쳐다보지 못했다네.

그러나 그들이 겁을 낼 때

둘째 아들의 아내는 그녀의 머리를 들었다네.

그녀는 그 집 뒤쪽의 문을 보았네.

"고개를 들어라!

힘이 없느냐?"
그녀는 이렇게 말했다네.

그 집은 다시 진동했고
지축이 흔들렸다네.
흐위우우우우우우우우!
집에 있던 사람들은 다시 고개를 숙였다네.
"고개를 들어라!
힘이 없느냐?"

그 순간 그가 들어왔다네.
그가 들어온 모습이 그들을 놀라게 했다네.
그의 두 눈은 튀어나와 아무도 그를 볼 수 없었다네.
그는 발을 들여놓고 나서는 잠시 거기에 섰다네.
그가 한 발자국 더 떼자 지축과 집이 흔들렸다네.
그리고 그들 모두는 고개를 숙였다네.
그녀가 다시 한 번 말하기를,
"고개를 들어라!"

그녀가 얼굴을 들었을 때 무언가 강력한 것이 그녀에게로 왔고
그들의 머리는 바다의 조수처럼 일어섰다네.

"강한 여성이로군."

그 후에 그는 앉았고
진동은 가라앉았다네.
그는 아들 가까이 앉았다네.
그러나 그는 앉기 전에 그의 모자에 손을 올렸다네.

아버지의 지휘봉으로 아들은 조개껍질을 나누었다네.
그는 더 적게 가졌다네.
아버지에게 더 많이 드렸다네.

"아들아, 아직 너의 아내를 부르러 보내지 않았더냐?"

"아닙니다. 아버지를 기다리고 있었습니다."

"나의 대변인, 내 아들아, 누군가를 보내서 너의 아내를 불러오
너라."

소년 하나가 그녀를 부르러 갔다네.

"그녀는 아직 오지 않았나?"

"예. 거의 다 왔습니다."

이윽고 그들이 지금까지 찾았던 소녀가 들어왔다네.
그녀는 지금까지 누워 있었던 동굴로부터 왔다네.

그녀는 즉시 어머니에게로 갔다네.
그녀는 남편 옆에 앉으러 내려가지 않았다네.

그의 아버지가 자신의 힘을 불러오기 시작했다네.
그는 춤추기 시작했다네.
잠시 후에 그는 쓰러졌다네.
몸이 두 개로 쪼개지면서.
날개들이 그의 몸에서 또 그리고 목에서 나왔다네.
하녀 중 한 명이 그의 몸에서 나왔다네.
다른 하녀가 그의 목에서 나왔다네.
그리고 또 다른 하녀가 그의 몸에서, 또 목에서 나왔다네.
그는 자신이 잡아먹은 열 명을 다 원상회복시켰다네.
그가 춤춘 것은 바로 그런 이유 때문이었다네.
모자 때문에 그는 열 명의 하녀를 다 잡아먹었다네.
또한 사랑스러운 소녀의 영혼을 응고된 생선 기름처럼 만들어버렸
다네.
모자 때문에 그들은 그녀를 동굴에 가두었다네.

잠시 후에 그의 몸은 다시 완전한 하나가 되었다네.
그는 춤을 끝냈다네.
그는 앉았네.

그들은 불을 피우고 손님들을 앞으로 불렀다네.
그들은 음식을 대접했다네.

한밤중까지 계속되었다네.
그러고 나서 끝났다네. 끝났다네.
그들은 접시를 모았다네.

동이 트자 물개 새끼가 구석에서 울었다네.
이전과 똑같이.
그리고 그들은 떠날 준비를 했다네.
카누는 여태껏 거기, 집의 가장 높은 계단에 있었다네.

그때 그녀의 시아버지가 그녀를 불렀다네.
"아가야, 이리 온. 할 말이 있단다."

그는 그녀를 곁으로 오게 했다네.
그녀는 그의 곁에 앉았다네.
그러자 그는 그녀에게 조언을 했다네.
"아가야, 너의 몸에서 내가 나올 것이다.
날 두려워하지 말거라."

그는 구리로 만든 해골을 그녀에게 주었다네.
그것의 가장자리에서 무언가 삐져나왔다네.
그것의 이름은 '목과 몸 사이'라네.

"아가야, 공예가로 하여금 내 요람을 만들게 하렴.
아가야, 뭉게구름을 그 요람의 꼭대기와

아래에 새기렴.
밑바닥에는 구름을 펼쳐놓도록 하거라.
하늘이 이와 같으면 인간이라도 먹을 것을 위해 내게로 올 것이다.
그들이 이와 같은 나를 보면
뭇 지상의 새들도 먹을 것을 위해 내게로 올 것이다."

그녀의 가족은 위쪽 계단에서 기다리고 있었다네.
시아버지가 그녀에게 조언하고
그녀는 듣고 있는 동안.
시아버지가 말을 끝냈을 때 그녀는 아버지에게로 올라갔다네.
이미 그들은 함께 카누를 묶고는
이미 자신들을 밧줄로 카누에 동여매놓았다네.
그 사랑스러운 소녀가 카누에 탔을 때
그들은 정신을 잃었다네.
그들은 바다 한가운데서 깨어났다네.

그들은 즉시 출발했다네.
그리고 곧바로 마을로 돌아왔다네.

세월이 흐르고 그 사랑스러운 소녀는 아이를 가졌네.
그녀가 출산의 진통을 시작할 때
그들은 별도의 안식처를 만들어주었다네.
  그들은 진통할 때 잡는 말뚝을 가져와서 그녀의 손을 그 위에 얹게
하고

그녀를 떠났다네.

마침내 아기가 나왔고
그를 보았을 때, 그녀는 놀랐다네.
무언가가 아기의 눈에서 나왔다네.
그녀는 고개를 들고 겁에 질려 움칠하며 물러났다네.

"아와아아야야아아아!"
그녀의 외마디 소리는 집을 흔들었다네.

그리고 그녀는 돌아서서 아기를 집어 들었다네.
"아이이이! 제가 여기 있어요, 할아버지."

이것이 그녀가 그 아기에게 한 말이었다네.
그리고 그 부락은 솟아올랐다가 떨어지는 모습을 보였다네.
그녀가 아기를 집 안으로 데려가자
아버지는 자신의 요강을 가져왔다네.*
그 안에서 그들은 아기를 목욕시켰다네.
이제 공예가를 부르러 보냈다네.
공예가는 즉시 왔다네.

---

* 건강한 사람의 오줌은 주로 물, 암모니아, 탄산으로 구성되어 있는데 뛰어난 세척제
로 벌레 물린 데나 상처를 치료하거나 갓 태어난 아기를 목욕시키는 데 사용된다. 할
아버지의 오줌으로 목욕시키는 것은 오줌의 주인이 질병이 없다면 아기를 위한 명예
로운 의식이 될 뿐 아니라 완벽한 산과적 행위가 되기도 한다.

그는 숲 속에서 이미 작업을 시작하여
반쯤 완성된 것을 가져왔다네.
그는 들어서자마자 그 사랑스러운 소녀가 가르쳐주는 대로
디자인을 완성했다네.
그는 뭉게구름을 쌍으로 그려 넣었다네.
그는 아이의 다리를 똑바로 펴라고 끈으로 묶을 구멍을 요람에 뚫
었다네.

이제 그들은 아이를 그 안에 눕혔다네.
하늘 망토 두 개를 가져와서
그를 감싸고
끈으로 요람 속의 그를 묶었다네.

그리고 그들은 카누를 출발시켰다네.
그들 부족 다섯 명과 그 사랑스러운 소녀는 아이와 함께 배를 타고
바다를 향해 출발했다네.
그들은 항해하고, 항해하고, 또 항해했다네.

육지 쪽 부락과 바다 쪽 부락이 똑같은 거리가 되는 지점에서
그들은 그 아이를 상대방에 건네줄 때라는 것을 알았다네.
그들이 그를 건네주었을 때 그는 오른쪽으로 네 번
돌고, 돌고, 돌고, 돌더니
잠잠히 있었다네.
무언가 솟아올랐다가 뚝 떨어진 것처럼.

그들은 그 아이를 남겨두고
그들이 왔던 곳으로 되돌아갔다네.

태양 신화

　1891년에 프랜츠 보애스Franz Boas는 찰스 컬티Charles Cultee로부터 「태양 신화」를 채록했다. 컬티는 19세기 초반 컬럼비아 강 하류 지역에서 널리 사용되었던 두 개의 치누크Chinook어로 기록된 모든 원전에 있어 출처 역할을 한 사람이다. 이 두 개의 치누크어 중 하나는 숄워터Shoalwater로 워싱턴 주 쪽의 컬럼비아 강 어귀 주변에서 다양하게 사용되었다. 숄워터는 컬럼비아 강의 오리건 주 쪽에서 사용된 클랫숍Clatsop과 함께 강 하류 치누크어로 알려져 있다. 「태양 신화」의 언어인 캐슬라메트Kathlamet는 애스토리아의 동쪽 부근 컬럼비아 강 양쪽에서 사용된다. 캐슬라메트와 더 동쪽 지역의 클래커머스Clackamas와 와스코위시람Wasko-Wishram은 지금까지 강 상류 치누크어로 알려진 단일어로 간주되어왔다. 그럼에도 불구하고 캐슬라메트는 독립적인 제3의 언어로 생각될 정도로 주변 언어와는 다르다.

　「태양 신화」는 '인간의 오만'이라는 주제가 뚜렷이 드러나는 작품으로 미국 북서부 지역에 널리 알려져 있는 이야기의 틀을 변형시킨 것이다. 이 지역에서 유명한 크와키우틀Kwakiutl 신화는 그리스의 판

테온 신화와 유사성을 보인다. 영웅 밍크Mink는 태양으로 인해 기적적으로 임신한 한 여인에게서 태어난다. 아버지가 없다고 아이들에게 놀림을 받은 밍크는 아버지를 찾으러 떠나는데, 아버지에게 환영을 받고, 지상에서 태양빛을 취할 수 있도록 허락을 받는다. 그러다가 그는 너무 낮은 곳으로 내려가서 불을 냄으로써 태양빛을 도로 뺏기게 된다. 비슷한 식으로 한 여인에게서 쌍둥이 아들이 태어나 아버지를 찾아가고, 아버지에게 테스트를 받고, 진짜 아들이라는 것을 증명하고, 위험한 존재를 파멸시킬 수 있는 번개를 지상에 가져오는 신화가 남서부의 나바호에서 발견된다. 이러한 내용은 많은 신화에서 한 인물이 그의 미래의 사위를 파멸시키는 이야기로 나타난다.

컬티의 서사인 「태양 신화」는 세상의 형성이 아니라 파멸에 대해 이야기한다. 이 신화에서 태양을 향해 떠나는 인물은 전도 유망한 추장(그는 다섯 개의 친척 부락을 가지고 있다)으로서 그는 테스트도 받지 않고 사위로 인정받고 난 뒤 끊임없이 선물을 받는다. 이 이야기는 백인이 몰고 온 전염병으로 인한 인디언들의 갑작스러운 파멸을 이야기한다고 볼 수 있다. 권력에 대한 주인공의 지나친 욕망은 백인들이 컬럼비아 강 어귀에 가져온 물건들을 인디언들이 획득하고 독점하는 행위를 재현하고 있다. 갑작스러운 파멸의 경험은 천연두로 몇몇 마을이 인구가 급감했던 18세기 후반으로 거슬러 올라간다. 1830년대와 1840년대 초반에는 전염병이 창궐하여 케스케이드 산맥의 서쪽에 사는 거의 모든 인디언들이 다 사망했다. 컬티가 이 신화를 창조했든 아니면 다른 곳에서 가져왔든, 이 신화는 이러한 최근의 역사와 관련이 있다.

인디언 문화에서는 일정한 숫자의 패턴을 좋아한다. 캐슬라메트

부족과 그 부근의 칼라푸야 부족 그리고 클래커머스 부족에게 주요한 숫자 패턴은 5이다. 의식이나 서사에서 행위는 다섯 개(혹은 세개)의 시퀀스가 된다. 대화는 셋 혹은 다섯 개의 주고받기로 구성된다. 이러한 시퀀스는 단순히 기계적인 숫자가 아니라 수사적인 논리, 즉 시작—진행—결말을 보여주는 기법이다.

「태양 신화」와 같은 서사는 일관된 건축 구조를 보여준다. 시의 한줄 한 줄은 모여서 운문을 만들고 그 운문들은 모여서 연을 만들고, 그 연들은 모여서 장면을 만들고, 그 장면들은 모여서 막을 만든다. 「태양 신화」와 같은 긴 신화에서는 세 개의 막으로 구성된 부가 하나이상 있다. 「태양 신화」는 2부로 되어 있는데 1부는 태양을 향한 여행을, 2부는 귀향을 다루고 있다. 각 부는 세 개의 막으로 구성되어있다.

〔해설: 델 하임스Dell Hymes〕

태양 신화

한 부락 사람들이 살고 있었네.
그 부락의 추장에게는 친척들의 부락이 다섯이나 있었네.

추장은 동틀 무렵에
 나가곤 하여
  바깥에서
   머무르곤 했네.
    그는 태양을 바라보곤 했네.
     태양은 거의 다 모습을 드러내곤 했네.
그는 아내에게 말하길,
"내가 저 태양을 찾으러 가면
  어떻겠소?"
그의 아내가 답하길,
"당신은 저 태양이 가까이 있다고 생각하는군요.
  그래서 그것에 가고 싶어 하는 거겠죠?"

어느 날
 동틀 무렵에 다시
  그는 나갔네.
   그는 다시 그 태양을 보았네.
    태양은 자신을 거의 드러내었네.
그가 아내에게 말하길,
"신발 열 켤레를 만들어주오.
 각반도 만들어주오.
 열 사람 몫으로."
아내는 그것들을 만들어주었네.
 열 켤레의 신발과
  열 개의 각반을.

다시 동틀 무렵이 되었고
 이제 그는 갔네.
  멀리멀리 갔네.
신발이 다 닳았네.
 각반도 다 해졌네.
  그는 다른 신발과 각반을 신었네.
다섯 달을 그는 계속 갔네.
 신발 다섯 켤레가 다 닳았네.
  각반 다섯 개가 다 해졌네.
열 달을 계속 갔네.

이제 태양은 가까이서 떠오르곤 했네.
　　그의 신발은 모두 다 닳았네.
이제 그는 어떤 집에 다다랐네.
　　커다란 집에.
그가 문을 열었을 때
　　어떤 어린 소녀가 거기 있었네.
그는 그 집에 들어가서
　　거기서 머물렀네.

이제 그는 그 집의 한쪽 벽을 보았네.
　화살이 거기에 걸려 있었네.
　화살통에 화살이 수북하게 걸려 있었네.
　사슴 가죽 갑옷이 거기에 걸려 있었네.
　나무로 만든 갑옷이 걸려 있었네.
　방패가 걸려 있었네.
　도끼가 걸려 있었네.
　전투용 곤봉이 걸려 있었네.
　깃털 달린 투구가 걸려 있었네.
　　남자의 모든 물건들이 그 집의 한쪽 벽에 있었네.
그 집의 다른 쪽 벽에는
　산염소 망토가 걸려 있었네.
　채색된 사슴 가죽 망토가 걸려 있었네.
　들소 가죽이 걸려 있었네.
　무두질한 수사슴 가죽이 걸려 있었네.

조개껍질로 만든 긴 저고리가 걸려 있었네.
조개껍질 목걸이가 걸려 있었네.
조개껍질로 만든 짧은 저고리가 걸려 있었네.
문 가까이에는 무언가 커다란 것이 걸려 있었는데
그는 그것을 보지 못했네.

그때 그는 어린 소녀에게 물었네.
"저 화살통은 누구 것이오?"
"할머니의 것이지요.
할머니는 내가 크면 주려고 저것들을 장만해놓았답니다."
"저 사슴 가죽 갑옷은 누구 것이오?"
"우리 것이죠. 할머니와 저의 것.
할머니는 내가 크면 주려고 저것들을 장만해놓았답니다."
"저 화살은 누구 것이오?"
"우리 것이죠. 할머니와 저의 것.
할머니는 내가 크면 주려고 저것들을 장만해놓았답니다."

"저 나무 갑옷은 누구 것이오?"
"우리 것이죠. 할머니와 저의 것.
할머니는 내가 크면 주려고 저것들을 장만해놓았답니다."
"저 방패는 누구 것이오?
그리고 저 뼈로 만든 전투용 곤봉은?"
"우리 것이죠. 할머니와 저의 것."
"저 돌도끼는 누구 것이오?"

"우리 것이죠. 할머니와 저의 것."

다음에는 그 집의 다른 쪽 벽에 있는 것에 대해 물었네.
"저 들소 가죽은 누구 것이오?"

　"우리 들소 가죽이지요. 할머니와 저의 것.

　할머니는 내가 크면 주려고 저것들을 장만해놓았답니다."
"저 야생 염소는 누구 것이오?"

　"우리 것이죠. 할머니와 저의 것.

　할머니는 내가 크면 주려고 저것들을 장만해놓았답니다."
"저 무두질한 수사슴 가죽은 누구 것이오?"

　"우리 것이죠. 할머니와 저의 것.

　할머니는 내가 크면 주려고 저것들을 장만해놓았답니다."

"저 사슴 가죽 망토는 누구 것이오?"

　"우리 것이죠. 할머니와 저의 것.

　할머니는 내가 크면 주려고 저것들을 장만해놓았답니다."
"저 조개껍질 목걸이는 누구 것이오?"

　"우리 것이죠. 할머니와 저의 것.

　할머니는 내가 크면 주려고 저것들을 장만해놓았답니다."
"저 조개껍질로 만든 긴 저고리는 누구 것이오?
저 짧은 저고리는?"

　"할머니의 것이죠, 내 아버지의 어머니인

　할머니는 내가 크면 주려고 저것들을 장만해놓았답니다."

그는 그녀에게 모든 것에 대해 물었네.
그는 생각했네.
　"저 여인을 내가 취해야겠다."

날이 저물자
　노파가 집으로 왔네.
다시 그녀는 물건 하나를 걸었는데
　그것은 온 천지를 환하게 비추는
　　바로 그가 원하던 것이었네.
그는 거기에 머물렀네.

오랫동안 그는 거기에 머물렀네.
　이제 그는 그 어린 소녀를 취했네.
그들은 거기에서 살았네.

동틀 무렵이면
　　벌써 노파는 사라졌네.
날이 저물면
　노파는 집으로 오곤 했네.
　노파는 물건들을 가져오곤 했네.
　노파는 화살들을 가져오곤 했네.
　때로는 야생 염소 망토를 가져오곤 했네.
　　때로는 사슴 가죽 갑옷을 가져오곤 했네.
매일이 이렇게 흘러갔네.

오랫동안 그는 거기서 살았네.

드디어 그는 고향 생각이 났네.

이틀 자고 나서

　그는 일어나지 않았네.

노파가 손녀에게 말했네.

　"그에게 잔소리를 해서

　화가 난 거냐?"

　"아니, 잔소리하지 않았어요.

　향수병에 걸린 것뿐이에요."

노파는 사위에게 말했네.

　"집에 갈 때 무엇을 가져가겠나?

　저 들소 가죽?"

그는 말했네.

　"아니요."

"그럼, 저 야생 염소 망토?"

그는 말했네.

　"아니요."

"그럼, 저 사슴 가죽 갑옷?"

그는 말했네.

　"아니요."

그녀는 그 집의 한쪽 벽을 전부 다 보여주었으나 허사였네.

다음에 다른 쪽 것을 다 보여주었네.

  그녀는 모든 것을 모조리 다 보여주었으나 허사였네.

그는 오로지 그것만을 원했네.

  커다란 그것.

  높이 치워둔 그것.

높이 치워둔 그것이 움직일 때면

  그것은 회전했고

  즉시 그의 눈은 감겼네.

  그것은 온 천지를 환하게 비추었네.

  그는 오로지 그것을 원했네.

그는 아내에게 말했네.

  "그녀는 내게 선물 하나를 줄 거요.

  바로 그녀의 망토를."

아내가 말했네.

  "할머니는 절대로 그건 주지 않을 거예요.

  사람들은 할머니에게서 그걸 가져가려고 헛되이 노력했지요.

  할머니는 절대로 그렇게 하지 않아요."

그는 다시 화가 났네.

며칠 밤을 자고 났네.

  이제 다시 노파가 물었네.

  "저것 가지고 가려나?"

  그녀는 자신의 모든 물건을 그에게 보여주었으나 허사였네.

그녀는 남자가 가질 모든 물건을 그에게 보여주었으나 허사였네.
그녀는 높이 치워둔 그것에 손을 뻗었네.
　이제 그녀는 말을 잃었네.
그녀가 높이 치워둔 그것에 손을 뻗었을 때
　그녀의 마음은 지쳤네.
이제 그녀는 그에게 말했네.
　"그렇다면 그것을 가져가야지!
　잘 가져가게! 자네가 그걸 가져간다면.
　선택한 사람은 바로 자네야.
　난 자네를 사랑하도록 애쓸게.
　진심으로 난 자네를 사랑해."

그녀는 그에게 그것을 걸어주었네.
　그녀는 그에게 그것 전부를 걸어주었네.
그녀는 돌도끼 하나도 주었네.
그녀는 말했네.
　"이제 집으로 가보게!"

그는 밖으로 나와
　집으로 갔네.
　　그는 땅을 보지 않았네.
　　그는 삼촌의 부락 가까이에 다다랐네.
이제 그가 걸치고 온 것이 요동쳤네.
　이제 그가 걸치고 온 것이 말했네.

"우리 둘이서 너의 부락을 공격하자.
우리 둘이서 너의 부락을 공격하자."
그가 입고 온 것은 그렇게 말했네.
그는 제정신을 잃고
삼촌의 부락을 공격했네.
그는 부수고, 부수고, 또 부수었네.
그는 모든 사람을 다 죽였네.
그가 제정신을 차리고 보니
모든 집들은 다 부서졌네.
그의 손은 피로 물들었네.
그는 생각했네.
"오 난 바보로다!
보라, 이것의 참모습이 이렇구나!
내가 왜 이것을 열망했던가?"
그는 그것을 벗어던지려고 시도했으나 허사였네.
그리고 그의 육체는 강제로 끌려갔네.

이제 다시 그는 떠났네.
그는 한참을 걸어갔는데
또다시 제정신을 잃었네.
그는 다른 삼촌의 부락 가까이 다다랐네.
다시 그것이 말했네.
"우리 둘이서 너의 부락을 공격하자.
우리 둘이서 너의 부락을 공격하자."

그는 그것이 움직이지 못하도록 시도했으나 허사였네.
　그것은 결코 가만히 있지 않았네.
그는 그것을 벗어 던져보려 했지만 허사였네.
　그의 손가락은 항상 쥐가 났네.

다시 그는 제정신을 잃고
　다시 삼촌의 부락을 공격하여
　　그것을 모두 부수었네.
그가 제정신을 차리고 보니
　삼촌의 부락이 폐허가 되었네.
　　사람들이 모두 죽었네.
이제 그는 울었네.
그는 나뭇가지 사이로 몸을 비집고 나오면서
　그것을 벗으려고 애써보았으나 허사였네.
그것을 벗어보려 했으나 허사였네.
　그것은 벗겨지지 않았고
　　그의 육체는 강제로 끌려갔네.
그가 걸치고 온 것을 바위에 대고 계속 쳤으나 허사였네.
　그것은 절대로 부서지지 않았네.

다시 그는 갔네.
　그는 또 다른 삼촌의 부락 가까이 다다랐네.

또다시 그가 걸치고 온 것이 요동쳤네.

"우리 둘이서 너의 부락을 공격하자.

우리 둘이서 너의 부락을 공격하자."

그는 제정신을 잃고

삼촌의 부락을 공격했네.

부수고, 부수고, 또 부수었네.

그는 삼촌의 부락을 모두 파멸시켰네.

그리고 사람들을 죽였네.

그는 제정신을 차리고

절규했네.

친척들을 위해 애도를 표했네.

그는 물속으로 뛰어들려고 했으나 허사였네.

그는 그것을 벗으려고 애썼으나 허사였네.

그리고 그의 육체는 강제로 끌려다녔네.

덤불 속을 뒹굴어보려 했으나 허사였네.

그가 걸치고 온 것을 바위에 대고 계속 쳤으나 허사였네.

그는 희망을 포기했네.

그는 절규했네.

또다시 그는 갔네.

또 다른 삼촌의 부락에 다다랐네.

또다시 그가 메고 온 것이 요동쳤네.

"우리 둘이서 너의 부락을 공격하자.

우리 둘이서 너의 부락을 공격하자."

그는 제정신을 잃고
　부락을 공격했네.
　　부수고, 부수고, 또 부수었네.
　　그리고 사람들을.
그는 제정신을 차렸네.
　　모든 사람들과 부락은 더 이상 없었네.
　　그의 손과 팔에는 오직 피밖에 없었네.
"카! 카! 카! 카!"
　　그는 절규했네.

그는 그것을 바위에 대고 쳐부수려 했으나 허사였네.
　그가 입고 온 것은 부숴지지 않았네.
그는 입고 온 것을 던져버리려 했지만 허사였네.
　그의 손가락이 항상 거기에 달라붙어 떨어지지 않았네.

다시 그는 갔네.
이제 그의 부락이네.
　그는 자신의 부락 가까이 갔네.
그는 제자리에 서려고 했으나 허사였네.
　무언가가 그의 발을 끌고 갔네.

그는 제정신을 잃고
　자신의 부락을 공격했네.

부수고, 부수고, 부수고, 또 부수었네.

모든 그의 부락을 파멸시켰네.

그의 친척들을 모두 죽였네.

그가 제정신을 차려보니

그의 부락은 폐허가 되었네.

시체가 땅을 가득 메웠네.

"카! 카! 카! 카!"

그는 절규했네.

그는 물속으로 뛰어들려고 했으나 허사였네.

그가 걸치고 있는 것을 벗어버리려 했으나 허사였네.

그리고 그의 육체는 강제로 끌려갔네.

한 번씩 그는 바위 위에 굴렀네.

그는 생각했네.

"아마도 그건 부서질 거야."

그는 희망을 버렸네.

그는 다시 절규했네.

그는 슬피 울었네.

그는 뒤를 돌아다보았네.

그 노파가 그 가까이에 서 있었네.

"자네."

그녀가 말했네.

"자네.

내가 자네를 사랑하려고 애썼으나 소용없었네.

　내가 자네의 친척을 사랑하려고 애썼으나 소용없었네.

왜 슬피 우는가?

　선택한 것은 바로 자네야.

　　자네가 내 망토를 걸치고 갔어."

이제 그녀는 그것을 받았네.

　　그녀는 그가 걸쳤던 것을 벗겨냈네.

　이제 그녀는 그를 떠나

　　집으로 갔네.

그는 거기에 머물렀네.

　　그는 조금 떨어진 곳으로 가서

　거기에 집 한 채를 지었네.

　　작은 집 한 채를.

죽음에 정통한 자 코요테, 삶에 충실하기

칼라푸야Kalapuya 부족의 신화인 「죽음에 정통한 자 코요테, 삶에 충실하기」는 메리스 리버스 칼라푸야에 사는 윌리엄 하트리스William Hartless가 1914년에 리오 프라크텐버그Leo J. Frachtenberg에게 전한 것을 채록한 것이다. 이 신화는 죽음으로 시작하고 삶으로 끝난다. 즉, 코요테라는 인물이 극진히 사랑하는 딸자식의 죽음 후에 저승의 세계를 경험하고 그 세계에 대해 정통하게 되는 과정을 다루고 있다. 이 신화는 코요테를 다양한 모습으로 변하는 카멜레온의 형태로 보여준다. 이 과정에서 코요테가 깨달은 교훈은 마치 엘리엇T. S. Eliot의 「프루프록의 연가」의 한 구절과 거기에다가 한 줄을 더 보탠 시를 보는 듯하다.

나는 죽은 자들 사이에서 살아 돌아온 나사로다.
너희 모두에게 말하러 왔나니.
살아 있을 때 열심히 살라.

이 이야기의 형식은 3막 12장으로 구성되어 있다. 제1막은 영원한 죽음의 시작을, 제2막은 저승의 세계를, 제3막은 이승의 세계에 관한 것이다. 1막에서 코요테는 친구의 딸이 죽었을 때는 죽은 자는 다시 돌아와서는 안 된다고 주장하지만 막상 자신의 딸이 죽었을 때는 그 규칙을 바꾸기를 원한다. 그러나 그의 뜻대로 되지는 않는다. 하는 수 없이 코요테는 딸과 함께하기 위해 저승의 세계로 같이 간다.

2막인 저승의 세계에서 코요테는 모든 일을 다 섭렵한다. 그러나 그의 딸을 따라가려고 했던 욕망은 오히려 저승의 세계를 떠날 이유가 되어버린다. 그는 더 이상 그녀와 함께 있을 수 없다. 한 예로 죽은 자들은 밤에 활동하고 낮에는 잠만 자기 때문이다. 그는 어둠의 세계에서 여름의 세계로 돌아온다.

3막에서 이승으로 돌아온 코요테의 모습은 어떠한가? 연어를 달라고 조르는 개구리 소녀들로 하여금 말벌이 든 가방을 열게 하는 장난꾸러기의 모습으로, 자신의 똥을 카마(백합과의 식물)인 것처럼 먹는 투구벌레의 모습으로 나타나기도 하며, 나무 안에 갇힌 자신을 구해줄 딱따구리를 겁주어 쫓아버리고, 그녀와 짝짓기하고 싶은 충동을 거부하지 못한다. 자신의 신체의 부분들을 하나씩 하나씩 떼어 던져버리고는 다시 제자리에 붙이기도 한다. 항문이 떨어져 나갔는데 그 항문이 없다는 사실도 바람이 불자 생각이 나서 그것을 주우러 간다. 어치가 훔쳐간 그의 눈을 다시 훔쳐오는데 이것이 이 이야기의 후반부이다. 마지막에 그는 부자가 되고, 추장이 되고, 노파가 된다. 매번 속이고 싶을 때마다 사람들을 속인다.

이렇듯 코요테의 정체성이 카멜레온 같이 변화무쌍하고 다양한 성격을 지닌 이유는 그가 저승에서 왔기 때문이다. 저승의 세계에서나

이승의 세계에서나 그가 처음 시도하는 일은 일정한 대가를 치른 다음에야 성공한다. 그는 저승의 세계에서 사냥에 참여하나 실패한다. 그러나 사냥법을 배우고 도박과 남녀 시니(하키) 경기, 레슬링 등에서 이김으로써 다섯 가지 성공을 거둔다. 이승의 세계에서는 개구리 여인들을 속인 대가를 치른다. 그는 나무 속에 갇혀 그들이 불러오는 사나운 날씨를 피해야 한다. 새들에게서 도움을 구하나 실패한다. 그는 자신을 하나씩 하나씩 버릴 때 눈을 잃는다. 그러나 이러한 실패는 다섯 가지 성공으로 이어진다. 그는 두 명의 노파로부터 정보를 얻고, 도박을 할 때에 사람들이 누구인지 못 알아보도록 만들고, 자신을 추격하는 사람들을 따돌리고, 그를 따라잡은 사람들에게 자신을 못 알아보도록 만든다.

저승의 세계에 정통하다는 것은, 이미 알고 있는 것과 반대라는 것을 배우는 것이다. 이승의 세계에 정통한 것도 예상과는 반대되는 일을 하는 것이다. 저승의 세계에서는 모든 것이 제자리에 똑같은 상태로 있다. 이승의 세계는 연극, 즉 말벌, 양물푸레나무, 장미 더미 등 가까이 있는 모든 것이 즉흥 연극을 할 수 있는 무대가 된다. 이승의 세계는 코요테에게 부자, 추장, 눈먼 노파 등 정체성의 창조를 위한 무대가 되는 것이다.

저승의 세계에서의 성공은 적응의 문제이고, 이승의 세계에서의 성공은 속임수의 문제이지만, 어떻게 보면 적응과 속임수는 같은 것이다. 코요테가 저승에서 적응하는 방식은 밤이 낮이 되는 등 이승의 세계와는 반대이다. 그것이 성공의 방식이다. 즉 코요테의 행위는 역전의 원리를 보여주는 것이다.

칼라푸야 부족의 전통은 세 종류의 관계를 활용한다. 그것은 곧

셋의 연속, 다섯의 연속, 셋 혹은 다섯 쌍의 연속을 말한다. 이러한 관계는 무엇보다도 운문에 활용되는데 가령 "5일" 혹은 "다섯 번"과 같은 주요 시간에 대한 언급이 그것이다. 그러나 예외도 있는데 이 서사의 몇 군데에는 단순히 한 쌍만 나타나기도 한다. 이 서사는 한 쌍, 즉 두 개의 운문으로 시작하고 두 개의 운문으로 끝난다. 저승의 세계에서 남녀 시니(하키)를 하는 두번째와 세번째 대회에서 각 장면은 한 쌍의 운문으로 구성되어 있다. 2막 끝의 마지막 장은 첫번째 연이 세 개의 운문으로 되어 있고 이어서 두 개의 운문이 이어져 총 다섯 개의 운문이 한 장으로 되어 있다. 연으로 치면 그 장은 단지 두 개의 연으로 되어 있을 뿐이다. 세 연이 아닌 데는 뚜렷한 이유가 없다.

〔해설: 델 하임스Dell Hymes〕

죽음에 정통한 자 코요테, 삶에 충실하기

검은 표범과 그의 친구가 살고 있었다네.
  그는 코요테와 같이 살았네.
코요테에게는 딸이 있었고,
  검은 표범에게도 딸이 있었네.

어느 날 검은 표범의 딸이 몸져눕더니
  죽고 말았네.
그러자 검은 표범이 말했네.
  "친구를 만나러 가겠어."
그는 코요테에게 말했네.
  "어떻게 생각해?
  사람이 죽으면
  닷새째 되는 날 다시 돌아오는 것."
코요테는 아무 말이 없었네.
다시 그는 정색하여 코요테에게 물었네.

"내가 말한 것 어떻게 생각해?"

코요테가 말하길,

"그렇게 되어서는 안 되지.

만일 그렇게 된다면

사람들 수가 끝이 없을 것 아닌가.

사람은 영원히 죽는 게 나아.

사람은 영원히 사라져야 돼."

검은 표범이 말하길,

"오! 아니지. 친구!

그들이 돌아오는 게 낫지."

코요테가 말하길,

"지금은 아니지!

검은색 물속 곤충들이 말할 거다.

'우린 어디에 살지?'"

코요테가 말하길,

"사람이 죽으면 그대로 놔두는 게 좋아.

그런 식으로 사람은 정말로 영원히 죽는 거지."

검은 표범이 말하길,

"네 진심이 그렇구나."

검은 표범은 집으로 돌아갔네.

그는 울었네.

그는 딸을 묻었네.

1년 후에 코요테의 딸이 몸져눕더니

죽었네.

그러자 코요테가 말하길,

　"친구!

　자네가 내게 말한 바로 그대로 되었으면."

검은 표범이 말하길,

　"이제 그렇게 할 수 없게 되었네."

코요테가 말하길,

　"오, 사람들이 죽음에서 깬 닷새째 날

　돌아오는 게 낫지."

검은 표범이 말하길,

　"지금은 아니지!

　자네가 이미 말했잖아.

　'사람이 죽으면

　영원히 죽은 상태로 있어야 한다.'

　자네가 그렇게 말했잖아."

　　검은 표범이 말했네.

코요테는 집으로 돌아갔네.

　그는 울고 또 울었네.

　그는 돌아와서 말하길,

　"내가 직접 가겠어."

그는 딸에게 말했네.

　"내가 직접 가겠어.

　우린 같이 갈 거야."

딸이 말하길,

　"아빠는 지금 절 따라올 수 없어요.

　제가 가는 곳은 다른 종류의 나라랍니다."

코요테가 말하길,

　"내가 직접 가기 때문에 괜찮아."

그는 밧줄을 만들었네.

닷새 동안 그는 밧줄을 만들었네.

　"이제 됐다. 가자!"

코요테는 몸에 밧줄을 단단히 묶었네.

이제 그의 딸은 공중으로 올라갔네.

그녀가 그에게 말하기를,

　"가시다가 지칠 때

　실제로 소리쳐 부르지 마세요.

전 듣지 못할 거예요.

소리칠 때는

　그냥 '하'라고만 하세요.

그러면 전 아래로 내려가서

　아빠를 기다릴게요."

코요테가 말하길,

　"오, 명심하지."

그리고 그들은 계속 갔네.

　코요테는 지상에서 계속 갔고

죽은 자는 공중에서 계속 갔네.
계속 가던 코요테는
이제 지쳤네.
그가 소리쳤네.
　"오오 난 지쳤어!
　오오 난 지쳤어!"
죽은 자는 결코 듣지 못했네.

마침내 코요테는 지쳐서
　거의 쓰러질 지경이 되었네.
　　정신을 잃을 정도가 되어
겨우 헐떡이며 입을 ('하' 하고) 벌렸더니
죽은 자가 듣고
　아래로 내려와서
　　아버지를 나무랐네.

그들은 그런 식으로 다섯 번을 갔네.
　그들은 바다에 다다랐네.
죽은 자가 소리치자
정말로 카누 한 척이 왔네.
죽은 자가 아버지에게 말하기를,
　"배는 가까이 오지 않을 거예요.
　건너뛰어야 해요.
　우리 둘 다 건너뛸 거예요.

그리고 바다를 다 건너면
똑같이 다시 건너뛰어야 해요.
그다음에 전 어떤 집으로 갈 거예요.
아빠도 혼자서 어떤 집으로 가세요.
거기서 닷새를 머무르셔야 해요.
아빠는 저를 볼 수 없을 거예요.
닷새 낮과 밤 동안.
그 후에 저를 볼 수 있을 거예요.
그 긴 시간 동안 전 춤을 추고 있을 거예요."
정말로 코요테는 온전히 혼자서 머물렀네.

이제 그의 딸이 거기로 왔네.
그녀가 말하길,
"이 노인이 누구시람?
아주 창백해.
사냥하러 갑시다."
창백한 이는 정말 같이 갔네.
이제 창백한 이는 사슴이 간 길을 따라갔네.
어떤 사람들이 그 산을 에워쌌네.
그들은 사슴을 쫓고 있었네.
그들은 큰 소리로 외쳐댔네.
정말로 사람들이 가까이 왔네.
코요테는 아무것도 보지 못했네.
그는 달팽이밖에 보지 못했네.

그는 사슴을 볼 수 없었네.

　그는 달팽이밖에 보지 못했네.

이제 사람들이 가까이 왔네.

"아 세상에! 저 노인 때문에 사슴을 놓쳤어!"

정말로 그들은 그에게 뼈만 먹였네.

　뼈는 산더미처럼 쌓였네.

　　그들은 살코기를 버렸네.

그러고 나서 그들은 돌아갔네.

그는 뒤쪽으로 가서

　그가 받은 뼈를 버렸네.

　　그는 버린 살코기를 주웠네.

　　　그는 그것을 가지고

　　　집으로 돌아왔네.

그러자 그가 버린 뼈는 살코기로 변했네.

그의 딸이 그를 나무랐네.

　그녀가 말하길,

"아빠가 달팽이라고 하는 것이

　우리의 사슴이에요.

여기서는 달팽이를 사슴이라고 해요."

코요테가 말하길,

　"이제 알겠구나."

다시 한 번 그는 확실히 들었네.

"사냥하러 가요."
그들은 다시 멀리 나갔네.
다시 그는 사슴이 지나간 길에 섰네.
사람들이 산을 에워싸고
　사슴을 쫓았네.
정말로 그들은 사슴을 몰았네.

잠시 후에 정말로 달팽이가 지나갔네.
그는 막대기로 그것을 쿡쿡 찔러서
한쪽으로 던졌네.
　잠시 후에 달팽이가 정말로 다시 지나갔네.
　다시 그는 막대기로 그것을 쿡쿡 찔러
　　길 밖으로 던졌네.
이제 많은 달팽이들이 지나갔네.
　그는 그것들을 모두 죽였네.
사람들이 다가왔네.
그들이 말하기를.
　"나이 든 창백한 이가 참으로 훌륭하구나!"
그때 코요테가 뒤쪽을 보니
　수많은 사슴들이 가득 쌓여 있었네.
　그는 진정 기뻤네.

이제 그들은 사슴의 가죽을 벗기고 고기를 잘랐네.
그들은 사슴 고기를 가득 쌓아놓았네.

그들은 모든 살코기를 다 던져버리고
　단지 뼈만 챙겼네.
코요테도 뼈만 싸왔네.
　그는 집에 다다랐네.
이제 그 뼈들은 살코기로 변했네.
이제 그들이 말하기를,
　"노인은 이제 정말 훌륭해!"
　그들은 이제 코요테를 좋아했네.

이제 어떤 사람들이 말했네.
　"도박합시다."
그러자 코요테가 말하기를,
　"여기선 안 돼!"
그러자 죽은 자들 중 몇 명이 말하기를,
　"당신이 도박 노래 부를 때 도와주리다."
　"오, 좋소."
그들은 정말로 도박을 했네.
　죽은 자들 몇몇이 그를 도와서
　코요테가 이겼네.

다시 코요테가 정말로 귀로 들었네.
　"여자 시니(하키)를 합시다."
코요테는 정말로 여사 시니를 했고
　그는 정말로 또 이겼네.

이제 다시 그는 정말 귀로 들었네.
 "이제 남자 시니를 합시다."
그들은 정말로 남자 시니를 했고
  코요테는 정말로 또 이겼네.

이제 코요테는 들었네.
 "내일은 레슬링을 할 거요."
코요테는 레슬링을 했네.
  그는 거의 넘어갈 뻔했네.
그는 상대를 넘어뜨렸네.

그는 다섯 번 레슬링을 했네.
다섯번째 그는 다시 정말로 넘어갈 뻔했는데
  다시 코요테가 상대를 넘어뜨렸네.
이제 그들은 내기를 끝냈네.

이제 코요테는 거기에 혼자 남았네.
이제 그는 외로웠네.
이제 그는 말했네.
 "난 돌아갈 거야.
  외로워.
  나와 이야기를 나눌 사람이 없어.
  낮에는 아무도 보이지 않고

밤이라야만 사람들이 돌아다녀.
난 그런 건 싫어.
그래서 말하는데
'난 돌아갈 거야.'"

이제 그는 딸에게 말했네.
"이제 난 널 떠나려고 해.
외로워.
낮엔 너마저도 볼 수가 없어."
딸이 말하기를,
"그건 저도 어쩔 수가 없네요.
그게 우리가 사는 방식이에요.
캄캄해지면 우린 일어나서
돌아다니고
낮에는 잠을 자지요.
그게 우리가 사는 방식이에요."

그는 딸에게 말했네.
"이제 난 돌아가."
딸이 말했네.
"돌아가신다니 아주 잘됐어요."
코요테는 정말로 강을 건넜네.
이제 그는 돌아오게 되었네.
반쯤 왔을 때

개구리 소녀 다섯 명이 카마(백합과의 식물)를 캐고 있는 것을 보았네.

그가 말하길,

"얘들은 나를 마중 나온 거야.

오, 난 돌아갈 거야.

내가 본 것을 가지고 가야지."

정말로 그는 말벌을 구하러 갔네.

그는 말벌 집을 배낭에 집어넣었네.

그는 계속 갔네.

그는 개구리 소녀 다섯이 카마를 캐고 있는 곳까지 왔네.

개구리 소녀들이 말했네.

"오— 코요테!

먹을 것 좀 주세요!

말린 연어 좀 가지고 있지 않아요?"

코요테는 못 들은 척하며

계속 갔네.

다시 개구리 소녀들이 같은 식으로 외쳤네.

"우— 코요테!

먹을 것 좀 주세요!

뭐 좀 없어요?

먹을 것 조금만 주세요!"

이제 코요테가 말하기를,

"후! 무슨 일이지?"

"오, 먹을 것 좀 주세요!"

"뭘 주지?

내겐 아무것도 없는데.

조금 있기는 하지.

그럼, 다들 여기 와봐!"

그 개구리 소녀들이 정말로 모여들었네.

  "여기 앉아!

  이걸 자세히 봐!

  가까이 앉아!

  모두 냄새 한번 맡아보고

  펴봐."

그러자 말벌이 나왔네.

 말벌들은 그 개구리 소녀들을 모두 쏘았네.

  그들은 모두 정신을 잃고 쓰러졌네.

이제 코요테는 웃었네.

이제 코요테는 계속 갔네.

이제 코요테가 말하기를,

  "누구든 날 놀릴 수 있어."

한참 후에 개구리 소녀들 중 하나가 깨어났네.

그 개구리는 동료들을 한쪽으로 인도했네.

이제 그들은 모두 일어났네.

그들이 말하기를,

"코요테를 따라가자."

가장 어린 개구리가 묻기를,

"영혼의 힘에 대해 아는 바 있어요?"

가장 나이 많은 개구리가 대답하기를,

"아무것도 아는 게 없어.

연기가 피어오르는 것은 알지."

가장 어린 개구리는 다른 개구리에게도 물었네.

"언니는 아는 바 없수?"

"아무것도 몰라.

저 위에 하늘이 비를 쏟아붓는다는 것은 알지."

그녀는 또 다른 개구리에게도 똑같이 물었네.

이제 다섯번째로 그녀 자신이 말했네.

"난 눈을 내리게 하고 북풍을 불게 할 수 있어."

정말로 가장 어린 개구리가 그렇게 말했네.

그러자 눈이 왔네.

북풍도 불었네.

이제 코요테는 서둘러 갔네.

마침내 눈이 그의 무릎까지 왔네.

그는 계속 갔네.

이제 눈이 그의 위쪽 넓적다리까지 왔네.

코요테가 말하기를,

"이제 그들은 나를 손에 넣었어.

아마도 그들은 나를 손에 넣지 못할 수도 있어.

열려라!

나무!"

정말로 양물푸레나무가 열렸네.

코요테는 그 안으로 들어갔네.

"닫혀라!

나무!"

정말로 나무가 닫혔네.

코요테는 나무 안에 가만히 있었네.

이제 개구리들이 코요테를 쫓아왔네.

그들은 거기에 이르러

그의 발자국을 놓쳐버렸네.

그 개구리들은 돌아갔네.

1년 꼬박 코요테는 나무 안에 있었네.

그는 깨어났네.

"새들이 노래하는 소리가 들리는 것 같아."

코요테가 말하기를,

"오, 여름인 모양이야!"

그는 주위를 느껴보았네.

그는 "요리된 카마"를 발견했네.

─그는 그것을 "요리된 카마"라 불렀네.

그가 "요리된 카마"라 부르는 것은 그의 똥이었네.

그는 정말로 자신의 똥을 먹었네.

이제 그는 외쳤네.
　"나를 위해서 열려라, 나무!"
아니나 다를까 딱따구리가 왔네.
　"너 말고!"
이제 멧새가 왔네.
　"너 말고!"

이제 그는 다시 외쳤네.
산딱다구리가 왔네.
산딱다구리는 주둥이로 쪼아댔네.

그는 조금 볼 수 있었네.
이제 그는 좀더 많이 볼 수 있었네.
코요테는 속으로 말했네.
　"그녀가 가까이 여기를 쪼아댈 때 그녀를 잡아야지.
　그녀를 내 것으로 만들어야지.
　그 산딱다구리는 여자야."

정말로 그는 그녀에게 달려들었으나
　놓치고 말았네.
산딱따구리는 산으로 돌아갔네.
　그녀는 지저귀었네.
　　"가가가가가그."
코요테가 말하길,

"돌아와!
장난일 뿐이야."

이제 코요테는 그곳을 떠났네.
그는 자신의 항문에게 말했네.
"넌 자신을 금방 돌볼 수 있겠니?"
그는 정말로 다리 한쪽을 떼어냈네.
그는 다른 쪽 다리도 떼어냈네.
그는 자신의 항문을 떼어내어
그것을 바깥으로 던졌네.
이제 그는 팔 한쪽을 떼어냈네.
이제 그는 머리를 떼어내어
그것을 바깥으로 던졌네.

어치가 지나가다가
코요테의 한쪽 눈을 훔쳤네.
어치가 말하길,
"크와차 크와차 크와차,
코요테의 항문이 방귀를 뀌었다네!"
코요테는 화가 났네.
이제 그는 모든 걸 다 버렸네.
그는 자신의 몸을 버렸네.
이제 그는 자신의 몸을 다시 추스렸네.
어치가 훔쳐가서

눈 한쪽이 없었네.

그는 항문을 거기에 그대로 두었네.
 그는 추위를 느꼈네.
  바람이 들어왔네.
그는 다시 돌아가
 항문을 주우러 갔네.
그는 계속 걸어가서
 찔레 열매로 한쪽 눈을 만들었네.

그는 다시 계속 걸어가서
  어떤 집이 있는 곳에 다다랐네.
  거기에는 노파 하나가 살고 있었네.
  그는 안으로 들어갔네.
  "사람들은 모두 어디 있어요?"
  "오 그들은 손으로 하는 도박을 하러 멀리 갔다네.
  모든 사람들이 손으로 하는 도박을 하러 멀리 갔다네."
코요테가 말하길,
  "오! 어느 쪽으로 갔지요?"
그 노파가 말하길,
  "이쪽으로!"
그녀가 위치를 알려주었네.
코요테가 말하길,
  "오 정말 잘됐군요."

코요테는 계속 갔네.

그는 카마의 줄기로 돈을 만들었네.

　그것이 그가 돈을 만드는 방식이었네.

이제 그는 찔레 열매로 여러 종류의 목걸이를 만들었네.

　그것이 그가 목걸이를 만드는 방식이었네.

그는 계속 갔네.

　그는 또 다른 곳에 다다랐네.

　한 집에서 연기가 피어오르고 있었네.

그는 거기로 들어갔네.

　거기에는 노파 하나가 살고 있었네.

　"누구신가" 하고 그 노파가 말했네.

　"오 바로 접니다.

　모두들 어디로 갔지요?"

　"손 도박하러 갔지."

　"어느 쪽으로요?"

그녀가 그 장소를 말했네.

　"오"라고 코요테가 말했네.

　"지금 뭐하고 있지요?"

　"코요테의 눈을 굴리고 있어요."

"오", 코요테가 말했네.

그는 계속 갔네.

그는 그 장소에 다다랐네.
그는 변신을 했네.
그는 자신을 추장으로 만들었네.
정말로.

누군가가 말했네.
"도박합시다."
다른 코요테가 말하기를,
"조심해!"
저건 코요테야!"
이제 그들은 그를 때리고 싶어 했네.
코요테는 가만히 앉아 있었네.
이제 그들이 말했네.
"도박합시다."
여전히 그는 앉아 있었네.

한참 후에 그는 말했네.
"오 그렇다면 좋아!"
그는 판돈을 쏟았네.
코요테의 눈이 굴렀네.
코요테는 그것을 놓쳤네.
그는 졌네.

다시 그는 판돈을 걸었네.

다시 그는 눈을 굴렸네.

다시 그는 놓쳤네.

코요테는 졌네.

다섯번째 내기에 코요테가 말하기를,

　"이제 내가 이길 거야."

반대편에 앉아 있던 다른 코요테가 계속 말하기를,

　"저건 코요테야."

그는 사람들에게 꾸지람을 들었네.

이제 그들은 눈을 굴렸네.

　사람들은 한순간 정신을 잃었다가

　눈을 다시 굴렸네.

이제 그는 그 눈을 잡아서

　높이 뛰더니

　내달렸네.

　사람들이 추격했고

　　그는 그들을 따돌렸네.

누군가 다른 코요테에게 말하기를,

　"뛰어!

　넌 빠르잖아!"

그가 말하기를,

　"당신들은 이제 그를 잡을 수 없어.

　내가 말했잖아."

이제 온갖 종류의 사람들이 다 달렸네.
  검은 표범도 달렸네.
    그는 거의 코요테를 따라잡을 뻔했네.
코요테는 언덕의 다른 편으로 굽어 돌았네.
  그는 집 한 채를 세우고
    그 안으로 들어갔네.
그는 노파로 변장했네.
  노파는 눈이 없었네.
    노파는 빨래를 하고 있었네.

이제 사람들이 거기에 다다랐네.
  그들은 안으로 들어갔네.
    그들이 말하기를,
      "누가 여기 들어오지 않았소?"
노파가 말하기를,
  "아무도 여기 들어오지 않았소."
    "이 주변을 수색하라!"
그들은 정말로 코요테를 잡으러
집 안팎을 샅샅이 수색했으나
그를 찾지 못했네.
이제 그들은 말하기를,
  "돌아갑시다.
    그를 못 찾겠어요."
누군가 말하기를,

"그 노파가 틀림없이 코요테일 거야."
다른 사람이 말하기를,
　"아니야!
　그건 진짜 코요테가 아니야."
이제 그들은 돌아갔네.
그들은 진짜로 포기했네.

이제 코요테는 말했네.
　"너희들은 절대 나를 못 이겨!"

이것이 전부였네.

물개와 남동생이 살고 있었다네

　클래커머스Clackamas 부족의 신화인 「물개와 남동생이 살고 있었다네」는 빅토리아 하워드Victoria Howard가 죽기 직전인 1930년에 멜빌 제이컵스Melville Jacobs에게 구술한 것을 채록한 것이다. 이 이야기는 다른 많은 미완성 이야기들과 더불어 이 두 사람이 공동 작업한 마지막 노트에 채록되어 있다.

　이 이야기는 어떤 면에서 미완성 작품이다. 원래 이 이야기는 복수의 이야기에서 비롯된 서스펜스 장면이다. 한 남자가 아내를 죽였고, 그녀의 남동생이 여자로 변장을 하여 그 집으로 들어가 복수를 한다는 내용이다. (이 주제에 대한 다른 형식으로는 두 남자가 더 나이 든 남자의 아내를 되찾거나, 혹은 두 아들이 그들의 아버지를 되찾는 이야기도 있다.) 그런데, 한 어린아이가 밤중에 침대로 올라가 복수하는 자의 옷 아래에 있는 칼을 본다. 아이는 소리를 지르고 어머니는 이것을 제지한다. 그 결과 복수는 성공한다.

　구술자인 빅토리아 하워드는 이 이야기를 할머니에게 들었다. 이 이야기 속에서 사건은 복수를 당하는 가족 중 여성의 관점에서 관찰

된다. 이것은 빅토리아 하워드가 남성의 모험에서 여성의 모험으로 경험의 전환을 구술한 여러 신화들 가운데 하나이다. 제목은 구술자 자신이 붙인 것이다. 이 이야기에서는 어머니에게 관심이 집중된다. 왜냐하면 어머니의 행위가 이야기의 결말(죽음과 이별)을 결정하기 때문이다. 그러나 딸의 성숙과 독립을 다루는 두번째 시퀀스가 자연스럽게 연상된다.

〔해설: 델 하임스〕

물개와 남동생이 살고 있었다네

물개와 그녀의 남동생과 그녀의 딸이 살고 있었다네.
얼마 후에 한 여인이 물개의 남동생에게 왔네.

물개의 남동생과 그 여인은 거기 같이 살았다네.
 그들은 밤이면 바깥으로 "오줌을 누러" 가곤 했네.
딸이 말하기를,
 "엄마! 외삼촌의 아내는 뭔가 달라요.
 그녀가 '오줌을 눌' 때는 남자 같은 소리가 나요."
 "쉿! 너의 외삼촌의 아내야!"

오랫동안 외삼촌과 아내는 그렇게 살았네.
 밤이면 그들은 각각 '오줌을 누러' 갔네.
딸이 어머니에게 말하기를,
 "엄마! 외삼촌의 아내는 뭔가 달라요.
 그녀가 '오줌을 눌' 때는 남자 같은 소리가 나요."

"쉿!"

그녀의 외삼촌과 외삼촌의 아내는 침대 위에 누웠네.
곧 딸과 어머니도 불 가까이 누웠네.
  그들은 나란히 옆에 누웠네.

한밤중에 무언가 딸의 얼굴에 닿았네.
그녀는 어머니를 흔들었네.
그녀가 말하기를,
  "엄마! 무언가 내 얼굴에 닿아요."
  "음. 쉿. 너의 외삼촌이야, 그들이 '오줌을 누러' 가고 있어."

곧 다시 그녀는 무언가 사라지는 것을 들었네.
그녀가 말하기를,
  "엄마! 무언가가 턱 턱 소리를 내면서 가고 있어요.
  무슨 소리가 들려요!"
  "쉿. 너의 외삼촌이야, 그들이 '오줌을 누고' 있어."

딸은 일어났네.
 그녀는 불을 손보고
  송진에 불을 붙였네.
   그녀는 두 사람이 있던 곳을 보았네.
   아! 아! 피!
그녀는 그쪽으로 불을 들었네.

외삼촌이 침대 위에 있고

　그의 목이 잘려 있었네.

　　그는 죽어 있었네.

　　　그녀는 비명을 질렀네.

그녀는 어머니에게 말했네.

"제가 말했잖아요.

　'뭔가가 떨어진다'고.

엄마는 제게 말했죠.

　'쉿. 그들이 오줌 누러 간다'고.

제가 말했죠.

　'외삼촌의 아내는 뭔가 달라요.

　그녀가 오줌 눌 때는 남자 같은 소리가 난다'고.

어머니는 제게 말했죠.

　'쉿!'이라고."

그녀는 울었네.

물개는 말했네.

"내 동생! 내 동생!

　그들은 저기 귀하게 서 있는데.

　내 동생!"

그녀는 계속 그렇게 말했네.

딸은 울었네.

그녀는 말하기를,

"헛되이 엄마에게 말하려고 애썼네요.
  '여자 같지 않다.
    외삼촌의 아내는 오줌 눌 때 남자 같은 소리를 낸다'고.
엄마는 제게 말했죠.
  '쉿!'이라고.
오 오 외삼촌!
오 외삼촌!"
딸은 울었네.

나는 단지 거기까지만 기억한다네.

제 3 장

대분지와
고원지대

블루 제이와 그의 동서인 울프

「블루 제이와 그의 동서인 울프」는 피터 제이 시모어Peter J. Seymour 가 전한 콜빌Colville 부족의 이야기로 1968년 8월 9일에 워싱턴 주 인첼리엄 근처 홀 크릭에 있는 시모어의 자택에서 테이프에 녹음한 것이다. 그곳은 컬럼비아 강의 서쪽 강기슭에 자리 잡은 콜빌 인디 언 보호구역의 동쪽 끝에 있는 작은 마을로 스포캔에서 북서부로 160킬로미터 정도 떨어져 있다. 나는 그해 여름에 오카노곤콜빌 Oknogon-Colville 언어를 배웠는데, 아직도 이 언어에 대해서는 잘 모 르는 편이라고 할 수 있다.

3년 후인 1971년 7~8월경, 나의 훌륭한 스승이자, 이 언어를 훌 륭하게 구사하는 내 오랜 콜빌 공동 연구자 매들린 드소텔Madeline DeSautel과 함께 이 이야기를 테이프에서 글로 옮겼다. 매들린이 번역 을 했다.

내가 읽거나 들어온 어느 방언이나 영어로 된 모든 오카노곤 이야 기 중에서, 피터 시모어의 이야기의 풍요로움에 버금가는 이야기는 단연코 없다. 사실 자체의 기준으로 따지고 본다면 문학적이라 할

수 있는 현존하는 오카노곤 이야기 모음집을 본 적은 있지만, 오카
노곤 문학에서도 시모어의 텍스트는 가장 풍요롭고, 그중 몇몇 텍스
트는 그대로 예술이다.

　이 이야기는 흥미롭고 결말이 열려 있다. 이야기를 통해 콜빌 생
활을 엿볼 수 있고, 아마 많은 독자들이 이에 대해 더 알고 싶은 욕
구를 느낄 것이다. 자매들 사이의 질투나 경쟁과 같은 문제들은 직
관적이며 보편적인 원시적 감정만이 아니라 콜빌 사회 조직이나 관
습을 참작하면 더 잘 이해될 것이다.

〔해설: 앤서니 마티나Anthony Mattina〕

블루 제이와 그의 동서인 울프

자, 여기 블루 제이Blue Jay와 그의 동서인 울프Wolf가 있는데, 이제 내가 그들에 대해 이야기하려고 한다. 울프는 가장 맏이와 결혼했다. 그리고 그가 그들의 지도자이다. 또 다른 이들도 있었는데, 추장의 자녀들과 추장의 인척들이다. 오래전 사람들에게 최우선은 그들의 재물이었다. 그 당시에 사람들은 돈이 뭔지 몰랐기 때문에 물고기나 사슴을 잘 제공하는 이들을 다른 이들보다 더 높이 샀다. 그렇다, 그러한 것을 제공하는 자들을 다른 어떤 것보다 우위에 두었다. 그들이 최고의 지위에 있었다. 이러하므로, 울프가 추장에게 딸을 달라고 요청했고, 추장은 동의했다. 왜냐하면 울프는 식량과 사슴을 구하는 일을 척척 잘해냈기 때문이다. 그는 대답을 들었다. "좋네." 그래서 울프와 추장의 딸은 결혼을 했다. 그들이 사냥을 갈 때면, 울프가 앞장을 섰다―그 당시에 사람들은 혼자가 아닌 무리 속에서 지냈기 때문이다. 그들은 겨울에 함께 뭉쳐 지낸다. 그들은 "월동하는 곳"이라고 불리는 데에서 겨울을 난다. 그들에겐 사슴 가죽으로 된 원뿔형 천막집이 없다. 그들은 그들의 집을 덮기 위해서 골풀을 포함해서 온갖 것을 다 사용한다. 덮개로 나무껍질을 이용하고, 뭐든지—나뭇가지, 삼나무 가지—이용한다. 큰 가지에서 싹터 자라나는 것을 "손바닥 가지"라고 부른다. 그것들은 삼나무에서 자란다. 마찬가지로, 전나무를 보라. 이것을 "전나무 가지"로 부른다. 이것들은 그런 식으로 자란다. 그리고 삼나무에서 자라는 것들은⋯⋯ 음, 이런, 가지가 생긴 삼나무, 그 이름이 기억이 안 난다. 그들은 이런 식으로 그들의 집을 덮는다. 그러면 집이 젖지 않고, 따뜻하다. 그리고 이들 널빤지 집, 그들이 나무껍질로 판자를 댄다. 그들은 꼭대기에 판자를 댄다. 그것들을 판자를 댄 집이라고 부른다.

이제, 블루 제이가 그들에게 갔다. 자, 블루 제이는 추장에게 딸을 달라고 했다. 가장 어린 딸도 또한 다 성장했다. 인디언 말로 "그녀가 젊은 처녀가 되었다"라고 한다. 그녀가 다 컸다. 그렇다, 그녀도 남자가 필요하다. 자, 그가 연애를 걸기 시작한다. 블루 제이는 추장의 딸이 맘에 든다. 그는 그녀에게 완전히 빠져 있다. 그녀는 자신의 아버지에게 말한다. "자, 이제 허락해주세요." 그녀의 아버지는 체념한 듯 말한다. "하지만 우리는 그에 대해 아는 것이 없지 않느냐. 그가 뭘 잘하는지도 모르고, 먹을 것을 잘 구해 오는지도 모르고. 아마도 넌 고생하게 될 것이다. 만약 그가 아무것에도 재주가 없다는 것이 드러나면, 오래지 않아 넌 그를 버리게 될 것이다. 우리 모두에게 좋은 자를 남편으로 맞아들이자." 그러나, 맙소사, 그의 딸은 말한다. "그는 제 남편이 될 것이지, 아버지 남편이 될 것은 아니잖아요. 궁핍하게 되어도, 제가 궁핍하게 됩니다." 그가 그녀에게 말했다. "이런, 네 생각이 그렇다면야." 일이 그렇게 되었다. 그리고 블루 제이는 원하는 답을 얻었다. 그는 결혼하게 되었다. 블루 제이는

밀월에 들어갔다. 그들은 함께 살았다. 울프와 그의 아내, 블루 제이와 그의 아내, 그의 인척들 그리고 추장 부부. 거기서, 한집에서 그들은 같이 살았다. 몇 개의 천막집을 한데 붙였는지 모르겠다. 세 커플이 있으니까, 아마도 네 개, 아니면 세 개일 것이다. 그런데 블루제이가 하는 일은 아내와 노는 일뿐이다. 그는 정오까지 잠을 자고, 그러고는 깨어난다. 그들은 신혼 기간을 보내는 중이라서, 그와 그의 아내가 같이 일어난다. 그때쯤이면 다른 식구들은 다 가고 없다.

　그들은 사냥을 간다. 먹을 것을 구하기 위해 나간다. 울프는 확실히 먹을 것을 구하는 데 재능이 있어서 그들의 지도자가 되었다. 그는 사슴이 어디서 월동하는지 알고 있고, 눈신발도 잘 다룬다. 그들이 사슴을 몰 때면 울프가 사슴을 뒤쫓는다. 사슴들이 멀리 못 가 울프가 그들을 따라잡는다. 그러고는 그가 그들을 도살한다. 그러면 그는 그의 인척들이나 다른 사람들을 능가하게 된다. 그리고 그는 그들에게 사슴 고기를 나눠준다. 그러면 그들은 사슴 고기를 집으로 끌고 오기만 하면 되고 총을 쏠 일도 없다. 그들에게 고기가 생긴 것이다. 울프는 그들이 먹으라고 고기를 주는 것이다. 그는 대단히 사냥을 잘하고 재주가 있다. 그래서 그가 그들의 지도자인 것이다.

　자, 큰딸, 여기 이 울프의 아내가 있는데, 그녀는 자신의 감정을 억누르기 시작했다. 그녀는 언제나 자신의 제부를 지켜보고 있었다. 그녀는 제부를 미워한다. 그녀는 심지어 자신의 여동생에게 말했다. "너 왜 그러는 거야? 벌써 날이 많이 지났는데, 아직도 신혼 기분에 젖어 있는 중이니? 너희들은 이제 서로에게 물릴 때도 됐잖아. 네 남편은 뭔가 먹을 것을 구해 와야 하는 것 아니야? 너희들은 내내 놀기만 하잖아. 저기, 네 형부 말이야, 내 생각엔, 너희들이 하는 일이라곤 노는 것밖에 없는 것에 대해 네 형부도 확실히 지쳤어. 네 남편은 먹을 것을 구하기 위해 아무 일도 하려 들지 않잖아. 그도 나가야지, 사냥을 할 수 없다 해도 적어도 같이 가기는 해야지. 그러면, 네 형부가 기분이 좋지 않겠니. 그에게도 별별 생각이 많은 것 같더라." 그녀는 여동생에게 잔소리를 했다. 그러자 동생은 언니 말을 인정했다.

처음에 그녀는 자기 남편의 편을 들려고 했다. 그러나 마침내 그녀는 믿고, 이해했다. "그건 사실이지. 언니는 사실을 말하고 있어." 그들의 부모는 아무 말도 하지 않았다. 큰딸이 제부를 미워하자 그들이 그녀를 말리려고 했다. 그녀는 제부에 대해 험담했다. 이제, 동생이 블루 제이에게 말을 했다. "있잖아요. 이제 여러 날이 흘렀는데, 우리는 아직도 신혼 기분에 젖어 있어요. 저기요, 무언가 먹을 것을 구하는 일에 대해 생각해요. 우리 너무 빌붙어 얻어먹기만 했어요. 아마도 그분들이 우리에게 지친 것 같아요. 당신 처형을 좀 보세요. 그분들이 우리를 몹시 미워해요. 그분들은 당신과 인척 관계에 있어요. 그래도 부모님은 당신 편을 들려고 했어요. 부모님은 당신들의 딸, 큰딸을 말렸어요. 그분들이 언니에게, '애야, 네 제부 좀 그냥 놔두어라'라고 하셨어요."

그는 아내에게 말했다. "당신은 내게 불평하는데, 나에게 가죽 쪼가리 좀 줘봐요. 내게는 눈신발도, 활과 화살도 없어요. 난 준비를 좀 해야겠어요." 이제, 블루 제이는 활을 갖게 되었다. 이런, 그가 만든 활은 전혀 활 같지도 않았다. 그건 엉망이었다. 그가 가진 화살도 마찬가지다. 그는 화살에 깃털을 달 때에도, 그것들을 그냥 바로 붙였다. 그래서 그의 화살도 그렇게 좋지 않다. 그의 물건은 형편없

다. 눈신발도 아니다. 그것도 형편없다. 별로 좋지 않다. 그가 햇가지로 신발의 틀을 만들었다. 이런, 잘 맞지 않는다. 그녀는 어머니에게 끈을 만들 가죽을 좀 얻을 수 있는지 부탁했다. 어머니가 그녀에게 묻는다. "어디다 쓰려고 그러느냐?" 그녀가 대답한다. "제가 결혼을 한, 어머니 사위 말이에요. 그이가 사냥꾼들과 같이 가려고 해요. 그런데 눈신발이 없잖아요. 그래서 지금 틀은 만들었는데, 그걸 묶을 끈이 없어요. 그래서 그가 제게 요청했어요. 그래서 그가 한 말을 전하는 거예요. 아마 어머니께 가죽이 좀 있지 않나요." 어머니가 그녀에게 말한다. "그래, 놔둔 게 좀 있다. 내가 조금 줄게." 그녀는 그것을 자르기 시작했다.

블루 제이는 신발에 끈을 달기 시작했다. 활과 화살 그리고 눈신발을 고치는 데 하루가 걸렸다. 그 일에 익숙한 사람들에게도 신발과 화살 작업을 끝마치는 데에는 여러 날이 걸린다. 그러나 그는 하루 만에 벌써 화살과 신발을 마무리 지었다. 충분히 좋을 수가 없는 노릇이다. 그것들을 고치는 방법을 아는 사람들도 애를 쓴다. 화살을 만드는 막대기도 말려야 하고, 그런 다음에 곧게 펴야 한다. 그리고 깃털을 손질하고, 화살을 손질하고, 활도 마찬가지이다. 그들은 나무토막을 말려서, 깎아내고, 다시 말린다. 그들은 활의 한가운데에 광을 내고, 힘줄로 감는다. 그들은 활에 송진을 바르는데, 그러면 활이 헐거워지지 않고 단단하다. 활은 우수하고 강하다. 그러나 블루 제이의 팔은 약하기 때문에, 그가 만든 것은 형편없었다.

다음 날 여전히 어두울 때 울프가 소리쳤다. "곧 동이 틀 텐데 우리는 늦고 말 겁니다. 갈 길이 멀어요. 일어나세요." 맙소사, 사람들이 일어난다, 젊은 사람들이. 그들은 먹고, 마시고, 모두 준비가 되었다. 울프는 소리쳐 선포한다. "좋습니다. 이제 갑시다." 젊은이들이 나오기 시작했다. 블루 제이도 나왔다. 블루 제이는 아내를 구슬려 집 안에서부터 눈신발을 신겨달라고 했다. 왜냐하면 그는 신을—발목 주변에 있는 고리라고 부르는 것을—매는 법조차 모르기 때문이었다. 이런, 그에게 눈신발을 신겨준 것은 그의 부인이었다. 바로 집 안에서부터 그녀가 그에게 신발을 신겨주었다. 능숙한 젊은이들은…… 길이 없는 데까지, 멀리까지 가서 거기에서 눈신발을 신는다. 맙소사, 사람들이 그를 놀렸다. 그가 집 안에서부터 눈신발을 신고 나왔으므로 사람들은 그를 비웃었다. 블루 제이가 한 걸음을 떼어놓는다. 그런데 그가 무엇인가에 걸린다. 그는 자기 자신을 손으로 보호해야만 한다. 분명히 눈 때문인 것 같다. 그가 장갑이 없다고 생각하는데, 그의 손이 차가워졌다. 손이 차가워져서 그는 손가락을 빨기 시작했다. 젊은이들이 말했다. "아니, 이런, 아마 그는 곧 보이지 않게 될 거야. 그러면 돌아가겠지. 그는 너무 뒤처져 있어. 그는 거기서 포기할 거야. 그는 우리를 지체시키고 있어." 그들은 가버렸다. 그리고 한참을 앞서 있는 울프는 동료들을 위해 사슴이 지나간 자취를 알아내고 있었다. 그러면 그들은 지나간 발자국을 발견하고, 그러고는 다시 흩어진다. 울프는 어디로 가야 할지를 가리켜줄 것이다. 이 울프가 지도자이고, 모든 이들 중에 가장 영리하다. 그는 사슴이 가는 곳으로 간다—왜냐하면 그는 똑똑하고 강하기 때문이다. 그리고 그는 빨리 갈 수 있다.

그들은 계속 간다. 그리고 그들은 발자국을 본다—사슴들이 먹이를 먹고 있는 곳에 사슴이 많이 있다. 그들은 황급히 사방으로 흩어졌다. 사슴이 많다. 그는 멈추었다. 가운데가 움푹 꺼진 곳이 있다.

넓은 곳이다. 사슴이 그곳에 있는 게 틀림없다. "우리는 그들을 놀라게 하지 않았다. 여기 그들의 발자국이 있다. 그들은 여전히 먹고 있을 것이다." 지금은 백주 대낮이다. 그들은 멈추었다. 그리고 그는 그들에게 물었다. "당신들 모두 여기에 모여 있습니까?" 그들이 대답한다. "그렇습니다. 우리 모두 여기에 있어요. 다만 당신의 동서인 블루 제이만 아직 보이지 않네요. 우리가 바로 떠날 때, 그는 비틀거리고 있었어요. 왜냐하면 눈신발에 대해서 도통 아무것도 모르기 때문이지요. 그는 아마 돌아갔을 수도 있어요. 그를 기다리지 맙시다. 시간 낭비만 하는 겁니다."

울프가 말했다. "음, 맞습니다. 우리는 사슴의 발자국을 발견했어요. 금방 생긴 발자국들이지요. 그들이 그렇게 멀리 가진 않았다고 생각합니다. 아마도 그들은 그 움푹 꺼진 곳에, 저 점판암 암석들이 있는 곳에 있을 겁니다. 우리는 이제 흩어집시다. 저기 꼭대기에 움푹 꺼진 곳이 있어요. 거기서 우리는 다시 모일 것입니다. 사슴이 가버리고 없다면, 어떤 식으로 흩어졌을까 좀더 생각해봅시다." 그들이 동의했다. "그러지요." 그는 그들이 어디로 사슴을 몰아야 할지 가리켰다. "그리고 바깥쪽에 있는 사람들, 그들 중에 반은 사슴이 가는 것을 지켜볼 곳으로 갈 것입니다. 두 그룹으로 나눌 것입니다. 나는 이 반쪽 그룹에 속하게 될 겁니다. 나는 바깥쪽에 서고, 아래쪽에서 걷게 될 겁니다." 오직 똑똑한 자들만이 바깥쪽에 설 수 있다. 왜냐하면 그들은 사슴들이 가는 곳에 다가가기 위해 최선을 다하기 때문이다. 그들은 항상 그렇게 하는 곳으로 간다. 사슴들이 가는 데는 낮은 곳이고, 사슴을 모는 사람들은 서두르지 않는다. 그들은 발자국을 보면, 사슴을 뒤쫓는다. 그들은 사슴을 몰아댄다. 사슴의 발자국은 낮은 길로 곧장 나 있다. 그리고 지켜보러 간 사람들, 이들이 사슴을 죽인다. 사슴을 모는 사람이 우연히 사슴을 언뜻 보게 되면, 그 사슴을 쏜다. 또는 그들이 내려오다가 방향을 바꾼다면 그들은 지켜보는 사람들과 맞닥뜨린다. 그러면 그들은 그들의 같은 발자국 위로 내려오다가 다른 사람들을 우연히 마주치게 된다. 그러면 사람들이 그들을 죽인다. 사슴을 몰던 사람들이 사슴을 죽이게 되는 것이 바로 이때이다. 그리고 그것은 인디언 언어로 "가서 지켜보는 사람들"—똑똑한 자들, 지켜보는 사람들이라고 한다. "블루 제이가 시야에서 사라진다면, 아마 그는 피로해지고 손이 얼어서 돌아간 것일 수도 있다. 그는 눈신발에 대해서 전혀 아는 것이 없다. 그를 기다리는 것은 시간만 낭비하는 것이다. 그들이 말했다. 그들은 흩어졌다. 그는 그들에게 말한다. "내가 당신들에게 가라고 한 곳을 다 알지요. 우리는 거기서 모일 것이오." 그들은 흩어졌다.

블루 제이는 그들을 지켜보고 있었다. 그는 동료들이 흩어지는 것을 보았다. 그는 귀가 밝은 것이 틀림없다. 그는 한마디도 놓치지 않고 다 들었다. 그의 동서가 지켜보게 될 사람이다. 블루 제이는 눈신발을 신고 있었다. 그래서 그는 눈에 깊이 빠졌다. 그는 눈신발을 신고 걸을 줄 몰랐다. 블루 제이는 막 일어나서, 나무를 찼다. 바람이 불기 시작했다. 나무에 쌓인 눈이 땅으로 떨어졌다. 눈이 땅 주위에 떠다녔다. 그는 언덕 위로 달렸다. 땅이 그와 같았다. 사슴들은 그들이 피난할 수 있는 곳, 피난처, 대기가 조용한 곳, 눈이 미치지 않는 곳, 바람이 잔잔한 곳에 가기 위해 최선을 다했다.

블루 제이는 언덕 위로 올라갔다. 그는 올라가서, 움푹 꺼진 곳이 있는 언덕의 꼭대기까지 도달했다. 사슴들은 이미 가버렸다. 그의

파트너인 그의 동서도 이미 가버렸다. 그는 따라가기 시작했다. 그는 동서의 발자국을 바로 쫓아 달렸다. 울프는 그리 멀리 가지는 못했다. 그는 무슨 소리를 듣고, 오싹한 느낌이 들었다. 뒤를 돌아보았다. 이런, 그는 동서인 블루 제이에게 추월당하고 있었다. 그래서 그는 달렸다. 온 힘을 다해 달렸다. 그는 생각했다. "아, 그가 여기까지 올 수 있으리라고는 생각지 못했는데. 사냥에서는 내가 최고다. 그런데 그가 나를 추월하고 있다. 그리 멀리 못 가서 그는 멈추고 말 것이다." 울프가 사슴을 따라잡고 나서야 돌아올 것이다. 자, 울프가 언덕 아래로 달렸다. **삭, 삭, 삭,** 그의 눈신발이 간다. 그는 곁눈질로 자신의 동서를 보았다. **삭, 삭, 삭,** 그의 눈신발이 간다. 그는 눈신발에 익숙해졌다. 그는 움푹 꺼진 낮은 곳에 다 도착하지도 않았는데 멈추었다. 왜냐하면 블루 제이가 울프가 약해지도록 무엇인가를 했기 때문이다. 울프는 전에는 지친 적이 없었다. 평소라면 그는 바로 사슴을 따라잡고, 그들을 죽인다. 그리고 그는 지치지 않고 돌아온다. 아마도 블루 제이가 어떤 영향을 미쳐 그를 변하게 한 것 같다. 그래서 그가 지친 것이다. 그는 그저 피곤했다. 울프가 돌아섰다. 그는 너무 피곤했다. 그는 자신의 동서에게 말했다. "계속 가게나. 아마 자네가 약간 더 나은 것 같네. 나는 완전히 지쳐버렸네. 자네가 더 강하네." 그가 말했다. 울프가 그에게 길을 내주었다. 블루 제이는 펄쩍 뛰었다. 울프는 움직이지 않는 것 같았다. 그는 가기 시작했다. 블루 제이가 시야에서 바로 사라진 것 같다. 그는 최선을 다하려고 했다. 마침내 울프가 아래로 내려왔다. 왜냐하면 그는 항상 사슴의 자취를 추적하기 때문이다. 그의 발자국, 즉 블루 제이의 발자국이 올바로 따라가고 있다. 어두워졌다. 그가 아래로 내려왔을 때 땅거미가 졌다. 사슴들이 온통 여기저기 쓰러져 있었다. 자, 그는 무언가를 하느라고 바빴다. 그것이 마지막이었다. 블루 제이는 내장을 꺼냈다. 그렇게 그가 울프를 능가하게 되었다. 그는 사슴을 모두 다 죽였다.

울프가 생각했다. "내가 태어난 이래로, 내가 분별력을 지니게 된 이래로, 어느 누구도 내 앞에서 발걸음을 뗐던 자는 없었다. 이제 내 동서가 나를 앞서 걷는다. 이것을 믿을 수가 없다. 아마도 난 단지 꿈을 꾸는 걸 거야." 블루 제이가 그에게 말했다. "서두르세요. 돌아가야 합니다. 너무 늦은 것 같아요. 여자들이 멀리 떨어져 있고, 우리 캠프도 그래요." 울프가 그에게 말했다. 그가 알기로는, 위로 올라가려면 온통 오르막길이고, 집으로 가려면 온통 내리막길이라는 것이다. 그가 말했다. "안 되네. 나는 우려스럽네. 난 피곤해서 숨조차 못 쉴 지경이네. 내가 자네를 거의 따라잡을 수 없는 것이 사실이네. 언덕까지 올라갈 수가 없어. 난 여기에서 야영을 하겠네." "아, 좋습니다" 블루 제이가 말했다. 그리고 블루 제이는 이미 무슨 일을 해야 할지 파악했다. 사슴의 우두머리인 가장 커다란 녀석을 죽였을 때 그는 사슴의 내부에 지방이 정말 많다고 생각했다. 그는 사슴 선물을 내놓았다. 그들은 사슴이 보일 때까지 눈을 파내었다. 그가 사슴을 꿰매어놓았기 때문에, 꿰맨 것을 풀었다. 그는 손윗동서에게 말했다. "자, 이 사슴 안으로 들어가세요." 그는 그에게 말했다. "그러면 형님은 살게 되실 겁니다. 얼마나 확실한 일입니까. 정말 춥습니다. 동사하실 거예요. 어떻게 불을 피우실 겁니까? 어떻게 나무를 하시겠어요? 나무에는 눈이 쌓여 있습니다. 엄청 많은 눈이요. 어둠 속에서 무슨 수로 전나무 가지를 모으실 거예요? 게다가 형님은 지

치셨어요. 그렇게 하시는 것이 형님이 목숨을 유지할 수 있는 유일한 방법입니다. 거부하지 마십시오. 거부하신다면, 죽습니다. 아내를 아끼지 않으시나요? 살아 계셔야지요." 그는 동서를 달래었다. 울프는 블루 제이를 믿었다. 그는 생각했다. '이런, 나는 너무 지쳤어. 불도 피우지 못할 거야. 내가 불을 피운다고 해도, 계속해서 땔감을 구해 와야 한다. 아니야. 아직도 여전히 이른 밤이야. 내 밑에 깔아야 할 것도 필요한데. 지쳐서 녹초가 되었어. 그가 해준 말이 맞아.' 울프가 말했다. "자네 충고를 받아들이겠네." 블루 제이가 그에게 말했다. "들어가세요." 사슴이 컸으므로 그는 그 안에 들어갔다. 그는 사슴의 뒷부분을 꿰맸다. 그리고 그 위에 눈을 덮었다. 위에 눈이 덮이자, 울프는 따뜻해졌다. 그는 아직 많이 얼어 있지 않았으므로, 곧 따뜻하게 되었다. 많이 춥지 않았다. 그는 이렇게 따뜻해진 것이 맘에 들었다. 거긴 정말 따뜻했다. 그러나 그는 몹시 시장했다. 그가 무엇인가를 만졌다. 지방이다. 그는 그것을 조금 뜯어내었다. 그러고는 먹었다. 맛이 좋았다. 그는 이 사슴 선물의 내부를 깨끗하게 뜯어냈다. 날고기였으므로 잠시 후에 설사가 났다. 그는 바깥으로 나오려고 했지만 허사였다. 왜냐하면 거기가 꿰매어 있었기 때문이다. 그래서 울프는 비참한 일을 내어버렸다. 지도자였던 그 울프가. 블루 제이는 언덕 위로 달려갔다. 그는 위로 **다아아알렸다**, 그리고 언덕 아래로 달렸다.

이제 여기에 나는 내 옛날이야기를 접합시키려 한다. 서로 동서지간인 블루 제이와 울프는 같은 그룹에 있었다. 울프가 피곤해졌을 때, 그들은 사냥을 했다. 블루 제이는 신혼이었다. 그는 피곤하지는 않았지만, 외로웠다. 그는 동서 옆에서 야영하게 되는 것을 좋아하지 않았다. 그래서 그는 가장 크고 살진 사슴을 골랐다. 거기다 그는 자신의 동서를 집어넣을 것이다. 그는 말했다. "형님이 동사할 수도 있어요. 피곤하시잖아요. 어떻게 불을 피우시고, 나무를 하시고, 나뭇가지를 구하시겠어요? 너무 추워요. 꽁꽁 얼 겁니다. 여기 사슴의 배 속은 좋고 편안합니다." 울프는 생각했다. '맞아, 그가 말하는 게 사실이야.' 그는 말했다. "좋아." 그는 울프를 가장 큰 사슴 안에 집어넣는다. 그는 거기를 구부러진 작은 나뭇가지로 꿰매었다. 그러고는 그것을 눈으로 덮었다. 잠시 후에 울프는 따뜻해졌다. 내 생각엔 그의 입김 때문이었을 것이다—아니면 다른 어디에서 공기가 들어올 수 있나?—사슴 안에 있고, 게다가 그 위에는 눈이 덮여 있다. 블루 제이는 언덕 위로 달려서 꼭대기까지 도착했다. 그는 언덕 아래로 달렸다. 반쯤 오자, 집에 더 가까워졌다. 친척들이 함께 있을 때는 자러 가지 않기 때문에 그는 계속해서 소리쳤다. 친척들은 항상 둘러앉아 그들을 기다렸다. 아무도 나타나지 않으면, 다음 날 날이 밝을 때 사냥하러 나선 이들을 찾아 나선다. 아마도 그들에게 무슨 일이 일어났나 보다. 다쳤거나, 지쳤거나.

　기다리던 사람들은 외침 소리를 들었다. 그들이 그에게 대답했다. 그들은 생각했다. '저건 울프야.' 울프의 아내가 동생에게 재촉했다. "불을 피워라. 소리치는 사람이 네 남편일 거야. 커피 주전자를 불에 올려라. 그는 아마 몹시 시장할 게다." 이제 그녀는 동생을 놀리는 것이었다—왜냐하면 블루 제이가 집 안에서부터 눈신발을 신었기 때문이다. 그는 눈신발에 대해서는 아는 바가 없다. 그는 비틀거리며 시야에서 사라졌었다. 아마도 이 언니는 가장 똑똑한 사람이 자신의 남편일 것이라고 확신하고 있었기 때문에—그래서 자신의 동

생을 놀리는 것이다. 동생은 벌떡 일어나, 섰다. 그녀는 불을 피웠다. 그리고 저녁을 준비하기 시작했다. 그녀는 남은 음식과 약간의 수프와 뭐든지 요리된 것은 다 데웠다. 그녀는 그것을 따뜻하게 데웠다. 외치는 소리가 계속 났다. 그들은 거기에 응답했다. 그리고 언니는 동생을 재촉했다. 그녀는 말했다. "불을 피워라, 저 사람이 네 남편이다." 그들의 부모는 큰딸을 말리려고 했다. 왜냐하면 그녀가 "저이가 네 남편이다"라고 할 때, 동생을 놀리는 것임을 그들은 확실히 알고 있었기 때문이다. 왜냐하면 그런 일이 있을 수 있다고는 전혀 생각지 않았기 때문이다. 그들은 생각했다. '포기한 사람은 블루 제이이다. 왜냐하면 그는 결혼해서 사냥도 이제야 처음 해보고 하니까.' 자, 눈신발 소리가 소란스럽고, 얼기까지 했으므로, 그들은 그가 오는 소리를 들었다. **삭, 삭, 삭, 삭.** 저건 눈신발이다. 분명히 좋은 소리가 나는 눈신발이다. 그가 들어왔다. 그가 커튼을 올렸다. 아직도 눈신발을 신고 있다. 그가 앉았다. 그의 아내가 그에게 달려들었다. 그녀가 그에게 달려와 얼굴에 입맞춤을 했다. 그녀가 그에게 말했다. "피곤하시지요." 그가 말했다. "그래요, 그래. 피곤하오. 먼 여정이었소. 돌아오고 나니 녹초가 되었소. 눈신발 좀 벗겨줘요." 그녀는 그의 눈신발을 벗겼다. 그러자 그가 말했다. "내 발이 젖었으니, 모카신도 벗겨주오." 그가 모카신도 신고 있었다. "내가 사슴을 눈으로 덮어두었소."

이제, 그녀가 그의 모카신도 벗겼다. 그녀는 신발을 말리기 시작했다. 그녀는 그에게 침실용 슬리퍼를 주었다. 백인들은 그것을 실내용 슬리퍼라고 한다. 그녀는 음식을 차렸다―그들에겐 식탁이 없다. 그녀는 그를 위해 음식을 차렸다. 그를 위해 무엇인가를 깔고,

그러고는 그 위에 음식을 놓았다. 그에게 줄 음식이 든 냄비를 통째로 내왔다. 블루 제이가 막 먹으려고 하다가, 그의 가슴에서 무엇인가를 꺼내었다. 그는 그것을 장인에게 던져주었다. 그는 말했다. "받으십시오. 그걸 보세요. 보시면 뭔지 아실 겁니다." 장인이 그것을 받았다. 그리고 그것을 풀기 시작했다. 이게 뭐지, 사슴인가? 그는 그것을 내려놓았다. 다시 흔들어보고 내려놓았다. 그게 뭔지 알수 없다. 바로 떠오르지 않는다.

블루 제이는 먹기 시작했다. 다 먹고 식사를 마쳤다. 이런, 그의 처형이, 그를 놀렸던 그의 처형이 얼굴을 찌푸린다. 분명히 그가 들어온 것이다. 그런데 그녀는 자기 동생을 놀리면서 말했다.—"네 남편이 온다. 불을 피워라." 그런데 아니나 다를까 블루 제이가 들어왔다. 그의 처형은 실망했다. 그녀는 제부를 놀린 것이 창피하고, 부끄러웠다. 블루 제이가 식사를 마쳤다.

그 노인이 나왔다. 그는 추장이었으므로, 외쳤다. 모든 사람들이 귀를 기울였다. 모두가 말했다. "아, 추장께서 말씀을 하신다. 중요한 일이다." 추장이 그들에게 말했다. "나는 여러분 모두를 소집합니다. 나의 사위인 블루 제이가 돌아왔소. 그가 나에게 이렇게 묶인 꾸러미를 주었는데, 그게 뭔지 맞힐 수 없었소. 그걸 알 수 없소. 여러분이 이것이 뭔지 나에게 알려주시오. 그것이 여러분을 소집한 이유입니다." 놀라운 소식이어서, 사람들이 그리로 달려왔다. 모두들 추장의 집으로 왔다. 젊은이들로 집이 가득 찼다. 그 노인이 그것을 그들에게 주었다. 그들은 그것을 알았다. 아니, 그게 아니라, 그들은 귀를 알아볼 수 없었다. 그들은 그것이 사슴의 귀라는 것은 알았다. 그러나 그들은 그 짝을 맞출 수 없었다. 그들은 심지어 그것들을

죽 펼쳐놓았다. 반절이 되는 한쪽 귀가 다른 쪽과 짝이 맞지 않았다. 아니, 이런, 짝이 안 맞다. 그러자 그들은 블루 제이에게 물었다. "우리는 어리둥절하오. 귀가 서로 짝이 안 맞는데 뭐가 잘못된 거요?" 블루 제이는 웃으며 말했다. "이걸 모르시는군요. 이게 짝이 안 맞는다는 것은 아시지요. 각각의 사슴당 한쪽 귀만 있는 것입니다. 모든 사슴들의 한쪽 귀에만 표시를 한 것입니다. 잘되면 알게 될 것입니다. 세는 것도 쉬울 것입니다." 모두들 이에 동의했다. 그들은 이해했고, 귀를 알아보았다. 그들은 그것들을 세었다. 그렇게 귀들이 많이 있으므로, 사슴이 많이 있다는 말이었다.

언니 되는 이가 창피함을 무릅쓰고 제부에게 물었다. "그런데 제부, 형님은 어떻게 된 거예요? 그를 못 보았나요?" 그러자 그가 말했다. "보았지요. 우리가 사슴들을 겁주어 쫓았습니다. 그리고 저는 그들이 가는 곳까지 최선을 다했어요. 합류하기로 한 작은 언덕의 움푹 꺼진 곳까지요. 사슴이 가는 곳 말입니다. 형님은 사슴을 모는 사람들의 바깥쪽 그룹으로 갔어요. 나도 거기로 갔어요. 사슴들은 가버렸지요. 산 너머로 갔는데, 내가 너무 늦었어요. 그도 또한 뒤처졌지요. 제 생각에는 그는 시도도 하지 못했던 것 같아요. 그러고는 그가 사슴을 뒤쫓기 시작했지요, 많은 사슴들을요. 나도 또한 뒤쫓기 시작했어요. 나는 발자국을 따라갔어요. 그들은 다른 쪽의 산 아래에 도달하지 않았지요. 거기에서 다른 쪽까지, 더 큰 계곡이 놓여 있었어요. 그들은 아직 그 아래에 도착하지 않았어요. 내가 형님을 따라잡았을 때에는 그들이 반쯤 간 상태였어요. 형님은 그렇게 멀리 가지 않았어요. 형님은 길을 내주었어요. 제게 말하더군요. '난 점점 지쳐가네. 난 결코 그들에게 가까이 가지 못할 거야. 자네가 먼저 가게.' 이렇게 말하더군요. 그래서 나는 형님보다 앞서 갔지요. 나는 형님을 두고 갔어요. 사슴들이 막 아래로 내려갔는데 나는 사슴들을 따라잡았지요. 나는 사슴을 죽였어요. 사슴 모두를 처치했지요. 그래서 귀가 모두 있는 거지요. 그리고 나는 막 사슴 내장을 다 제거했어요. 형님이 나에게 왔을 때, 나는 그들을 묻으려고 했었지요. 형님은 피로로 기진맥진해 있었어요. 그는 단지 터벅터벅 걸었지요. 그리고 형님은 제게 대답했지요. '자네가 저 사슴 전부를 말끔히 정리하게.' 제가 말했어요. '알겠습니다.' 그리고 형님이 제게 말했어요. '이런. 알겠나, 난 지쳤어. 힘이 다 빠졌다고. 계속 갈 자신이 없네. 난 여기서 사슴들과 같이 야영을 할 것이네.' 그래서 그에게 말했지요. '안 됩니다.' 그가 저에게 재차 말했어요. '난 너무 피곤해.' 그래서 제가 말렸어요. '안 됩니다. 동사하시게 될 겁니다. 너무 늦었고 어둡습니다. 이런, 별들이 반짝거리네요.' 제가 형님에게 말했어요. '형님께서 피곤하다, 피곤하다 하셨지요. 그런데 어떻게 불을 피우시겠어요? 그리고 불을 피우신다 한들 어떻게 이 어두운 밤에 나무를 구하시겠어요? 그리고 아래에 깔 것들은요?' 제가 말했지요. '동사하시게 될 겁니다. 야영을 원하시잖아요. 그러니 제가 형님을 여기 제일 커다란 사슴 속에 넣어드리겠어요. 그것들이 다 비어 있으니까요. 제가 거기에 넣어드리면, 형님께서는 동사하지 않을 겁니다. 사슴은 상당히 따뜻합니다. 아직도 온기가 있어요. 그러고 나서 형님을 묻을 것입니다. 그러면 형님께서는 동사하지 않을 겁니다.' 나는 형님을 거기에 넣고, 꿰매었어요. 나무 막대로 꼬았지요. 나는 눈을 쿵쿵 짓밟았어요. 그리고 거기에 굴을 만들었어요. 거기에 형님을 끼워 넣었지요. 나는 눈으로 형님을 묻은 겁니다. 그러고 나서

나는 떠나왔습니다."

블루 제이는 추장에게 말했다. 자신의 장인에게 말했다. 블루 제이가 그들에게 말했다. "친척 관계에 있는 모든 사람들은 일찍 일어나야 합니다. 여자들도요. 우리는 죽은 사슴을 가져올 것입니다. 멀리 있으니까요." 그들은 말했다. "알겠습니다." 사람들은 자러 가지도 않았다. 아침이 되자, 그들은 일어나 외쳤다. 일어나 부산을 떨며 식사를 마쳤다. 그리고 추장이 나왔다. "이제 우리는 이동할 것이오." 그들이 말했다. "모두 준비되었습니다." 대낮이 되었다. "여자들은 남편들과 같이 가시오." 여자들이 눈신발을 잘 다루기 때문이다. 그들에겐 말이 없었으므로, 어쨌든 그것이 길을 갈 수 있는 유일한 방법이다. 누가 겨울에 그러는가? 눈신발을 신고 길을 가는 것이다이다. 특히 노스 해프스에서는. 그들은 길을 갔고, 블루 제이가 그들을 이끌었다. 이런, 블루 제이가 눈신발을 잘 다룬다. 그는 어떻게 하는지 몰라 사람들이 그를 놀렸었다.

블루 제이의 아내도 함께 갔다. 그의 처형도 바로 그의 뒤에 따랐다. 그의 장인, 장모도 뒤에 있다. 그리고 나머지 사람들도 함께 간다. 그들은 계속 갔다. 작은 산의 끝에 커다란 계곡이 있다. 거기가 움푹 들어간 곳이 있는 데였다. 그들은 언덕을 올라갔다. 그리고 그들은 언덕을 내려갔다. 그들은 줄곧 가 아래쪽에 도착했다. 그는 그들에게 말했다. "여깁니다." 사방에 사슴들이 묻혀 있는 눈 무덤이 있었다. 그는 장인에게 말했다. "아버님이 제 장인이시고, 수장이십니다. 그러니 고기를 분배하십시오. 이것이 사냥한 전부입니다." 장인이 말했다. "아니네, 내가 비록 추장이기는 하지만, 이것들을 잡은 것은 자네이네. 자네가 열심히 일한 대가야. 그러니 자네가 나눠

주게. 나는 여기 그냥 아무것도 하지 않고 빈둥대며, 대자로 드러누워서, 족집게로 구레나룻이나 뽑고 있었지. 그런 나더러 고기를 나눠주는 데 앞장을 서라니…… 그건 자네가 하게." 블루 제이가 말했다. "알겠습니다." 그리고 그는 고기를 나눠주었다. 그는 자신이 어느 사슴에 동서를 집어넣었는지를 알고 있었다. 그가 처형에게 말했다. "그걸 처형에게 드릴게요. 이게 처형 몫의 덩어리입니다. 처형이 그걸 파내서, 원하시는 대로 하세요. 집으로 끌고 가서, 가죽을 벗기든, 저장을 하든 원하시는 대로 하세요. 생각하신 대로 하세요." 세상에, 처형은 기뻤다. 내 생각에는 처형이 블루 제이에게 입맞춤을 한 것 같다. 그녀는 매우 만족스러웠다. 그가 잘하는 게 아무것도 없었기 때문에 처형은 그를 미워했었다. 그녀는 사슴을 파내기 시작했다. 그녀는 눈을 들어내고, 사슴을 만지게 되었다. 그것은 나뭇가지로 비틀어 꿰매어 있었다. 그녀는 그것을 풀었다. 그녀가 그것을 열었다. 갑자기 그녀의 남편이 나왔다. 그는 온통 배설물을 뒤집어쓰고 있었다.

맙소사, 악취가 그녀의 코를 찔렀다. 그녀의 남편에게서 정말로 지독한 냄새가 났다. 그녀는 애썼다. 그녀는 가죽을 벗기려고 했다. 그러나 참을 수가 없었다. 그 사슴은 온통 똥투성이이다. 그녀의 남편은 지쳤었다. 사람들은 지치면 배가 고파진다. 그가 쉬는 동안 그곳이 따뜻해졌다. 그러다가 그는 시장하다는 생각이 들었다. 주변을 만져보니 기름덩이가 만져졌다. 그는 거기서 그걸 떼어내서 먹었다. 지방이 여기저기 붙거져 있었다. 그건 날고기였다. 조금 먹고 나니 설사로 배가 아파오기 시작했다. 그는 거기에서 나오려고 애를 썼다. 그러나 나올 수가 없었다. 사슴이 바깥에서 꿰매어 있었고, 밖으로

나올 방도가 전혀 없었다. 어쩔 수가 없었다. 그는 바로 거기에서, 사슴 안에서, 바로 설사를 해버렸다. 날이 밝을 때까지 그는 사슴 안에서 계속 설사를 해대었다. 그래서 사슴이 그렇게 똥투성이가 된 것이었다. 맙소사. 그의 부인이 얼굴을 찌푸렸다. 그녀는 남편을 책망했다. 그녀는 말했다. "끔찍한 일을 하셨네요. 이런, 이건 우리 먹을거리예요. 그런데 이걸 망쳐놓다니요." 그가 아내에게 말했다. "당신, 한심하게 말을 하는구려. 내가 일부러 그런 건 아니지 않소. 난 녹초가 되었단 말이오. 난 지쳤었소. 사슴 안에서 잠을 자지 않았더라면…… 동서가 내 생각을 해주었어요, 난 동사했을 것이오. 그가 나를 남겨두고 갔어요. 휴식을 조금 취한 뒤에, 배가 고파졌어요. 그래서 기름덩어리를 먹었어요. 그래서 탈이 나게 되고, 설사를 하게 된 것이오. 바깥으로 나올 방도가 전혀 없었소. 그래서 그 안에서 그 비참한 일을 하게 된 것이오. 일부러 그런 것이 아니었소."

그들은 사슴을 싸기 시작했다. 블루 제이는 우두머리가 되었다. 그들은 고기를 집으로 가져왔다. 그들은 고기를 건조시키기 시작했고, 남자들은 고기를 구웠다. 여자들은 그것을 잘라 펼쳤다. 그들은 불 위에서 그것을 건조하기 시작했다. 사슴이 많이 있어서, 각자 한 마리씩 통째로 가졌다. 그리고 울프의 아내는 그걸로 무엇을 했든지 간에, 사슴을 내다 버리지는 않았다. 그녀는 아마도 사슴을 씻어내었을 것이다. 그녀는 그것을 말렸고, 더 이상 냄새가 나지 않자 구웠다.

이것은 옛날이야기이므로, 나는 그들에게 말한다. "해가 중천에 떠서 나를 비추는군요." 모세의 언어로 그들이 말하듯이 이렇게 말하며 끝내려고 한다. "이것이 이야기의 마지막입니다."

쇼쇼니 유령춤의 시가

  여기에 소개된 시들은 와이오밍 주의 윈드 리버 쇼쇼니Wind River Shoshone 부족이 과거 유령춤을 추는 동안 불렀던 종교적인 노래 가사이다. 두 명의 쇼쇼니 원로인 에밀리 힐Emily Hill과 도로시 태페이 Dorothy Tappay가 의식을 거행할 때인 1970년대 말에 나는 147개의 유령춤 노래 레퍼토리 중 일부를 녹음했다. 여성들은 자신들이 젊을 때에 유령춤이 거행되는 의식에서 이 노래들을 배웠다. 이는 1921년경에 시작해서 그 종교가 쇠락할 때인 1930년대 말까지 지속된다. 그러나 에밀리와 도로시는 1980년대에 그들이 사망할 때까지 이 종교에 대한 믿음을 계속 지켰다. 그들은 영어 이름 '고스트 댄스Ghost Dance'(유령춤)를 인정하지 않았다. 왜냐하면 문자 그대로 해석하면 옆으로 발을 끄는 춤 스텝을 지칭하는 나라야Naraya는 쇼쇼니의 종교 이름인데, 영어로 번역한 이름은 이런 내용과 아무런 관련이 없기 때문이다. 이러한 이유로 나는 특히 윈드 리버 쇼쇼니의 유령춤을 언급할 때에 '나라야'로 표기할 것이다.

  유령춤 종교는 1889년에 시작해서 많은 부족들에 빠르게 퍼졌다.

이것은 네바다 출신의 북부 파이우트Paiute 부족의 예언자인 워보카 Wovoka가 꿈에서 계시를 받은 종교다. 그는 또 꿈에서 계시받은 종교의 춤과 어울리는 노래를 받았는데, 그 종교는 현재 세계의 종말과 망자의 귀환, 질병과 죽음으로부터 자유로운 토착 원주민의 풍요로운 새 세상을 예언했다. 예언이 실행되지 않고 별일 없이 지나간 후로 예언의 실행 날짜는 몇 번 바뀌었다. 미국 군대가 1890년에 유령춤 의식을 치르려고 사우스 다코타 주의 운디드니Wounded Knee에 모인 수Sioux족을 대학살한 사건은, 그 종교의 신봉자들에게 강력한 메시지를 전달했다. 결국 워보카는 유령춤 의식을 포기하게 되었다.

에밀리 힐과 도로시 태페이는 워보카의 유령춤 종교와 나라야 사이에 어떤 연관성도 부인했다. 그들은 순수한 쇼쇼니 정체성과 계보를 주장했고 망자의 귀환이나 새 세상의 도래에 대한 유령춤 예언에 대해서는 한마디도 하지 않았다. 그럼에도 불구하고 몇몇 나라야 노래를 부르며 이러한 주제를 언급한다. 이 두 여성은 이들 노래의 가사를 번역했고, 이들 노래와 관련된 이러한 믿음들에 대해 이야기했다. 또한 쇼쇼니족 사람들이 유령춤을 직접 배우기 위해 네바다에 간 것과 1910년에 워보카가 윈드 리버 보호구역에 방문한 증거 자료가 있다. 그러므로 사실상 유령춤 신앙과 교리는 19세기 말 나라야에 다소 영향을 준 것으로 생각된다.

그러나 에밀리와 도로시의 나라야 레퍼토리를 모두 연구한 결과, 몇몇 예외를 제외하고 나라야의 테마는 일반적인 유령춤 가사와는 매우 다른 것임이 확실해졌다. 자연 세계와 현 세계에 대한 상세한 시적 상상이 주목할 만한 나라야 시가의 주제이다. 나라야의 목적은 추종자들의 건강을 지키고 물, 식물, 동물을 풍부하게 하는 것이다.

남성들과 여성들이 원으로 손을 잡고 시계 방향으로 미끄러지듯 우아하게 스텝을 밟는다. 남성 가수 리더들이 노래를 시작하고 노래를 부르고 싶어 하는 춤꾼들이 여기에 같이 합류한다. 춤에 맞춰 반주하는 악기는 없다. 연속 나흘 밤 동안 춤은 계속되고 닷새째 낮 의식을 치른 후에 끝이 난다.

나라야는 기본적으로 형식과 내용에서 그레이트 베이슨 원무Great Basin Round Dance라는 오래된 종교 의식에 뿌리를 둔 윈드 리버 쇼쇼니 종교이다. 어느 한 시점에서 유령춤 교리가 나라야에 영향을 미쳤다. 그러나 유령춤 운동은 왔다가 갔지만 나라야는 지속되었다. 나라야에 유령춤의 자취가 다소 남아 있긴 해도, 에밀리와 도로시의 종교적 믿음에 따르면 유령춤의 교리나 이미지는 나라야에 남아 있지 않다고 한다.

〔해설: 주디스 밴더Judith Vander〕

나라야의 시가

시가 1

    우리네 산 너머 안개―누워, 움직이네.
    우리네 산 너머 안개―누워, 움직이네.
    안개, 안개, 안개―누워, 움직이네.
    안개, 안개, 안개―누워, 움직이네.

    움직이며 누워 있는 안개 위 우리네 산.
    움직이며 누워 있는 안개 위 우리네 산.
    움직이며 누워 있는 안개 안개 안개.
    움직이며 누워 있는 안개 안개 안개.

에밀리: 이것은 산 너머에 있는 안개입니다.
도로시: 길게 끼어 있는 산속 안개이지요.
에밀리: 산허리에서 볼 수 있는 안개 말이에요…… 안개가 이리

저리 움직이는 것을 볼 수 있지요. 이 시가에서는 그저 안개, 안개라고 계속 반복하고 있습니다.

안개를 포함해서 모든 형태의 물은 나라야 노래에서 가장 빈번하게 나타나는 이미지들 중 하나이다. 놀랄 만한 일은 아니다. 그 자체가 나라야 의식 거행의 목적이 되는 풍부한 물은, 두 가지에 필수적인 요소이기 때문이다. 즉, 물은 식물의 생명과 동물의 생명에 꼭 필요하다. 산속의 안개는 모든 생명을 위해 자연환경에 물을 공급한다. 그러나 안개의 주요한 이미지에 포함되는 또 하나의 의미가 이 텍스트에 맴돈다. 안개는 또한 죽어서 몸을 떠나는 영혼에게 붙이는 쇼쇼니 부족의 개념이다. 유령춤 예언에 따르면, 산 너머에 있는 안개는 또한 되살아나는 한 무리 영혼들을 지칭할 수도 있다. 두번째 두 행으로 이루어진 시의 구성에서는 안개를 세 번 반복함으로써 안개에 초점을 둔다. 시간을 통해 텍스트를 늘임으로써 공간을 통해 안개를 늘이는 은유의 효과를 낸다.

시가 2

산속 햇빛 소나기, 산속 햇빛 소나기 **에나**.*
산속 햇빛 소나기, 산속 햇빛 소나기 **에나**.
산속 햇빛 소나기 내린 후 산허리 골짜기 못 속 솔잎들 **에나**.

---

* 에나ena는 악곡의 마침표로서, 나라야 노래에서 윈드 리버 쇼쇼니 부족들만 사용하는 단어이다.

해 비 산 해 비 산 **에나**.

해 비 산 해 비 산 **에나**.

솔잎 또는 송엽 못 비탈 낮은 곳 해 비 산 **에나**.

에밀리: 우리네 산에서는 말이에요. 산 같은 곳에서 햇살을 향해 다소 비를 흩뿌리는 것 같지요. 그건 오후의 소나기입니다. 비가 내리는데 그렇게 많은 양은 아니지요. 그리고 산에 있지요, 물웅덩이가 있어요. 바로 호수 같은 것인데 단지 더 작을 뿐이지요. 어떤 것인지 아시지요, 산기슭에 있는 웅덩이 말이에요. 그건 다소 낮은 곳에 있지요. 그리고 물 위에 온통 떠 있는 솔잎들 말이에요. 물속에 있는 솔잎들. 그걸 말하는 거예요. 구름이 지나가고, 그 뒤에 구름이 있고—그림자, 웅덩이 위에 그림자가 비치지요. 물웅덩이가 있는 곳에 그림자를 만들지요.

정교한 시적 조직인 이 텍스트는 반사된 모습 안에 산, 나무, 푸른 잎, 하늘–비–물 등 나라야에 있는 자연 세계를 수집한다. 나라야와 유령춤 시가에서 주로 보이는 강렬한 문체 기준과는 대조적으로, 에밀리와 도로시는 이 노래에서 텍스트의 두번째 행을 반복하지 않는다.

시가 3

$\frac{3_s}{8}$ = 세로줄이나 함축된 강세 없는 세 박자   가수: 에밀리 힐

♩. = 약 96 ca.

다- 카 로이- 야 세- 야- 나,   다- 카 로이- 야 세- 야——
눈 덮인 산이 녹고   눈 덮인 산이 녹네——

노 와 로 위- 아 니 노 파 로 위-아 니 노   에——

노 와 로 위- 아 니 노 파 로 위-아 니 노   에- 나

눈 덮인 산이 녹고.

눈 덮인 산이 녹네—

노 와 로 위아 니 노 파 로 위아 니 노 에—

노 와 로 위아 니 노 파 로 위아 니 노 에나.

눈 덮인 산이 녹고.

눈 덮인 산이 녹네—

노 와 로 산길 **니 노 물 로** 산길 **니 노 에—**

노 와 로 산길 **니 노 물 로** 산길 **니 노 에나.**

에밀리: 산을 덮고 있던 눈이 녹지요. 태양이 산 위를 비출 때, 눈이 반짝이는 것을 보잖아요…… 눈이 약간 녹을 때 말이에요…… 산은 이렇게, 위아프wiap*처럼, 이렇게 길이 나 있지요—이렇게 경사가 지고 약간 녹고 있지요.

노래의 힘, 그것의 연주, 산등성이의 녹는 눈과 물의 이미지—모든 것이 마음속에 그린 것을 나타나도록 돕는다. 노래, 텍스트 그리고 춤이 자연 세계에 영향을 미친다. 물에 대한 관심과 녹는 눈으로 상징되는 봄이 빨리 돌아오는 것은 쇼쇼니 문화에서 다른 형태를 띤다. 신화는 특징적으로 녹는 눈을 언급하는 것으로 결말이 나고, 신화에 대해 적절하게 말하는 것은 이런 자연현상을 초래하는 데 도움이 된다.

나라야 노래 텍스트가 복잡한 것은 일상어가 나라야 노래 언어로 변형됨으로 인해 비롯된다. 예를 들면, "산길"의 쇼쇼니어인 '위아wia'는 '위아프'가 축약된 것이다. 접두사나 접미사로 쓰이거나 단어의 한가운데에 삽입되기조차 하는 단어들은 끝없는 변형의 또 다른 원천이다. 시가 3에서 직역된, 이탤릭체로 된 모든 단어들은 이 노래 텍스트에서 이례적인 정도로 사용된 단어들이다. 이를 읽기 위해 독자는 단지 쇼쇼니 모음 소리들이 영어 모음에서 '파더father'의 아a,

---

* '이렇게 경사져 있다'는 뜻. 산의 산등성이와 같은, 즉, 산길.

'페이pay'의 에e '노no'의 오o 정도에 상응된다는 정도만 알아두면 될 것이다. (위아wia를 "산길"로 파pa를 "물"로 직역해서) 이 행에 끼워 넣은 두 단어를 쇼쇼니어로 된 시에 남겨두었으므로, 반복되는 시행의 두번째 두 행은 번역하지 않았다.

시가 4

들오리새끼들, 그토록 작은 들오리새끼들,

들오리새끼들, 그토록 작은 들오리새끼들,

좋은 물속에서 헤엄치네,

좋은 물속에서 헤엄치네.

들오리새끼들, 그토록 작은 들오리새끼들,

들오리새끼들, 그토록 작은 들오리새끼들,

좋은 물속에서 헤엄치네,

좋은 물속에서 헤엄치네.

오리의 새끼들 오리의 새끼들 정말 작네.

오리의 새끼들 오리의 새끼들 정말 작네.

좋은 물에서 헤엄치네.

좋은 물에서 헤엄치—

에밀리: 그들은 들오리새끼들이지요, 서로 줄줄이 뒤따라가는 작

은 아기 오리들이에요. 그들이 좋은 물속에서 헤엄을 치고 있지요.

시가 4는 오염되지 않은 자연환경 속에 동물이 들어 있는 많은 텍스트들 중 하나이다. 쇼쇼니 말로 '좋은'은 단순히 좋다는 말보다 더 많은 뜻이 있다. 이 문맥에서는 "깨끗한" "맑은" "신선한" "반짝이는" 그리고 아마도 그 이상의 뜻도 포함할 것이다.

반복은 나라야 노래에서 중요한 부분을 차지한다. 그러나 종종 정확하게 그대로 반복이 되지는 않는다. 멜로디나 리듬에서 보이는 소소한 변형은 노래에 손으로 짠 직물의 질감을 주고 텍스트에 영향을 미친다. 한 가지 효과는 행의 끝, 특히 노래에서 마지막으로 반복되는 곳에서 마지막 모음 소리를 빠뜨리는 것이다. 그래서 마지막 행의 마지막 단어에서 '헤엄치다'를 '헤엄치'로 번역함으로써 이러한 특징을 대략적으로 살려보았다.

시가 5

　　　　독수리 날개가 하늘 높이 솟구치네.
　　　　독수리 날개가 하늘 높이 솟구치네.
　　　　풀과 반짝거리는 물이 누워…… 흐르고……
　　　　풀과 반짝거리는 물이 누워…… 흐르고……

　　　　독수리 날개가 하늘 높이 솟구치네.
　　　　독수리 날개가 하늘 높이 솟구치네.

아래에서 움직이며 누워 있는 반짝이는 물 풀 또는 초원.
아래에서 움직이며 누워 있는 반짝이는 물 풀 또는 초원.

에밀리: 비행기 타고 가신 적 있지요? 한참 높이서 땅에 있는 물, 강 그리고 풀을 봅니다. 그것이 거기 하늘 높이서 독수리가 내려다보는 방식입니다. 물이 반짝이고 있잖아요. 대지가 초록빛인 곳에서 반짝이지요.

독수리는 윈드 리버 쇼쇼니족과 많은 다른 미국 원주민 부족들에게 신성한 새이다. 독수리 깃털 날개는 종교적 의식이나 병자를 치유하는 데에서 중요한 역할을 한다. 자연 세계의 이렇게 완벽한 광경에 독수리는 물론, 나라야 이미지 중 가장 중요한 두 개인 물과 푸른 잎이 포함되어 있다.

시가 6

소─나무 나비들, 소─나무 나비들.
소─나무 나비들, 소─나무 나비들.
소나무 그늘진 어둠의 틈 사이로─퍼덕이는.
소나무 그늘진 어둠의 틈 사이로─퍼덕이는.

소나무 나비 소나무 나비.
소나무 나비 소나무 나비.

어두움 아래 어두운 소나무 구멍들 퍼덕이는 또는 파닥이는.
어두움 아래 어두운 소나무 구멍들 퍼덕이는 또는 파닥이는.

에밀리: 소나무가 있는 곳의 어두운 산을 보지요. 그건 어느 정도 그늘이 져 있는 것과 같아요. 거기에 나비들이 나는 거지요.

에밀리는 한 손을 들어 움직임 없이 손가락을 좍 펴고, 그 뒤로 그녀의 다른 손을 움직였다. 그녀는 나비들이(움직이는 손) 그늘진 소나무 가지 아래나 사이로(움직이지 않는 손) 나는 것을 우리가 어떻게 보게 되는지 이렇게 시범을 보였다.

시가 7

우리 아버지의 퓨마가 포효하며 산비탈 아래로 걷는다,
와인다*
우리 아버지의 퓨마가 포효하며 산비탈 아래로 걷는다,
와인다.
사랑하는 우리 아버지의 소중한 사냥감 동물들이, 그렇게 작은 그들의 어린 새끼들과 함께,
산비탈에 앉아 있네. **와인다.**
사랑하는 우리 아버지의 소중한 사냥감 동물들이, 그렇게 작은

---

* 와안다wainda는 발성이 되는 유성어임.

그들의 어린 새끼들과 함께,

산비탈에 앉아 있네, **와인다.**

우리 아버지의 퓨마.

울부짖으며 산비탈 아래로 걷는다 **와인다.**

우리 아버지의 퓨마.

울부짖으며 산비탈 아래로 걷는다 **와인다.**

우리 아버지의* 사냥감 동물들* 새끼들이* 앉아 있네 **와인다.**

우리 아버지의* 사냥감 동물들* 새끼들이* 앉아 있네 **와인다.**

에밀리: 우리 아버지의, 우리 창조주의, 퓨마가 산기슭 주변을 걸어 다니지요. 그에게 속해 있는 모든 동물들, 다른 종류의 동물들이 ─사슴, 엘크, 무스, 산지의 야생 양, 그리고 영양─나이 든 동물과 함께 어린 것들이─산기슭에 앉아 있지요.

"우리 아버지" 또는 신은, 나라야 노래에 자주 등장하지는 않는다. 한번은 에밀리가 이 관계에 대해 넌지시 말했다. "이것은(나라야 노래) 신에게 부르는 종교의 노래입니다." 반면에 사냥감 동물들, 특히 그들의 새끼들은 나라야에 중요하고 빈번하게 등장한다. 이것은 나라야와 그 노래의 목적에 관해 에밀리가 말했던 대목을 상기시킨다. "그들을 위해 노래하지요, 우리의 엘크와 사슴과 그 모두를 위해. 그것이 노래가 필요한 이유입니다."

---

* 표시한 각각의 단어들에는 작은 것에 애정을 표하면서 아주 작은 것을 나타내는 접미사가 붙어 있다.

두번째 두 행을 번역하면서 나는 원래의 노래 형태를 소홀히했다. 번역 과정에서 다정하거나 아주 작은 것을 표시하기 위해 그들이 단어에 붙이는 특별한 각운을 이루는 어미를 빠뜨렸다. 모든 행은 각운을 이루고 자체로 쾌활하게 반복되는 형태를 띠는 작은 음악적 모티프에 맞춰져 있다. 비록 다소 이상하긴 해도, 다음의 번역이 원래 형태에 더 가깝게 상응하는 것이다.

우리 아버지의(친애하는 그), 사냥감 동물들(친애하는 그들), 그들의 새끼들(그렇게도 사랑스러운), 산기슭에 앉아 있네, **와인다.**

이것을 두번째 두 행의 대체물로 읽으시라.

시가 8

하얗게 빛나는, 우리 해님의 얼굴이, 지고 있네.
하얗게 빛나는, 우리 해님의 얼굴이, 지고 있네.
우리 해님이 가고 있네…… 해님이 지네.
우리 해님이 가고 있네…… 해님이 지네.

얼굴이 하얀 우리 해님이 움직이며 지네.
얼굴이 하얀 우리 해님이 움직이며 지네.
우리 해님이 가거나 움직이네 움직이며 지는 우리 해님.
우리 해님이 가거나 움직이네 움직이며 지는 우리 해님.

에밀리: 이것은 태양에게 바치는 기도의 노래입니다. 태양에 관한 것이지요. 태양의 얼굴이 하얗습니다. 태양을 볼 수 없지요…… 태양을 쳐다볼 수 없어요, 너무 강해서요…… 태양의 얼굴은 하얗고 온 세상을 따뜻하게 하지요. 태양이 지고 있어요…… 태양이 질 때에 빛이 줄어들지요. 깡통처럼 반짝이는 빛이 빛나고 있어요.

시가 9

> 새로운 세상에 모든 새들이 다 같이 동시에 노래하네.
> 새로운 세상에 모든 새들이 다 같이 동시에 노래하네.
> 노랗게—테를 두른 가장자리.
> 노랗게—테를 두른 가장자리.
>
> 새로운 세상 온갖 종류의 모든 새들이 다 같이 동시에 지저귀네.
> 새로운 세상 온갖 종류의 모든 새들이 다 같이 동시에 지저귀네.
> 노[란] 테두리 또는 가장자리.
> 노[란] 테두리 또는 가장자리.

에밀리: 동이 트면 모든 갖가지 종류의 새들이 노래를 합니다. 새벽빛 아시지요. 노란빛이 섞인, 바로 올라온 햇빛 말이에요. 바로 그때 모든 새들이 깨어나 노래하는 거예요. 가지가지 새들이요. 그걸 말하는 것입니다.

영어에서처럼, 쇼쇼니어에도 시가 9의 주제인 일출에 해당하는 단어가 있다. 그 단어 자체를 사용하지 않고서도, 그 노래는 사람들이 듣고(새들) 보는(가까스로 수평선의 외곽을 물들이는 햇빛) 것으로 일출을 설명한다.

"새로운 세상"은 새날과 새 세상의 도래를 알리는 일출에 대한 압축된 시적 진술이나 약칭인가? 혹은 그것은 말 그대로 새로운 세상, 유령춤이 예언하는 새로운 세상인가? 또는 둘 다인가? 나라야 노래는 다의성을 많이 품고 있다. 그 노래를 받아들이는 사람만이 명확하게 알 수 있다. 노래의 형태를 보자면 서로 다른 두 쌍의 시행을 주목하시라. 이것은 전형적인 나라야 노래와 텍스트로, 많은 비대칭 특징 가운데 하나를 보이고 있다.

시가 10

> 우리네 새벽별이 떠오르네.
> 우리네 새벽별이 떠오르네.
> 맑은 햇빛이 흐르네.
> 맑은 햇빛이 흐르네.
> 살며시 앉아 있는 별.
> 살며시 앉아 있는 별.

에밀리: 샛별, 새벽별에 관한 노래입니다. 동이 틀 녘에, 새벽이

밝아올 때, 그 빛과 함께 새벽별이 뜹니다. 동트기 바로 전에 거기 떠 있지요.

시가 9처럼 이 노래도 나라야와 유령춤의 원리와 실제를 연결해주는 것일 수 있다. 새벽별이 유령춤 의상에 빛을 더해준다. 그리고 많은 부족들이 밤새 계속되는 그들의 유령춤 공연을 그 별에게 바치는 노래로 완결 짓는다. 에밀리는 자정까지만 지속되던 춤을 회상한다. 그러나 아마도 시가 10은 나라야 공연이 이 유령춤 관습을 고수하던 더 오래전의 유물일 수 있다.

지금까지 소개된 열 개의 시가는 자연 세계의 이미지를 불러일으키는 대다수의 나라야 노래를 대표하는 것들이다. 시가 11과 12를 포함해서 소수의 몇몇 시가는 사후의 영혼에 대해 노래한다. 이것 또한 자연 세계의 이미지로 구현되어 있다.

시가 11

영혼—안개, 영혼—안개.
영혼—안개, 영혼—안개.
위로 나는 영혼, 위로 나는 영혼.
위로 나는 영혼, 위로 나는 영혼.

에밀리: 영혼이 몸에서 빠져나갈 때는 안개와 같답니다. 사람이 죽으면 영혼이 몸에서 빠져나와 하늘로 날지요. 영혼이 당신에게서

빠져나와 날아갑니다. 그러고 나서 몸이 땅에 묻히면 그들은 비로소 신의 집으로 가지요.

　모든 상상할 수 있는 형태와 상태로 물은 나라야 노래 전반에 걸쳐 등장한다. 생명의 정수 그 자체인 영혼은 무정형의 가벼운 안개로서 물의 형태를 띤다. 쇼쇼니 원본에서 시가 11은 전체 4행의 박자 수 —곧 행의 길이—가 똑같다는 점에서 특별하다. 번역은 원어의 규칙적인 리듬과 일치하지는 않는다.

　시가 12

　　회오리바람에 싸인 영혼, 회오리바람이 불어 오르네.
　　회오리바람에 싸인 영혼, 회오리바람이 불어 오르네
　　푸른 길로 이어진 산길— 움직이며 누워 있네,
　　푸른 길로 이어진 산길— 움직이며 누워 있네.

　　조금의 먼지 나부껴 오르는 조금.
　　조금의 먼지 나부껴 오르는 조금
　　푸른 길로 이어진 산길— 움직이며 누워 있네,
　　푸른 길로 이어진 산길— 움직이며 누워 있네.

　에밀리: 사람이 죽으면 먼지 소용돌이 속으로 갑니다. 그들은 산 속 위로 갑니다. 거기에 길이 있지요, 그들이 가는 그곳으로 푸른 길

이 이어져 있어요…… 소용돌이 바람이 부는 산 위에 길이 있고 사람이 죽으면 그[그의 영혼]는 소용돌이 바람 한가운데로 가지요.

  우선 직역을 포함해서 첫 행에 대하여 가능한 일련의 번역들이 있다. "조금의 먼지 나부껴 오르는 조금." 모든 잇따른 번역들에서는 영혼을 암시적으로 나타내는 것을 명시적으로 표현해야겠다고 느꼈다. "조금의 먼지 ─영혼, 조금, 날아오르네" 또는 "조금의 먼지로 싸인 영혼, 조금, 날아오르네." 후자의 번역은 먼지 회오리에 싸여 있는 영혼의 이미지에서 영감을 받은 것이다. 마지막으로, 이 텍스트에서 회오리바람이라고 시적으로 언급된 '조금의 먼지'는 에밀리가 번역한 것을 택했고, "회오리바람에 싸인 영혼, 회오리바람이 불어 오르네"로 귀결 지었다.
  이 노래에서 나는 마지막으로 다소 형식적인 직역의 측면을 유지하고자 시도했다. 직역한 첫 행에서 '조금'을 반복한 것은 그 행을 시작하는 "조금의 먼지"를 축약하여 언급한 것이다. 이러한 이유로 내 번역에서는 "회오리바람에 싸인 영혼"을 축약한 회오리바람을 반복한다. 이전 문단에서 대체할 수 있는 첫 행들을 사용해서 독자들이 번역된 것을 시험해보고 읽어보기를 권한다. 산에 누워 있고 산길을 통해 움직이는 게 길인가? 아니면 그것은 길을 오를 때 회오리바람 속에 누워 있는 영혼인가? 이는 직역으로 번역함으로 인해 남은 또 하나의 모호함이다.

시가 13

하얀 진흙 사람, 하얀 진흙 사람.
하얀 진흙 사람, 하얀 진흙 사람.
나무 막대 사람과 함께, 날아가네.
나무 막대 사람과 함께, 날아가네.

하얀 진흙 사람, 하얀 진흙 사람.
하얀 진흙 사람, 하얀 진흙 사람.
나무 또는 막대 사람 계속 날아가네.
나무 또는 막대 사람 계속 날아가네.

에밀리: 그건 진흙, 〔백색 점토〕 반죽이지요. 그들이 그걸 가져옵니다. 그것을 말리기 위해 내다 놓지요. 사슴 가죽을 손질하고 걸치기 위한 것이지요. 초크와 같은 것입니다. 태양춤을 위한 것인데— 하얗고 냄새가 좋습니다…… 그 사람은 그런 종류로 만들어진 것이고, 나무로 만들어진 사람이. ……일어나서, 일어나, 날아가지요.

하얀 진흙 사람과 나무 막대 사람은 나라야의 종교적 중심의 정수와 고대 원무의 본질을 포착하여 구현된 것이다. 하얀 진흙은 정화를 위해 태양춤 종교에서 사용된다. 샤먼은 병을 완전히 말려 없애 버리기 위해 그것을 사용한다. 진흙의 사용은 정말 중요해서 샤먼이 전형적으로 쓰는 용품의 일부가 되었다. 하얀 진흙 사람은 건강에

대한 걱정을 압축한 것이다. 나무 막대 사람은 북방 쇼쇼니족 원무 공연의 기도에서 푸른 초목들의 조물주로 불렸다. 건강과 초목은 그레이트 베이슨 원무의 주안점이고 그들은 윈드 리버 쇼쇼니 나라야에게까지 전해졌다.

하얀 진흙 사람과 나무 막대 사람은 어디로 가는 것인가? 나라야 노래에서 난다는 것은 망자들의 땅이나 유령춤 예언의 새로운 세상으로 가는 것이다. 하얀 진흙 사람과 나무 막대 사람은 이런 새로운 세상으로 고대 그레이트 베이슨과 윈드 리버 쇼쇼니의 걱정을 가져가고 거기에 응답하는 것이다.

시가 14

부활의 날이 밝아오면 우리의 죽은 어머니들이 꿈틀대신다.

부활의 날이 밝아오면 우리의 죽은 어머니들이 꿈틀대신다.

위에서, 우리 자식들을 내려다보시며—그들은 계속 오실 것이다, 계속 오실 것이다.

위에서, 우리 자식들을 내려다보시며—그들은 계속 오실 것이다, 계속 오실 것이다.

우리 어머니들의 날 또는 해가 밝는다* 움직이는 동안 누워서.

우리 어머니들의 날 또는 해가 밝는다* 움직이는 동안 누워서.

---

* 표시한 단어들에는 작은 것에 대한 애정을 표하면서 아주 작은 것을 나타내는 접미사가 붙어 있다.

위에서 우리를 내려다보시거나 찾으시며 계속 오실 것이다, 계속 오실 것이다.

위에서 우리를 내려다보시거나 찾으시며 계속 오실 것이다, 계속 오실 것이다.

에밀리: 세상의 종말에, 우리 어머니들이 오실 때—오셔서, 자신의 자식들을 찾으십니다. 우리들 위에서 굽어보시며, 보시기 위해 내려오셔서 자식들을 찾으시지요. 그날, 그날, 심판의 날이 옵니다. 바로 그때이지요. 어머니들이 오시고, 굽어보시고, 오시고, 오셔서, 자신의 아이들을 찾습니다…… 모든 이들이 돌아오지요. 망자들의 끝, 죽은 사람들이 살아 돌아옵니다.

시가 14는 망자의 귀환에 관한 유령춤 예언에 대한 초기의 쇼쇼니 믿음을 명확히 표현하고 있다고 믿어지는 몇 개 안 되는 나라야 텍스트 중 하나이다. 에밀리는 나라야와 유령춤 그리고 망자들의 귀환에 대한 믿음 간에 어떤 연관성도 부인했다. 시가 14에 대한 그녀의 설명은 먼 미래의 일이라는 상황과 기독교 용어를 참조한 것이다. 에밀리가 유일하게 단 한 번 심판일을 언급한 대목인데, 아마도 내가 이해할 수 있는 배경을 제공하기 위해서였을 것이다.

아래 두번째로 가능한 번역은 이 노래에 독특한 요소이고, 약속된 부활의 부조화음을 제거한 것이다. 그것은 "태양"과 같은 단어인 "날"이라는 쇼쇼니 단어와 "어머니"를 어머니 같은 대자연Mother Nature으로 번역하는 것에 달려 있다.

에밀리: 태양이 떠오를 때, 어머니 같은 대자연, 우리 어머니가 보며 오신다.

시가 14: 변형

> 태양이 막 떠오를 때 우리 어머니 같은 대자연이 꿈틀대신다.
>
> 태양이 막 떠오를 때 우리 어머니 같은 대자연이 꿈틀대신다.
>
> 위에서 우리를 향해 내려다보시며, 그녀는 계속 오신다, 오신다.
>
> 위에서 우리를 향해 내려다보시며, 그녀는 계속 오신다, 오신다.

에밀리와 도로시의 나라야 노래 목록에서 어머니 같은 대자연이 유일하게 등장한 시가이다. 반면에 어머니인 대지는 몇몇 나라야 노래에 등장한다. 하얀 진흙 사람이나 나무 막대 사람과 같이 대지나 자연 세계의 요소를 의인화한 것이 그레이트 베이슨 문화의 종교적 성향 가운데 일부이다. 이런 방식으로 사람들은 인간의 친족이나 인류로 구성된 자연과 대화하고 소통한다.

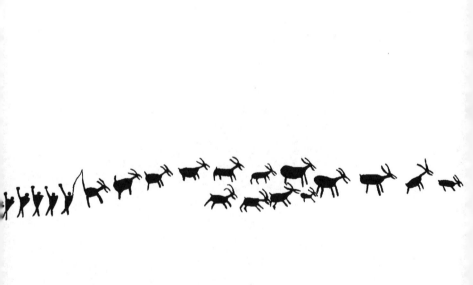

제 4 장

대평원

지도력을 보여주는 두 가지 예
― '할머니의 소년'과 '막내 동생'

라코타lakota 문화의 최우선순위 중 하나는 항상 물리적인 세계 속에서 영적인 정체성을 보존해가는 것이다. 라코타족의 구전 이야기들 속에 나타나는 종족의 영웅은 언제나 전통 수호자의 모습이다. 그가 종족을 보다 나은 곳으로 인도하더라도 그 세계는 일상적 삶의 테두리를 결코 벗어나지 않는다. 물론 한 개인으로서 영웅의 경험은 신성한 생각과 행동으로 특징지어지게 마련이다.

여기에 소개되는 두 이야기에서도 초자연적인 힘을 지닌 안내자가 등장해 두 명의 젊은이를 인도하면서 그들에게 음식을 제공하고 아울러 자기 확신을 심어주고 이어서 마을 사람 모두에게 기쁨을 선사함으로써 사회적 질서를 재확인하게 된다. 어느 젊은이에게나 영적 수용 능력은 전투와 사냥 능력 그리고 사회적 지도력과 결부되어 있는 것을 볼 수 있는데, 따라서 이들 자질은 성인으로서 가져야 할 미덕을 표상한다고 말할 수 있다.

종족의 영웅은 아웃사이더로 시작할 때가 많다. 첫번째 이야기인 「버펄로 뿔 방망이 이야기」에서 주인공은 할머니와 같이 살고 있는 소년이다. 할머니와 함께 살고 있는 손자는 대개 고아이기 마련이어서 마을 공동체의 삶으로부터 소외되어 있는 경우가 많다. 그렇기 때문에 이런 소년은 사냥술과 전쟁의 기술 그리고 예지의 비전을 얻는 데 공동체의 다른 아이들에 비해서 불리하다고 할 수 있다. 그렇지 않다 하더라도 소년은 성인으로 자라나는 과정에서 불굴의 용기와 남다른 관용의 품성을 보여주며 자신의 존재를 입증하기 전까지는 사회의 아웃사이더일 수밖에 없다.

사냥을 주로 하는 사회에서 남자들은 무엇보다 유능한 사냥꾼이지 않으면 안 된다. 사냥은 음식과 옷은 물론 생활의 도구를 마련하고 집을 장식하는 수단이다. 라코타족의 소년들은 사냥이 얼마가 힘들고 불확실한 일인지를 일찍부터 배우면서 자란다. 사냥을 나갔다가 돌아오는 사냥꾼들은 단순히 사냥감만 가지고 돌아오는 것이 아니라 한 종족의 생존과 번성에 필수적인 능력과 자부심도 가지고 돌아오는 것이다. "다른 종족의 말 훔쳐오기"와 같은 라코타족의 공인된 의식도, 말하자면 젊은이들에게 생존에 필요한 에너지와 자부심을 터득하게 만드는 방편의 하나인 것이다.

예지의 환영을 보는 것도 사냥꾼들에게는 중요한 경험이다. 이 비전을 얻기 위해서는 마을의 밖에서 하루 내지 나흘 동안 금식을 해야 한다. 따라서 이는 다른 적대적인 부족의 공격에 영혼이 노출되는 위험을 수반하는 일이었다. 뿐만 아니라 영혼을 만나 영적 능력을 전해 받은 이후에도 그것을 행사하기 위해서는 다른 사람들과의 협력이 요구된다. 예컨대 첫번째 이야기에서 주인공이 안내자들로부터 전수받은 힘을 사용하면서도 여러 동물들의 도움을 받아서 결국 쫓아오는 적들로부터 무사히 벗어나는 것을 볼 수 있다. 이는 말을 훔

쳐서 돌아오거나 전투를 마치고 돌아오는 전사들이 어떻게 그들의 위치를 바꾸어가며 방어를 하고 협력해야 하는지를 암시하는 것이기도 하다.

두번째「흰 버펄로 여인 이야기」는 또 다른 영웅상을 보여준다. 여기에서 주인공은 적을 죽이면서 시작하고, 그 후에 마을의 내부적인 안정, 사람들과의 화목한 관계, 그리고 지속적으로 식량을 공급하는 활약상을 보인다. 앞 이야기의 '할머니의 소년'에 비해 전투적인 능력은 그다지 부각되지 않는다. 하지만 그 또한 막내 동생으로서—이것은 또 다른 문화적 전통이다—고아나 다름없는 처지로 삶을 시작한다. '할머니의 소년'과 마찬가지로 '막내 동생' 또한 다른 누구보다도 용감해야만 하는 동기 부여가 있었던 것이다. 다시 말해 '할머니의 소년'과 마찬가지로 막내 동생도 아웃사이더로 태어난 새로운 세대가 자립하기 위해 거쳐야 하는 고투를 보여준다.

구전 설화들에서 젊은이의 능력은 종종 숭모하는 여인들을 향한 사랑에서 비롯되는 경우가 많다. 두번째 이야기에서 소년은 그의 누이로부터 동기 부여를 받고 살아가는 방식을 익힌다. 라코타 사회에서 이런 오누이 관계는 공동체가 지향하고자 하는 가장 바람직한 화목의 표상이기도 하다. 여기에서 누이는 또 신성한 평화의 파이프를 전달해주는 흰 들소 여인과의 영적 교류를 상징하고 있기도 하다. 프랜시스 덴스모어Frances Densmore가 1915년에 전해 들은 다른 이야기에 따르면, 흰 들소 여인은 평화의 파이프에 대해서 이렇게 말하기도 한다. "이 파이프와 함께 부족은 살 것이니 그대들의 의무는 이 파이프를 존중하고 숭배하는 것이다. 나는 그대들의 누이로 불리는 것이 자랑스럽도다. 위대한 영(와카탕카)이 우리를 내려다보시고 우리에게 자비를 가지시고 우리에게 필요한 모든 것들을 선사하시기를."

라코타족의 설화와 텍스트들에는 사기꾼 이야기, 종족의 영웅 이야기, 괴물과 귀신 이야기, 중요한 예식과 치유 의식들의 기원과 관련된 전설들, 유명한 전투, 사냥, 음식 준비 및 무기 제조와 관련된 이야기들, 결혼을 위해 유혹하는 방법들을 실은 이야기, 아이들을 키우는 양육법에 관한 이야기를 비롯해서 붉은 구름, 점박이 꼬리, 성난 말, 앉은 소 등 유명한 추장들의 연설 등이 포함되어 있다.

여기에 실린 「버펄로 뿔 방망이 이야기」와 「흰 버펄로 여인 이야기」에서 확인할 수 있지만 라코타족의 구전 설화에서 반복은 가장 두드러진 형식적 특징이다. 이야기는 동일한 구절과 문장이 거듭 반복되면서 진행된다. 운율과 톤의 반복과 변주도 눈여겨볼 필요가 있다. 예컨대 주인공이 사냥을 나가고 모험에 나선 대목과 적에게 쫓기면서 마을로 돌아오는 장면은 톤이 다르다. 뿐만 아니라 주인공의 대사를 읽을 때와 주인공이 아닌 다른 등장인물의 대사를 읽을 때 목소리가 달라지고, "누구는 말했다"라고 말할 때의 톤도 다르다.

〔해설: 줄리언 라이스 Julian Rice〕

버펄로 뿔 방망이 이야기

라코타족의 마을이 있었다.

그 마을 한가운데 여인이 한 명 살았는데 어느 날 그녀는 이와 같이 알렸다.

"마을의 모든 젊은 남자들이여 들으라!

그대들 중에서 버펄로 뿔 방망이를 찾아서 돌아오는 자가 있다면

그를 나의 평생 배필로 삼겠노라."

이 말을 들은 마을 젊은이들은 모두가 전쟁에라도 나서는 기세로 용감하게 길을 떠났지만, 멀리까지 여행했음에도 불구하고 모두가 빈손으로 돌아왔다.

그때 할머니를 모시고 살던 한 젊은이가 말했다.

"할머니, 제게 모카신을 만들어주세요.

내가 그 여인이 원하는 것을 찾아오겠습니다."

그러자 할머니는 말렸다.

"아니다, 나의 손자야, 가장 용감한 젊은이조차도 그 뿔방망이를

찾아서 돌아오지 못했단다. 게다가 설령 네가 정말로 뿔방망이를 찾아서 돌아온다 하더라도 그녀는 너와 결혼하지 않을지도 모르잖니."

"그래도 부탁이니 모카신을 만들어주세요, 할머니."

젊은이는 말했다.

그러자 할머니도 그 부탁을 들어주었다.

그러던 어느 날 젊은이는 드디어 길을 나섰다.

정확히 어디로 향해야 하는지는 그도 잘 몰랐지만

그는 서쪽을 향해 갔다.

그는 아주 멀리까지 여행하였고, 매우 피로를 느꼈다.

잠시 쉬고 싶어진 그는 어느 강가로 향했다.

그곳에 도착했을 때, 그는 강기슭에 누워 있는 버펄로 한 마리를 보았다.

그는 버펄로를 향해 돌진하여 그 버펄로를 죽이는 데 성공했다.

버펄로의 목덜미에서 살점 한 조각을 떼어내 먹은 젊은이는

쉬기 위해 누웠고 금세 잠이 들었다.

젊은이는 꿈을 꾸었다.

꿈에서 그는 수많은 높은 산들의 꼭대기마다 누군가 서 있는 것을 보았다.

그러고 나서 깨어났을 때,

무슨 이유인지 그의 눈길은 버펄로의 목살 아래 있는 근육 힘줄로 향했다.

높고 푸른 산등성이들이 아주 멀리에 보이는 것처럼 느껴졌다.

젊은이는 그 산들을 오르면 매우 힘들고 지칠 것 같았다.

그래서 그는 산등성이의 어디쯤에선가 발길을 멈추었고,

갑자기 무엇인가를 해야만 할 것 같은 영감을 받았다.

먼저 젊은이는 불을 피우고 그 불가에 앉았다.

다음에 그는 버펄로의 긴 근육 힘줄 가닥이 불 속을 통과하게 했다.

그러자 한쪽 끝이 말려 올라갔다.

그는 다시 힘줄의 가운데 부분을 불 속에 통과시켰고,

곧 양쪽 끝이 말려 올라갔다.

순간 그는 놀랍게도 자신이 멀리 보이던 높은 산들 중 하나의 곁에
와 서 있는 것을 알게 되었다.

그는 들뜬 기분으로 의기양양하게 그 산을 오르기 시작했다.

산을 오른 그는 다시 멀리까지 여행했다.

그는 또다시 높고 푸른 산들이 보이는 곳까지 오게 되었고,

예전과 같은 의식을 반복했다.

그리고 다시 산을 올랐다.

두번째 산의 꼭대기에서 그는 붉은옷을 입은 노인을 발견했고,

그를 향해 걸어갔다. 그리고—

"나의 손자여" 노인이 말했다.

"그대는 버펄로 뿔 방망이를 찾느라 고생하고 있구나.

비록 나의 힘만으로는 원하는 것을 이룰 수 없을지라도,

내 그대에게 기꺼이 나의 힘을 빌려주겠네."

그리고—

"나를 바라보게나." 노인이 말했다.

그러자 젊은이는 그를 바라보았다.

노인은 어떤 동물의 소리를 내었고,

그 소리는 버펄로 한 마리가 나타날 때까지 지속되었다.

"호! 이 육신 안에 나는 살고 있노라." 노인은 말했다.

그리고 노인은 젊은이에게 버펄로 털 몇 가닥을 주었다—

"나의 손자여, 이것을 가지고 다음 노인이 앉아 있는 곳까지 가게나,

그리고 말하게, '할아버지, 할아버지께서 이곳으로 오라고 말씀하셨어요'라고." 노인이 말했다.

젊은이는 또다시 멀리까지 여행했다.

그다음 산이 있는 곳에 도착할 때까지.

그는 다시 산을 올랐다.

산꼭대기에는 아주 거대한 티피*가 서 있었고,

그 안에서 누군가 아주 민첩하게 나왔다.

젊은이는 그를 향해 걸어갔다. 그리고—

"할아버지, 할아버지께서 이곳으로 오라고 말씀하셨어요."

젊은이는 말했다. 그리고—

"좋아!" 하고 노인은 말했다. 그리고—

"참으로 안됐구나, 나의 손자여, 그대는 버펄로 뿔 방망이를 찾느라 많이 고생하고 있구나, 하지만 그대는 이렇게 멀리까지 왔으니 결국 그것을 찾아 돌아갈 수 있을 걸세." 노인은 말했다. 그리고—

---

* 평원에 원주민들이 지어 살던 이동식 집.

"비록 나의 힘만으로는 원하는 것을 이룰 수 없을지라도,

내 그대에게 기꺼이 나의 힘을 빌려주겠네." 노인은 말했다.

그리고 그는 젊은이에게 머리카락 한 가닥을 주며,

"나를 바라보게나"라고 말했다.

그러자 젊은이는 그를 바라보았고,

노인은 펄쩍 뛰어 일어나더니 나무 한 그루 안으로 들어갔다 나왔다.

노인은 한 마리 붉은 다람쥐가 되어 있었다—

"나의 손자여, 그대는 이것을 가지고 살아남아야 하네.

그래서 다음 노인이 앉아 있는 산에 도착하거든 말하게나,

'할아버지께서 이곳으로 오라고 말씀하셨어요'라고." 노인은 말했다.

젊은이는 또다시 길을 떠났다.

우여곡절 끝에 그는 다음 산기슭에 도착했다.

그곳에서부터는 더 이상 걸어서 갈 수 없었다.

그래서 젊은이는 다시 근육 힘줄을 가지고 전의 의식을 반복했다.

근육 힘줄의 양 끝이 다시 말려 올라가자,

그는 다시 산을 오르기를 계속했다.

갑자기 번개와 같은 것이 번쩍했다.

젊은이는 그곳에 가까이 다가갔다.

그곳에는 검은 옷을 입은 한 노인이 앉아 있었다.

바로 전 산에서 만난 노인처럼 그는 매우 민첩하게 움직였고,

젊은이는 말했다.

"할아버지, 할아버지께서 이곳으로 오라고 말씀하셨어요."

그리고—

"좋아!" 하고 노인은 말했다.

"참으로 안됐구나, 나의 손자여", 노인은 말했다.

"그대는 버펄로 뿔 방망이를 찾느라 고생하고 있구나, 하지만 그대가 이렇게 멀리까지 왔으니, 결국 그것을 찾아서 돌아갈 수 있을 걸세." 그리고—

"비록 나의 힘만으로는 원하는 것을 이룰 수 없을지라도, 내 그대에게 기꺼이 나의 힘을 빌려주겠네." 노인이 말했다.

그리고 노인은 젊은이에게 머리카락 한 가닥을 주며,

"나를 바라보게나"라고 말했다.

그러자 젊은이는 그를 바라보았다.

그곳에는 제비 한 마리가 날아가고 있었다.

예전의 수호신들이 말했던 것과 마찬가지로, 노인은 이와 같이 말했다.

"호! 여기에서 다음 산의 노인이 앉아 있는 곳까지 가도록 하여라.

그리고 말해라, '할아버지께서 저를 오라고 하셨어요, 그리하여 드디어 제가 왔어요'라고."

이렇게 새로이 얻은 보호물로 무장한 채 젊은이는 다시 길을 떠났다.

머나먼 여행 끝에 그는 다음 산에 도착했다.

또렷하지 않은 무언가가 서 있었다.

젊은이는 그곳으로 다가갔다.

그곳에는 또 다른 검은 옷의 노인이 앉아 있었다. 그리고—

"할아버지, 할아버지께서 이곳으로 오라고 말씀하셨어요."

젊은이는 말했다. 그리고—

"좋아!" 하고 노인이 말했다.

젊은이는 안심하고 노인의 곁으로 다가갔다. 그리고—

"나의 손자여, 그대는 버펄로 뿔 방망이를 찾고 있구나. 머지않아 그대는 찾고 있던 것을 손에 쥐게 되리라, 하지만 그때까지는 만만 치 않은 고생을 하게 되리라." 노인이 말했다. 그리고—

"비록 나의 힘만으로는 원하는 것을 이룰 수 없을지라도,

내 그대에게 기꺼이 나의 힘을 빌려주겠네." 노인은 말했다.

먼저 그는 자신의 머리에서 독수리의 흰 깃털을 뽑아서 젊은이에 게 주었다.

그러더니 그것을 도로 빼앗았다. 그러고는—

"이것을 다음과 같이 사용하게나." 노인이 알려주었다.

그러더니 그 깃털이 높이, 하늘 높이 떠올라

바람을 타고 날아가게 하였다.

"호! 나의 손자여, 언제라도 그대가 마치 죽을 때가 다가왔다고 느끼면, 지금처럼 하도록 하게나." 노인은 말했다.

"이제 두 명의 노인이 더 자네를 기다리고 있을걸세. 이제 그들을 찾아서 어서 그곳으로 떠나게나."

젊은이가 다음 산의 정상에 도달했을 때,

그곳에는 노파 한 명이 앉아 있었다.

그는 그녀에게로 다가갔다.

그리고—"할머니, 나는 아주 먼 여행을 했어요." 그는 말했다.

그리고—"나의 손자여, 그대는 버펄로 뿔 방망이를 찾느라 고생하고 있구나.

나의 손자여, 그대에게 향나무 가지를 하나 주겠네.

그 언제라도 그대 뒤를 추격하는 자들에게 따라잡혔다고 느끼면, 이것을 태우게나." 노파는 말했다.

그리고 노파는 향나무 가지 하나를 꺾어서 그에게 주었다.

이렇게 추가로 힘을 얻은 젊은이는 다시 길을 떠났다.

또 다른 산이 앞에 보이자 그는 그곳으로 갔다.

그곳에는 파란 옷을 입은 한 노인, 위대한 푸른 해오라기가 앉아 있었다.

위대한 푸른 해오라기는 다음과 같이 말했다.

"나의 손자여, 그대는 버펄로 뿔 방망이를 찾느라 고생하고 있구나.

그대가 조금이라도 일찍 그것을 찾아 집으로 돌아갈 수 있도록,

내 그대에게 기꺼이 나의 힘을 빌려주겠네." 푸른 해오라기는 말했다.

그는 자신의 깃털 하나를 뽑아서 젊은이에게 주었다.

그곳에서 더 위대한 힘을 얻어 젊은이는 다시 길을 떠났다.

그리고 또 다른 파란 옷의 노인이 다음 산에 앉아 있었다.

그리하여 젊은이는 그에게로 다가갔다. 그리고—

"할아버지, 할아버지께서 오라고 하셨어요, 그리하여 드디어 제가 왔어요." 그는 말했다.

그리고—

"좋아!" 노인은 대답했다. 그리고—

"나의 손자여, 이제 그대는 살아 돌아갈 수 있을걸세.

버펄로 뿔방망이가 아무리 얻기 힘든 것일지라 하더라도,

그대는 결국 살아남을 걸세. 하지만 그대의 지혜와 기지를 잘 활용해야 한다네. 마침내 뿔방망이를 찾게 되면, 그대는 망설이지 말고 곧장 날아서 집으로 돌아가야만 하네." 노인은 말했다.

"나흘 낮과 나흘 밤 동안 잠을 자서는 안 되네.

그리고 여러 노인들의 지시를 정확하게 따라야만 하네."

"호! 이와 같이 하게나." 그는 이렇게 말하고, 반복해서 새 울음소리를 냈다.

위대한 매의 형상을 한 채로 그는 빠르게 날아서 사라졌고

하늘을 한 바퀴 선회하고 나서 다시 돌아왔다.

그리고 젊은이에게 전투용 곤봉을 주었다. 그리고—

"그대는 이 곤봉으로 그 어떤 것도 죽일 수 있다네."

"이제 어떠한 추격자도 그대를 죽일 수는 없을 것이네."

"이제 그대의 길을 가게나." 노인은 말했다.

높은 산 하나가 거대한 호수의 맞은편

정서쪽에 서 있었다.

젊은이는 노인에게 얻은 독수리의 깃털로 높이 날아올라

물 위를 이틀 동안이나 날았다.

다음에는 해오라기의 힘을 이용해서

나흘째 날의 아침까지 쉬지 않고 날았더니,

또 다른 푸른 산이 그의 눈에 들어왔다.

그는 바로 그 산에 다가갔다.

산에 가까이 다가가자, 그는 제비로 변신해서

남아 있는 물가를 따라 날아갔다.

젊은이는 그곳에 서 있는 한 거대한 나무 밑에 착지했다.

한 마을이 가까이에 있었다.

그리고 그곳에서 윙윙거리는 소리가 났다.

개 한 마리가 짖으며 그에게로 달려왔고,

같은 방향에서 한 여인이 그가 있는 나무를 향해 걸어왔다.

젊은이는 전투 곤봉으로 개를 침묵시켰다.

그리고 다람쥐의 힘을 사용해 쓰러져 있는 한 통나무 안으로 숨어

들었다.

그 여인은 손에 든 어떤 물건으로 지나치는 모든 나무들을 부숴버

렸다.

그녀가 한 번 친 나무는 모두 산산조각 나버렸다.

아주 길게 머리카락을 늘어뜨린 그 여인은 곧 통나무 근처까지 왔다.

막 거대한 나무를 부서뜨리려 할 때, 여인은 죽어 있는 개를 발견

했다.

그녀는 한순간도 지체 없이 곧바로 마을을 향해 도망가기 시작했다.

하지만 젊은이는 버펄로가 되어 그녀를 향해 돌진했고 뿔로 그녀

를 받았다.

그는 곧 그녀를 따라잡았고 다시 한 번 그녀를 뿔로 들어 던졌다.

그녀가 땅에 쓰러지자, 그는 도로 사람으로 변했다.

다시 한 번 돌진한 젊은이는 여인을 와락 붙잡았다.

먼저 그는 그녀의 손목에 둘러 묶은 버펄로 뿔을 풀어서 가져갔고,

그다음에 그는 그녀가 가지고 있던 방망이를 가져갔고,

마지막으로 그녀의 머리카락을 몇 개 뽑아서 가졌다.

그러자 젊은이는 다시 집으로 돌아갈 준비가 다 되었다.

하지만 얼마 가지 못해 천둥 새들이 젊은이를 쫓기 시작했다.

그들이 위험하리만큼 가까이 다가오자 그는 제비의 깃털을 뽑아 들었고

그것은 그와 천둥 새들 사이의 거리를 얼마간 벌려놓았다.

푸른 해오라기의 깃털은 그가 호수를 건널 수 있게 해주었고,

독수리의 깃털로 젊은이는 위대한 매가 있는 장소로 돌아올 수 있었다.

"할아버지, 전투 곤봉을 다시 돌려드릴게요." 그는 말했다.

엄청난 천둥과 우박의 폭풍이 가까운 곳에서 시작되었지만,

그가 향나무 가지를 태우자 폭풍은 멈췄다.

그는 바로 노파에게로 돌아가 향나무 가지도 돌려주었다.

그는 자신의 길을 되짚어가며,

독수리, 버펄로 그리고 다른 수호신들의 선물들도 모두 돌려주었다.

이제, 그에게 남은 것은 오직 타고난 다리뿐,

젊은이는 지칠 때까지 계속 걸었다.

그러다가 그는 버펄로의 근육 힘줄을 기억했다.

그는 그것을 꺼내 양쪽 끝이 말려 올라갈 때까지 다시 불에 통과시켰다.

젊은이는 다시 힘을 내어 다음 산의 꼭대기를 향해 출발했고,

집으로 돌아가는 발걸음을 재촉했다.

마침내 맨 처음 올랐던 산꼭대기에 도착해 쉰 다음,

젊은이는 버펄로 뿔방망이를 한번 시험해보기로 결심했다.

그는 뿔방망이를 꺼내 바로 옆의 커다란 소나무를 내리쳐 산산조각 냈다.

그가 살던 마을은 그새 다른 산기슭으로 옮겨갔기에

그는 원 안으로 돌아가기에 앞서 산꼭대기에서 잠시 더 쉬었다.

그는 버펄로 뿔방망이를 더욱더 커다란 나무에 한 번 더 시험해보았다.

그 나무도 역시 산산조각 났다.

해 질 녘에 젊은이는 산에서 내려왔고, 밤이 되자 마을에 도착했다.

어둠 속을 한참 헤맨 후에 그는 할머니의 티피를 찾아냈다.

그는 여행자들이 무사히 집으로 돌아올 수 있게 가호해주는 신성한 뿌리를 꺼내 천막 밖에 매달았다.

그러고 나서 젊은이는 안으로 들어가—

"할머니, 제가 돌아왔어요"라고 말했다.

자그마한 몸집의 그의 할머니는 매우 행복해했고, 그에게 먹을 것을 주었다.

둘 다 식사를 마치자, 그녀가 물었다.

"손자야, 마을 한가운데 사는 여인이 오늘 아침에 알렸단다. 누군가

버펄로 뿔 방망이를 찾아 귀향하면 새로운 티피를 지탱할 튼튼한 기둥이 먼저 만들어져야 할 거라고. 나는 이를 염두에 두고, 미리 그 기둥을 만들어두었지. 손자야, 찾던 것을 가지고 돌아왔니?" 그리고—

"할머니, 그것을 찾아서 돌아왔어요." 젊은이가 대답했다.

그러자 그의 할머니는 떨리는 목소리로 날카로운 부엉이의 울음소리를 냈다.

그 둘은 함께 행복한 아침을 보냈다.

오후가 되자 할머니를 모시고 사는 젊은이는 마을의 알림꾼을 불러내었다.

그리고—

"사람들에게 말해 나무를 모으라고 하세요. 나무를 모아서 이곳으로 오라고 전해주세요"라고 했다.

마을의 알림꾼은 온 마을을 다 돌면서 이 소식을 전했다.

"바야흐로 할머니를 모시고 사는 젊은이에게 이름을 얻을 자격이 생겼도다. 이제 모두는 그를 '천둥의 아이'라고 부를 것이다." 그는 말했다.

그리하여 마을의 알림꾼은 원을 완성했다.

사람들은 금세 모였다.

그리고 할머니를 모시고 사는 젊은이가 마을 한가운데로 왔다.

그는 버펄로 뿔 방망이를 들고서 이렇게 말했다.

"호! 한가운데 사는 여인은 이렇게 말했지요.

버펄로 뿔 방망이를 찾아서 돌아오는 자와 결혼하겠노라고.

그리하여 나는 그 뿔방망이를 찾아 먼 길을 나섰지요.

그리고 그대들이 전해 들은 것처럼 나는 찾던 것을 얻어서 돌아왔어요.

이제 내가 무사히 돌아와 그대들은 이 뿔방망이를 볼 수 있게 되었어요." 젊은이는 말했다.

그리고 그는 나무를 향해 돌아서서 버펄로 뿔방망이를 꺼내 들었다.

그가 나무를 내리치자 나무는 번개에 맞은 것과 같이 산산조각 났다.

"호! 사람들이 왜 이리 모여 있지요?" 마을 한가운데 사는 여인이 물었다.

그녀는 전령을 보냈고, 전령들이 돌아오자—

"이제 어서 내가 찾던 것을 얻어서 돌아온 분에게로 가세요.

그리고 그분을 나의 티피로 모셔 오세요"라고 말했다.

전령들은 그녀의 모포를 가져가 할머니를 모시고 사는 젊은이에게 덮었다.

그리고 그를 한가운데 사는 여인의 집으로 데려왔다. 그리고—

"버펄로 뿔 방망이는 온갖 고난을 겪고 나서야 얻어지는 것이 아니었나요." 그녀는 말했다.

"이제 나는 남편이 생겼네요." 그녀는 말했다.

그때부터 할머니를 모시고 사는 젊은이는 예전과 다른 새 삶을 시작했다.

그는 커다란 티피에서 추장으로 살았고,

그의 부족의 많은 사람들은 모두 그를 따랐다.

그는 수많은 예복과 말들을 가졌고,

사람들은 알림꾼이 알렸던 것과 같은 이름으로 그를 불렀다.

천둥의 아이, 그것이 사람들이 그를 부르는 이름이었다.

물론, 그들은 자그마한 몸집을 한 그의 할머니도 잘 모셨다.

수많은 이들에게 많은 좋은 일들을 베푼 후에,

어느 날 그는 모두를 모이게 했다.

모두 모이자 그가 말했다.

"이제 나는 하나의 의식을 치르고자 합니다.

버펄로 뿔방망이를 찾는 나의 기나긴 여행 동안

나는 사람들이 모르는 한 가지를 알게 되었어요.

그리고 이제 그대들 모두에게 이것을 보여주겠어요." 그는 말했다.

그는 버펄로의 힘줄 가닥을 들어 그것을 불에 통과시켰다.

그러자 그것의 양쪽 끝이 말려 올라갔다.

그는 부족 사람들을 데리고 가까운 산에 올랐다.

그들은 모두 순식간에 산 아주 높이 올랐고,

예전에 마을이었던 곳은 그들의 시야에서 사라졌다.

그때부터 여행자는 모두 버펄로의 근육 힘줄을 가지고 다니게 되었다.

사람들은 모두 이 추장을 숭배하고 존경했다.

그리고 오늘날까지 모든 여행자는 그의 가르침을 기억한다.

흰 버펄로 여인 이야기

라코타족의 마을이 있었는데,

그곳에는 젊은 네 형제가 살고 있었다.

어느 날 마을의 사냥꾼들이 사냥을 나가서는

아무도 돌아오지 않았다.

마을 사람들은 사냥꾼들을 더 보냈지만,

사라진 자들도, 충분한 식량도,

그 무엇도 찾지 못했다.

그러던 어느 날 네 형제 중 맏형이 사냥을 나갔는데,

그는 다시 돌아오지 않았다.

그러다가 네 형제 중 둘째가 길을 나섰는데,

그도 다시 돌아오지 않았다.

그러다가 네 형제 중 셋째가 형제들을 찾으러 나갔는데,

그 역시도 다시는 돌아오지 않았다.

그리하여 가장 어린 막내 동생이 울며 방랑의 길을 떠났다.

그때 갑자기 한 젊은 여인이 나타나 그에게 이와 같이 말했다.

"왜 울고 있니?" 그녀는 물었다. 그래서—

"누이여, 내게는 세 명의 형이 있어요. 그런데 형들 모두가 사라졌고,

이제 그들을 찾을 수 있는 건 나 혼자밖에 남지 않았어요.

그것이 내가 우는 이유랍니다. 나는 어머니와 함께 사는데,

이제는 마을에 남아 있는 남자도 몇 명 되지 않아요." 막내는 말했다.

"많은 이들이 사냥에 나가서 돌아오지 않았어요.

그래서 내 형들이 그들을 찾으러 나섰었고, 형들 역시도 돌아오지 않았어요." 그가 말했다.

그러자 젊은 여인이 대답했다.

"어린 남동생아, 나는 너와 네 어머니와 함께 살면서 네 형들이 다시 돌아올 수 있게 도와주려고 왔단다. 하지만 그러기 위해서는 이제 내가 시키는 대로 해야만 한단다." 그녀는 말했다.

막내는 그 말을 듣고 마을에 있는 자신의 티피로 돌아왔다.

형들의 화살이 아무도 손을 대지 않은 채 벽에 걸려 있었다.

그는 어머니에게 젊은 여인을 만난 이야기를 했다.

"어머니, 이제 어머니께는 새로운 딸이, 그리고 제게는 새로운 누이가 생겼어요." 막내는 말했다.

밤이 되어 누웠는데, 막내는 잠을 이루지 못했다.

그때 젊은 여인이 와 있는 것이 느껴졌다.

그녀는 천막 입구에 서 있었다.

어머니가 나오면서,

"나의 딸아, 어서 들어오려무나"라고 말했다.

어머니는 여인을 껴안았고 그녀와 함께 천막 안으로 들어왔다.

아침이 밝자마자 젊은 여인은 소년에게 말했다.

"어린 남동생아, 네 개의 화살을 깎도록 하여라."

"화살 하나는 붉은색으로 칠하고" 그녀는 말했다,

"화살 하나는 푸른색으로 칠하고" 그녀는 말했다,

"화살 하나는 갈색으로 칠하고" 그녀는 말했다,

"화살 하나는 검은색으로 칠하렴." 그녀는 말했다.

그러더니 그녀는 그에게 물약을 주고 다시 말했다.

"여기에서 나흘을 걸어가면

두 개의 얼굴을 가진 괴물이 사는 곳에 도착하게 된단다.

바로 그 괴물이 이 마을의 남자들을 다 잡아먹었지.

괴물에게 다가갈 때는 꼭 바람이 불어오는 쪽으로 걸어가고,

가까이 접근하면 이 물약을 네 몸에 뿌리려무나.

그리고 곧바로 그 괴물에게 다가가거라.

네가 도착할 때쯤이면 괴물은 낮잠을 자고 있을 거야.

화살촉에 물약을 조금 뿌리고 괴물의 머리에 찔러 넣으렴."

그녀는 말했다.

"그렇게 해서 괴물이 죽으면, 그의 배를 갈라서 열도록 해."

그녀는 말했다.

"그리고 나서 그 안에서 너의 형들을 꺼내야 한단다.

형들은 그 안에 아직 살아 있고, 너는 곧 형들을 만나게 될 거야."
그녀가 말했다.

"형들에게 이야기하렴, '이제 우리에게는 누나가 생겼어요'
라고 말이지." 그녀가 말했다. 그리고—

"어린 남동생아, 이제 땀 빼는 천막 안으로 들어가렴, 내가 너를
깨끗이 씻겨주고 말려주마, 그러면 너는 꼭 살아서 돌아올 것이야."
그녀가 말했다.

그래서 소년은 스스로를 깨끗이 하였다. 그의 누이가 와서 그를
산쑥잎으로 닦아주고 물약을 조금 그의 몸에 뿌려주었다. 이를 마치
자 그녀는 물약병을 그의 머리채에 묶어주었다. 그리고—

"어린 남동생아. 너는 혼자 여행하는 것이 아니란다.
여행의 시작부터 이 물약이 너를 지켜줄 거야." 그녀가 말했다.

"내가 이걸 여기에 달아주었으니, 이건 결코 너를 떠나지 않을 거
야."
그녀는 말했다.

막내는 길을 떠나 하루 종일 여행했고,
밤이 되자 어느 언덕의 꼭대기에서 자게 되었다.
한밤중에 갑자기 누군가가 그의 머리채를 잡아당기며—
"어서 일어나"라고 말했다.
막내는 일어나 주위를 둘러보았지만 아무도 없기에 다시 자려고
누웠다.
그러다가 막 동이 트기 직전에 누군가가 다시 그의 머리채를 잡아
당기며—

"이제 새벽이야. 어서 일어나"라고 말했다.

그제야 그는 자신의 머리채에 달려 있는 물약이 그랬다는 것을 알았다.

막내는 일어나서 밤이 될 때까지 다시 여행을 계속했다.

그는 다시 어느 언덕의 꼭대기에 누워서 잤고,

물약은 또다시 그를 한밤중에, 그리고 동이 트기 전에 깨웠다.

다음 날에도 막내는 일어나서 밤이 될 때까지 여행을 계속했다.

전날 그랬던 것처럼 그는 다시 어느 언덕의 꼭대기에 누워서 잤고,

물약은 또다시 그를 한밤중에, 그리고 새벽녘에 깨웠다.

그리하여 그는 일어나서 여행을 계속했다.

그다음 날 저녁에도 그는 언덕의 꼭대기에 누워서 잤고,

물약이 다시 그를 깨우면 일어나서 여행을 계속했다.

어스름하게 황혼이 질 때쯤 그는 아주 큰 산 앞에 도착했다.

막내는 산꼭대기에 올라 쉬기로 했고, 한밤중에 물약이 그를 깨웠다.

새벽녘에 동이 틀 때쯤, 물약은 다시 그를 깨웠고, 이처럼 말했다.

"네가 찾는 괴물은 저 꼭대기가 눈으로 덮인 산 아래 있어.

잠이 들기 전에 끝이 뾰족한 나무 막대 하나를 네 옆에 놓고 자고,

내가 너를 깨우면, 너는 빨리 가야만 해." 물약은 말했다.

그렇게 막내는 일어나서 여행을 계속했다,

아주 높은, 꼭대기가 눈에 덮인 산 앞에 올 때까지.

그가 쉬면서 체력을 회복하려 앉았을 때, 윙윙거리는 소리가 들렸고,

하얗고 볼록한 언덕 같은 것이 시냇물 옆에 있는 것을 발견했다.

그것은 두 개의 얼굴을 가진 거인의 배였고,

그 안에서 윙윙거리는 소리가 들리고 있었다.

소년은 갑자기 나른하고 피곤해졌지만, 무언가가 그를 일으켜 세웠다.

그리고—

"어서 가. 괴물은 자고 있어…… 서둘러야 해"라고 말했다.

막내는 벌떡 일어나서 두 개의 얼굴을 가진 거인에게로 달려갔다.

거기 마치 산더미처럼 높이 솟은 배가 있었고,

거인이 너무나도 엄청난 소리로 코를 골면서 자고 있어서,

막내는 깜짝 놀라 자기도 모르게 도망치기 시작했다.

하지만 물약은 "너의 힘을 기억해!"라고 소리쳤다.

그 즉시 막내 동생은 돌아섰고, 물약을 꺼내서 입에 머금은 후,

화살촉 위에 내뿜었다.

다음에 막내는 입에 남은 물약을 두 개의 얼굴을 가진 거인 위에 내뿜었다.

그리고 곧바로 거인의 거대한 이마 한가운데로 화살을 꽂아 넣었다.

괴물은 깜짝 놀라 곧바로 일어나 앉았지만, 소년은 또 다른 화살을 괴물의 이마에 박아 넣었다. 네 개의 화살을 다 쓰고 나서야 괴물은 죽었다.

막내는 칼을 꺼내서 괴물의 배를 갈랐다.

그러자 그 안에서 한 무리의 사람들이 나왔다.

많은 사람들이 거기에 있었지만, 어떤 이들은 너무나 배 속 깊숙한 곳에 있어서 다시 꺼내기 어려운 경우도 있었다.

그의 형제들은 가장 마지막에 나타났다.

"형들, 내가 형들을 찾으러 왔어"라고 말하며,

그는 형들을 한 명씩 꼭 끌어안았다. 그리고 모두가 함께 집으로 향했다.

이튿날, 날이 저물어갈 때쯤, 그들은 어느 시냇물 곁에서 휴식을 취했다.

물약이 막내 동생에게 말했다.

"아침에 너는 다른 이들을 위해 준비해야 할 것이 있어.

이 시냇물 가까이에는 버펄로들이 많이 있단다.

너의 힘을 사용해서 그들에게 가까이 다가가렴.

그래서 다른 사람들이 너를 보지 못할 때,

네 개의 화살 위에 물약을 뿌리고 버펄로를 잡도록 해."

다음 날 아침 막내는 사람들을 산등성이 위로 인도했다.

"여기에서 나를 기다리세요. 제가 무언가를 가져올 테니."그가 말했다.

그리고 막내는 버펄로 무리에게 다가갔다.

먼저 그는 물약을 화살촉에 조금 내뿜고, 다음에 그의 몸에 뿌렸다.

그리고 나서 그는 가까이에 있는 버펄로 한 마리를 죽였다.

그리고 또 한 마리를 죽였다.

그리고 또 한 마리를 죽였다.

그리고 또 한 마리를 죽였다.

그는 버펄로 네 마리를 죽였고, 나머지 버펄로 무리는 도망쳤다.

모든 것을 마치고 막내는 몸을 산쑥잎으로 깨끗이 닦았고,

모포를 흔들어 다른 이들에게 신호를 보냈다.

모두가 배고팠기에 사람들은 곧바로 산을 내려왔다.

사람들은 마치 늑대 떼처럼 생고기를 보고 달려들었고,

모두 배가 부를 때까지 그걸 먹었다.

그다음에 사람들은 남은 고기를 구웠고, 구운 고기를 다 먹었다.

다시 여행길에 오르기 전까지 사람들은 네 마리의 버펄로를 모두 먹어치웠다.

사람들은 다시 이동했고, 중간에 쉬었고, 새벽녘에 동이 트면 다시 여행을 시작했다. 드디어 마을에 도착할 때까지.

자신이 과부가 되었다고 생각했던 많은 여인들이 인사하러 달려 나왔고,

다시 하나가 된 부부들은 서로를 뜨겁게 끌어안았다.

어머니와 함께 기다리고 있던 누이도 달려 나와 그녀의 형제들을 껴안았고, 어머니도 달려 나와 아들들을 포옹했다.

이것이 바로 막내 동생이 형들을 찾아서 다시 집으로 데리고 돌아온 이야기이다.

얼마간의 시간이 지난 뒤에 막내는 다시 사람들에게 말했다.

무언가를 가져올 테니 기다리고 있으라고.

곧 커다란 버펄로 떼가 가까이 다가왔고, 그는 사람들을 이끌어 사냥에 나섰다. 막내는 사람들에게 이렇게 말했다.

"버펄로들이 머리에서 피를 흘리지 않도록 하세요."

그리고 그들은 사냥을 해서 얻은 고기와, 가죽과, 뼈와 힘줄들, 즉 필요한 모든 것들을 가지고 집에 돌아왔다.

그들은 네 번 사냥을 나갔고, 늘 풍요 속에서 살았다.

이제 사람들이 모여 막내에게 부인을 찾아주기로 결정하였다.

사람들은 나이가 찬 모든 젊은 여인들을 불러 모았고,

그들 모두에게 질문을 한 다음에 한 명을 선택했다.

이제 소년은 청년이 되었고 남편이 되었다.

그의 누이는 시누이를 매우 사랑하였고,

그들은 모두 함께 오래도록 행복하게 살았다.

그러다가 사람들은 마을을 옮기게 되었다.

먼저 그들은 큰 냇가를 골라 티피들을 세웠다.

그곳을 중심으로 사람들은 다시 마을을 설립했다:

이곳에서 마을 사람들은 모임을 가졌고, 만장일치로 막내가 자신들의 추장이 되어야 한다고 결정했다.

그리하여 막내는 부족 사람들을 이끌게 되었고 그들은 풍족하게 잘살았다.

한 해가 지나서 어린 남자아이가 태어났고,

막내 동생은 자신의 아들에게 이름을 지어주었다.

'신성한 구름', 이것이 모두가 그를 부르는 이름이었다.

어느 날 갑자기 그의 누이가 이런 말을 했다.

"어머니, 나의 형제들 그리고 시누이, 나는 당신들을 모두 사랑해요. 하지만 오늘 나는 집으로 돌아가는 여행을 떠날 것이고, 앞으로 1년 동안 돌아오지 않을 거예요."

"어머니, 이제 저는 떠날게요." 그녀가 말했다.

그녀는 길을 나섰고, 한 언덕으로 가 그 위에 누웠다.

그녀가 다시 길을 가기 위해 일어나 출발하자,

그곳, 그녀가 서 있던 곳에는, 갑자기 아무것도 남아 있지 않았다.

막내는 부족 사람들을 계속 잘 챙겼고,

그는 1년이 지난 어느 날 꿈을 꾸었다.

그는 자신의 누이가 북쪽 먼 곳으로부터 많은 말들을 이끌고 돌아오고 있는 것을 보았다. 그리고 그는 그녀가 쉬려고 멈춰 있는 것을 보았고, 그녀가 마을로 돌아오려 하고 있는 것을 알았다.

그는 깨어나서 말했다.

"어머니, 누이는 이미 돌아오는 길을 떠났고, 곧 도착할 거예요. 아마 누이가 돌아와서는 여행의 의미를 우리에게 설명해주겠죠." 그는 말했다.

머지않아 누이가 마을 가까이 왔다.

그녀는 틀림없이 그의 누이가 맞았지만 왠지 모르게 불안해했고, 사람들을 무서워하는 듯이 보였다.

막내와 그의 어린 아들은 바로 그녀에게 다가가 인사하려 했다.

만나자마자 막내는 물약을 조금 머금고, 그것을 누이에게 내뿜었다.

그러자 누이는 갑자기 소리를 지르더니 자신의 조카에게 입맞춤을 했다.

이제 두려움으로부터 풀려나 그녀는 다시 부족의 원(圓)으로 돌아왔고, 그녀의 어머니와 형제들을 끌어안았다.

그리하여 모두는 행복으로 가득했고, 기쁘고 즐겁게 같이 살았다.

오랜 시간이 지난 후 여인이 또다시 말했다.

"어머니, 그리고 나의 형제들이여, 막내가 마을을 이끌기 전까지 사람들이 굶고 있는 것을 나는 보았습니다. 하지만 이제부터는 부족 사람들에게 필요한 것이 있을 때마다 내게 말을 하세요. 모든 것이 다시 자라날 수 있게 하는 힘을 제가 드릴 테니." 그녀는 말했다.

"그리하면 사람들은 서로 만나서 사랑하고 아이를 낳고 숫자를 늘려가며 두려움 없이 살게 되겠죠." 그녀는 말했다.

마을의 알림꾼은, 알림꾼이 으레 그렇게 하듯이, 온 마을을 돌면서 이 말을 모두에게 알렸고, 사람들은 매우 행복해했다.

아침이 되자 그녀는 마을의 모든 사람들을 데리고 나가 사냥하기에 아주 좋은 장소를 알려주었고, 사람들은 사냥을 나갈 때마다 풍성한 사냥감을 가지고 돌아올 수 있게 되었다.

그때부터 사람들은 그녀 없이도 사냥을 할 수 있게 되었고, 사슴이나 버펄로 등을 사냥해 잡아 오는 놀이를 즐기기 시작했다.

어느 날 아침, 사냥이 막 끝났을 때, 누이는 갑자기 깊은 잠에 빠졌다.

그녀는 큰 소리로 쌕쌕대며 숨을 쉬었고, 밑에 깔린 그녀의 다리는 마치 버펄로 암컷의 것처럼 거대하게 보였다.

처음에 사람들은 그녀가 아픈 줄 알고 많이 걱정했다.

하지만 얼마 지나지 않아 사람들은 그녀가 훤한 대낮에 잠을 자고, 마치 버펄로처럼 큰 소리로 숨을 쉬는 것을 보고, 그녀가 흰 버펄로 여인이었다는 것을 알았다.

그리하여 그녀가 깨어나서 밖으로 나왔을 때 모두 행복해했다.

그러던 어느 날 누이는 이렇게 말했다.

"어머니, 그리고 나의 형제들이여, 이제 곧 나는 집으로 돌아가야만 해요. 따라서 오늘이 우리들의 마지막 밤이 될 거예요." 그녀는 말했다.

"하지만 내가 떠날 때 모든 사람들이 나를 배웅해줬으면 해요." 그녀는 말했다.

다음 날 아침 모든 사람들은 그녀를 배웅하기 위해 나왔고,

그들이 모두 모이자 젊은 여인은 이렇게 말했다.

"어머니, 그리고 나의 형제들, 시누이, 그리고 나의 작은 조카— 모두 이리로 오세요."

모두가 다가오자 그녀는 한 명씩 모두 포옹하며 슬피 울었다.

그러더니 그녀는 우는 것을 멈추고 가까운 언덕으로 가기 시작했다.

언덕의 꼭대기에서 그녀는 땅에 누웠고 그 위에서 몸을 굴렸다.

그러자 모든 사람들이 보고 있는 가운데 갑자기 흰 버펄로가 일어섰고,

가까운 언덕을 향해 질주하기 시작했다.

그리고 그녀는 갈지자 모양으로 초원을 질주했다,
흰 버펄로의 모습이 저 먼 곳으로 사라져 보이지 않을 때까지.

사람들은 슬퍼하는 마음을 안고 흩어졌고 겨우 마음을 진정시켰다.
그리하여 다음 날 아침이 다가왔을 때, 그들은 자신의 추장에게
경의를 표했고, 그의 부인과 아들에게도 경의를 표했다.

이후로 막내로 태어난 이들은 늘 현명하고 용감한 자로 알려져왔다.

제 5 장

동부
삼림지대

나나부시 이야기

    오지브웨Ojibwe족은 남부와 서부 온타리오, 북부 미네소타, 위스콘신 그리고 미시간에 퍼져 사는, 앨곤퀸 말을 사용하는 원주민이다. 오지브웨족은 전통적으로 사냥과 채집을 하는 공동체로 지속적으로 번성하여 미국에 16개, 캐나다에 67개의 사회 조직 집단이 있다.

    여기 수록된 이야기들은 1903년과 1905년 사이에 북부 미네소타에서 윌리엄 존스William Jones가 수집한 것이다. 존스는 폭스Fox족의 일원으로 저명한 인류학자 프랜츠 보애스의 대학원생이었으며, 보애스의 전통적인 방식으로 미국 원주민의 텍스트 수집에 필요한 훈련을 받았다. 이 방식은 원주민의 언어를 말에서 글로 옮길 때 필요한 실용 지식과 정확성을 기르도록 훈련시켜준다.

    여기 소개된 나나부시 이야기들은 존스에게 주로 이야기를 해준 두 명으로부터 수집한 것이다. 여기에 수록된 세 개의 이야기 중 두 개 이야기의 내레이터는 와사구나칸크Waasagunackank, 풀이하자면 '눈에 빛나는 발자국을 남긴 남자'이다. 그는 레이니 강과 우드 호수 근처에 있는 보호구역의 북부에서 자랐지만, 그가 존스와 작업을 할 때에는 부아 포트 보호구역 근처에 있는 펠리컨 레이크에 살고 있었다. 첫번째 이야기는 역시 부아 포트에 살고 있는 그의 조카인 미다수간 즈Midaasuganj, 즉 '열 개의 갈고리 발톱'이 들려준 것이다.

나나부시는 오지브웨 구전 전통의 복잡하고 중요한 양상을 지니고 있다. 나나부시는 문화적 영웅으로서 현세와 세상의 질서 있는 양식을 창조했다. 그는 인간들과 마니톡(manitok, 인간 이외의 강력한 존재) 사이에서 중재를 한다. 그는 이상적인 존재로서 역할한다. 그는 물질문화의 중요한 면을 발명했고, 생계를 위한 기술을 가르쳤으며, 줄풀을 발견했다. 그는 인간들이 자신을 보호하도록 야생풀에서 약을 조제하는 방법을 말해주었다.

트릭스터로서의 나나부시는 바보이며, 요술을 부리는 자이며, 친척들을 속이는 자이고 피해야 할 행동의 전형을 보여준다. 그의 행위는 오지브웨 사회의 규칙을 깨는 것이다. 그는 이러한 행동을 통해 적절한 행동과 불순종의 결과를 일깨워준다.

한때 구전이었던 미국 원주민 문학은 보통 산문 형태로 지면에 옮겨졌다. 그러나 이러한 이야기를 일관되게 산문으로 옮기는 것은 구술 행위에서 근본적인 것이 될 수 있는 중요한 내적 형식과 리듬을 감춰버린다는 명백한 증거가 내러티브 자체에 있다. 비록 윌리엄 존스가 문단 형태로 이러한 이야기를 글로 옮겼지만, 시행이나 시행 그룹으로 산문 형태를 재배치하는 일은 텍스트 안의 형식을 인지하기 시작하여 형식과 내용 사이의 관계를 어느 정도 드러내준다. 나는 이야기가 더 명확하고 일관되게 읽히도록 하기 위해 산문 형식 대신에 시행으로 텍스트를 발표했을 뿐만 아니라 존스가 오지브웨어를 글로 옮긴 것을 현대 영어로 번역했다.

이러한 나나부시 이야기는 복잡하지만 아름다운 오지브웨 문학 세계를 잠깐이나마 살펴볼 수 있는 기회를 제공한다. 원래 구전된 문학이 그러하듯이, 이야기의 성공 요소는 이야기를 말하는 데 있다. 그러나 여기에서 분명히 보이듯이, 이야기의 아름다움은 그들이 명백히 독자적으로 존재할 수 있다는 데 있다.

〔해설: 리디 윌슨 게치Ridie Wilson Ghezzi〕

스컹크가 나나부시에게 힘을 주나 그 힘을 허비하다

이제 다시 그는 걸어서 여행을 떠났다.

이제 곧 호수의 얼음 위로 나아갔다.

 그는 발삼나무 한 그루가 서 있는 것을 보았다.

그리고 그는 생각했다.

 "분명히 어떤 사람들이 거기에 살고 있다."

 그는 생각했다.

그는 계속 자신의 길을 갔다.

이제 정말 그는 그들이 물을 긷는 구멍을 보았다.*

 그들은 무스의 항문 내장으로 구멍을 만든 것이다.

그 주머니는 정말로 커다랗다.

그는 진심으로 그것을 원했다.

그는 거기에 자신의 손을 대었다.

---

* 얼음 속으로 뚫린 구멍을 보았다는 뜻.

그는 누군가 그에게 말하는 목소리를 들었다.

"이봐 나나부시! 그걸 내버려둬.

당신이 가져가면 우린 또 다른 게 필요하게 되니까!"

라고 들었다.

그래서 그는 정말로 그걸 내버려두었다.

"이리로 오게"

라고 들었다.

그래서 그는 정말로 호수에서 위로 올라갔다.

이제 그는 음식을 받았다.

그러고는 먹었다.

나나부시는 음식의 얼마쯤을 남겨둘 요량이었다.

"이제 당신 앞에 놓인 음식을 다 먹게나"

라고 들었다.

그래서 그는 정말로 그것을 다 먹었다.

그는 그에게 말을 건 자가 참으로 커다란 것을 보았다.

"나나부시, 당신 정말로 시장했던 모양이군."

"아닙니다"

그는 그에게 말했다.

"아니라고, 나나부시, 그러나 당신 정말로 시장하잖소. 당신이 배고프다는 것을 난 알고 있소. 난 당신에게 축복을 내려주려고 이렇게 말하고 있소."

　　그는 들었다.

　"그래요, 내 아우님, 난 진짜로 시장하오."

　　그는 그에게 말했다.

　"자 이제 그럼 당신에게 무엇을 해야 할지 가르쳐주겠소."

　　그는 이렇게 들었다.

　그는 작은 피리를 받았다.

　"그럼 이것을 당신이 사용할 거요."

　　그는 이렇게 들었다.

　"자 당신이 집으로 돌아가면,

　　　당신 마누라가 긴 천막집을 지을 것이오.

　　　　길게 지으시오.

　그리고 그녀가 그것을 다 지은 후에,

　　　내가 이걸 당신에게 주고 싶소,

　　　　이것으로 당신은 당신 천막집으로 들어오는 것들을 죽일 수 있소.

　이제, 당신은 내가 알려준 대로, 하면 되오."

　　그는 이렇게 들었다.

　그에게 말한 자는 커다란 스컹크였다.

　"당신에게 두 번 쓸 수 있는 그들을 죽일 재주를 주겠소."

　　그는 이런 말을 들었다.

　"이제 당신의 양손을 바닥에 대고 무릎을 꿇으시오."

나나부시는 이렇게 들었다.

그리고 정말로 그는 그의 양손을 바닥에 대고 무릎을 꿇었다.

이제 다른 방향에서 엉덩이*를 마주 보았는데,

그가 '나나부시'를 향해 방귀를 뀌었다.

그리고 이것이 그가 그를 위해 해준 것이었다.

그리고 그는 이렇게 들었다.

"제발 조심하시오, 나나부시."

그는 들었다.

"당신은 당신 자녀들에게 해를 끼치게 될 수 있을 것이니."

그는 들었다.

"이제 당신이 집에 도착하면 바로 이대로 해야 합니다.

당신이 받은 이 피리로 한 곡조를 부르시오,

그리하면 무스 몇 마리가 당신의 그 긴 천막집으로 들어올 것이오.

그래서 여러 마리가 들어오고 나면, 그들은 이렇게 할 것이오.

그들은 당신의 긴 천막집 안을 돌아다닐 것이오.

그러고는 우두머리가 바깥으로 나올 것이오.

그러면 당신은 방귀가 천막집 안으로 들어갈 수 있도록 방귀를 뀌어야 하오.

---

* 스컹크의 엉덩이를 말함.

그러고 나면 그 안에 있던 모두가 죽을 것이오.
그러면 당신에겐 먹을 수 있는 식량이 생기는 것이오.

다시 그것들을 모두 먹어버린 후에,
다시 그들을 잡기 위해 당신은 피리를 불어야 하오.
그러면 당신은 겨울을 날 수 있을 것이오.
당신은 이제 다시 배고프지 않을 것이오.
그럼 이것이 내가 당신에게 가르쳐줄 수 있는 전부입니다."
 그는 이렇게 들었다.

이제 나나부시는 그의 길을 나섰다.
 그는 진실로 자랑스러웠다.
이제 곧 길을 계속 걸으면서,
 정말로 커다란 나무를 보았다.
 "내 아우님이 나에게 진실을 말했는지 궁금하군."
   그는 생각했다.
 "이런, 이것에 방귀를 뀌어야겠군."
   나나부시는 생각했다.
그러고는 정말로 그는 그 큰 나무에 방귀를 뀌었다.
 그러자 그는 그것을 완전히 망가뜨렸다.
 "이런, 내 아우님이 진실을 말했군!"
   그는 생각했다.

그러고는 이제 곧 또 길을 걷는 중에,

다시 언덕 저 너머에 있는 커다란 바위를 보았다.

"이런, 그가 내게 진실을 말했는지 궁금해지는군."

　그는 생각했다.

"이런, 다시 한 번 더 저 큰 바위에 시험을 해봐야겠군."

　그는 생각했다.

그러고는 정말로 이제 다시 거기에다가 방귀를 뀌었다.

　그가 바라보았다, 그 큰 바위는 흔적 없이 사라지고 없었다.

자, 그를 불쌍히 여기는 자는 '나나부시'가 이런 짓을 하는 소리를 들었다.

"주의를 기울이지 않아서 자기 자식들에게 재앙을 가져오다니 이렇게 어리석을 수 있나."

저런 나나부시가 일어섰다.

　저런 그가 커다란 바위가 있었던 곳으로 갔다.

줄기차게 찾아본 후에야 그는 산산이 조각난 돌덩이들이 여기저기 흩어져 있는 것을 발견했다.

"그럼 내 아우님이 나에게 진실을 말한 것이 맞군,"

　나나부시가 생각했다.

그가 집으로 돌아가서

"마누라, 내가 축복을 받았소."

　그가 그의 마누라에게 말했다.

이제 그러고는 그가 그녀에게 말하길,

"내일 기다란 천막집을 지읍시다!"

그가 그의 아내에게 말했다.

그러고는 정말로 그들은 긴 천막집을 지었다.

이제 그와 그의 마누라가 그 일을 끝냈다.

"앉읍시다!"

그는 그의 마누라에게 말했다.

그러고는 정말로 앉았다.

이제 그는 그의 피리로 한 곡조 불렀다.

이제 그는 정말로 무스 몇 마리가 그의 집으로 달려오는 것을 보았다.

"확실히 또다시 당신이 말을 제대로 안 들은 것은 아닐까 의심이 되네요."

그의 아내가 그에게 말했다.

그러자 정말로 무스가 천막집 안으로 들어왔다.

이제 앞장섰던 무스가 나가기 시작했다.

이제 '나나부시'가 방귀를 뀌려고 시도했다.

그렇지만 방귀를 뀔 수 없었다.

정말로 그는 아내를 화나게 했다.

"정말 당신은 누가 무슨 말을 하든 제대로 귀 기울이는 법이 없지요!"

그의 마누라가 그에게 말했다.

이런, 그가 할 수 있는 일은 그의 항문을 열었다 닫았다 하는 것뿐이었다.

그렇지만 방귀는 뀔 수 없었다.

이런, 들어왔던 무스들이 모두 나가버렸다.

그러고 나자 그 때문에 그의 아내가 화가 났다.

그리고 이제 무스들은 모두 바깥으로 나갔다.

그런데 마누라가 마지막으로 나가는 무스를 쳤다.

그녀는 어린 무스의 다리를 부러뜨렸다.

"그는 정말 얼간이야!

뭘 하라고 하는 건지 제대로 알아들을 수나 있는 걸까?"

"그래 맞아! 집을 가득 채운 모든 사냥감들을 죽일 수 있는 방도를
내가 두 번 쓸 수 있다 하지 않았던가?"

그리고 그 불쌍한 이들은 먹을 것이 거의 없었다.

그러고는 그녀는 그 무스의 작은 항문 내장을 뒤집었다.

그리고 그들이 물을 긷는 곳의 건너편에 그것을 놔두었다.

그들에겐 정말로 먹을 것이 없다는 걸 그는 알고 있었다,

나나부시를 헛되이 가엽게 여겼었던 그가.

"그러니까 나는 그가 있는 곳으로 가봐야겠다."

나나부시는 그에게서 이런 생각을 전해 받았다.

그러고는 정말로 커다란 스컹크가 길을 나섰다.

그러고는 이제 곧 그는 그들이 있는 곳으로 왔다.

"나나부시 도대체 무슨 일이 있었던 거요?"

스컹크가 그에게 말했다.

그런데 그들이 물을 긷는 호수, 물 받는 곳 건너편에
무스의 작은 항문 내장이 놓여 있었다.
"그런 일을 하다니 나나부시는 참으로 어리석군요!"
스컹크가 그를 보고 웃었다.
자, 그러고는 이제 나나부시가 이렇게 들었다.
"무슨 일이 있었던 것이오, 나나부시?"
스컹크가 그에게 말했다.

"내 아우님, 내가 당신을 떠나고서,
중간쯤 왔을 때,
나는 거대한 나무와 거대한 바위에 방귀를 뀌었다오.
그때 내가 그렇게 했다오, 그리고 이에 대해선 참으로 미안하오."

그리고 그는 들었다.
"자, 이제 다시 당신을 가엽게 여기겠소."
그는 이렇게 들었다.
"이제 내가 당신에게 축복을 내려주길 바라 여기에 온 것이오."
이제 다시 스컹크가 나나부시를 향해 방귀를 뀌었다.
"이제 다시 그러면 안 되오."
자, 이제 그는 두 번 사용할 수 있는 것을 받았다.
그러고 나서 그는 집으로 돌아갔다.

그리고 그의 아내는 그가 방귀를 뀌지 못하게 막았다.
이번에 그것은 사실이었다.

이제 정말 그는 다시 피리로 한 곡조 불렀다.

그러자 이제 그는 다시 무스들이 오는 것을 보았다.

정말로 이제 무스들이 긴 천막집으로 들어오고 있었다.

이제 그들이 나가려고 했다.

그는 앞장서 있는 무스에게 방귀를 뀌었다.

그 뒤 곧 그가 무스들을 죽였다.

이제 그들은 보았다.

그들이 살던 곳은 죽은 무스로

완전히 가득 차 있었다.

자, 그 가엾은 사람들은 원하는 먹을거리를 모두 갖추게 되었다.

이제 그의 아내가 그에게 말한다.

"당신에게 남은 기회를 허비해버려 아이들을 굶기는 일이 없도록

제발 조심 좀 하세요."

자, 이제 그들은 마련해놓은 무스로 인해 편안하게 살았다.

"이제 아마도 우리는 겨울을 잘 날 수 있을 거요."

그가 아내에게 말했다.

"그럼요"

라고 그는 들었다.

"우리는 참으로 대단한 축복을 받았지요."

그 여인이 남편에게 말했다.

이제 이게 내가 아는 전부이다.

나나부시가 아티초크를 먹다

그리고 그는 천천히 길을 가고 있었다.
곧 그는 어떤 생물들을 보았다.
"그대들은 뭐라 불리는가?"
그가 그들에게 말했다.
"먹을 수 있는 건지 궁금하군."

"그럼요."
그들이 그에게 말했다.

그리고 그는 들었다.
"그래요, 우리는 정말로 먹을 수 있는 거예요."

"그럼, 그대들을 많이 먹고 나면 어떤 효과가 있는가?"

"우리에겐 아무 효력도 없어요.

그렇지만 우린 배 속에서 사람들을 방귀쟁이로 만들지요."
그러자 그가 그들을 먹었다.

 자, 아티초크가 먹기 좋은 것이라고 그는 들었다.
마침내 그는 양껏 먹고 떠났다.
"그대들은 참으로 맛이 좋소."

 그가 그들에게 말했다.

그리고 그는 그의 길을 똑바로 계속 나아갔다.
이제 곧 여행을 계속하는데,
 갑자기 뒤쪽에서,
"뿡!"

 하는 소리가 났다.
그는 달리기 시작했다.
"누가 이런 소리를 내지?"

 그가 생각했다.

그는 멀리 달아났다.
그는 다시 여행길을 가고 있었다.
"뿡!"

 무엇인가 이런 소리를 내었다.
그는 몸을 빙그르르 돌아보았다.
"누가 이런 소리를 내는 거야?"

 그가 생각했다.

다시 그는 여행길을 떠났다.

 갑자기 그가 방귀를 뀌었다.

그가 달리기 시작했다.

 "이런, 뒤에서 그 소리를 내는 자를 따돌릴 테다."

 그는 생각했다.

그가 조금 속도를 줄이려고 하자,

 갑자기 다시,

 "뽕!"

 하는 소리가 나왔다.

그러자 그는 두려워졌다.

 "이런, 그 소리를 내는 자를 찾고야 말겠다."

 그는 생각했다.

그는 길옆에 숨어 그자를 기다렸다.

그러고 나서 잠깐 다시 돌아왔다.

그러고는 길옆에서 그자를 기다렸다.

갑자기 다시 그는 그의 뒤쪽에서 어떤 생물체의 소리를 들었다.

 그러자 재빨리 그 소리가 나왔다.

 "뽕!"

그는 놀라서 팔짝 뛰어올랐다.

 "맙소사! 도대체 누가 나를 따라온 거야.

 분명 대단한 귀신임에 틀림없어!"

그가 생각했다.

그는 전속력으로 달아나기 시작했다.
그가 달리는 동안,
 갑자기 다시,
"뽕!"
그는 상당히 멀리 와 있었다.
그는 한 바퀴 휙 돌아보았다.
이런, 그가 헛되이 그자를 한 방 치려고 했으나 볼 수 없었다.
그런데 그는 갑자기 뒤쪽에서 무슨 소리가 나는 것을 들었다.
"뽕!"

 "이럴 수가!"
 그는 생각했다.

그는 달리기 시작했다.
그리고 그가 달리기 시작하는 데서,
"뽕!"
 "이럴 수가!"
 그는 생각했다.

그는 정말로 빨리 달리기 시작했다.
그는 짧은 거리를 달렸다. 그는 빨리 달렸다.
그런데 재빨리 그를 향해 같은 소리가 났다.

"뽕!"
마침내 그가 한 걸음 뗄 때마다,
　"뽕!"
　　"뽕!"
　　　"뽕!"
　　　　"뽕!"
　　　　　"뽕!"

"이런, 이게 내가 아티초크를 보았을 때
내 아우님들이 내게 말한 것이구나.
　'우린 배 속에서 사람들을 방귀쟁이로 만들지요.'
　　난 이렇게 들었지.
이런, 내가 방귀를 뀌고 있었군!
이런, 이건 사람들이,
　내 삼촌들이,
　　세상이 다할 때까지 말하게 될 일이로군."

그가 계속 여행을 하는 동안,
갑자기 다시,
　"뽕!"
"이런, 내가 방귀를 뀌고 있잖아!"

나나부시와 순록

자, 그런데 그가 계속해서 꾸준히 길을 가고 있었다.
지금 이제 그는 계속 걷고 있었다.
그는 풀이 높이 자란 넓은 들판에 왔다.
그는 목초지의 다른 끝 쪽을 보았다.
커다란 수순록이 풀밭이 펼쳐져 있는 곳으로 걸어왔다.
그는 정말로 그를 갖고 싶었다.
"어떻게 하면 그를 잡을 수 있지?"

나나부시를 보았다.
"분명히 그는 나에게 할 말이 있을 거야."
순록이 생각했다.
"그를 끌어들여야겠다."
순록이 달리기 시작했다.

이제 정말로 그에게 말하는 나나부시의 목소리가 들렸다.

"이봐, 내 아우님, 내가 자네를 볼 때마다 왜 자네는
그렇게 행동하는지 알고 싶네. 기다리게! 할 말이 있다네.
저쪽 너머에서 정말 대단한 시간이 진행될 것이네."
그가 그에게 말했다.
"이봐, 이쪽으로 오게나. 자네가 날 두려워할 이유가 없다네!"

그러자 정말로 순록은, 나나부시가 있는 곳으로 왔다.
"아, 그런데 어제 정말로 대단한 시간이 있었지. 그들이 서로를
죽였다네.
그들이 아무 이유 없이 서로를 죽였어. 그들이 서로를 활로 쏘았
다네!"

자, 그가 이 이야기를 하면서, 활시위를 얹었다.
"그때 그들이 이렇게 했다네."
그는 줄곧 순록의 옆구리 쪽을 겨누었다.
"그들이 바로 이렇게 했다네."
그는 순록에게 말했다.
그는 그의 옆구리를 쏘았다.

"빌어먹을 나나부시! 정말로 그가 바로 이렇게 하리라고 생각했
었는데!"

자, 그리고 그는 순록을 죽인 후에,
그는 그의 껍질을 벗기고 자를 준비를 했다.

순록은 믿기 힘들 정도로 살진 것이었다.

　그는 순록 지방을 매달아놓았다.

그는 그것을 전부 끓였다.

그가 그것을 삶기를 마치고 나서,

　고기를 자작나무 껍질 위에 늘어놓았다.

그러고는 고기가 놓여 있는 곳에 와서 그가 이렇게 말했다.

"어느 부분을 내가 가져가야 할까?"

　　그가 말했다.

"머리 부분에서 내가 먹고 싶은 것을 가져가야겠군.

　　아마도 이건 적절치 않은 것 같아. 그러면 내 친척들이

　　나를 비웃을 거야."

　그가 생각했다.

"내 친척들이 나를 비웃을 거야."

"저것을 뒤쪽 부분에서부터 먹어야 하나?

아니야, 아마 나를 비웃을 거야.

　'아마도 그가 저걸 먹는 동안 이 커다란 순록을 앞으로 밀었나 봐'

　라고 내 친척들이 말할 거야."

"옆쪽부터 먹는 것이 좋을까?"

　그가 생각했다.

"아니야, 사실, 아마도 날 비웃을 거야.

　'아마도 거대한 수순록을 옆쪽에서 밀려고 했나 보다'

라고 내 친척들이 나에 대해 말할 거야."

이런 말을 하면서,
 그는 나무 아래 부분에 그 기름 덩이를 두었다.
그리고 그는 나무가 삐걱거리며 맞부딪치는 소리를 들었다.
 "사실 누군가 나를 찾고 있나 보다.
 아마도 다른 누군가가 먹고 싶나 보다."
살진 부분에서 한 조각을 저민 후에,
 그는 나무 위로 올라갔다.

그리고 그는 가서 그 기름 덩이를 놓아두었다.
 그는 나무가 삐걱대는 소리를 내는 곳에 그 기름 덩이를 두었다.
대단히 세찬 바람이 한바탕 불어왔다.
 그는 삐걱대는 나무에 단단히 걸렸다.
아, 그러곤 그가 거기에 매달려 있다!
 한참 동안, 그는 매달려 있었다.

이제 지금 초지의 다른 쪽 끝을 쳐다보고 있는데,
 몇 마리 늑대들이 그를 향해 달려오고 있었다!
그러자 그는 그들에게 말했다.
 "이쪽으로 오지 마시게!"

 "나나부시가 분명히 무언가를 죽였을 거야.
 자, 저쪽으로 달려가보자!"

그들은 마치 경주를 하는 것처럼 보였다.
 그들은 그가 있는 곳으로 왔다.
그들은 그가 잡은 순록을 보았다.
 곧 그들은 서로 잡아챘다.

아, 그는 어떻게 할 도리가 없었다.
 순록은 완전히 없어져버렸다.
그가 늑대들에게 말했다.
 "내 아우님들!
이 나무 근처를 보려고 오지 마시게."

"자, 그가 아마도 무언가를 거기 놔두었나 보다!"

그러고는 그들은 정말로 그 기름 덩이를 서로 잡아채 갔다.
이제 그들이 급히 떠나려고 할 때—
 "하늘을 쳐다보지 말게, 내 아우님들!"
그러자 늑대들이 위를 올려다보았다.
 기름 덩이가 달려 있을 따름이었다.

그러자 늑대들은 서로 그것을 잡아채 갔다.
그것을 다 먹어버린 후에,
 그들은 잽싸게 떠나버렸다.
그는 꽉 움켜쥐고 있던 손을 풀었다.
 다 끝났다.

삐걱거리는 나무로부터 자유로워졌다.
 그는 기어 내려왔다.

그러고는 헛되이 뭐 남은 것이 없나 보러 갔다.
 이런, 머리만이 거기 남아 있었다.
그러자 그는 헛되이 머리에 남아 있는 것을 물어뜯으려고 시도했다.
 그러나 단지 골만 남아 있었다.
하지만 그걸 꺼낼 길이 없었다.
"그럼 내가 작은 뱀으로 둔갑해야겠다."
 그가 생각했다.

그러고서는 정말로 그가 그 형태로 둔갑했다.
 거기에 있는 골 때문에.
바쁘게 골을 처리한 후, 그는 사람이 되었다.
 그러고서 그는 길을 떠났다.
그런데 어떤 뿔이 나 있었다.
 아, 이런, 그는 어찌할 것인가!

그가 나무에 부딪혔다.
 "도대체 자네는 뭐하는 나무인가, 내 아우님?"

"아, 난 항상 이 숲에 깊이 뿌리를 박고 서 있지요."

"오, 내 아우님, 자네는 낙엽송임에 틀림없군."

"맞아요."

그는 이렇게 들었다.

그는 다시 나무에 부딪혔다.
"자네는 어떤 나무인가, 내 아우님?"

"나는 항상 이 산에 서 있지요."

"오, 자네는 소나무이군."

그는 다시 나무에 부딪혔다.
"자네는 어떤 나무인가?"

"나는 항상 호수가 보이는 어딘가에 서 있지요."

"내 아우님, 자네는 자작나무가 틀림없군."

그리고 그는 계속해서 길을 갔다.
다시 그는 나무에 부딪혔다.
"자네는 어떤 나무인가, 내 아우님?"

"나는 항상 호수가 보이는 어딘가에 서 있지요. 숲으로 돌아오기에 가까운 길에요."

"오, 내 아우님, 자네는 포플러로군."

"그래요."

다시 그는 계속 길을 갔다.
다시 그는 나무에 부딪혔다.
"자네는 어떤 나무인가, 내 아우님?"

"나는 항상 호수의 뚝 근처에 서 있지요."

"오, 내 아우님, 자네는 삼나무로군."

"그래요."
  그는 이렇게 들었다.

그러고 나서, 그는 계속 길을 갔다.
그가 다른 한 발을 내디뎠을 때,
 그는 물속으로 걸어 들어갔다.
그리고 그는 물속으로 헤치고 들어갔다.
 그는 헤엄치기 시작했다.
그는 헤엄치며 돌아다녔다.

이제 지금 그는 누군가의 소리를 들었다.

"이런, 순록이 헤엄치며 돌아다닌다!"
라고 그들이 말했다.
그리고는,
"아, 그것을 뒤쫓아라!"
그리고는 그들이 정말로 그것을 뒤쫓기 시작했다.
그리고 그는 온 힘을 다해 헤엄쳤다.

그들의 목소리가 점점 가까워졌다.
"그가 우리를 앞서서 땅 위에 오르려 한다!"
그들이 이렇게 말했다.
그는 바닥에 닿을 수 있는 곳으로 왔다.
그는 곧 그가 바닥에 닿을 수 있는 곳으로 왔다.
이런, 그런데 그가 물 밖으로 달려 나온 곳은 미끄러운 둑이었다.
달리면서 그는 미끄러지고 바위에 넘어졌다.

그는 머리를 불쑥 내밀었다.
사람들이 바라보았다.
나나부시는 거기에서 달려 나아갔다.
"정말로 순록이 헤엄을 친 것이었다네!
정말로 순록이 헤엄을 친 것이었어!"
고꾸라지며, 웃으며, 나나부시가 말했다.
그는 그들을 뒤돌아보기 위해 가던 길을 멈추지는 않았다.
그는 계속해서 곧장 자신의 길을 갔다.

델라웨어 트릭스터 이야기

델라웨어Delaware 또는 레너피Lenape라는 부족은 현재는 뉴욕과 필라델피아 대도시 지역이 된 곳에서 한때 거주했었는데, 인류학자들과 역사가들은 이들을 "전형적인" 북미인들로 여긴다. 최근 들어 델라웨어 종교, 언어, 물질문화, 고고학 등이 더 깊이 연구되고 있지만 델라웨어 구전문학은 도외시되어온 주제이다. 내가 델라웨어 민속문학을 알고자 한 것은 단순하게도 레너피 또는 델라웨어족이 한때 지배했던 지역에 있는 뉴욕 주의 얼스터 카운티에 살았던 것에서 비롯되었다.

조사 결과, 놀랍게도 기대했던 것보다 훨씬 많은 220개의 텍스트를 찾았는데 그중 많은 것이 출판되었다. 질적으로 고르지는 않아도 델라웨어 내러티브 기술에 대한 통합적인 견해를 갖고 의미 있는 선집을 만들기에 충분했다.

220개의 이야기 중에 34개는 현재 온타리오에 위치한 북부 레너피 어 또는 문시Munsee 어에서 나온 것이다. 나머지는 남부 언어권에서 나온 것으로 현재 오클라호마에서는 우나미Unami라고 부르기도

한다.

델라웨어 이야기의 많은 유형은 결코 독특하지는 않다. 이웃하거나 그리 멀리 떨어져 있지 않은 부족들의 이야기와 공통점이 있어서 델라웨어 민간 전승이 북동부 전통 안에 단단히 자리 잡고 있을 수 있다는 것을 보여준다. 델라웨어 이야기 유형과 네 개 이상 공통점을 갖고 있는 부족들은 체로키(Chrerokee 4), 메모미니(Memomini 4), 오지브와(Ojibwa 5), 오논다가(Onondaga 8), 세네카(Seneca 15), 쇼니(Shawnee 8) 그리고 와이안도트(Wyandot 6)이다. (괄호 안의 숫자는 공통된 이야기 숫자이다.)

수년간 델라웨어 이야기 목록이 상당히 바뀌었다. 많은 수의 이야기가 20세기 중반이 되어서야 기록에 나타난 반면, 이전에 회자되었던 다른 것들은 사라진 것처럼 보인다. 1900년 이후에 창조 서사가 (가끔 일부만 나타나고) 거의 전부가 빠졌는데, 이는 아마도 많은 델라웨어족들이 교회에 나가는 기독교인들이 됐기 때문일 것이다.

이런 변화에서 흥미로운 예외는 델라웨어 트릭스터* 이야기들이다. 트릭스터 이야기는 주인공이 부적응자인데, 20세기의 한 내레이터에 따르면 주인공이 단점이 있었음에도 불구하고 "기적을 행한다"는 것이다. 영어를 하는 델라웨어 부족은 웨이히카무케이스 Wehixamukes로 알려진 이 인기 많은 주인공을 잭Jack, 크레이지 잭 Crazy Jack 또는 단순히 "힘센 남자"라고 불러왔다.

여기에 수록된 이야기 중 두번째 이야기 말고는 모두 처음으로 소개되는 이야기이다. 두번째 이야기인 "그는 코를 땅에 대었다"는 보

---

* 세계 곳곳의 신화나 옛 이야기에 등장해 도덕과 관습을 무시하고 질서를 어지럽히는 인물이나 동물 등을 가리키는 말.

겔린Voegelin의 「델라웨어 텍스트」를 개작한 것이다. 때로 초고의 원고에서 구두점이나 단락 나누기와 같은 작은 부분들을 수정했다. 몇몇 어구를 바꾼 것 같은 이상한 표현들은 원래 형태대로 그냥 둔 것이다.

현재는 힘을 잃어가는 델라웨어 말은 1900년대 당대에는 몇몇 연장자들 사이에서 계속 사용되었고 웨이히카무케이스는 계속 기억되었다. 그중 가장 저명한 사람은 오늘날 젊은 세대를 위해 델라웨어 구어를 가르치는 오클라호마 주 쿠아포Quapaw의 루시 블레이록Lucy Blalock이다. 블레이록에 따르면, 겨울에만 낭독되어야 하는 이야기들은 가공된 이야기들, 또는 민간 설화들이다. 웨이히카무케이스와 관련된 이야기들은 다르다. 웨이히카무케이스는 실제로 존재했고 돌아올 수 있다고 말해지므로, 그에 관한 이야기는 1년 내내, 여름이든 겨울이든 언제나 말할 수 있다.

[해설: 존 비어호스트John Bierhorst]

그가 아기를 보다

내 이야기는 잭이라는 사람에 관한 것이다.

모두가 가버렸을 때 잭이 아기를 돌보고 있었다. 아기를 볼 때는 반드시 파리를 쫓아버려야 한다고 그는 들었다.

그래서 이 잭이라는 사람은 파리에게 화가 나서 말했다. "아주 잠깐만 기다려라. 그럼 내가 너희들을 죽여주마." 그는 가서 도끼를 가져왔다.

그가 돌아왔을 때, 파리들이 아기 얼굴 위에서 날고 있었다. 그는 도끼를 들었다. 그러고는 그 어린 아기 얼굴 위에 있는 파리들을 그가 할 수 있는 힘껏 내리쳤다―그는 아기를 죽였다.

그러자 잭은 겁이 났다. "이제 어떻게 하지?" 그는 마음속으로 생각했다. "이렇게 하자. 거위를 죽여 그 깃털을 입자. 그들이 돌아오면 난 그냥 앉아 있을 거야."

이 잭이라는 사람은 아이를 죽이고, 겁이 났다. 그래서 그는 거위가 알을 품고 있던 자리에 가서 앉았다.

그 여자의 어린 아들과 다른 모든 사람들이 말했다. "이 잭은 어디에 있는 거야?" 거위가 있어야 할 자리인 집 아래에서 그들은 그를 찾아냈다. 그가 있는 쪽으로 기어가서 그들은 그를, 그 잭을 보았다. 그는 거기에 앉아 있었다.

그는 알을 품고 앉아 있는 거위처럼 요란한 소리를 냈다. 마치 거위처럼. 스스스스 이런 소리였다. 그리고 잭의 엉덩이에서 깃털이

삐져나와 있었다. 이히!

잭은 남자지만, 소인배였다.

그는 코를 땅에 대었다

그는 사냥꾼들과 함께 출발했다. 조금 갔을 때, 추장이 말했다, "저쪽! 거기 있는 사람들은 저 길, 저 덤불 너머로 가시오." 그리고 가기로 되어 있는 사람들은 곰을 몰아내야 했다.

그러고는 추장이 말했다, "여기 있는 사람들, 당신들은 코를 땅에 다 대시오!" 그는 크레이지 잭Crazy Jack에게 말했다. "여기, 당신! 당신 코를 땅에다 대시오."

"좋습니다. 그렇게 하지요." 그가 말했다.

이제 덤불 쪽으로 간 사람들은 다른 쪽에서 곰에게 겁을 주었다.

곧 크레이지 잭이 땅에 구멍을 파고, 그가 할 수 있을 만큼 그의 코를 구멍에 집어넣었다. 다른 사람들이 와서는, 이것을 보게! 누군 가의 궁둥이가 툭 튀어나와 있었다.

추장이 그에게 물었다, "곰을 좀 보았소?"

"아니요."

그는 여전히 그의 코를 구멍에 박고 있었다.

"그건 내가 당신더러 하라고 한 게 아니오." 추장이 말했다.

"아뿔싸!" 그가 말했다. "당신이 정말로 의미한 것이 뭔지 제게 말해주었어야지요."

그는 또다시 사냥을 간다

여기 다시 웨이히카무케이스의 이야기가 있다.

오래전에 델라웨어 부족은 펜실베이니아의 멀리 떨어진 동쪽 땅에 살았다. 그 당시에는 델라웨어 사람들이 많이 있었음에 틀림없다. 그리고 또한 다른 부족들도 많이 있었음에 틀림없다.

사람들은 반드시 늘 정신을 바짝 차리고 있어야 했다. 사람들이 살기가 참 어려웠을 것이다. 우리가 사는 시대처럼 그 당시에는 가게들이 있는 것이 아니므로 사람들은 식량을 구해야 했다.

사람들은 동물들을 이용했다. 그들은 동물을 먹고 살았다. 사람은 항상 사슴을 죽이는 사냥을 하거나, 낚시를 하거나, 모피가 있는 동물을 죽여야 했다. 그들이 옷을 만들거나, 지방을 보관할 가방을 만들거나, 가죽신이나 다른 것을 만들기 위해, 모피가 달린 동물을 사용했다.

델라웨어 부족 남자들은 식량을 구하고자 하면 그들 모두가 사냥을 할 수 있는 거대한 숲이나, 큰 강이나, 많은 다른 장소에서 야영을 했다.

언젠가 이들 델라웨어 부족 남자들이 사냥을 나갔을 때, 웨이히카무케이스가 그들을 따라갔다.

그가 곰의 굴을 발견하다

그리고 그들이 그날 저녁에 나가 야영을 할 때에 추장이 말했다, "우리는 점점 시장해지고 있으니, 내일 종일 여기에 머물면서 먹어야 할 곰을 죽일 것이오."

그리고 다음 날 아침 추장이 말했다. "이제 우리는 나가서 곰을 죽일 것이오. 만약 누구라도 속이 빈 나무를 발견한다면, 외치거나 함성을 지르시오. 그러면 우리 모두가 가서 그 안에 곰이 있나 확인을 할 것이오."

그리고 다음 날 그들은 행동을 개시했다. 그들이 조금 갔을 때, 누군가 함성을 질렀다. 그쪽으로 가니 어떤 건장한 남자가 풀의 커다란 줄기 옆에 서 있는 것이 보였다. 그는 풀에 난 구멍을 들여다보고 있었다. 그들은 그걸 의미한 게 아니었다고 그에게 말했다.

"우리는 커다란 나무를 말한 것이오."

건장한 남자는 말했다. "그럼 왜 진작 그렇게 말하지 않았습니까?"

그리고 그들은 출발해 조금 더 멀리 갔고 누군가가 함성을 지르는 것을 들었다. 그들이 거기로 가보니 커다란 나무가 있었다.

그리고 추장이 말했다. "이제 누가 저 위에 기어올라가 곰을 몰아낼 것인가?"

건장한 남자가 말했다. "제가 할 수 있습니다."

그리고 그는 그 구멍으로 들어가 곰을 내몰았다. 곰은 도살되었다.

그가 칠면조를 기름에 살짝 담그다

그리고 그들은 캠프로 돌아왔다. 그리고 그날 양동이를 가지고 있는 사람이 하나 있었다. 그는 얼마간의 기름을 튀겼다. 그리고 느릅나무에서 껍질을 벗겨 또 다른 양동이를 만들었다. 그리고 그는 이미 가지고 있던 양동이에 기름을 많이 부을 때마다, 나무껍질로 만든 양동이에도 기름을 붓게 되었다.

그리고 그날 저녁에 추장이 말했다. "내일 우리는 칠면조를 사냥할 것이오. 그걸 기름에 살짝 담그면 좋을 것이오."

그러자 그 건장한 남자가 말했다. "좋습니다."

그리고 다음 날 아침, 그들은 칠면조 사냥을 시작했다. 그리고 그 건장한 남자는 그렇게 멀리 가지 않아서 살아 있는 칠면조를 잡았다. 그는 그것을 캠프로 가져왔는데, 거기에는 단지 그 남자만 있었다. 그는 칠면조가 거의 죽게 될 때까지 기름에 칠면조를 담그게 되었다.

그리고 사냥꾼 중 한 명이 돌아왔을 때, 그 건장한 남자가 칠면조를 붙잡고 기름에 칠면조를 담그면서 한쪽 양동이에서 다른 쪽 양동이로 이리저리 왔다 갔다 하는 것을 보았다.

그리고 그 사냥꾼이 가까이 오자, 건장한 남자가 말했다. "이 칠면조를 잠깐만 기름에 담그고 있어줄 수 있소? 내가 너무 지쳐서요."

그리고 그 사냥꾼이 말했다. "그들이 말한 것은 이게 아닙니다. 그들이 말한 것은 칠면조를 죽여서 그걸 요리한다는 거요. 요리가 다 되면, 그것을 먹지요. 요리가 다 된 것을 기름에 살짝 담가서—그것

을 먹는 거요."

그러자 그 건장한 남자는 말했다. "왜 전에는 내게 그렇게 말하지 않았소? 그랬더라면 내가 칠면조를 요리했을 것이오."

그가 늦잠을 자다

웨이히카무케이스가 성인이 되었을 때, 그는 성질이 고약했다. 그는 지저분했고, 아무 데나 누웠고, 차려입을 만한 것도 없었다.

한 무리의 델라웨어족 사람들이 적을 찾아 나섰다. 그래서 그도 같이 가기를 원했다. 그들은 그를 데려가기 싫어했다. 왜냐하면 그들은 그가 무슨 도움이 될 것이라 생각지도 않았고, 그에게 신경을 쓰기도 싫었기 때문이다.

그들은 그를 데리고 갔다.

그런데 그들이 야영을 하는 곳에서 그는 다음 날 아침 늦게까지 잠을 잤다. 그들은 그를 그냥 거기에 두고 떠났다. 그래서 그가 깨어나 보니 모든 사람이 그를 남겨두고 다 가버렸다.

그래서 그는 그들이 야영했던 곳에서 그 무리의 사람들을 따라잡았다. 거기에 도착해서는 그냥 불가에 누워서 잠을 잤다.

다음 날 아침, 그들은 일어나서 아침을 먹었다. 그리고 그들은 다시 그가 그냥 자도록 내버려두었다. 그들은 말했다. "그가 그냥 거기에 있게 둡시다."

그는 미리 이에 대해 전부 알고 있어서 아주 만족했다.

그래서 그는 그들을 다시 따라잡았다—그는 일찍 일어났다.

그가 적에게 알리다

그리고 그들은 계속 가다가 커다란 초원 지대를 지나가게 되었다.

길을 가는 동안, 그들이 치기에 불가능한 거대 다수의 사람들을 마주치게 되었다. 그래서 추장이 말했다. "우리는 이제 높이 자란 풀숲에 숨어야 하오. 그들이 지나가고 나면 우리의 길을 갈 것이오."

그러자 웨이히카무케이스는 이렇게 했다. 그는 할 수 있을 만큼 쪼그리고 있다가 가끔씩 그의 고개를 디밀었다.

"조심하시오, 저 사람들이 당신을 볼 것이오"라고 그는 들었다.

그러자 적이 지나갈 때 그는 더는 조금도 참을 수 없었다. 그는 벌떡 일어나서 그의 가슴을 치며 외쳤다. "우리가 여기 있다. 우리도 사람이 많다."

내레이터의 방백: 그 무리에는 단지 삼사십 명이 있었고 적들은 사오천 명이었다.

그가 단독으로 적을 무찌르다

그가 그렇게 한 후, 그와 같이 갔던 다른 사람들이 벌떡 일어서며

그가 적들을 부추겼으므로 그 혼자 모든 적들을 다 쓰러뜨려야 한다고 했다.

그러자 그가 말했다. "좋습니다." 그러고 나서 그는 자신의 담요를 던져버렸다.

내레이터 방백: 그는 사람들이 "그들을 잡아서 쓰러뜨리나 죽이지는 말라"고 말한 것으로 이해했다.

그래서 그는 한 명을 붙잡고 또 다른 사람을 붙잡아서 그들을 쓰러뜨렸다.

그러자 추장이 말했다, "내가 당신에게 말한 건 그게 아니오. 나는 당신이 그들을 모두 죽여야 한다고 말했소. 그러지 않으면 그들이 우리 모두를 죽일 것이기 때문이오."

그러자 웨이히카무케이스가 말했다. "도대체 왜 처음부터 그렇게 말하지 않았습니까?"

그러고 나서 그는 그의 작은 도끼를 쥐고서 바로 그들을 쫓아가 한 명만 제외하고 모두를 도끼로 죽였다.

그리고 그는 자신이 남긴 한 사람에게 말했다. "이리 오너라! 자, 내가 너의 귀를 자를 것이다." 그는 칼을 들고서 작은 조각만 매달려 있도록 남기고는 그 사람의 귀를 베고, 그의 코도 베고는 말했다. "남자들 사이의 규칙에 의하면 너는 멋지게 보여서는 안 되며 천박하게 보여야 한다. 그것이 내가 너의 귀와 코를 벤 이유이다."

그리고 그가 말했다. "너의 손을 내밀라." 그가 그렇게 했다. 웨이히카무케이스는 그의 손가락들을 한참 위로 찢었다.

"여기를 보라. 남자들이 긴 손가락을 가지고 있는 것을 알아챘는가? 당신은 남자 같지가 않아. 당신 손가락은 너무 짧았어. 그래서 내가 그것을 찢은 거다."

그러고는 그에게 자기네 사람들에게 돌아가라고 말하고 나서 그들이 또 오는지 기다렸다.

그는 살아 있는 모든 것을 사냥한다

어떤 사람들이 말했다. "우리는 사냥을 나가 우리 눈에 띄는 살아 있는 모든 것을 죽여 집으로 가져올 것이다." 그러자 웨이히카무케이스가 말했다. "좋습니다."

그가 사냥을 하는 동안, 그의 동료 중 한 사람이 앞서 있는 것을 보았다. 그는 생각했다. "이런, 그는 살아 있다. 그러니 내가 그를 잡아야겠다."

그래서 그는 그를 죽였다. 그는 그의 다리에 구멍을 내서 그를 자신의 등에 지고 올 수 있었다.

그가 조금 더 나아가니 또 다른 동료가 보였다. 그래서 그는 그에게 똑같이 해서 높이 매달고는 살아 있는 것이 없나 찾으며 집으로 갔다.

그는 집에 도착하고 나서, 사람들 앞에 그 두 사람을 집어 던졌다. "자 이것이 내가 찾은 살아 있는 모든 것이오."

내레이터 방백: 지시된 것은 살아 있는 것을 죽이는 일이었다.

그러자 추장이 말했다. "이제 그가 저지를지도 모른다고 내가 말한 일이 그대로 벌어졌소. 그래, 이제 그가 우리에게 이런 농간을 부

렸소. 그는 사람을 두 명이나 죽였단 말이오. 나는 누구이 당신들에게 말하지 않았소. 올바로 이해할 수 있도록 그에게는 항상 모든 것을 전부 다 설명을 해야 합니다."

그는 홀로 산다

그래서 추장들은 그가 모든 일을 다 할 수 있는 힘을 지녔다는 것을 발견했다고 그들의 무리에게 알렸다.

이후로 추장들은 그 무리가 그에게 말할 때는 아주 상세히 말해야 한다고 알렸다. 즉, 그에게 무엇을 말할 때는 그가 그것을 올바로 이해할 수 있도록 반드시, 그것을 완전히 그리고 친절하게 설명해야 한다고 했다.

그때에 웨이히카무케이스는 매우 강력한 사람이 되어 있었다. 그래서 그는 말하자면 부족을 떠나 멀리 가서 혼자 힘으로 나무껍질로 된 집을 지었다.

어느 날 한 무리의 사람들이 와서 그를 둘러쌌다. 그들은 그에게 말했다. "당신은 우리에게 잡혔소, 이제 우리가 당신을 잡았소."

그러자 그가 말했다. "알았소, 내가 졌소. 들어오시오." 그가 문의 자락을 걷어 올렸다. 그들 모두가 들어갔다.

집 한가운데 있는 화덕 주위에 짚자리가 펼쳐져 있었다. "자, 모두들 앉으시오. 우리가 가기 전에 내가 저녁을 지어주겠소."

그러고는 그는 일을 하고 저녁을 준비하기 시작했다. 커다란 솥들을 불에 올려놓고 많은 양의 고깃국을 끓이고자 많은 양의 사슴고기와 물을 솥에 넣었다.

그래서 그가 요리를 다 끝냈을 때, 많은 양의 고깃국이 펄펄 끓고 있었다. 그러자 그가 사람들에게 물었다. "당신들의 일라는 어디 있소?"

내레이터 방백: 일라는 전쟁의 지도자를 의미한다.

그들은 그가 일라에게 먼저 대접할 것이라고 생각했다. 그래서 그들은 그를 가리켰다.

그러자 그가 국물이 가득 든 솥을 잡아 들고 펄펄 끓는 국물을 일라의 얼굴 바로 정면에 끼얹었다.

그러고는 손에 커다란 나무 스푼을 들고 솥에 푹 담근 후에 뜨거운 국물을 다른 사람들의 얼굴에 퍼붓기 시작했다. 그리하여 그가 그렇게 하자 모두가 그 집에서 달아나기 시작했다. 그러나 그는 그들에게 뜨거운 국물을 계속 뿌렸고 그들을 최대한 빨리 그 집에서 달아났다.

그들이 모두 나오자, 그는 자신의 작은 도끼를 움켜쥐고는 그들에게 휙 던졌고 그들은 더 이상 도망칠 수 없었다. 그들은 땅에 쓰러졌다.

그러자 그는 그들 모두를 도끼로 죽였다. 한 명만 제외하고. 그는 그 사람의 귀를 자르고 손가락을 찢고—양손을 찢고—코를 베고 돌아가 사람들에게 말을 해서 다른 사람들과 같이 다시 오라고 말했다. "난 여기서 죽 살고 있을 거요."

그가 땅으로 빠져 들어가다

그와 의남매를 맺은 누이가 살고 있었다. 그녀는 시냇가로 가서는 나무를 베기 시작했다.

나무가 쓰러질 즈음에, 웨이히카무케이스는 나무가 바로 쓰러지는 쪽으로 걸어 올라갔고, 그가 나무와 바로 일직선상에 있게 될 쯤에 그 여자가 그를 보았다. 그녀는 말했다. "웨이히카무케이스, 오라버니는 그렇게 강하니 무슨 일이든 다 할 수 있지요. 이 나무가 쓰러질 때 그걸 잡을 수 있는지 봅시다."

그가 말했다. "오, 그럼, 그걸 잡을 수 있고말고." 그리고 그는 두 손을 위로 쳐들었다.

그러자 그녀가 나무를 찍었고 나무는 바로 그의 위로 넘어졌다.

그는 위로 떨어지는 나무를 잡았다. 그러나 그는 무릎까지 푹 땅속으로 빠져 들어갔다―그러나 땅속에서도 계속 나무를 붙들고 있었다.

땅속으로 빠져 그의 목까지 들어갈 때까지 그는 계속 가라앉았다. 그러고는 그가 누이에게 마지막 말을 했다. "자! 난 너희들 모두를 떠나야 할 것 같다. 이 세상에 대규모 전면전이 일어나면 다시 돌아오마."

어떤 젊은 여자가 새끼손까락의 관절 부위가 잘린 아기를 낳으면 그 남자아이가 자신일 것이고 전면전이 일어나게 될 것이라고 했다.

말을 끝내자 그는 땅속으로 빠져 들어가버렸다.

그러나 그는 여전히 살아 있었다.

이는 마치 누군가가 어떤 장소에 간 것과 같은 일이었다.

그가 땅으로 빠져 들어가다: 변형

그 사람들 중 한 명이 그에게 말했다. "사실입니다. 당신은 대단한 힘을 소유하고 있지요. 당신은 강합니다."

웨이히카무케이스는 다음과 같이 대답했다. "그렇소, 내 친구. 오래전부터 나는 내가 강하고 힘이 있다는 것을 알고 있었소. 신이 내게 자신의 강함과 힘을 주시었소. 그런데 이제 곧 내 삶이 끝나게 될 것을 느낀다고 말해야만 하겠소. 그러나 백인들이 그대들을 부당하게 대우할 때, 나는 다시 돌아올 것이오. 그리고 당신들은 나를 알아보게 될 것이오. 왜냐하면 내가 태어날 때, 내 한쪽 손의 손가락 하나가 없을 것이고 내 어머니는 숫처녀인 젊은 여자일 것이기 때문이오."

웨이히카무케이스가 그렇게 말했을 때 그 사람들은 매우 놀랐다. 왜냐하면 아주 오래전부터 그가 바보처럼 행동하고 말한다는 것을 그들 모두가 알고 있었기 때문이다. 그러고는 그들 모두는 함께 집으로 갔다.

그들이 사는 곳에 도착했을 때, 그들은 음식을 만들기 시작했다. 웨이히카무케이스는 사슴 혀를 좋아했기 때문에 사슴 혀와, 사슴 고기, 옥수수죽을 요리했다. 그 사람들은 웨이히카무케이스가 말한 것에 여전히 놀라서 그를 잘 대해주려고 했음에 틀림없다.

그리고 식사를 마친 후에, 그들은 잠자리에 들었다. 다음 날 아침 그들 모두는 다시 떠났다. 그들은 목재와 나무들을 베러 갔다.

한 남자가 나무를 베고 있을 때, 그 나무가 넘어져서 웨이히카무케이스를 짓이겼다. 그 자리에서 그는 땅속으로 사라졌다.

웨이히카무케이스는 바로 땅 아래로 사라져버렸다. 사람들이 서둘렀다. 그들은 그를 파내고자 했다. 그러나 그들은 아무것도 할 수 없었다. 이제 너무 늦었다.

사람들은 거길 떠나서 집으로 왔다. 그들이 사는 곳에 도착했을 때, 어느 누구도 한마디 말도 하지 않았고, 어느 누구도 먹을 수 없었다. 그들은 단지 파이프를 채워서 담배만 피워댔다. 그들 모두는 슬픔에 잠겨 있었다. 사람들은 이제 웨이히카무케이스를 그리워했다.

그러나 그들이 할 수 있는 일은 아무것도 없었다. 너무 늦었다.

돌아가신 나의 어머니께서 내게 이야기해주신 것에 대해 말할 수 있는 건 여기까지가 전부이다. 오랫동안 나는 어르신들께서 이렇게 이야기하시는 것을 들었다. "우리는 웨이히카무케이스를 기다릴 것이다."

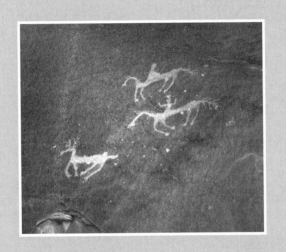

인디언 악마, 못된 짓 하는 자

락스Laks라는 이 "인디언 악마"의 이야기는 패서머쿼디Passamaquoddy 족의 구전 전통을 통해 발견된 주제, 주인공, 사건, 교훈을 취사 선택하여 연결한 것이다. 이 얘기는 원주민 언어에 독특한 방식으로 표현된 패서머쿼디족의 가치관과 인간관계를 반영하고 있다.

오루위수Oluwisu라고 알려진 루이스 미첼The Honorable Lewis Mitchell 은 메인 주의 이스트포트 근처에 있는 플레전트 포인트Pleasant Point 라는 원주민 공동체에서 1847년에 태어났다. 그는 독학하여 그 당시 로는 대단히 교육을 잘 받고 메인 주 주 의회에서 부족을 대표하는 (그러나 투표권 없는) 의원으로 봉사했다. 패서머쿼디 장로이자 선생인 데이비드 프랜시스David A. Francis는 학자로서 미첼을 기억한다. 미첼은 현대 노래와 시부터 고대의 신화와 전설에 이르기까지, 자신의 부족에 관한 구전 전통에 박학다식했다. 그는 그중 많은 것을 직접 글로 옮겼고 이후에 여기에도 수록된 "인디언 악마" 이야기본을 존 드넬리 프린스John Deneley Prince와 공유하여 출판했다. 현재 번역된 것은 프린스가 출판한 『패서머쿼디 텍스트』에 근거한 것이다. 이 모음집은 적어도 1880년대까지 거슬러 올라가는 미첼의 텍스트에 기반을 둔 것이다.

패서머쿼디는 플레전트 포인트가 있는 동부 메인 주와 프린스턴 근처 인디언 타운십Indian Township에서 사용되는 앨곤퀸어이다. 뉴브런즈윅과 북부 메인 주에 있는 세인트 존 강 지역에서 이것과 같은 언어는 말리시트Maliseet라고 불린다. 오늘날 30세 이하의 젊은이들 중 이 언어를 말하는 사람은 거의 없다. 패서머쿼디—말리시트에 가장 가까운 언어는 동부에서는 미크맥Micmac—많은 어린이들에게 아직 모국어이다—이고 서부에서는 페노브스콧Penobscot—현재는 거의 사용하는 사람들이 없다—이다. 이들 그룹의 구전 전통에는 공통점이 있다.

내용이 상당히 비슷한 "인디언 악마" 이야기의 몇 가지 형태가 미첼의 시대에 출판되었다. 확실하지는 않지만 미첼이 그 이야기들을 보았을 수도 있다. 그러나 그가 언제 처음으로 그 이야기를 썼는지는 불분명하다. 1894년에 사일러스 랜드Silas T. Rand가 출판한 미크맥어 판은 1870년에 수전 크리스마스Susan Christmas가 들려준 것이다. 『뉴잉글랜드의 앨곤퀸 전설』에 수록된 "못된 짓 하는 자, 락스의 즐거운 이야기The Merry Tales of Lox"도 미크맥어와 패서머쿼디어로 확인되었다.

미첼의 패서머쿼디 텍스트에는 영어식 표현이 있다. 그리고 갑작스럽게 서술이 많이 변경된 것은 그 언어의 순수성과 우아함이 두드러지는 전통적 구전 스토리텔링의 특질과 다르다. 현재 번역에서 이러한 특성을 우선 패서머쿼디어에서 그리고 이후 영어에서 복구하고자 했다. 『패서머쿼디 텍스트』의 머리말에서 프린스는 그 원고가 '몇

년 전 자신의 수중에 들어왔는데 1911년에 화재로 모두 소실되었으나, 그때부터 그의 부탁으로 미첼이 부지런하게 기억해서 재생산해 내었다'고 설명한다.

그럼에도 불구하고 그 이야기는 원어민으로부터 나온 것이기 때문에 패서머쿼디의 세계관과 개인적·사회적 가치관이 담겨 있다. 언어는 주인공들 사이의 관계나 그들과 자연 세계 사이의 관계에 대한 패서머쿼디 식의 이해를 반영한다. 전통적인 이야기 안에서 사람들은 다른 사람이나 동물 등장인물들과 소통하는 것처럼 직접적으로 자연 세계와 소통한다.

패서머쿼디 세계관에서 보면 인간 본성은 절대선도 절대악도 가능하지 않다. 오히려 사람들은 그들의 필요와 그들이 사는 사회의 필요 사이에서 그리고 그들 자신의 이익과 모두의 이로움을 위해 지식과 힘을 사용하는 것 사이에서 적절한 균형을 잡으려고 시도한다. 유머와 잔인함, 열정과 냉정, 모두 다 우리가 균형을 유지하는 데 도움을 주는 것이다.

〔해설: 데이비드 프란시스David A. Francis, 로버트 레빗Robert M. Leavitt〕

인디언 악마, 못된 짓 하는 자

오래된 전설에 따르면, 아주 오래전에, 어떤 섬 뒤에, 작은 강가에 아피스타뉴크Apistanewc와 티암 Tiyam─"담비"와 "무스"가 살았다. 그들은 서로 다른 천막집에 살았는데 그들의 할머니가 그들을 돌봐주었다. 영리한 티암은 사냥꾼이다. 그러나 아피스타뉴크는 게으름뱅이다─그래서 그들 둘이 옥수수를 심을 때조차, 옥수수가 잘 익게 하는 데에 태양에 의존했다. 그리고 누군가가 저장된 고기를 보관하고 있으면, 여지없이 아피스타뉴크가 그 근처에 어슬렁거린다.

어느 날 티암이 곰을 죽이게 되었다. 1인용 터보건 짐썰매에다 곰을 통째로 실어 끌고서 집으로 왔다. 티암은 자신에게 먹을 것을 주지도 않고 고마워하지도 않는 아피스타뉴크에게 고기를 나눠줄지에 대해 고민조차 하지 않는다. 그는 혼잣말을 한다─그런데 사실은 할머니가 들으시라고 하는 말이다─"아피스타뉴크는 이것을 보지도 못하고 냄새도 못 맡게 될걸. 그는 여기에 혀끝도 못 대게 될 거야. 우리에게 어떤 행운이 생겼는지 아무도 그에게 말해주지 않을 테니까."

"오 그래." 할머니가 대답했다. "애야, 무슨 말인지 내가 확실히 알겠구나. 우리 솥이 망가져서, 음식을 하려면 그의 솥을 빌려와야겠다. 내가 그걸 깨끗이 씻고 닦아 말려서 그 안에서 뭐가 요리되었는지 전혀 알 수 없도록 할게. 그러고 나서 그걸 돌려줄 거야."

그래서 그녀는 그렇게 한다. 그러나 그 게으름뱅이 아피스타뉴크는 먹이를 찾아 배회하는 동물처럼 만찬을 직감한다. 그는 가장 작은 증거만으로 거대한 고깃덩어리가 들어온 것과 누구든 솥을 빌려가는 사람은 음식을 끓이게 될 것을 안다.

주술사인 아피스타뉴크는 언제나처럼 그의 친구 집에 발을 들여놓고 문가를 살짝 훔쳐보고는, 곰 고기가 잔뜩 쌓여 있는 것을 본다. 티암의 할머니가 그의 솥을 돌려주러 왔다. 그녀가 천막집에 들어오자마자 뭉근하게 잘 끓여진 곰 고기 냄새가 솥에서 살살 올라온다. 그녀가 솥 안을 들여다보니 모두 완벽하게 잘 요리된 고기가 잔뜩 있다. 아피스타뉴크는 그녀에게 정중히 감사의 말을 전했다. 할머니는 자신의 계책에 걸려들어서 당황하고는, 천막집에서 발이 안 보이게 달아난다. 그러나 아침에 두 친구는 숲을 같이 걷고 있다. 모든 것이 잘되고 있다.

그런데 다른 사람에게나 일어날 수 있는 어떤 일이 아피스타뉴크에게 일어난다. 어느 날 그는 내내 걸어서 산속에 있는 외지고 인적이 드문 호수에 갔다. 그는 고양이처럼 조용히 발걸음을 옮겼다. 포도가 빽빽하게 열린 바위 뒤에서, 그는 소녀들이 호수에서 웃으며 물을 첨벙거리며 활기를 되찾는 소리를 듣는다. 이들은 지상에서 사는 사람들로부터 숨어들어 물속에 사는 여자들이다. 아피스타뉴크는 호숫가에 쌓여 있는 그들의 옷과, 예쁜 여자의 모습을 본다. 그러고는 마치 담비처럼, 그는 눈에 띄지 않게 살금살금 가로질러 가서 그들의 옷을 손으로 움켜쥐었다—그는 유별난 재능이 있다. 그들 수중 존재들은—한 남자가 그들의 옷을 가져가면, 그의 통제하에 놓이게 된다. 아피스타뉴크는 "작은 사람들"과 다른 사람들이 행동하는 방식에 대해 안다. 그들의 특별한 힘은 그들의 옷에 있다.

아피스타뉴크는 옷을 움켜쥐게 된다. 그는 호숫가를 따라 이리저리 달린다. 그는 소리친다. 물속에 있던 여자들이 그의 소리를 듣고는 화를 냈다. 그들은 자신들의 옷을 훔친 이 도둑을 쫓아간다. 그를 따라잡은 첫번째 사람은 그가 감탄해 바라보던 여자이다. 그녀가 가까이 오자 그는 그녀의 머리를 살짝 쳤다. (이것은 인디언들이 오래전에 주술사들을 통제하려고 할 때 사용하곤 했던 방법이다.) 그러고는 바로—곧!—그들은 남편과 아내가 된다. 물속 여자는 자신이 갑자기 결혼을 하게 된 것에 놀란다. 그녀는 기절한다. 그는 그녀를 조용히 데리고 간다. 아피스타뉴크는 다른 사람들에게는 옷을 돌려준다.

자, 티암은 착한 사람이고 행동거지도 좋다. 그가 아피스타뉴크가 결혼한 것을 보고 또 무슨 일이 일어난지에 대해 듣고는, 혼잣말을 한다. "좋아. 어려울 건 없어. 이건 내가 이미 결혼한 것과 마찬가지야." 그는 산속에 있는 작은 호수로 간다. 바위 사이에 포도가 자라고 있다. 그도 또한 숫처녀들이 물속에서 미친 물고기처럼 뛰어다니며, 서로에게 물을 튀기고, 장난을 치는 것을 본다—그는 흥분했다. 그들을 보지도 않고서 물속에 사는 불쌍한 여자들의 옷을 낚아채서 달아난다.

그가 가장 예쁘다고 생각한 여자가 제일 먼저 그를 따라잡았다. 그러자 그는 소원을 어떻게 이룰 수 있는지에 대해 생각했다. 그는

거대한 막대기를 꼭 쥐고서는 그녀의 작은 머리를 내리쳤다. 그러자 잘못되어 그 불쌍한 여자가 죽었다—그것이 티암이 결혼하지 못한 이유다.

그동안, 아피스타뉴크의 아내는 돌아가기를 원한다. 그녀는 자신의 가족들이 보고 싶어졌다. 아피스타뉴크는 자신이 아내의 자매들 중 한 명을 붙잡아서 그녀와 결혼하면 어떨지 제안한다. 그래서 아피스타뉴크는 포도가 달려 있는 작은 호숫가에 바위가 있는 산으로, 그가 이전에 갔던 그곳으로 떠난다. 그리고 다시 한 번 더 물속 여자를 붙잡는다. 그는 그녀와 함께 떠나오고, 그들은 결혼한다.

이러니 티암은 그것이 맘에 들지 않는다. 그는 아피스타뉴크에게 말한다. "내가 결혼할 수 있도록 두번째 여자를—아니면 첫번째를—나한테 주겠어?" 아피스타뉴크는 이 제안을 전혀 받아들일 수 없다. 티암은 그에게 애원하고 또 애원한다. 그러나 아피스타뉴크는 여전히 거절한다. 티암이 그들 중 한 명을 취하거나 아니면 아피스타뉴크가 그를 위해 한 명을 잡아다 주어야 한다. 아피스타뉴크는 티암이 원한다면 열심히 물을 첨벙거리며 다니기 시작해야 할 것이라고 대답한다. 티암이 화가 나서 큰 막대기를 들고 아피스타뉴크를 뒤쫓았다. 그렇게 그들은 서로를 뒤쫓았다.

아피스타뉴크는 그에게 부드럽게 응수한다. 그는 하얀 돌화살촉을 만든다. 그는 그것들을 티암의 머리 가죽에 쏜다—이렇게 하여 그들이 날이면 날마다 서로 싸우기 시작하게 된 것이다. 매일 밤 그들은 화살촉과 무시무시한 무기들을 만들었다. 아침에 그들은 그것들을 서로에게 쏘았다.

물속 아내들은 그런 종류의 싸움에 익숙지 않다. 그래서 그들은 달아날 수 있는 방법을 찾는다. 어느 날 아침 아피스타뉴크와 티암은 서로를 정말로 죽이려고 했다. 아피스타뉴크의 두 여자는 아주 멀리 달아나서 해 질 무렵에 아주 외딴 곳으로부터 시작된 영적인 사람인 시페라크의 외침을 듣는다. 달이 떠 더 높이 오른다. 그 장소는 몹시 한적하다. 아피스타뉴크의 아내들은 참나무 가까운 곳에 눕는다. 숲으로 들어가는 입구가 있는 곳이다. 어린아이들이 하는 것처럼 그들은 별을 보고 기다리며 얼마간 그곳에 머문다.

그들 중 한 명이 다른 사람에게 말한다. "만약 이 별들이 남자가된다면 넌 누구를 남편으로 삼을 거니? 난 저 붉게 반짝이는 작은 별을 택할 거야."

"내가 결혼하고 싶은 유일한 것은 노랗게 반짝이는 거야. 왜냐하면 난 큰 별을 좋아하거든."

그들 둘은 단지 농담을 한 것이다. 그러나 아침에 잠에서 깨어나니 그들은 다시 결혼한 것을 발견했다—단지 말만 했을 뿐인데 현실로 이루어진 것이다.

열렬하게 빛나는 별을 원했던 자매가 눈을 뜨니—남편인 잘생긴 남자가 있다. 그가 그녀에게 말한다. "가만, 당신은 내가 전쟁에 나갈 때 얼굴과 몸에 바르는 물감을 다 망치겠소."

"난 붉게 반짝이는 작은 별이 좋아"라고 말했던 다른 자매가 깨어나서 몸을 뒤척이자, 누군가 그녀에게 말하는 소리가 들렸다. "가만, 당신이 내 눈약을 뒤엎겠소." 그는 그녀가 원했던 작게 반짝이는 별로 아주 연약해 보이는 작은 노인이다. 그는 눈이 작은데 그 눈은 교활하게 떨리고 있다. 그렇다, 그들이 원했던 별들이 그들에게 온 남자들이었다.

그러나 노랗든 빨갛든, 젊든 늙었든, 며칠 만에 그 두 여자들은 별나라에—그들이 같이 간—있는 것이 지겨워진다. 그들은 지상으로 돌아가기를 몹시 원한다. 일이 이렇게 된 것이다.

　그들은 점점 더 돌아가고 싶어 참을 수 없게 된다. 어느 날 별 남편들이 없는 날이었다. 그들은 하루 종일 사냥을 한다. 그들은 아내들에게 말했다. "저 너머 커다랗고 납작한 바위가 보이지요? 그걸 절대로 들어 올려선 안 되오." 지금까지 그녀들은 복종해왔다. 그러나 오늘 별 남편들이 나가자마자 동생이 바위로 쏜살같이 달려가서 그것을 들어 올렸다. 그녀는 정말로 그 아래에 있는 구멍이 보고 싶었다. 그러나 그것을 들어 올렸을 때, 놀라운 광경이 그녀 앞에 펼쳐진다—구름 뚜껑이 아래로 쭉 뻗어 있고, 그 너머로 그들이 온 지상이 있다. 그녀는 심지어 그들이 어렸을 적에 살았던 곳도 볼 수 있다. 호수, 숲, 개울. 언니도 또한 보았다. 그들의 마음이 그리움으로 거의 찢어질 것 같다.

　짐작할 수 있듯이 그 별들은 사악한 마음을 지닌 사람들이다. 그들은 주술적인 힘이 있어서 그들의 아내들이 구멍을 통해 지상을 내려다보았다는 것을 알았다. 그 여자들이 그것을 부인하지만 그들은 안다. 그러나 그들은 두 자매에게 지상으로 돌아가는 기쁨을 주었다. 그들이 아내들에게 말한다. "우린 오늘 밤 함께 잠을 잘 것이오. 그리고 당신이 잠을 깨면, 눈을 너무 서둘러 뜨면 안 되오. 박새의 노랫소리를 들을 때까지 얼굴을 드러내서는 안 되오. 그때에도 일어나선 안 됩니다. 붉은 날다람쥐 소리를 들을 때까지 조용히 누워 있어야 해요. 또한, 그러고도 얼룩 다람쥐가 노래하는 소리를 들을 때까지 얼굴을 드러내서는 안 되오. 그리고 나서야 당신들은 침대를 떠나서 주위를 둘러보아야만 하오."

동생은 생각할 일이 너무 많다! 박새가 울 때마다, 그녀는 벌떡 일어난다. 이러면 언니는 그녀를 막으려고 한다. "기다려, 애야, 우리에게 얼룩 다람쥐 소리가 들릴 때까지." 그리고 그녀는 붉은 날다람쥐가 재잘대고 아침에 한 바퀴 돌 때까지 겨우 참고 누워 있다. 그녀는 더 이상 기다리지 못한다. 그때 그녀가 벌떡 일어난다―그리고 그녀의 언니도 또한 벌떡 일어난다. 그리고 물론 그들은 자신들이 지상으로 온 것을 알게 된다. 그러나 그들은 키가 크고 가지가 커다란 솔송나무 꼭대기에 내려앉아 나무에 걸려 있게 된다. 그들은 도움 없이 아래로 내려올 수 없다.

그런데, 이렇게 되자, 새와 다람쥐가 부르는 노래에 맞춰, 그들은 조금씩 지상에 더 가까이 부딪히며 내려오게 된다. 태양이 빛나는 동안 그들은 점점 더 가까워져갔다. 그러나 그들은 충분히 멀리 오지 못한다. 그래서 그들은 밤에 오도 가도 못하게 된다.

그들 별 아내들은 솔송나무에서 그들 혼자 힘으로 이끼로 된 잠자리를 만든다. 그들이 거기에 앉아 있는 동안 새벽이 가까워온다. 여러 종류 부족의 남자들이 그들을 지나간다. 그들은 함께 슬프게 외친다. "도와주세요!" 숲속의 빈터를 지나가는 남자들과 모든 숲의 동물들 중에서, 첫번째로 누가 나타났는가 하면 바로 티암이 아닌가―첫번째로!

"오, 우리 오라버니, 우리를 구해주세요! 우리를 아래로 내려주세요!" 그는 그들을 뚫어지게 쳐다본다. "지난가을에 난 이미 결혼했소." 그리고 그는 가버린다.

다른 자가 나타났는데, 그들이 말하길, 고약한 곰이었다. 그들은

그의 도움을 얻기 위해, 만약 친절하게 그들을 나무에서 내려주기만 하면 결혼해주겠다고 그에게 결혼을 신청하기조차 했다. 곰은 그저 으르렁거렸다. "난 지난봄에 이미 결혼을 했소. 어떤 남자에게도 아내는 하나면 충분하지." 그러고서 그는 떠나가버렸다.

그러고는 누가 나타났는가 하면 바로 아피스타뉴크가 아닌가! 그들이 두고 와버린 바로 그 사람 말이다. 그들은 기뻐서 그에게 외쳤다. 그들은 그에게 집으로 좀 데려가달라고 애걸한다. 그러나 그는 그들이 모르는 사람들인 것처럼 그들에게 거짓말을 한다. 그가 대답한다. "나도 또한 재작년 봄에 결혼했소." 그러고는 물속 여자들을 홀로 남겨두고 그도 또한 자리를 뜬다.

마지막으로 락스가 나타난다. 그는 인디언 악마라고 불린다. 그는 숲속에 있는 어느 동물보다 더 친절하고 모든 동물을 합쳐놓은 것보다 더 잔인하다. 그들이 그에게 도움을 요청하자, 그는 어떻게 하면 그들을 괴롭히면서 친절할 수 있는지에 대해 궁리한다. 그러나 그가 상대하는 여자들은 그에 못지않게 영리하다. 그들은 지상을 떠나 하늘로 가서 남편을 바꾸는 동안 여러 가지 많은 경험을 했다. 이들 물속 여자들은 정말로 기회를 포착했다.

언니가 되는 이는 그녀가 원하는 일을 락스가 하도록 그를 설득시킬 수 있을 것이라 생각한다. 그녀는 재빨리 머리끈을 풀어서는 그것을 나뭇가지에 둘둘 말아 매듭을 묶고 얽히게 하여 그가 그것을 푸는 데 시간이 많이 걸리도록 한다. 락스는 설득이 되어 이제 다른 자매를 땅으로 내려주었다. 그리고 그는 언니에게 와서 그녀가 아래로 내려올 수 있도록 돕는다. 그녀는 그에게 고마움을 표시한다. 그러나 그녀는 그에게 한 가지 부탁을 더 한다. 즉, 그녀가 머리끈을 놔두고 온 나뭇가지로 올라가는 일이다. 그녀는 그에게 경고한다. "절대로 그것을 두 개로 자른다거나 어떤 식으로든 홈을 내서는 안 됩니다. 그걸 조심스럽게 한 번에 한 매듭씩 그대로 풀어야 합니다."

락스가 분주한 동안에, 물속 여자들은 무언가 기발한 것을 만든다. 이전에 본 어떤 것과도 전혀 다르게 잘 구비된 집이다. 이들 물속 여자들은 새들과 친한 친구 사이이다. 그들 모두가 한데 모인다. "가서 가시나무, 찔레, 밤송이, 온갖 종류의 벌들을 가져와요. 그것들을 이 천막집으로 가져와요." 그들이 락스를 위해 만든 집으로 "모든 종류의 벌, 개미, 여타 날개 달린 침이 있는 곤충들"을 가져오라 한다. 그리고 그들은 날카로운 부싯돌을 바닥에 꽂는다. 그들은 신랑의 침대에 벌을 펼쳐놓는다. 그의 의자는 개미탑이다.

락스가 그 머리끈을 푸는 데는 온종일 걸린다. 그가 내려올 무렵에는 이미 어두워졌다. 천막집을 보자 그는 행복하다. "오, 잘 쉴 수 있겠군." 그가 들어가려는데, 머리를 가시나무에 부딪히고 코를 푹 찔린다. 부싯돌에 발을 베인다. 아프다. 그는 비명을 지르고 또 지른다. 그는 누군가가 말하는 것을 듣는다. 동생 되는 물속 여자다. 그는 흐느끼고 신음한다. 그녀가 말한다. "이쪽 너머에 있는 제 언니에게 가세요." 그는 그 방향으로 향한다. 이 불쌍한 자가 바로 개미탑을 밟는다. 그건 가시나무보다 더 심하다. 다른 누군가의 목소리가 말한다. 그는 쾌활한 외침 소리를 듣는다. "제 동생에게 가세요. 그녀는 나보다 더 젊어요." 그리고 그는 갑자기 어둠 속에서 더듬으며 발을 뗐다. 그는 벌집을 밟는다. 그건 훨씬 더 고통스럽다. 이제 그는 자신이 속았다는 것을 깨닫는다. 그러자 그는 화가 났다. 락스는 매우 폭력적으로 행동할 수 있다. 그리고 그럴 것이다. 어떤 남자나

동물도 그만큼 분노에 찬 적이 없다. 그는 그들이 밤에 도망치자, 지독한 덤불숲을 헤치고 길을 내어 물속 여자들의 자취를 뒤쫓는다. 동이 트기 바로 전에 여자들은 넓은 강으로 내려온다. 그들은 그걸 건널 수 없다. 반대편 둑에 키가 크고 다리가 긴 왜가리인 카스크가 서 있다—나룻배 사공인 카스크는 항상 사람들이 자기에게 좋은 말을 해주고 얼마나 그가 멋진지를 말해주기를 원한다. 이런 말을 들으면 그는 자신의 아름다운 모습이 자랑스럽다. 그 여자들은 그에게 노래한다. "아름다운 목을 지닌 왜가리님! 아름다운 목을 지닌 카스크님!" 일류 뱃사공인 그는 이 소리가 무척 맘에 든다. 그들은 그에게 말한다. "할아버지, 서두르세요!" 오 그래, 그는 바로 준비한다. 그 여자들이 가로질러 오를 수 있도록 그는 강을 건너질러 긴 부리를 뻗친다. 그리고 일단 강가에 다다르자 그들은 즉시 도보로 길을 다시 나서 숲으로 들어간다.

그들이 시야에서 멀어지자마자 왜가리가 다시 자기 자리로 돌아오고 락스가 둑으로 내려온다. 그가 왜가리에게 말한다. "나도 강을 건너게 해주시오."

"당신이 내가 잘생겼다고 생각할 경우에만 강을 건너게 해주겠소. 난 참으로 잘생겼지. 내 이 다리가 아름답게 쭉 뻗지 않았소?"

"그렇습니다. 색깔도 아름답고요." 락스가 그에게 대답한다.

색깔이 카스크 아저씨를 자랑스럽게 한다. "내 이 깃털이 매끄럽고 잘 정리되어 있지 않은가?"

"그래요. 잘 정리되어 있고 매끄럽네요. 그런데 깃털이 진흙투성이이고 더러워서 참 안됐네요."

그러자 "내 목이 아주 곧지 않은가, 이처럼 아주 쭉 뻗어서?"라고 말한다.

락스는 구부러진 막대기를 주워 들고는 그에게 노래한다. "목이 구부러진 왜가리! 구부러진 다리를 한 왜가리! 카스크 다리는 구부러졌다네, 카스크 목은 구부러졌다네! 게다가 카스크 목은 더럽다네 —서두르는 것이 좋을 거요, 할아범!"

카스크는 한마디 말도 하지 않고 락스를 그의 부리에 태운다. 그의 승객이 올라와 반쯤 건너왔을 때, 물이 가장 깊고 위험한 곳에서, 왜가리는 몸을 흔든다. 그는 부리를 기울인다. 락스가 갑자기 강한 물살 안에서 작은 나무토막처럼 빙그르르 돈다. 그는 하류로 밀려가면서 한동안 계속 허우적댄다. 그러고는 머리를 바위에 부딪히고 땅이 부드러운 강가로 떠밀려온다. 이 충격으로 그는 죽는다—그 당시 락스는 위대한 주술사였지만 때때로 주술적 힘이 없어지곤 했던 것이다.

며칠 후에 두 소년이 락스가 바위 위에 누워 있는 것을 발견하게 된다. 그는 거기 눈부신 햇살 아래에 죽어 있다. 그 소년들은 모호크 족이다. 락스는 입에서 기어 나온 구더기로 온통 구더기투성이이다.

그러나 그들이 그에게 손을 대자 그가 다시 살아났다. 그들은 그를 양쪽에서 붙들어 일으킨다—그가 마치 자랑스럽고 맹렬한 전사나 되는 것처럼. 그러나 락스가 다시 살아나자마자, 소년들은 그를 공격할 수 있는 도구들을 찾았다. 그들이 가진 활은 잘 만들어진 것이다. 락스는 그것들을 가져다가 부러뜨렸다. 그러고는 저 멀리서, 어느 한 곳에서, 아이들의 노는 소리가 들렸다. 락스는 소년들에게 말했다. "저리로 달려가라. 가서 여러 가지 놀이를 같이 하려무나."

그러자 소년들은 다른 데로 가버린다—그는 그렇게 그럴듯한 소리를 낸 것이다! 그 소리는 점점 더 멀리 들린다. 그러나 그건 단지 물이 흐르는 소리일 뿐이었다.

소년들이 가버린 뒤로 락스는 그들과 동행하지 않는다. 저 멀리로 그들이 시야에서 사라진다. 락스는 이 소년들이 젊은 콜루*라는 것을 알고 있었다. 그들의 집에 고기가 많이 있는 것을 보고 그는 그들과 동족이 되고 싶어진다. 락스는 여러 가지 많은 방식으로 살 수 있다. 그는 거의 모든 사람들이 어떻게 행동하는지 행동 양식을 잘 알고 있다.

그래서 콜루인 척 가장해서 행동한다. 어린아이를 보자 콜루 노래를 부르기 시작한다. "물개 가죽 멜빵, 어깨끈." 어떤 여자가 그에게 말한다. "날 속일 수는 없지." 그 말에 락스는 화가 났다.

그는 도끼를 움켜쥐고는 한 방에 그녀를 죽인다. 그는 근처에 있는 솥에서 물이 끓고 있는 것을 본다. 그래서 그는 그녀의 머리를 베서 거기에 집어넣는다. 그는 그녀의 몸을 숨겨둔다. 그는 이처럼 사악한 것을 좋아한다. 그것이 그를 매우 행복하게 만든다.

잠시 후에 소년들이 돌아온다. 그리고 그들은 자신들의 소중한 어머니가 보고 싶다. 그들은 솥 안을 보고, 그녀의 머리를 발견한다—누가 이런 짓을 했는지 그들은 너무 잘 안다. 소년들은 용감하게 락스를 찾아 뒤쫓는다. 그들은 무장하고 있지 않다. 그래서 그들은 그에게 티를 내지 않는다. 다만 락스의 장갑만 가져간다. 그들은 자신들의 삼촌인 까마귀가 도착하자 장갑을 가져온다. 까마귀 삼촌도 그

---

* kollu: 악행을 하는 거대한 새.

추적에 합류한다. 그러나 그가 할 수 있는 일은 락스의 모자를 빼앗는 게 전부이다. 락스는 민머리로 나가는 것을 부끄럽게 생각하지 않는다. 그는 삼촌에게 말한다. "고맙소! 오랫동안 머리에 땀이 났었소." 그는 그에게 소리친다. "내 머리가 점점 더 뜨거워지고 있었소!"

삼촌 친척 중 한 명인 독수리가 온다. 그도 또한 추적에 합류한다. 그는 가까스로 락스의 외투를 벗긴다. 그러나 락스는 여전히 그에게 고맙다고 한다. "내 아우가 여기 있었더라면, 그가 나를 위해 외투를 들어주었을 텐데. 고맙소!" 그가 대답한다.

이제 콜루가 온다―확실히 모든 살아 있는 생물 중에 가장 무시무시한 것이다. 그는 바로 락스를 따라잡아서, 그를 와락 움켜쥐고, 발톱으로 잡아 저 높이, 바로 구름 꼭대기까지 날아간다. 거기에서 그를 놔준다. 락스는 하루 종일 여행을 한다. 해 뜰 때부터 해 질 때까지 구름을 통과해 다시 아래로 계속 떨어진다. 그때 그는 땅에 부딪힌다. 그러나 땅에 떨어지기 전 그가 여전히 하늘 높이 있을 때, 그는 자신이 본 것에 대해 비웃듯이 다음과 같이 노래한다. "우리 나라가 길을 잃은 것 같네―아이고, 아이고! 우리 나라가 푸르게 보이네!"

이 조롱하는, 뱃심 좋은 락스는 떨어지면서도, 마치 내내 나는 것 같이 흉내를 낸다. 그는 두 팔을 날개 삼아서 위아래로 펄럭거린다. 마치 거대한 날개를 가진 콜루인 것처럼 입으로 소리를 낸다. 부딪히기 바로 전에 그는 주술사처럼 힘없이 외친다. "내 등이 어떤 것에도 부딪히지 말게 하라." 그러고 나서 그는 완전히 박살난다. 그의 피가 사방으로 튀고, 그의 골이 여러 방향으로 흩어진다. 그러나 그의 등뼈는 다친 데가 없다―그리고 거기에 그의 생명이 붙어 있다.

며칠이 지난 후 락스의 남동생이 온다. "여기에 무슨 일이 일어났나?"

그는 락스의 등뼈가 말하는 것을 듣는다. "내 엉덩이야, 이리로 오너라!"—그러자 그의 다리가 갑자기 나타난다. 다시 그는 그것이 말하는 소리를 듣는다. "내 팔아, 이리로 오너라!" 마지막 관절까지 모두 일어선다.

그가 저기 있다. 지금도 용감하고 비아냥거리는 락스 자신은 여전히 인디언 악마이다. "난 아직 죽지 않았어." 그가 말한다. 그 무엇도 락스를 죽일 수 없다. 그는 제거하기 힘들다.

그러고 나서 그 두 형제는 걷기 시작한다. 마침내 그들은 높은 산 꼭대기에 도착한다. 거기에 그들은 커다랗고 둥근 바위를 올려놓고 말한다. "자 이제, 경주를 하자." 그들은 큰 막대로 그것을 들어 올린다. 그리고 그것을 아래쪽으로 굴리기 시작한다. 점점 더 빨리, 그것이 바닥에 있는 장애물에 부딪힐 때까지 굴린다. 그들은 내내 그것을 놀리면서, 그들과 함께 경주하자고 애원도 하면서, 바로 돌과 함께 내달린다.

그들은 아래에서 오랫동안 그것을 기다릴 필요가 없다. 무엇인가 다가오는 소리가 들릴 때는, 녹초가 되어 거기에 앉아 있는 중이다. 그 소음은 숲을 통과해 무엇인가 돌진해 오는 것과 같은 것이다. 그것은 거대한 바위다. 그 바위가 아마도 화가 나서 한동안 골이 나 있었나 보다. 갑자기 바위가 덤불숲을 가로질러 온다. 튼튼한 나무에 부딪히고, 천둥처럼 우르릉 쾅쾅 소리를 내며, 나무들을 풀처럼 베고, 주술에 걸려 도망치는 바위처럼 빽빽한 관목 숲을 예전에 이미

나 있는 길을 지나가듯 끙음을 내며 온다. 동생이 뱀처럼 옆으로 쏜살같이 휙 움직인다. 그러나 인디언 형은 주술사의 주문을 막 입에 올린다. "내 등뼈가 항상 그렇듯이 다치지 않고 온전히 남아 있으라." 그리고 커다란 바위는 천둥 치는 소리가 바람 속에서 사라질 때까지 공중을 가로지르며 계속 굴러간다.

그러자 동생이 등뼈에게 말한다. "왜 거기에 누워 있나요?"

등뼈가 힘 있는 말을 듣자 소리친다. "내 몸아, 이리로 오너라! 내 엉덩이야, 이리로 오너라! 내 다리야, 이리로 오너라!" 그러자 모든 것이 전과 같이 붙는다. 부러진 것은 고쳐지고 죽은 자는 다시 살아난다. 그는 마치 막 잠에서 깨어난 사람처럼 말한다. "무슨 일이었지?"

그의 동생이 그에게 무슨 일이 있었는지 다 말해준다. 그러자 그는 몹시 화가 난다. 락스는 일단 화를 내면, 보통 조금만 내지 않는다. 그는 분노에 차서 말한다. "나, 인디언 악마가 새나 바위에 살해당하고 나 자신을 지키지 못해서야 말이 되는가?"

그들은 숲으로 걸어 들어가서 빽빽한 관목 숲을 통과하고 나무 사이로 들어간 바위를 추적해 간다. 그 앞에 오자마자 그들은 그것 주변에 불을 붙인다. 그들은 다른 큰 돌들로 그것을 내리쳐서 모래 알갱이가 되고 먼지가 될 때까지 두드린다. 이렇게 락스는 보복한다! 이렇게 그는 자신을 지킨다!

그러나 이상한 일이 벌어진다. 자신의 힘으로 그들에게 도전한 바위가 그 먼지를 흑파리, 각다귀 그리고 사람과 동물을 극도로 화나게 만드는 그 밖의 해로운 생물들로 변하게 만든다―그리하여, 바위의 증오는 세상 마지막 날까지 영원할 것이다.

이 두 사람은 그 바위에게 화내는 일을 마치고, 파리를 보고서, 급히 서둘러 길을 떠나 덤불숲을 지나서 착한 사람들이 사는 작은 마을에 도착하게 된다. 그들은 거기 사는 사람들이 어떤 식으로 행동하는지 잘 안다. 락스는 그들을 난처한 상태에 빠뜨리기 위해 뭔가를 하기로 결정한다―모든 살아 있는 생물 중에서 어느 누구도 락스만큼 사람들을 놀리면서 그렇게 많은 재미를 얻는 자는 없다. 그는 더 많이 그렇게 할수록, 더욱더 행복하다―이제 그의 머리에 아이디어 하나가 떠오른다.

그는 아름다운 소녀로 변한다. 사람들은 그를 보고 기뻐한다. 곧 가장 나이가 많은 아들들이 방문한다. 그들은 이처럼 아름다운 숫처녀를 환영한다. 마을의 추장 아들이 바로 그녀를 원한다. 그는 그녀를 만나는 데 오래 고민하지 않는다. 그리고 자신을 숨기지도 않는다. 갑자기 마을에 대단히 놀라운 일이 일어난다. 그 젊은 추장의 아내가 곧 어머니가 된다!

때가 된다. 락스는 아이를 낳을 때 혼자 있는 것이 자기 부족의 관습이라고 그의 남편에게 말한다. 때가 되자 사람들은 천막집 안에서 아이 우는 소리를 듣는다. 거기서 기다리던 여자들이 뛰어 들어온다. 그들은 산모를 보는데, 그녀는 온통 감싸여 있는 아이를 그들에게 바로 주고 나가버린다. 그들은 아이를 젊은 추장에게 갖다 준다. 그는 겉싸개를 풀고는 상당히 놀란다―단단히 묶여 있는 또 다른 겹이 있기 때문이다―그러고는 또 다른 겹이 있고―계속해서 여전히 겹이 있는데, 단단히 꿰매어져 있다. 그는 이것을 열고는, 한참 깊은 속에서 바싹 마른 무스의 태아 두 개를 발견한다.

그 젊은 추장은 너무나 분노에 차서 불 속에 그들의 뼈를 내동댕이

친다. 그러고는 도끼를 부여잡고 그의 아내를 죽이러 나선다. 그러나 락스는 이미 다시 남자로 변해 있다. 다른 사람이 그를 귀찮게 하는 것을 원치 않을 때 그는 이렇게 한다. 그리고 그는 자신의 동생과 함께 숲으로 달아난다. 그들은 서둘러서 아래쪽 강으로 간다.

락스는 그의 추적에서 영원히 벗어나려면 이렇게 하는 편이 낫다고 생각한다. 그와 그의 동생은 전나무와 흙으로 된 둑을 쌓는다. 물이 하류로 거의 새지 않는다. 그는 흙으로 만든 댐 아래에 있는 굴에 숨는다. 거기서 그는 물이 흐르는 소리를 흉내 낸다. 어느 누구도 그가 어디에 있는지 모른다. 락스는 자기 꾀에 빠졌다. 물이 상류에 모여 호수가 된다. 그러고는 둑이 터진다. 물은 그를 쓰러뜨리고, 그는 익사한다. 어느 누구도 애도하지 않는다.

이렇게 해서 락스는 죽게 된다—그에 대한 이야기는 이제 없다. 그러나 그가 죽었는지 살았는지 누구도 확실히 모른다. 아마도 그가 다시 살아 있는 것을 발견하게 될지도 모른다. 많은 훌륭한 이야기들이 있는데, 그 모든 이야기는 락스가 결코 죽지 않는다는 것을 분명히 한다.

이 이야기는 여기서 끝난다.

제 6 장

남동부와
남서부 지방

사슴 달리기 공연

야키Yaqui 인디언들은 자신들을 여멤Yoemem이라 부르는데, 이는 "그 사람들"이란 뜻이다. 미국의 애리조나 남쪽에 살고 있는 여멤족은 "세계에서 가장 끈질긴 민족 중 하나"이다. 여멤족은 멕시코 소노라 사막 근처에서 멕시코인들의 잔인한 학살의 역사를 딛고 살아남았다. 그 슬픈 학살의 역사 속에서 꿋꿋이 살아남은 자기 종족의 강인함을 가장 잘 보여주는 것이 바로 사슴 달리기 공연이다. 이 공연은 야키 인디언들이 삶과 죽음의 순환을 묵상하고 영적인 지속성을 찬미하는 예식으로, 가장 오래된 구전예술 형식 중 하나라고 할 수 있다.

사슴노래는 사슴춤 공연을 하는 사람들이 부르는 전통적인 노래로, 꽃의 세계와 마법의 세계, 황야의 세계를 서로 연결한다. 사슴춤을 추는 사람을 새일라 마소saila maso, 사슴 사냥꾼은 예부쿠 올레메Yevuku Yoleme라 부른다. 사슴노래는 대개 파코pahko라는 예식 중간에 부르는데, 야키들이 종교의식을 행하려고 모이면 연륜 있는 파콜람pahkolam이 이 의식을 집행한다. 뒤에 나오는 「사슴 달리기 노래」는 사슴을 쫓아가는 사냥꾼과 쫓기는 사냥감의 시선이 극적으로 묘사되어 있다. 여기에서 사슴춤을 추는 새일라 마소는 쫓기는 역할을 하고 광대 파콜람 네 명은 사냥꾼 예부쿠 욜레메의 역할을 맡는다. 넷 중 한 명은 아버지 역할, 둘은 아들, 마지막 한 명은 개의 역할을 한다. 자잘한 나뭇가지와 화살로 무장한 광대들이 되는대로 지껄이면서 우스꽝스러운 서투른 몸짓으로 사슴을 쫓아간다. 이렇게 광대극이 진행되면 사슴노래 가인들은 앉아서 사슴을 위한 노래를 부른다. 이 노래를 통해 이 공연은 단순한 광대극이 아니라 새일라 마소가 경험하는 지상의 세계를 지나 어떻게 꽃의 세계로 들어가는지, 청중들을 안내하는 것이다. 이처럼 진지하면서도 희극적인 요소들이 결합된 노래는 아메리카 인디언들의 극적 전통, 특히 야키족의 아즈텍 친족인 호피Hopi족의 극 전통과 연결된다. 우스꽝스러운 몸짓이 어우러진 이러한 광대극은, 사슴노래에 그 어떤 시적 전통에서도 찾아보기 힘든 정서적 강렬함을 풍부하게 돋워준다.

　사슴노래 가인 중 가장 뛰어난 이는 돈 지저스 요일로이Don Jesus Yoilo'i였는데, 그는 식민주의자들에 대항해 자기 땅을 지키기 위해 싸우면서 청년기를 보냈다. 다음 노래는 1981년 5월경 애리조나 투산 근처 야키들이 사는 곳인 요엠 푸블로에서 그가 우리에게 불러준 노래들을 옮겨 적은 것이다. 이 노래에서 돈 지저스는 일인칭 단수 대명사 '니ne'를 자주 사용했는데, 이는 아주 독특한 점이다. 노래 마지막 절이 대부분 '아야만 니ayaman ne'라는 말로 시작하는 점이 흥미로운데, '저기 저 너머'라는 뜻이라고 한다. 돈 지저스는 다른 가인들보다 유난히 이 표현을 즐겨 했는데, 아마도 이 반복을 통하여 사슴의 "나"와 갖는 특별한 친연성을 환기하면서, 개인이 끝도 없이 계속

드러나는 느낌을 주는 것도 같다. 이에 대해 좀 더 구체적인 질문을 하고 싶었으나 돈 지저스는 이미 저세상 사람이 되었다. 다음 노래에서 반복되는 "나"라는 일인칭은 단순히 자기 자신에 대한 찬미가 아니라 야키 문화에서 어떤 다른 것보다 더 오래 살아남은 어떤 존재와의 동일시에 더 가깝지 않을까 싶다.

반복법은 사슴노래에서 중요한 요소인데, 이 책에서 우리가 번역한 것은 돈 지저스가 부른 노래를 따라 모든 반복을 그대로 살리는 쪽으로 갔다.

〔해설: 래리 에버스Larry Evers, 펠리페 몰리나Felipe S. Molina〕

사슴 달리기 노래들

1

처음 너는 바라만 보지,
 나중에 넌 찾게 될 거야, 찾게 될 거야.
처음 너는 바라만 보지,
 나중에 넌 찾게 될 거야, 찾게 될 거야.

처음 너는 바라만 보지,
 나중에 넌 찾게 될 거야, 찾게 될 거야.
처음 너는 바라만 보지,
 나중에 넌 찾게 될 거야, 찾게 될 거야.

저기 저 너머, 나는,
 풀 무성한 잡목 숲 공터에서,
  나는 나갔지.

그러면 너는 찾게 될 거야, 찾게 될 거야.
　처음 너는 바라만 보지,
　　나중에 너는 찾게 될 거야, 찾게 될 거야.

　"처음에 그를 그저 보기만 해"라고 되어 있다. "잡목 공터로 그가
나가면 너는 그를 찾을 거야"라고 한다. "처음에 너는 그냥 바라보
지만, 나중에는 그를 찾게 될 거야"라고 할 때, 여기에서 말하는 이
들은 사슴 사냥꾼들, 즉 파콜람이다.
　그러고 나서 파콜람들은 나갈 것이다. 황야 어디에선가 그들은 흔
적을 찾아낼 것이다. 그렇다, 황야에서. 정확히 황야는 아닐지라도,
라마 앞 그 어딘가에서 그들은 걷고 또 걸을 것이다. 나중에 그들은
저 너머에서 정말로 그를 찾을 것이다. 그처럼 그들은 보고, 그처럼
그들은 라마 안으로 다시 들어올 것이고, 그처럼 노래는 계속된다.

2

　여기서, 우리, 용설란이,
　　용설란처럼 서 있는 이곳에서
　　우리 함께 만날 것이다.
　여기서, 우리, 용설란이,
　　용설란처럼 서 있는 이곳에서
　　우리 함께 만날 것이다.

여기서, 우리, 용설란이
 용설란처럼 서 있는 이곳에서
  우리 함께 만날 것이다.

여기서, 우리, 용설란이
 용설란처럼 서 있는 이곳에서
  우리 함께 만날 것이다.

또 너는 마법에 걸린, 마법에 걸린 검은 독수리.
또 너는 마법에 걸린, 마법에 걸린 터키 독수리.
여기서 우리 하얀 숲이 서 있는 이곳에서
 우리 함께 만나
  우리 함께 이 동물을 이야기할 것이다.
여기서, 우리, 용설란이
 용설란처럼 서 있는 이곳에서
  우리 함께 만날 것이다.

　검은 독수리와 터키 독수리가 새하얀 숲에서 만날 것이다. "우리
가 만나면 그 동물에 대해 이야기할 것이다"라고 한다. 검은 독수리
와 터키 독수리가 사슴에 대해 함께 이야기할 것이다. 검은 독수리
가 그걸 말하고 싶어 한다. 사슴은 함께 춤출 것이다. 터키 독수리와
검은 독수리가 하얀 숲에서 자기들끼리 함께 이야기하고 싶어 한다.
　독수리들은 나와서 소 같기도 하고 말 같기도 한 죽어 있는 어떤
것을 본다. 독수리는 우리 머리 위 어딘가에 살고 있다. 독수리는 우

리 머리 위 어딘가에 살고 있다. 그들은 이곳으로 내려와 뭔가를 먹고 싶어 한다. 터키 독수리와 검은 독수리. 노래는 이런 것을 이야기한다.

검은 독수리와 터키 독수리는 사냥을 하고 거기서 먹잇감을 먹고 싶어 한다. 그래서 이런 이야기를 하는 것이다. 저 너머 거기, 새하얀 숲에서 독수리들은 만날 거다. 아마 그건 죽은 나무. 거기 함께 앉아서 태양은 그들은 내리비춰 따뜻하게 데운다. 독수리들은 그 동물에 대해 이야기를 나눈다. 어디로 가서 제압할까. 그 동물을 먹어치울 이 독수리들. 독수리들은 저기 어딘가에 앉아 있다.

3

저 어딘가에서
흔적을 찾아서
그를 잡아 내게 데려다줘.

저 어딘가에서
흔적을 찾아서
그를 잡아 내게 데려다줘.

저 어딘가에서
흔적을 찾아서
그를 잡아 내게 데려다줘.

저 어딘가에서
　흔적을 찾아서
　　그를 잡아 내게 데려다줘.

저 어딘가에서
　흔적을 찾아서
　　그를 잡아 내게 데려다줘.
저 어딘가에서
　흔적을 찾아서
　　그를 잡아 내게 데려다줘.

저 너머 거기, 나는
　꽃으로 뒤덮인 풀밭 공터에서
　　나는 나가지, 그러면
　　　네가 그를 잡아 내게 데려올 거야.
저 어딘가에서
　흔적을 찾아
　　그를 잡아 내게 데려다줘.

"저 어딘가에서 흔적을 찾아보아라. 잠시 뒤에 우리가 그를 붙잡
을 테니"라고 말한다. "꽃이 핀 공터를 향해 그가 그곳으로 나가면
우리가 그를 잡을 거야." 파콜람이 그렇게 말한다. 그가 나가면 그들
이 그를 붙잡을 것이다. 그는 이 노래를 부르며 도망갈 것이다. 도망
을 간다.

사슴은 건너편 뜰에 서 있을 것이다. 사슴을 기다린 이들이 여기 앉아 있을 것이다. 모두 넷, 그들이 덤불숲 뒤에 앉아 있을 것이다. 그들이 밖으로 나가면 사슴노래 가인들이 이 노래를 시작할 것이다. 일단 노래가 시작되면 사슴은 그들을 향해 덤불숲 속으로 달려갈 것이다. 그들은 뒤로 넘어지고 서로 부딪히게 될 것이다. 소리 내지 말라고 서로에게 이를 것이다. 파콜람은 놀려댈 것이다.

그러고 나서 마지막 절을 하는 동안에 사슴은 거기 앉아 있는 한 명을 밀치고 달려 나갈 것이다. 그러면 파콜라는 뒤로 넘어질 것이다. 파콜라가 총을 쏘면, 총을 쏘면, 위로 총을 쏠 것이다. 하늘을 향해. 그러곤 활을 쏠 것이다.

그러면 아들 파콜람이 말하겠지. "어른인 아버지가 왜 그렇게 하세요? 아빠?" 아들들은 아버지한테 대들 것이다. 아버지한테 대들 거란 말이다!

"나의 위코이,* 활은 어디 있지?"

"활은 비캄 스위치에 있지요."

"포탐에 하나 더 있지요."

그런 식으로 파콜람은 서로 우스갯소리를 할 것이다. 그러고 나서 한 명이 말하겠지. "위코이라는 이름 가진 사람이 아니라 나무로 만든 활 말이에요." 그러면 그들은 활을 찾을 것이다.

"여기 있네. 네 것 말이야."

이때 사슴은 이미 라마를 벗어나 도망을 쳤다. 뜰을 가로질러 파콜람은 사슴을 쫓아 원을 돌 것이다. 개는 벌써 파콜람을 따라가고

* Wiko'i는 성이기도 하고 활이기도 하다. 여기선 언어유희를 하고 있다.

있을 것이다. 개는 자취를 찾고 있다. 개가 사슴을 찾으면 크게 짖을 것이다.

"개가 저 너머에서 사슴을 찾았다"라고 말하겠지. 그러면 다시 개는 사슴을 쫓아갈 것이다. 개는 사슴을 쫓아갈 것이다. 노래는 그렇게 이어진다.

4

그곳을 향해
　내가 안전할 수 없는 곳을 향해, 나는 갔다네.
그곳을 향해
　내가 안전할 수 없는 곳을 향해, 나는 갔다네.
그곳을 향해
　내가 안전할 수 없는 곳을 향해, 나는 갔다네.

그곳을 향해
　내가 안전할 수 없는 곳을 향해, 나는 갔다네.
그곳을 향해
　내가 안전할 수 없는 곳을 향해, 나는 갔다네.
그곳을 향해
　내가 안전할 수 없는 곳을 향해, 나는 갔다네.

저 너머에, 나는

꽃으로 뒤덮인 풀밭 공터에서 나는
　여기 이 마법에 걸린 궁수들이 걸어 다니는 곳,
그곳을 향해
　내가 안전할 수 없는 곳을 향해, 나는 갔다네.
그곳을 향해
　내가 안전할 수 없는 곳을 향해, 나는 갔다네.

　이렇게 사슴은 달려 나갔고 세상 밖으로 나갔고 덤불을 보고는 달려갔다. "어떤 곳에서도 나는 안전할 수 없어"라고 말한다. "그래, 여기 궁수들이 있는 곳, 그들을 향해 나는 나갔다"고 한다.
　그래, 사슴은 자기를 믿지 못한다. 그 때문에 사슴은 궁수들이 있는 곳을 향해 나아갔다. "안전하지 않은 곳을 향해, 나는 나갔다"고 사슴은 말한다. 야생의 덤불이 있는 곳을 향해, 황야의 세계를 향해. 사슴은 이 이야기를 하고 있다. 사슴은 혼잣말로 이 이야길 한다. 사슴은 황야의 세계를 향해 달려 나갔다. 노래는 그런 이야기이다.

5

황야에선 보이지 않지만
　나는 다만 달리고 있어.
세 개의 잔가지가 달린 내 뿔이
　움직이는 것이 보이고.

황야에선 보이지 않지만
나는 다만 달리고 있어.
세 개의 잔가지가 달린 내 뿔이
움직이는 것이 보이고.

황야에선 보이지 않지만
나는 다만 달리고 있어.
세 개의 잔가지가 달린 내 뿔이
움직이는 것이 보이고.

황야에선 보이지 않지만
나는 다만 달리고 있어.
세 개의 잔가지가 달린 내 뿔이
움직이는 것이 보이고.

저 너머, 나는
꽃이 우거진 덤불 한복판에서
나는 걷고 있어.
세 개의 잔가지가 달린 내 뿔이
움직이는 것이 보이고.

사슴은 숨어 달리고 있다. 이런 사막에서 사슴은 달리고 있다. 하
지만 뿔이 움직이면서 눈에 띈다. 이게 그가 하는 이야기. 이런 이야
길 하는 이유. "황야에선 보이지 않지만 나는 달리고 있어"라고 말

한다. "하지만 내 뿔은 나와 있어서 움직이는 게 보이지"라고 말한다. 사슴이 그렇게 이야기한다. 사슴은 큰 뿔을 가지고 있다. 노래는 이렇게 계속된다.

6

꽃 우거진 덤불, 내가 너에게로 걷고 있을 때,
  나는 네게 말을 하고 있지, 꽃이 우거진 덤불.

꽃 우거진 덤불, 내가 너에게로 걷고 있을 때,
  나는 네게 말을 하고 있지, 꽃이 우거진 덤불.

꽃 우거진 덤불, 내가 너에게로 걷고 있을 때,
  나는 네게 말을 하고 있지, 꽃이 우거진 덤불.

꽃 우거진 덤불, 내가 너에게로 걷고 있을 때,
  나는 네게 말을 하고 있지, 꽃이 우거진 덤불.

저 너머, 나는
 꽃 우거진 덤불 공터에서
  나는 걷고 있고
   그때 마법에 걸린 궁수들이
    내 뒤에 있는 걸 나는 봐.

이 사람들을 나는 본다네.
 나는 네게 말을 하고 있지. 꽃이 우거진 덤불아.

 사슴은 이 노래를 하는 내내 달릴 것이다. 달리면서 사슴은 황야
의 세계에다 얘기를 한다. 달려가면서 황야의 세계에 이야기를 하는
것이다. "꽃 우거진 덤불아"라고 말한다. "내가 너에게로 걷고 있을
때, 나는 네게 말을 하고 있지"라고 말이다.
 사슴은 자기를 위해 말해줄 누군가가 필요하다. 사슴은 황야의 세
계가 자기를 위해 이야기해주길 원한다. 황야의 세계가 어떻게 말을
해줄까? 노래는, 노래는 다만 그렇게 말할 뿐. 그 가련한 것은 자기
를 위해 말해줄 누군가를 원한다. 죽고 싶지 않아. 사슴은 노래 속에
서 그렇게 말한다. 노래는 그렇게 계속된다.

 7

 서로 형제인 당신들은
 멋지게 고함지르고 있어, 함께 아름답게
 멋지게 고함지르고 있어, 함께 아름답게
 아름답게 함께 고함지르고 있어.

 서로 형제인 당신들은
 멋지게 고함지르고 있어, 함께 아름답게
 멋지게 고함지르고 있어, 함께 아름답게

아름답게 함께 고함지르고 있어.

서로 형제인 당신들은
멋지게 고함지르고 있어, 함께 아름답게
멋지게 고함지르고 있어, 함께 아름답게
아름답게 함께 고함지르고 있어.

저 너머에서 나는
꽃이 우거진 공터 가운데 있고
우린 달리고 있어.
다만 나는, 꽃 새끼 사슴의
꽃 먼지,
우린 달리고 있어.
멋지게 고함지르며, 함께 아름답게,
아름답게 함께 고함지르고 있어.

사슴 사냥꾼들인 파콜람.
그래, 이 노래는 사슴을 쫓고 있는 네 파콜람, 달리고 고함지르며
사슴을 쫓고 있다. 아이들이 뭔가를 쫓아 달리며 소리 지를 때도 비
슷하지. 그들은 이렇게 달리고 있다.
"덤불 속 공터에서 달리면서"라고 한다. "꽃 새끼 사슴의, 꽃 먼
지"라고 한다. "멋지게 고함지르며, 함께 아름답게"라고 한다. "서
로의 형제인 당신네들"이라고 한다. 네 명의 파콜람, 사슴 사냥꾼인
파콜람. 노래는 그렇게 계속된다.

그 외침은 어디에 있지?
　그 외침은 바깥 공터에 있어.
그 외침은 어디에 있지?
　그 외침은 바깥 공터에 있어.

그 외침은 어디에 있지?
　그 외침은 바깥 공터에 있어.
그 외침은 어디에 있지?
　그 외침은 바깥 공터에 있어.

그 외침은 어디에 있지?
　그 외침은 바깥 공터에 있어.
그 외침은 어디에 있지?
　그 외침은 바깥 공터에 있어.

그 외침은 어디에 있지?
　그 외침은 바깥 공터에 있어.
그 외침은 어디에 있지?
　그 외침은 바깥 공터에 있어.

저 너머, 나는

꽃 우거진 풀밭 공터에서
　꽃 새끼 사슴의 꽃 먼지,
　우린 달리고 있어.
그 외침은 어디에 있지?
　그 외침은 바깥 공터에 있어.
그 외침은 어디에 있지?
　그 외침은 바깥 공터에 있어.

　파콜람은 달릴 것이고 사슴을 쫓아 고함지를 것이다. "그 외침은 어디에 있지?"라고 한다. "그래, 그 외침은 바깥 공터에 있다"고 한다. 안에서 우리가 노래 부르는 동안 파콜람은 사슴을 쫓아 달린다. "저 너머, 덤불 안 공터에서 꽃 새끼 사슴의 꽃 먼지 속에서 그들이 달리고 있다"라고 한다. "공터 저 바깥에서 외침이 있어." 노래는 다만 그렇게 말한다.

9

죽고 싶지 않아,
　황야로 피해 달아나.
죽고 싶지 않아,
　황야로 피해 달아나.

죽고 싶지 않아,

황야로 피해 달아나.
죽고 싶지 않아,
  황야로 피해 달아나.

죽고 싶지 않아,
  황야로 피해 달아나.
죽고 싶지 않아,
  황야로 피해 달아나.

죽고 싶지 않아,
  황야로 피해 달아나.
죽고 싶지 않아,
  황야로 피해 달아나.

죽고 싶지 않아,
  황야로 피해 달아나.
죽고 싶지 않아,
  황야로 피해 달아나.

저 너머에서, 내가,
  꽃 우거진 덤불을 따라,
   걷고 있을 때,
    마법 걸린 덤불은,
     이리저리 피해 움직이고.

죽고 싶지 않아,
 황야로 피해 달아나네.

"죽고 싶지 않으므로 나는 황야로 들어가고 싶다"고 사슴은 혼잣
말을 한다. 사슴은 걸으면서 이렇게 혼잣말을 한다.

10

달리다가 지쳐서 너는 걷고 있지.
 달리다가 지쳐서 너는 걷고 있지.
  달리다가 지쳐서 너는 걷고 있지.

달리다가 지쳐서 너는 걷고 있지.
 달리다가 지쳐서 너는 걷고 있지.
  달리다가 지쳐서 너는 걷고 있지.

달리다가 지쳐서 너는 걷고 있지.
 달리다가 지쳐서 너는 걷고 있지.
  달리다가 지쳐서 너는 걷고 있지.

달리다가 지쳐서 너는 걷고 있지.
 달리다가 지쳐서 너는 걷고 있지.
  달리다가 지쳐서 너는 걷고 있지.

저기 저 너머, 내가
 꽃이 우거진 덤불 속 공터에서
  걷고 있을 때,
 그 꽃이 우거진
  덤불을 따라
   내가 걷고 있을 때,
 머리를 수그린 채
  땅을 보고
   내가 걷고 있을 때,
 입가에
  거품을 물고
   내가 걷고 있을 때,
뛰다가 지쳐서 너는 걷고 있다네.
 뛰다가 지쳐서 너는 걷고 있다네.

　"뛰다가 지쳐서 너는 걷고 있다네"라고 한다. "뛰다가 지쳐서 너는 걷고 있다네." 지쳐서, 걷다가 움직이다가, 덤불 가에서 사슴이 걷고 있다. 머리를 땅 쪽으로 수그리고 입에 거품을 물고 사슴이 걷고 있다. 지쳐서 걷다가 사슴은 이렇게 혼잣말을 한다.

11

나는 결코 다시는
 이 세상에 오지 않을 거야,
  나는, 이렇게 어슬렁 걷고 있어.
다만 나는, 나는 결코 다시
 이 세상에 오지 않을 거야,
  나는, 이렇게 어슬렁 걷고 있어.

다만 나는, 결코 다시는
 이 세상에 오지 않을 거야,
  나는, 이렇게 어슬렁 걷고 있어.
나는, 나는 결코 다시,
 이 세상에 오지 않을 거야,
  나는, 이렇게 어슬렁 걷고 있어.

저 너머에서 나는,
 꽃 우거진 숲 속 공터에서,
  내가 걷고 있을 때.
다만 나는, 예부쿠 욜레메의 화살이
 마법 걸린 듯 나를 제압했다네.
예부쿠 욜레메의 대나무 화살이
 마법 걸린 듯 나를 제압했다네.

나는 결코 다시,

　이 세상에 오지 않으리,

　　나는 이렇게 어슬렁 걷고 있어.

　이렇게 사슴은 쓰러진다. "나는 결코 다시는 이곳에 오지 않을 거야. 이렇게 어슬렁 걷고 있어"라고 말한다. 사슴이 홀로 죽어가고 있는 것이다. "예부쿠 욜레메의 대나무 화살"이라고 말한다. 그것은 내가 마법에 걸리듯 나무로 만든 활에 제압당했다는 뜻. "예부쿠 욜레메의 지팡이 화살이 마법에 걸린 듯 나를 제압했다네." 결코 다시는 나는 이 세상에 오지 않을 것이니, 이 주위를 이렇게 걷고 있는 것이다.

　사슴이 혼잣말로 이렇게 말한다. 이렇게 말한다. 죽어가면서, 죽어가면서 사슴은 이렇게 말한다. 전쟁에 나가 패잔한 이가 모두 그러하듯, 그렇게 그들은 걸어 나가 죽을 것이다. 마치 "다시는 이 땅에서 걸어 다니지 않으리"라고 말하는 듯, 이 노래에서 사슴은 이렇게 말한다. "나는 결코 다시 이 세상에 오지 않으리, 이렇게 걷지 않으리." 사슴은 이렇게 노래한다. 자기 혼잣말로.

12

내게 무슨 일이 생긴 거지

　내 두 손이 왕관 같은 뿔 위에 있네?

내게 무슨 일이 생긴 거지

내 두 손이 왕관 같은 뿔 위에 있네?

내게 무슨 일이 생긴 거지
 내 두 손이 왕관 같은 뿔 위에 있네?
내게 무슨 일이 생긴 거지
 내 두 손이 왕관 같은 뿔 위에 있네?

내게 무슨 일이 생긴 거지
 내 두 손이 왕관 같은 뿔 위에 있네?
내게 무슨 일이 생긴 거지
 내 두 손이 왕관 같은 뿔 위에 있네?

저기 저 너머, 나는
 꽃이 우거진 덤불 속 공터에서
  나는 걷고 있어.
다만 내가, 꽃의 인간이 활을 쏘아
 나를 맞혔어.
꽃의 인간이 꽃대궁 활을 쏘아
 마법에 걸린 듯 나를 제압했어.
내게 무슨 일이 생긴 거지
 내 두 손이 왕관 같은 뿔 위에 있네.

 사슴이, 사슴이, 운반되면서 이렇게 말한다. 사냥꾼들이 사슴을
죽였다, 사냥꾼들이 파콜람이.

나 또한 사슴을 죽이는데, 나도 항상 사슴을 죽여서 운반할 때 사슴 두 손을 뿔 위로 가게 한다. 노래는 이렇다. "내게 무슨 일이 생긴 거지, 내 두 손이 왕관 같은 뿔 위에 있네?" 그건 바로 사냥꾼들이 사슴을 운반할 때 하는 행동이다. 사슴은 이런 식으로 자기 신세를 노래한다.

사슴은 나무로 만든 활에 맞아 죽은 것이다.

13

죽어서 옮겨져, 죽어서 옮겨져,
 저기 황야에서,
  나는 죽어서 옮겨졌다네.

죽어서 옮겨져, 죽어서 옮겨져,
 저기 황야에서,
  나는 죽어서 옮겨졌다네.

죽어서 옮겨져, 죽어서 옮겨져,
 저기 황야에서,
  나는 죽어서 옮겨졌다네.

저기 저 너머, 나는,
 꽃 우거진 황야의 한가운데.

다만 나는, 예부쿠 욜레메가 나를
　마법에 걸린 듯 제압했지.
마법에 걸린 예부쿠 욜레메가 나를
　마법에 걸린 듯 제압했지.
죽어서 옮겨져,
　저기 황야에,
　　나는 죽어서 옮겨졌네.

　여기에서 사슴은 다시 한 번 라마로 들어갈 것이다. 사슴은 라마로 옮겨질 것이다. 여기에서 사슴은 자기 이야기를 한다. "나는 죽어서 옮겨진다. 저기 황야에서 나는 죽었다"고. "마법에 걸린 사람들이 나를 잡았지"라고. 사슴은 이야기를 계속한다. "죽어서 나는 옮겨졌다고."

14

나뭇가지들 위에 너는 누웠네.
　꽃으로 뒤덮인 이의 꽃 몸뚱아리.
나뭇가지들 위에 너는 누웠네.
　꽃으로 뒤덮인 이의 꽃 몸뚱아리.

나뭇가지들 위에 너는 누웠네.
　꽃으로 뒤덮인 이의 꽃 몸뚱아리.

나뭇가지들 위에 너는 누웠네.
 꽃으로 뒤덮인 이의 꽃 몸뚱아리.

나뭇가지들 위에 너는 누웠네.
 꽃으로 뒤덮인 이의 꽃 몸뚱아리.
나뭇가지들 위에 너는 누웠네.
 꽃으로 뒤덮인 이의 꽃 몸뚱아리.

저기 저 너머, 나는
 예부쿠 욜레메의 꽃 우거진, 마법 걸린 꽃뜰이,
  마법 걸린 황야의 세계에서
   온갖 식물을 모으네.
 그 위에 너는 누워 있네.
  꽃으로 뒤덮인 이의 꽃 몸뚱아리로.

여기에서 가인들은 사슴에게 이렇게 이야기한다. "나뭇가지들 위
에 꽃으로 뒤덮인 이의 꽃 몸뚱아리가 누워 있다"고. "예부쿠 욜레메
의 꽃뜰이 황야의 세계의 식물들을 모아서 거기 사슴을 눕혔다"라고
한다. 사슴을 거기 눕혀라.
어떤 식물도 사용할 수 있다. 파코 어디에나 미루나무가 있다. 라마
에도 미루나무가 있는데 길 위의 나무에 사슴을 누일 수 있다.
거기서 사슴은 칼에 찔려 죽는다. 파콜람이 사슴을 칼로 찔러 죽
일 것이다. 일단 사슴을 거기 나뭇가지들 위에 놓고 낡은 담요로 사
슴을 덮을 것이다. 나뭇가지 위에 사슴을 누일 때 나는 이 노래를 부

를 것이다. 그러고 나면 '피리 부는 자' 탐팔레오가 피리를 분다. 다른 방식으로 연주를 시작할 것이다. 사슴을 나뭇가지 위에 누이면, 탐팔레오가 점박이 파리의 노래를 연주하기 시작한다. 사슴노래 가인은 점박이 파리의 노래를 부르지 않고 탐팔레오만이 연주를 할 수 있다. 그러고 나서 파콜람이 그 노래를 함께 연주한다. 사슴 주변을 돌면서, 파콜람은 죽은 사슴을 깨끗하게 닦는 척한다. 그러고는 "사슴을 지금 바로 칼로 도살하자"고 할 것이다. 그다음 사슴을 도살한다.

15

내 위에 꽃을 덮어라
 꽃으로 덮인 이의 꽃 몸뚱아리에서.
내 위에 꽃을 덮어라
 꽃으로 덮인 이의 꽃 몸뚱아리에서.

오, 내 위에 꽃을 덮어라
 꽃으로 덮인 이의 꽃 몸뚱아리에서.
내 위에 꽃을 덮어라
 꽃으로 덮인 이의 꽃 몸뚱아리에서.

오, 내 위에 꽃을 덮어라
 꽃으로 덮인 이의 꽃 몸뚱아리에서.
내 위에 꽃을 덮어라

꽃으로 덮인 이의 꽃 몸뚱아리에서.

저기 저 너머, 나는,
꽃 우거진 공터에서
나 서 있을 때,
먼지로 뒤덮인 채,
나 서 있을 때,
먼지로 뒤덮인 채,
나 서 있을 때,
내 위에 꽃 한 송이를 놓아라
꽃으로 뒤덮인 이의 꽃 몸뚱아리로부터.

자, 보다시피 이젠 바람이 분다. 먼지바람, 먼지바람이. 톨로새일로Tolosailo는 먼지가 이는 흐린 때를 말한다. 저 너머 예부쿠 욜레메의 꽃의 정원 어딘가에서 바람이 분다.

그 나무, 꽃 우거진 정자에 서 있는 나무들처럼 그 나무는 그이에게 말을 하지. 나무가 이렇게 말을 하지. 꽃의 정원에 나무는 서 있을 것이다. 사슴이 그 가지 위에 누우면 나무는 꼬리를 달라 할 것이다, 사슴의 꼬리를. 사슴 사냥꾼들은 그 꼬리를 잘라 나무에 걸어둔다. 나무가 바라는 것. 나무는 꼬리를 달라 한다. "꽃으로 뒤덮인 꽃 몸뚱아리로부터 꽃 한 송이 내 몸 위에 놓아라"라고 말한다. 나무는 사냥꾼들, 파콜람에게 말을 한다. 사슴 사냥꾼들에게 사슴 꼬리를 나무에 걸쳐두라고 말하고 싶은 것이다. 나무는 꽃과 함께 서 있을 것이다. 정원에 서 있는 나무는 사슴의 꼬리를 꽃인 듯 원한다.

16

주술에 걸린 내 꽃 몸뚱아리가,
 불꽃, 불꽃 위에,
  나란히 걸려 있다네.
주술에 걸린 내 꽃 몸뚱아리가,
 불꽃, 불꽃 위에,
  나란히 걸려 있다네.

주술에 걸린 내 꽃 몸뚱아리가,
 불꽃, 불꽃 위에,
  나란히 걸려 있다네.
주술에 걸린 내 꽃 몸뚱아리가,
 불꽃, 불꽃 위에,
  나란히 걸려 있다네.

주술에 걸린 내 꽃 몸뚱아리가,
 불꽃, 불꽃 위에,
  나란히 걸려 있다네.
주술에 걸린 내 꽃 몸뚱아리가,
 불꽃, 불꽃 위에,
  나란히 걸려 있다네.

저기 저 너머, 내가, 예부쿠 욜레메의
　꽃으로 뒤덮인 꽃의 정원에서,
　　여기 나는 흩어져 있다네.
　　　나는 주술에 걸려 있다네.
　　　　여기 나는 흩어져 있다네.
나는 꽃이 된다네.
　주술에 걸린 내 꽃 몸뚱아리가
　　불꽃, 불꽃 위에,
　　　나란히 걸려 있다네.

　노래는 이런 식으로 불에 그을리는 고기를 노래한다. 거기서 고기
는 꼬챙이에 끼워져 "주술에 걸린 내 꽃 몸뚱아리가 꼬챙이에 끼워
져 불꽃 위에 나란히 걸려 있다네"라고 노래 불린다. "예부쿠 욜레
메의 꽃의 정원"이라 노래한다. "여기에서 나는 흩어져서 꽃이 된다
네"라고 노래한다. 사슴의 영혼은 그 황야에 머무른다. 사슴은 자기
노래를 그렇게 한다. 사슴은 그렇게 노래하는 것이다.

17

　주술에 걸린 내 꽃 몸뚱아리가 반짝인다,
　　저기 앉은 채로.
　주술에 걸린 내 꽃 몸뚱아리가 반짝인다,
　　저기 앉은 채로.

주술에 걸린 내 꽃 몸뚱아리가 반짝인다,
 저기 앉은 채로.
주술에 걸린 내 꽃 몸뚱아리가 반짝인다,
 저기 앉은 채로.

저기 저 너머, 나는 예부쿠 욜레메의
 꽃으로 뒤덮인 꽃의 정원에서
  나는 다만 반짝인다네,
   저기 앉은 채로.
  여기 나는 흩뿌려진다.
   나는 주술에 걸린다.
주술에 걸린 내 꽃 몸뚱아리가 반짝인다.
 저기 앉은 채로.

창자, 사슴의 창자, 여기에서는 이것을 노래한다.

18

그러나 좋지도 예쁘지도 않은
 막대기 하나가
  서 있다.
그러나 좋지도 예쁘지도 않은

막대기 하나가
　서 있다.

그러나 좋지도 예쁘지도 않은
　막대기 하나가
　서 있다.
그러나 좋지도 예쁘지도 않은
　막대기 하나가
　서 있다.

그러나 좋지도 예쁘지도 않은
　막대기 하나가
　서 있다.
그러나 좋지도 예쁘지도 않은
　막대기 하나가
　서 있다.

저기 저 너머, 나,
　꽃으로 뒤덮인 황야 한가운데,
　　저기 황야 한가운데,
　　　좋으면서 예쁜 것이, 하나, 서 있다네.
그러나 막대기 하나,
　좋지도 예쁘지도 않은 막대기 하나가
　　서 있다.

이걸로 노래는 끝이 난다. 파콜람들이 사슴을 하나씩 잘라 나가면 사슴은 땅바닥에 떨어질 것이다. 땅에 떨어져 뒤로 누워 뻗어 있을 것이다. 파콜람은 사슴 머리들을 가지런히 한 방향으로 누이고 낡은 자루나 담요를 가지고 올 것이다. 그리고 머리를 물로 적시고 몸을 덮어주고 사슴 가죽을 무두질할 것이다. 이 일이 끝나면 파콜람들은 여전히 사슴 가죽을 그을린다고 말하면서 청중들 사이에 있는 야키 족 사람들을 툭툭 치면서 나갈 것이다. 이제 사냥감만이 남아서 대미를 장식할 것이다. 이렇게 끝이 난다. 공연은 여기까지 계속된다.

[피마]

피마 부족의 찌르레기 노래

멕시코 북부와 캘리포니아 남부, 애리조나에 이르기까지 광활한 미국 서부 지역엔 음악학자 조지 허조그George Herzog가 "꿈속의 민속 노래 시리즈"라고 부른 원주민의 노래 전통이 있었다. 지금까지 전승되는 노래는 아주 적은데, 이 피마 부족의 찌르레기 노래가 드러남으로써 전통이 이어져 내려온 하나의 줄기를 볼 수 있게 되었다. 이 책에 실린 47개의 노래는 지금까지 발표된 노래들 중 가장 충만하고 섬세하며 시적인 민속 노래라고 할 수 있겠다.

여기 나오는 가수는 피마 인디언인 빈센트 조지프Vincent Joseph인데, 애석하게도 1987년에 세상을 떠났다. 전해오는 이야기에 따르면, 이 노래들을 실제로 만든 이는 피마족들이 꿈에서 만난 한 찌르레기라고 한다. 조지프와 나는 1980년대 초에 피마족 가수 블레인 파블로Blaine Pablo를 통해 이 노래들을 접하게 되었다. 1980년대 초에는 사실 더 많은 사람들이 찌르레기 노래를 알고 있었을 것이다. 조지프는 찌르레기 노래의 순서를 계속해서 정성 들여 다듬어 고쳤다. 나는 세 번이나 예고도 없이 조지프를 방문한 적이 있는데, 그때

마다 그는 똑같은 노래 세트를 거의 같은 순서로 완벽하게 불렀다. 이 책에서 보게 될 노래들은 피마-파파고 나라를 여행하는 여행담의 일종인데, 일련의 사건들을 노래 속에서 말로 풀어 설명하는 것이 아니라, 하나로 이어지는 노래를 통해 이야기를 추측하게 했다. 그런 점에서 보자면 노래들은 짧은 단어와 그림이 같이 묶여 있는 이야기이고 노래 세트는 의도적으로 짠 정교한 몽타주 혹은 콜라주와도 같다.

이 찌르레기 노래는 다른 피마-파파고 노래에 비해서 원래의 '나'를 호명하면서 다양한 경험들을 담아낸다. 즉, 순수한 시선으로 자연을 관찰하기도 하고 옛이야기에서 어떤 인물을 빌려와 들려주기도 하고, 최근의 인물들에 대한 노래, 또 샤머니즘적인 힘을 얻는 일화에 이르기까지 무척 다양하다.

특히 주목할 부분은 2번 노래와 31번 노래인데, 2번 노래는 저녁노을을 언급하면서 시작한다. 매우 독창적인 31번 노래는 태양이 지는 것이 아니라 태양이 죽는 사건을 이야기하는데, 태양이 사라지면 모든 노래가 사라지지만 유일한 예외가 지빠귀라는 것이다. 그래서 산뜻한 새들의 노래 뒤에 태양의 죽음이 따르고 노래 31의 마지막에 나오는 지빠귀는 더 이상은 꿈꾸는 것이 불가능한 시인처럼 외롭게 묘사된다.

다음 노래의 번역은 조지프의 어순을 그대로 따라 문자 그대로 직역을 하고 있어서 조지프가 부른 노래에 깃든 애매함과 간결함을 그대로 전하고 있다. 일반적인 영어 문체와 문법의 기준을 바꾸어 원 노래에 담겨 있는 들끓는 에너지를 있는 그대로 표현하고자 했다. 피마족의 시는 겉으로는 말을 많이 하지 않고 행간에서 에너지

가 간접적으로 드러나게 하는 편인데, 이런 점들을 될 수 있는 한 충실하게 반영하여 번역하고자 했다.

〔해설: 도널드 바Donald Bahr, 빈센트 조지프Vincent Joseph〕

피마 부족의 찌르레기 노래들

1

"여기에 나는 앉아 있지. 여기에 깃털 달린 상투를 달고 있지.* 그 상투는 나의 노래와 같이 멋지게 흔들리지." 따라서 이렇게 노래하네, 이렇게 말하는 건 첫번째 '노래'이고 다음과 같이 노래해.

> 나는 앉아 있어,
> 사람들에 둘러싸여서,
> 깃털 달린 상투를 튼 사람들에 둘러싸여서,
> 노래와 함께 물결치면서.

---

* 이 노래들의 기원인 찌르레기에는 상투가 없다. 이는 사람들 — 가수가 그날 밤 노래를 부르기 위해 자리에 앉으면 그 주위에 모여들었던 사교댄스 추는 사람들—에 관한 것이다. 피마에선 거의 사용되지 않았지만 사람들의 화려한 의식용 깃털들은 상투와 똑같은 단어, 즉 siwoda 또는 siwdag라고 불렸다.

2

보아라, 그리고 이것은 태양이 카사 그랜드 유적지라고 불리는 곳에서 언제 떠오를지를 말해준다네.* 여기서 태양은 새롭게 만들어졌다. "태양은 새롭게 만들어졌다. 동쪽의 끝에서 떠나와서 그것은 던져 올려지고, 그리고 떠오른다. 여기 우리의 머리 위로 그것은 떠서 가고, 서쪽으로 저문다." 그래서 이 노래는 노래한다. 노래하길,

> 새로운 태양을 만들어라.
> 그것을 동쪽으로 던져라.
> 그것은 떠올라서,
> 땅을 밝히고
> 나를 지나서,
> 서쪽으로 가라앉을 것이다.

---

* 조지프는 이 이름을 영어로 말했다. 이 유적지는 파블로 조지프가 살던 곳에서부터 약 32킬로미터 떨어진, 피마족 보호구역의 동쪽 경계 바깥에 있는 국립묘지이다. 이 곳을 피마식으로 부르면 시완 와키Siwan Wa'aki가 되는데 이는 "비를 내리는 비의 집"이라는 의미이다. 조지프는 여기서 태양이 만들어진다고 생각했다. 세번째 노래에서는 중심에 있는 '비를 만드는 비의 집'에서 멀리 떨어져 지구의 동쪽 끝에 위치하고 있다고 여겨지던 다른 집을 '빛나는 비의 집'이라고 명명한다. 일곱번째와 여덟번째 노래는 명백하게 '비를 내리는 비의 집'을 언급한다. 최근 백 년 동안 피마족은 그들이 '비를 만드는 비의 집'을 만든 고대인들의 후손인지 아니면 그들을 박해하던 사람들인지에 대해서 논쟁해왔다.

3

봐, 거기 동쪽 끝에 "빛나는 비의 집"이 있어. 동녘 끝자락에 그 빛
나는 비의 집이 서 있어. 누가 거기서 노래를 부르지? 그 안에 노래
가 갇혀 있어. 나는 그것을 열고 보았지. 그래서 이런 소리를 내지.

누가 노래를 부르지?
동쪽 끝 빛나는 비의 집이 서 있는 곳에서부터 떨어져,
안에서는, 다양한 종류의 노래가
갇혀 있지.
나는 그 노래들을 풀어주고
또 그것들을 보네.

4

그리고 하나가 말을 했지. "날 어디로 데려갈 거예요? 먼 곳은 마
녀의 제작 장소예요. 그 위로 나를 데려가주세요. 그 마녀의 침대 위
로 대지가 반짝여요."*

---

* 마녀의 제작장소/마녀의 침대 위: 여기서 마녀는 'Ho'ok'인데 피마-파파고 신화에
서 중요한 인물이다. 아이였을 때 갈고리 발톱을 길렀다가 어른이 되면 아이들을 잡
아먹는 마음 약한 여자 괴물이다.

날 어디로 데려가는 거죠?
날 어디로 데려가는 거죠?
나를 마녀의 제작 장소로 데려가고 있나요.
마녀의 침대 위에서 지구가 빛을 내죠.

5

그러고 나서 찌르레기족의 여행자가 그곳에 도착했죠. 그곳은 산타 로사가 있는 곳이고, 아이들의 무덤이 있는 곳이죠. 우리가 부르는 대로.

아이들의 무덤,
아이들의 무덤,
나는 우연히 만났죠,
오코틸로 꽃이 나를 둘러싸는 그곳.
거기서 나는 우연히 만났죠.

6

그러고 나서 붉은 바위, "붉은 바위 언덕"으로 불리는 곳이 있는데, "거기 그 뒤에서 나는 돌고 돈다네. 거기 그 뒤에서 그것은 꿈틀대며 누워 있는 인디언들을 불태웠지. 그리고 나는 본다네. 그러면 내 마음이 아파."

붉은 바위 언덕,
붉은 바위 언덕,
뒤에서 나는 돌고 돌아.
불에 탄 인디언들이 몸부림치며 누워 있는 곳.
바라보고 있노라면 내 마음은 아파.

7

봐, 그리고 그 여행자는 비를 만드는 비의 집으로 갔어. 그 집에는
두 개의 노래가 있어. 그 첫번째 노래가 말하기를 "비를 만드는 비의
집이 서 있다. 그 안에 내가 들어가네. 안에는 비를 만드는 신이 거
짓말을 들이켠다. 나는 그것을 마시고 취하지. 많은 대화를." 이렇게
말한다.

비를 만드는 비의 집이 서 있다.
비를 만드는 비의 집이 서 있다,
그리고 나는 들어간다네.
안에서는 비를 만드는 신이 거짓말을 들이켜고,
나는 그것을 마시고 취하고,
많은 노래를 부를 것이다.

8

비를 만드는 비의 집에 대한 노래는 또 있다. "비를 만드는 비의 집, 그곳은 매서운 바람이 뛰어 나가는 곳, 앞뒤로 휘청거리면서 마치 무지개처럼 굽이진다네. 필러 산*에서 그것은 멈춘다네." 이 노래는 이렇게 들린다.

　　비를 만드는 비의 집
　　거기서 매서운 바람이 뛰어나간다,
　　앞뒤로 휘청거리면서
　　무지개처럼 휘청휘청 굽이치면서,
　　그러고는 필러 산에서 멈춘다네.

9

봐. 여기에서 그는 검은 물에 도착한다네. 거기서 그가 말하길, "여자들이 검은 물**에서 솟아올라 우리에게 달려온다네. 모두 달려오면서 고양이 꼬리 잎으로 장식된 관을 쓰고 오지. 푸른 잠자리가 그 위에 앉아 있네." 검은 물은 이렇게 노래한다네.

---

　* 애리조나 주, 엘로이 동쪽에 있는 현재의 뉴먼 산을 말함.
　** 길라 강 인디언 보존구역에 있는 마을을 말하는데, 근처에 있는 연못의 이름을 따서 지었다.

검은 물이 있어,
거기서 여자들이 솟아올라,
우리에게 달려오지,
모두 고양이 꼬리 잎이 장식된,
왕관을 쓰고서, 푸른 잠자리가 매달린.

10

봐. 그리고 길라 강 뒤에는 하얗게 꼬집힌 산*이 있어, "그 안에서
빛나는 바람**이 뛰어오른다"라고 한다. 다른 산 하나가 서 있어,
"그 산 위에선 바람도 멈추고" 그 산은 회색 언덕 산이라고 하는데,
그 위에 조지프의 집이 있다.

하얗게 꼬집힌 산,
하얗게 꼬집힌 산,
거기서 빛나는 무지개가 나와 빙빙 돌지,
그레이 힐 꼭대기에서 멈춘다.

---

* White Pinched Mountain을 이렇게 옮겼다.
** '빛나는 바람shining wind'이라고 된 이 부분은 잘못 말해졌다. 원래는 빛나는 무
   지개shining rainbow라고 하는 게 옳다.

11

그렇게 말한 다음 꾸불꾸불 이어지는 산에 도달한다. "지그재그 산은 그렇게 연결되어 있어 그 꼭대기에서 쉰다네. 따라가다 보면 검은 구름이 몰려온다. 그는 그걸 좋아해서 바라본다네." 이렇게 노래한다.

꾸불꾸불 이어진 산,
그 정상에서 나는 쉰다네.
거기 내 옆에선
검은 구름이 둥둥 번개처럼 몰려오고,
바라보노라면 즐거운 일.

12

그러고 나서 그는 붉게 쪼개진 산으로 이렇게 온다네, "그 산 안에서 노래하지." 그는 뒤에서 맴돌지만 들어가지는 않아, 그건 악마의 집이니까. "하지만 거기 들어가려면 어떻게 해야 하지? 그 안에는 노래가 많이 있어 배울 수 있을 텐데"라고 노래해.

붉게 쪼개진,
붉게 쪼개진.

그 안에는 노래가 있어
나를 아프게 해.
나는 뒤에서 맴돈다네.
아, 내가 무얼 할 수 있을까?
이제 들어가;
많은 노래를 알아야 한다네.

13

그리고 이 방향으로 선, 긴 회색 산이 있어 이렇게 노래하지. "저기 긴 회색 산이 노래해. 코요테 친구들이 그 산을 향해 달려가 갈대로 플루트를 불어. 달리고 또 달려 나를 향해 춤을 추며 온다네. 우우 소리내며 나와 함께 노래를 한다네." 우리의 친구가 이렇게 말하지.

저 아래 긴 회색 산이 노래해.
친구가 가까이 있어,
달리면서,
내게로 다가와 춤을 추네,
우우 소리를 내면서
나와 함께 노래를 부른다.

14

그러고 나서 남은 자의 벤트 산*에 도착한다. "안에서 빛나는 바람이 나오네." 그리로 데리고 간 것은 바로 찌르레기. "아무도 노래하지 않고 그 누구도 알지 못하지"라고 벤트 산은 노래한다.

　　벤트의 남은 자,
　　벤트의 남은 자,
　　거기서 빛나는 무지개가 나오지.
　　찌르레기가 나를 그리로 데리고 가서,
　　나는 안으로 들어가네.
　　아무도 노래하지 않고
　　누구도 알지 못하지.

15

이 벤트 산 위에는 또 다른 이들이 있다. "안에서 노랫소리가 크게 울리네. 그는 그 노래를 듣고 급히 가보았지. 아무래도 바위 사람들인 것 같아. 노래를 크게 부르는 건 그 사람들이야." 한때 사람들이

---

* 이 커다란 산은 애리조나 주 아파치 정션Apache Juntion에 있는데, 영어로는 미신 산Superstition Mountain이라고도 불린다. 그 산 위에는 석화(石畵)된 사람들이 있어서 "남은 자들"이라고 한다.

거기에서 바위가 되었다네. 그 사람들이 말을 하고 바위 사람들이라고 한다.

> 벤트의 남은 자들,
> 벤트의 남은 자들,
> 신이 난 듯 크게 노래를 부른다,
> 그 노래를 듣고 달려가본다.
> 바위 사람들임에 틀림없어
> 거기서 그렇게 신나게 노래하는 이들은.

16

봐, 그리고 낙타등 산 너머로 가. 철의 산이라고도 하지. "그 산은 우우 소리를 낸다." 무시무시한 소리를. "거긴 바람이 달리는 곳. 안에선 우우 소리가 나지." 그게 바로 철의 산이고 나는 거기 가본 적이 있다. 강을 건너 철의 산에 도착했다.

> 철의 산,
> 철의 산,
> 무시무시한 소리.
> 바람은 거기서 달음박질치고,
> 그러다 멈춰 서서,
> 우우 소리를 내지.

17

보렴. 그다음에 그는 산이 서 있는 곳에 도착하는데, 거기서 아파치 인디언이 말하지. 새 다리라는 이름의 인디언. "가련하게 털썩 주저앉 으며 그들이 내게 이렇게 했어. 나는 가련하게 주저앉는다네.* 내 깃 털은 벌써 젖어 있고." 새다리가 이렇게 노래하며 말하지.

　　많은 사람들이 모이네
　　내 머리는 푹 고꾸라지고.
　　내 깃털 꽁지는,
　　이미 죽어가고 있다네.

18

이렇게 새 다리가 말했다. 그러고 나서 그 방랑자는 미끌미끌한 산**에 도착하였는데, 이토이***가 저 아래서 나왔다. "미끌미끌한 산 아래, 이토이가 나오네. 막대 꼭대기에 앉아 있는 그는 새벽별처

---

　*　새 다리는 19세기 아파치 전사인데 다리가 약해서 말이나 노새를 타고 다녔다. 그
　　　는 피마족에게 붙잡혔다. 조지프는 그를 죽이려고 한 사람들이 조롱하는 이야기를
　　　하고 있다.
　**　남산South Mountain의 다른 이름. 피닉스의 남쪽 경계를 이루는 산이다.
***　I'itoi: 피마-파파고 신화의 중심인물인 신의 이름. 그는 죽음을 당해서 지하세계
　　　로 갔다가 다시 살아 나왔다.

럼 보인다. 그가 내뿜는 불꽃*이 빛나고 있다." 이토이는 이렇게 노래한다.

> 미끌미끌한 산 아래, 작은 이토이가 나온다,
> 그리고 막대 꼭대기에 자리를 잡는다.
> 새벽별처럼,
> 멀리서 빛나고 있다.

19

보라, 그러고 나서 그는 길라 강을 다시 건넌다. 넓은 산에 도착하면 두 개의 노래가 기다리고 있어 이렇게 말하지. "넓은 산이 서 있어. 앞에는 가는 비가 내리고. 나는 그 앞으로 나가네. 내 날개는 이미 젖어 있어."

> 넓은 산이 있고
> 앞에는 가는 비가 내리고.
> 그 앞을 나는 지나가네,
> 날개는 벌써 젖었다네.

---

* 불꽃이란 단어는 머리 깃털과 같이 쓰인다. 그러므로 불꽃은 머리 깃털로 해석 가능하고 깃털이 가득 꽂힌 모자는 불꽃 가득한 모자라고도 해석할 수 있겠다.

20

그리고 노래 하나가 더 있는데 이 또한 넓은 산에 관한 것이다. "넓은 산이 서 있다. 안에는 바람이 세차게 불어, 나는 그 뒤를 돌다가 그 안을 들여다본다. 안에서는 비가 오는 소리가 들린다." 이렇게도 노래한다.

> 넓은 산,
> 넓은 산,
> 안에서는 세찬 바람 소리.
> 뒤에서
> 나는 안을 들여다보고 듣는다.
> 넓은 산,
> 안에는 비가 오는 소리가 들려.

21

자, 거기 저기 저 아래,* 성스러운 물의 샘이 있어. "멀리서 뜨거운 물이 콸콸 흐른다. 나는 그 위에 도착해서 바라보네. 위로는 색색의 잠자리 떼가 날아다니네. 맴맴 맴을 돌고 있다네."

---

* 조지프의 집에서 북서쪽으로 10킬로미터쯤 떨어진 곳을 말함.

멀리 뜨거운 물이 콸콸 흐르고.
나는 거기 도착해서 바라보네.
위로는 색색의 잠자리 떼가 날아다니네.
맴맴 맴을 돌며 날고.

22

　자, 그러고 나서 나는 스펀지 같은 샘이라고 불리는 바다 가까운
곳에서 잠시 행을 끝내는데* "그 위에 나는 여러 번 온 적이 있어.
그 뒤로 사람들이 달리던 길이 보이지."** 이렇게 노래하지.

　스펀지 같은 샘이 있는 곳,
　나는 종종 그 위에 오곤 해.
　그 뒤로
　사람들이 달리던 길이 보이지.

23

　자, 이렇게 연결된 노래, 이제 여기서부터 찌르레기 노래가 시작

---

　* 연작 노래 시리즈를 말함.
　** 피마-파파고 인디언들은 소금을 구하러 바다까지 순례 여행을 떠나곤 했다.

한다. 그는 말하길, "어떤 새가 낮게 날지?" "낮게 나는 새는 분명 펠리컨 새일 거야. 사방이 안개로 가득 찼구나." 안개가 가득하다.

어떤 새가 낮게 날지?
어떤 새가 낮게 날지?
펠리컨 새가 낮게 날 거야.
땅은 안개 자욱하고.

24

자, 이것이 바로 내가 들려주려는 새의 노래, 새가 나는 노래야. 마치 어미 새의 새끼들이 어디론가 날아가는 것처럼 재잘거리는 소리야. 새끼들은 결국 자라서 훨훨 날아가게 되겠지.

오, 오, 내 새끼들, 어디로 날아갔니?
오, 오, 내 새끼들, 어디로 날아갔니?
그래서 나는 울며 헤매네.
오, 오, 내 새끼들,
매일 너를 쫓아다녔는데.

25

물론 마지막 노래는 신의 노래인데, 새의 노래이기도 하다. 왜냐하면 "오, 오, 내 새끼들 어디로 날아갔니?"처럼 새끼들을 부르는 노래이므로. 새들은 자라서 날아간다. 다음 구절은 분명 찌르레기 노래인데,

오, 오, 내 새끼들, 나는 너와 무얼 함께하고 어디를 갈 수 있을까──

자, 어찌 들리는가?[*]

오, 오, 내 새끼들, 내 새끼들
너와 함께 높이 날려면 내가 뭘 하면 되겠니
내 날개는 이미 찢어졌는데?
내 불쌍한 새끼들,
내가 너와 높이 날려면 뭘 하면 될까?

26

이 마지막 노래는 "내 불쌍한 새끼들, 내가 너와 함께 높이 날려면

---

[*] 화자가 노래 시작을 잘못했기에 한 말.

뭘 하면 될까? 내 날개는 이미 찢어졌는데"라는 뜻이므로 찌르레기 노래라 할 수 있다. 그러고 나서 새가 노래하는 장소가 나온다. "새가 노래하는 곳이 여기 있네." 새는 거기서 노래하므로 "나는 그리로 간다. 여기 내 옆에 노래 하나가 길게 누워 있다." 로프처럼. "내 옆에 노래 하나가 길게 누워서 나는 그 중간을 잡고 돌돌 만다. 그러고 나서 그걸 움켜쥐고 떠나지." 헤, 헤, 헤, 헤.

> 새가 노래하는 곳이 있고
> 나는 그 위로 가.
> 여기 내 옆에 노래가 선을 만들며 있다네.
> 오, 내가 그걸 얼마나 좋아하는지,
> 그 중간을 잡고
> 돌돌 말아 움켜쥐고 나는 떠나네.

27

여기 다음 구절은 밤을 나는 어둠에 관한 것이다. "밤을 나는 새들, 그들은 떠나지. 밤새도록 새의 머리꼭지가 활활 타네." 그것들은 그들을 향해* 밝게 빛난다.

> 밤을 나는 자들,

---

* 찌르레기 방랑자와 그 친구들을 향하여.

밤을 나는 새들
훨훨 떠나는 새,
새 머리 꼭지가 어둠 속에서 활활 타고 있네.

28

자, 이것은 이제 찌르레기 노래, "찌르레기 새는 나를 하늘로 데리고 가네. 나를 깃털 둥지의 약사에게로 데리고 가네. 그의 부드러운 털이 살짝 흔들리며 내 몸을 감싸고 나를 편안하게 눕히네." 노래는 이렇다.

노란 찌르레기, 나를 하늘로 데려가,
거기 깃털 둥지 약사가 있는 곳.
나를 데리고 가.
부드러운 털이 한들한들,
내 몸을 감싸고 나를 편안하게 눕히네.

29

찌르레기 방랑자는 그 뭔가가 작은 새라고 말한다. "회색의 작은 새, 선인장 꽃이 술로 변해 내게로 달려오네." 그는 "달려온다"라고 말하는데, 그 뜻은 "(나를) 부른다"라는 뜻이다. "그래서 나는 그와

함께 마시고 취하지. 나도 몰라, 비틀비틀 달리며." 헤, 헤, 헤, 헤.

회색의 작은 새
선인장 술을 만들고 내게로 온다.
그는 그 새와 함께 마시고 취하지,
아, 내가 알기론,
비틀비틀 달리지.

30

자, 또 다른 사건이 하나 있는데 그건 우리가 옛날에 물에 빠졌을 때 생긴 일. 천지 사방에 물이 넘쳤고 그건 물이 나왔다는 말.* "그 때 새들은 날갯짓을 잊어버렸고. 불쌍하게 무리 지어 웅크리고 있었 어." 무리 지어 있었으므로 날지 못했던 것이지.

우리를 익사시킬 거야.
천지 사방에 홍수가 났어.
그때는 모든 새들이 다 날갯짓을 잊어버리고
가련하게 무리 지어 모여서 서로 웅크리고 있어.

---

* 수메르나 유대교, 기독교 전설에 따르면 이 홍수는 비가 내려서 생긴 것이 아니라 버려진 아기가 짠 눈물을 너무나 많이 흘려서 생긴 것이다.

31

자, 이번에는 해가 숨을 거두는 이야기. 또 다른 마지막 노래는 해
가 숨을 거두어 홍수가 났다고도 하지. 당시 새들은 날갯짓을 몰랐
기에 날지 못했어. 자, 이 노래에선 해가 숨을 거두었다고 하네. "해
가 숨을 거두었다. 해가 숨을 거두었다. 바로 그때 모든 새가 구구구
구 소리를 멈추었지." "누워 있는 땅은 어디에서도 메아리가 없고."
천지 사방 온 땅이 조용하던 때. 그때 지빠귀 새가 불쌍하게 말하지,
자신에게 노래하는 거라네." 노래는 다음과 같다.

>   해가 숨을 거두었다,
>   해가 숨을 거두었다,
>   천지 사방이 어두워.
>   바로 그때 모든 새가 구구구구 소리를 멈추고.
>   대지도 메아리를 치지 않고.
>   지빠귀 새는 불쌍하게 울고 있네,
>   다만 혼자서 희미하게 말한다네.

32

자, 그리고 나서 이 노래에 이른다. 위의 노래 28, 30에서 우리가
물에 빠지는 것이 나왔고 노래 31에서는 해도 숨을 거두었다. 이제

나는 해가 우리를 태워버렸다고 말하려네. "어쩌지. 우리는 불에 타, 천지 사방 산꼭대기에서 빛이 나와서 그 빛이 우리를 태워버릴 것이 야. 나는 벌써 그걸 알고 있었지." 찌르레기는 말한다.

오! 오! 그것이 우리를 태워버릴 거야.
오! 오! 그것이 우리를 태워버릴 거야.
모든 산꼭대기가 빛나고
오! 오! 그것이 우리를 태워버릴 거야.
내가 생각했던 대로.

33

자, 그러고 나서 그는 말한다. "이제 해가 진다. 어둠이 내려와 나를 덮네." 여전히 더욱 어둡다. "그러고 나서 나는 앉아서 내 진흙털이로 긁어대네." 이 말은 "나는 그걸 한다, 긁으면서 앉는다"라는 뜻이다. 그리고 너에게 찌르레기 노래를 들려준다.

이제 해가 지고
어둠이 내린다.
여기 나를 덮으면서
나는 앉아서
내 진흙털이로 긁으며
찌르레기 노래를 들려주려네.

34

자, 이제 그는 약사들에게 도착한다. "약사의 막대기를 그는 네 번 자른다." 자른다는 것은 진흙털이를 만든다는 뜻. "이것을 이용하여 근사한 찌르레기 노래를 부를 수 있다." 노래는 다음과 같다.

약사의 막대기
네 번을 잘라
진흙털이를 만드네,
멋지게 노래를 만드네.

35

자, 이 또한 약사의 말,* "땅이 쿵 부딪쳐"** 그것을 만든다. 이렇게 말할 수도 있겠다. "구름이 한 무더기 그와 함께 나온다. 그는 구름에 서서 구름을 잘게 쪼개 던져버린다." 물론 그는 그렇게 하였고 그래서 구름이 지금 우리 위에 있는 것이다.

_____

* 피마-파파고 신화에서 두번째로 중요한 인물이 약사이다. 땅의 약사는 땅의 의사이기도 한데, 그가 우주를 창조하였고 구름과 사람들, 최초의 신도 그가 만들었다고 한다. 그런데 그는 이토이와 겨루다가 이토이에게 자리를 내준다.
** 땅의 약사가 머리를 쿵 부딪친다.

땅의 약사
땅, 그가 쿵 부딪쳐 솟아 나온다.
많은 구름이 함께 나온다.
그 위에 그는 서 있다.
구름을 잘게 쪼개고는
저기 저 땅 위로 던져버린다.

36

자, 이 노래도 또한 땅의 약사가 한 말, 그는 이렇게 말한다. "땅
의 약사는 자신의 바위가 있는데, 그걸로 별을 만든다. 그가 그것을
하늘로 향해 던지면 그것들이 하늘을 수놓으며 반짝인다." 노래는
다음과 같다.

땅의 약사
자기 바위를 가지고 별을 만드네.
여기 내 위에 별을 던지네.
그 별들이 하늘을 가득 채워
반짝반짝 빛나네.

37

드디어 이 노래에 이르렀는데, 내가 말하노니. "병이 내게로 와,* 나는 가라앉았네. 여기 우리 아래 세계에 나는 머무네. 오, 오, 병이 내게로 와서." 이것은 그가 죽게 되었다는 말이고 죽어서 땅에 묻혀 거기 남아 있다는 말이다. 노래는 다음과 같다.

오, 오, 당신이 정말로 나를 아프게 해.
오, 오, 당신이 정말로 나를 아프게 해.
그래서 나는 가라앉는다.
우리 아래엔 땅이 있어,
거기 내가 머물 곳.
오, 오, 당신이 내게 병을 주었어.

---

* 이 노래는 땅의 약사를 말하는 것일 수도 있는데, 전설에 따르면 땅의 약사는 이토이와 싸운 후에 죽임을 당해서 지구에서 지하세계로 곧장 떨어졌다가, 다시 부활해서 지하세계를 여행하다 태양의 길을 따라 하늘로 올라갔다고 한다. "나를 아프게 해"라는 노랫말은 대개 이토이의 말이라고 하는데, 이토이가 지하세계에서 땅의 약사를 다시 만나 땅의 약사에게 한탄하고 있다고 한다.
한편 에메트 화이트는 이 노래가 신에 대한 것이 아니라 오늘날 피마의 죽은 이에게 바치는 노래라고 한다. 살아서 가난했던 이가 죽어 땅에 묻혀서 그 묻힌 곳에 남아 있게 되는데, 그러한 무덤에서 이 노래가 기인한다고 본다.

38

자, 다음 노래는 "은색 번개, 거기 구름을 만나 나를 죽였어. 나는 나흘 동안 죽어 있다가 다시 기억을 하게 되었어.* 이제 너는 나를 인간을 만나는 은색 번개라고 부르면 돼." 그러니 번개의 노래를 들어보렴.

은색의 번개,
은색의 번개
나를 구름 속에서 만나
네 번이나 나를 죽였어.
네 번이나 나는 죽었어.
그리고 기억이 다시 돌아와.
이제 너는 나를 은빛 만남의 번개라고 부르네.

39

이건 내가 그것들과 함께** 말하는 것인데 "저기서 일어나는 바람은 무엇인가?" 그리고 그는 말하지. "그건 단단한 바람몰이라네. 그 길을 따라서 땅이 젖은 채 홱 움직이지." 홱 움직일 수 있을 정도로

---

 * 다시 의식을 회복하게 되었다는 뜻.
 ** 남은 노래와 함께라는 뜻.

젖어서. 그러면 바람은 멈춘다. 충분히 젖었으므로.

여기엔 무슨 바람이 일고 있나?
여기엔 무슨 바람이 일고 있나?
단단한 바람몰이라네.
그 길을 따라
땅은 젖어 휙 몰아치지.

40

자, 다음 노래는 음탕한 여자들이 부르는 노래이다.* "음탕한 여
자가 하나 있는데 이 새의 노래를 따라 맨 먼저 달려 나온다." 누군
가의 남편과 함께 그 여자는 동쪽으로 노래를 부르며 달려가고 그 남
자는 (아내가) 없다. "(아내가 말하길) 그가 나를 아프게 해서 (선량
한 사람들이) 그들 가운데서 의심쩍은 눈으로 쳐다본다."

음탕한 여자, 음탕한 여자
먼저 노래하러 달려 나오고
그러고 나서 내 남편과 새벽녘 달려가지,
나는 남편이 없고, 그가 나를 아프게 하네.
여기 사람들이 쳐다보는 가운데.

_____

* 음탕한 여자들은 사교댄스에서 사랑을 즐기는 여자들을 일컫는데, 많은 사교댄스
노래에 이 여자들에 대한 이야기가 나온다.

41

자, 이제 이렇게 노래한다. "나를 아프게 하면서 당신은 나를 창녀로 만드나요? 땅의 꽃*을 당신이 내 머리에 두르네요." 머리에 땅의 꽃을 던지면서 "그래서 나는 마치 음탕한 여자가 된 것 같아요"라고 그 여자는 말한다. 이것이 바로 내가 추구하는 여자의 노래.

당신이 나를 음탕한 여자로 만드나요?
당신이 나를 음탕한 여자로 만드나요?
당신이 내 머리에 두른
땅의 꽃으로?
오, 오, 내 마음은
마치 음탕한 여자가 된 것만 같아.

42

이제야 나는 시작 부분을 마쳤다.** 이 두 노래는 잘 어울린다. 자, 다음으로 그가 가족에게 청을 하는 부분이다. "낭군님, 낭군님,

---

* 사랑의 약은 산에서 자란다고 한다. 그것은 외부인들의 눈에는 보이지 않는다. 가방에 넣어서 가지고 가면 그 향기가 여인네들을 취하게 해서 사랑에 빠지게 만든다고 한다.
** 나는 여인네들의 노래를 시작한 것이다.

나는 당신을 떠나요." 그녀는 노래를 쫓아서 홀로 가게 될 것이다.
"여기 내 뒤에서 사람들이 나를 지겨워하네요. 음탕한 여자라고 나
를 부르네요. 낭군님, 나는 당신을 떠납니다."

오, 오, 내 낭군님,
오, 오, 내 낭군님,
나는 당신을 떠나 홀로 달려갔습니다. 노래를 부르러,
사람들이 나를 음탕한 여자라 부르고 나를 지겨워하는 곳.
오, 오, 내 낭군님,
나는 당신을 떠나서 노래를 하러 홀로 달려갑니다.

43

이다음 구절은 이렇다. "그 여인은 누구인가? 내 손을 잡는 그 여
인은 누구인가?" 그들이 이어서 노래를 부르러 달려간다. "내 손을
잡고 노래를 부르려고 달려가는 것은 한 송이―꽃을―가진 여인이
다." 노래는 그렇게 이어진다.

이 여인은 누구인가?
이 여인은 누구인가?
나를 잡고
노래를 하러 달려가는 여인은?
한 송이―꽃을―가진 여인임이 분명해.

내 손을 잡고
노래를 부르려고 달려가는.

44

보아라, 이것은 또한 울음소리처럼 들리지만,* 이제 다음과 같이
말한다. "누가 그 여인인가? 그녀는 우리 뒤 그곳에서 빙빙 돌면서,
다소 음탕한 행동을 한다. 머리카락으로 자기 얼굴을 가린다. 그녀
는 우리 뒤 그곳에서 빙빙 돌면서, 좀 음탕한 행동을 한다.

누가 그 여인인가
그녀는 매우 음탕한 행동을 한다,
우리 뒤 그곳에서 빙빙 돌면서,
자기 머리카락으로 얼굴을 가리면서,
매우 음탕한 행동을 하면서,
우리 뒤 그곳에서 빙빙 돌면서.

45

이것은 지금 그와 가까워진 찌르레기이다. "그것은〔찌르레기〕나

---

* 노래 42에서 남편을 부르는 소리가 울음소리로 해석된다.

를 아프게 한다. 날개 끝에 흰독말풀 꽃을 내게 권하여 마시게 하였
다. 그리고 나는 그것을 모두 마시고 어지러워진다. 즉 "취한다."
"서 있는 나뭇가지에 내가 매달린다."

흰 찌르레기는 정말로 나를 학대한다,
그의 날개 끝에서 나온 흰독말풀 독주를 내게 마시게 만든다.
그리하여 나는 마시고 어지러워진다,
비스듬하게 달린다,
똑바로 선 어린 묘목을 붙잡으면서.

46

자, 이제 그들은 노래를 멈출 것이라 한다. "그리고 우리는 노래를
멈춘다. 우리의 앉을 곳 위에, 긁어내는 도구들이 놓여 있다. 그것들
위에 새겨진 노래 표시들과 함께 놓여 있다." 노래는 이렇게 말한다.

그리고 이제 우리는 노래를 멈추고 황급히 흩어진다.
여기 우리의 자리 위에 우리의 보잘것없는 긁어내는 막대기들이
놓여 있다,
그 위에 새겨진 노래 표시들과 함께.

47

자, 그리고 하나가 맨 위로 오는데, 그게 맨 끝이다. 그 노래에서 말하기를, "그리고 우리는 노래를 멈추고서 사방으로 간다. 여기 우리의 노래하는 곳에서, 바람 한 점이 튀어나온다. 그것은 앞으로 뒤로 달린다. 사람들의 자취를, 걸어 다녀서 생긴 사람들의 자취를 그것이 지운다. 그들은〔자취들은〕바람이 불고 나면 남아 있지 않을 것이다." 자, 그러므로 그는 끝을 맺는다.

> 그리고 이제 우리는 노래를 멈추고 황급히 흩어진다.
> 우리가 노래하는 곳으로부터 바람이 튀어 오른다,
> 앞으로 뒤로 달린다,
> 사람들의 흔적을 지우면서.
> 결국에는 아무것도 남지 않았다.

주니족의 제례 노래에 대한 민족 시학적 재번역

주니Zuni족은 1930년대 서부 뉴멕시코에 거주했던 인디언인데, 다음에 나오는 글은 루스 번젤Ruth Bunzel이 주니 인디언의 일족인 푸에블로Pueblo족으로부터 수집한 제례 노래를 번역한 것이다. 나는 이 노래의 민족시학적 특징이 중요하다고 판단되어 매해 매일 태양의 이동이라든가 달의 주기의 변화, 전례력에 표기된 날짜 등을 잘 살려 번역하려고 노력했다. 번젤이 수집한 텍스트에 의존해서 번역을 했기 때문에 번젤이 텍스트에 담지 않은 중요한 민족 시학적 요소들, 가령 음조나 숨 고르기, 모음 늘리기 등은 고려되지 않았다. 주니족의 원문이 여기 포함되지 않아서 나는 가능하면 주니족의 반복 형식을 그대로 따라 시를 들여쓰는 방식이나 영어 번역의 간격을 일정하게 하려고 했다. 그래야만 발랄한 시적 구조가 뚜렷이 드러나게 될 것이기 때문이다.

주니족의 신성한 노래들은 오늘날의 일상 언어와는 상당히 다르다. 다음 노래들은 주니족에서 치료의 직분을 담당하고 있던 주니 주술 단체의 일원인 위대한 불 부족의 "물속으로 쏟아지는 노래들"

이다. 노래 연작 끝에 나오는 다양한 반복들은 그 노래의 특징을 잘 보여주는데, 특히 내가 행간을 한 줄 떼고 별표로 표시한 마지막 세 노래가 가장 중요하다. 이들 노래들은 각각 여섯 개의 연으로 되어 있는데, 숫자 6은 특히 주니족에게서 방향성과 관련된 상징 구조와 각별히 연결된다. 각각의 방향이 특정한 동물이나 신, 색깔과 관련이 있어서 여섯 방향의 비의 사제들, 비를 몰고 오는 여섯 바람, 여섯 종의 새들, 여섯 종의 나무들 등 여러 관련 요소들을 확장하면서 끝없이 반복되는 구조이다.

주니족 신화에 따르면 여섯 동물과 신들이 세상을 지키는데, 북쪽의 노란 산사자, 서쪽의 푸른 곰, 남쪽의 빨간 오소리, 동쪽의 흰 늑대, 천정(天頂)의 알록달록한 독수리, 천저(天底)의 검은 두더지이다. 때로 독수리보다 '칼 날개'가 천정과 연결되기도 한다. 이처럼 방향을 가리키는 이미지가 종교 의식이 거행되던 건물이나 벽에 그려져서 종교 행위 속에 편입되어 이야기 속에서 거듭나게 되는 것이다. 주니족은 이러한 반복을 통해 종교적 행위가 효험을 갖게 된다고 보고 있으며, 의식에서 기도를 마무리하는 부분인 간구, 장수라든가 개인의 길의 완성과 같은 성취에 이런 반복 형식이 꼭 필요하다고 본다.

번젤이 언급했듯, 주니족의 예식에 쓰이는 시와 이야기들은 독창적이고 고의적인 모호함, 은유, 말장난을 수반한다. 최근 발표된 한 논문에 따르면 주니족은 아름다움의 개념을 다양성에 바탕을 두고 있어서 미학적 특질도 다층적·다언어적·다감각적으로 드러난다는 것이다. 이 미학적 특질이 주니족의 의식의 거룩함과 세속성을 함께 드러내며 해석의 다양성으로 열려 있는 상징주의가 된다. 민간 설화나 전설, 종교적인 시와 같은 공식적 언어예술뿐만 아니라 일상의

대화에서도 주니족은 다의적 기법을 잘 활용하는데, 종교의식에 이런 말장난 같은 기법이 쓰인다는 것에 혹자는 놀랄지도 모르겠으나, 이처럼 다의적인 말의 응용은 주니족 예식의 두드러진 특징이다. 해학과 은유, 이런 표현을 하게 될 때 발생하는 즐거움마저 주니족 종교의식의 일부가 되는 것이다.

이 노래들을 잘 살펴 들여다보면 독자들은 주니족의 신성한 이야기에 깃든 다성적 목소리를 알아채게 될 것이다. 여러 가지 뜻을 동시에 환기하는 이러한 다성적 목소리는 경험을 강렬하게 드러내고 감정과 사유의 엄청난 집약을 가증하게 하므로 언어의 힘을 가장 효과적으로 드러내준다.

〔해설: 제인 영Jane Young〕

물속에서 쏟아지는 노래들

이제 충분한 날들이 지났다.

저기 저 서쪽,
　우리의 어머니 달이
　아직도 작아 보였을 때,
　그리고 지금은 저 동쪽
　수평선 위에 보름달로 떠
　저 달은 달의 날들을 마무리해가고 있어.
어른이 되기를 기도하는
　우리의 봄 아이들은
　신성한 옥수수 가루와
　조개를 가지고
　　저기서 기도하고
　　우리는 당신의 신성한 길을 밝힙니다.

최초의 시작에 있는 이들에겐
　세상이 주어졌다.
　　덤불
　　그리고 숲도.
　　　우리는 그곳에서 그들을 만난다.

행운이
　코앞에 있는 사람들에게
　　　신성한 옥수숫가루와
　　　조개를
　　　　우리는
우리의 손끝에서 건네주고
　신성한 방향을 향해 본다.

행운이 있는 자들은
　어린 나무를
　자신들의 방향으로 이끈다.
거기 조용히 머무는 자들
　끝이 난 자신의 길을 품고
　많은 나이를 품어 안고
　　우리는 그들의 신성한 길을 받아들인다.

우리 한낮의 아버지들,
　우리의 어머니들,

아이들을
　치유하는 우리의 물의 방으로,
　　그들의 신성한 길이 이르도록 한다.

충분한 날들이 지났다.

　신의 사람들이
　우리와 함께, 그들의 아이들과 함께,
　　세상에서 산 이후로

지금 바로 그날

　동물—신의 사제들을 위하여
　그들의 예식을 위해
　우리는 주술 지팡이를 준비했다.

　우리의 아버지인 태양이
　그의 신성한 집에 들어가려고 할 때,
　　그리고 앉았을 때,
　하지만 약간의 공간이 남았을 때,
　　그가 그의 왼쪽의 신성한 집에 닿기 전,
우리 아버지에게
　　우리는 주술 지팡이를 주고
우리의 집으로

그들의 신성한 길을 들인다네.

거기서, 모든 방향으로부터

우리의 아버지들,
신성한 분들은
누구도 잃어버리지 않은 채
우리는 그 신성한 길을 가져올 것이다.

나의 아버지들
그들의 적운 구름 집을 지었고,
안개 덮개를 펼쳤고
그들의 목숨을 희생한 신성한 길을 펼쳤다.
그들의 무지갯빛 활을 내려놓고,
번개 같은 화살을 내려놓고,
난 조용히 앉아 있어야 한다.

나는 조용히 나의 하얀 조개껍질 그릇을 내려놓아야 한다.
저기 온 사방에서

당신, 우리의 아버지들은, 올 것입니다.

*　　*　　*

저기 북쪽에서
  비를 부르는 사제들은,
    약수를 나르면서,
    그들이 들어올 신성한 길을 만들 것입니다.

  나의 흰 조개껍질 그릇이 놓인 곳에,
    네 번씩
  사제들은 이리로 오는 신성한 길을 만들 것입니다.

저기 서쪽에서
  비를 부르는 사제들은,
   약수를 나르면서,
    그들이 들어올 신성한 길을 만들 것입니다.

나의 하얀 조개껍질 그릇이 놓인 곳에,
  네 번씩
 사제들은 이리로 오는 신성한 길을 만들 것입니다.

저기 남쪽에서
  비를 부르는 사제들은,
   약수를 나르면서,
    그들이 들어올 신성한 길을 만들 것입니다.

  나의 하얀 조개껍질 그릇이 놓인 곳에,

네 번씩
　사제들은 이리로 오는 신성한 길을 만들 것입니다.

저기 동쪽에서
　비를 부르는 사제들은,
　　약수를 나르면서,
　　그들이 들어올 신성한 길을 만들 것입니다.

　나의 하얀 조개껍질 그릇이 놓인 곳에,
　　네 번씩
　　사제들은 이리로 오는 신성한 길을 만들 것입니다.

저 하늘에서
　비를 부르는 사제들은,
　　약수를 나르면서,
　　그들이 들어올 신성한 길을 만들 것입니다.

나의 흰 조개껍질 그릇이 놓인 곳에,
　네 번씩
　　사제들은 이리로 오는 신성한 길을 만들 것입니다.

저기 땅에서
　비를 부르는 사제들은,
　　약수를 나르면서,

그들이 들어올 신성한 길을 만들 것입니다.

나의 흰 조개껍질 그릇이 놓인 곳에,
　네 번씩
　　사제들은 이리로 오는 신성한 길을 만들 것입니다.

*　　*　　*

당신이 조용히 앉아 있을 때,
　우리의 아이들은
　　당신의 약수를
　　　마실 것입니다.

그리고 그들의 신성한 길이 다다르는
　새벽의 호수에서,
　　그들의 여정은 끝날 것입니다.

*　　*　　*

그리고 더 나아가,
　저 북쪽에서 오는
　　나의 아버지인 당신은,
　　　산 사자,
　　　　나의 길을 완성시키는 단 하나의 존재,

당신은 나의 사제입니다.
당신의 약을 가지고,
　당신은 이곳으로 오는 신성한 길을 만들 것입니다.

나의 흰 조개껍질 그릇이 놓인 곳에,
　네 번씩
　당신은 드나들 수 있는 성스러운 길을 만들어,
　나의 봄을 지켜봅니다.

당신이 조용히 앉을 때,
　우리는 하나가 될 것입니다.

그리고 더 나아가,
　서쪽에서는,
　나의 아버지인 당신은,
　　곰,
　　나의 길을 완성시키는 유일한 존재,
　　당신은 나의 사제입니다.
　당신의 약을 가지고,
　당신은 이곳으로 오는 성스러운 길을 만들 것입니다.

내 흰 조개껍질 그릇이 놓인 곳에,
　네 번씩
　당신은 드나들 수 있는 성스러운 길을 만들어,

나의 봄을 보살핍니다.

당신이 조용히 앉을 때,
　우리는 하나가 될 것입니다.

그리고 더 나아가,
　남쪽에서는,
　나의 아버지인 당신은,
　　오소리처럼,
　　나의 길을 완성시키는 유일한 존재,
　　당신은 나의 사제입니다,
당신의 약을 가지고,
　당신은 이곳으로 오는 성스러운 길을 만들 것입니다.

내 흰 조개껍질 그릇이 놓인 곳에,
　네 번씩
당신은 드나들 수 있는 성스러운 길을 만들어,
　나의 봄을 보살핍니다.

당신이 조용히 앉을 때,
　우리는 하나가 될 것입니다.

*　　*　　*

그리고 더 나아가,
 동쪽에서는,
  나의 아버지인 당신은,
   늑대,
    나의 길을 완성시키는 유일한 존재,
    그 당신은 나의 사제
당신의 약을 가지고,
    당신은 이곳으로 오는 성스러운 길을 만들 것입니다.

내 하얀 조개껍질 그릇이 놓인 곳에,
  네 번씩,
      당신은 드나들 수 있는 성스러운 길을 만들어,
나의 봄을 보살핍니다.

당신이 조용히 앉을 때,
 우리는 하나가 될 것입니다.

그리고 더 나아가,
 하늘 위에서는,
  나의 아버지인 당신은,
   칼의 날개,
    나의 길을 완성시키는 유일한 존재,
     당신은 나의 사제,
당신의 약을 가지고,

당신은 이곳으로 오는 성스러운 길을 만들 것입니다.

내 하얀 조개껍질 놓인 곳에,
　네 번씩
　　당신은 드나들 수 있는 성스러운 길을 만들어,
나의 봄을 보살핍니다.

당신이 조용히 앉을 때,
　우리는 하나가 될 것입니다.

그리고 더 나아가,
　저 아래에서는,
　　나의 아버지인 당신은,
　　　두더지,
　　　　나의 길을 완성시키는 유일한 존재,
　　　당신은 나의 사제,
당신의 약을 가지고,
　당신은 이곳으로 오는 성스러운 길을 만들 것입니다.

내 하얀 조개껍질 그릇이 놓인 곳에,
　네 번씩
　　당신은 드나들 수 있는 성스러운 길을 만들어,
나의 봄을 보살핍니다.

당신이 조용히 앉을 때,
　우리는 하나가 될 것입니다.

＊　＊　＊

그리고 더 나아가,
　북쪽에서는,
　　이끼로 뒤덮인 산들,
　　그 산꼭대기,
　　중간 경사지,
　　입 벌린 협곡들,
　　　당신은 당신의 품 안에 세계를 품고 있는 유일한 이,
　　　　아주 오래된 누런 돌,
　　　　당신은 이곳으로 오는 성스러운 길을 만들 것입니다.

　내 하얀 조개껍질 그릇이 놓인 곳에,
　　네 번씩
　　　당신은 드나들 수 있는 성스러운 길을 만듭니다.

　당신이 조용히 앉았을 때,
　　우리 아이들은
　　당신의 약수를
　　　마실 수 있을 것입니다.

그러고 나서, 그들의 성스러운 길은
새벽 호수에 다다르고,
그들의 여정은 끝날 것입니다.

그리고 더 나아가,
서쪽에서는
이끼로 뒤덮인 산들,
그 산꼭대기,
중간 경사지,
입 벌린 협곡들,
당신은 당신의 품 안에 세계를 품고 있는 유일한 이,
오래된 푸른 돌,
당신은 이곳으로 오는 성스러운 길을 만들 것입니다.

내 하얀 조개껍질 그릇이 놓인 곳에,
네 번씩
당신은 드나들 수 있는 성스러운 길을 만듭니다.

당신이 조용히 앉았을 때,
우리 아이들은
당신의 약수를
마실 수 있을 것입니다.

그다음에, 그들의 성스러운 길은

새벽 호수에 다다르고,
 그들의 여정은 끝날 것입니다.

그리고 더 나아가,
 남쪽에서는,
 이끼로 뒤덮인 산들,
 그 산꼭대기,
 중간 경사지,
 입 벌린 협곡들,
  당신은 당신의 품 안에 세계를 품고 있는 유일한 이,
   오래된 붉은 돌,
    당신은 이곳으로 오는 성스러운 길을 만들 것입니다.

 내 하얀 조개껍질 그릇이 놓인 곳에,
  네 번씩
    당신은 드나들 수 있는 성스러운 길을 만듭니다.

 당신이 조용히 앉았을 때,
  우리 아이들은
 당신의 약수를
  마실 수 있을 것입니다.

그리고 나서, 그들의 성스러운 길이
 새벽 호수에 다다르고,

그들의 여정은 끝날 것입니다.

그리고 더 나아가,
  동쪽에서는,
  이끼로 뒤덮인 산들,
  그 산꼭대기,
  중간 경사지,
  입 벌린 협곡들,
    당신은 당신의 품 안에 세계를 품고 있는 유일한 이,
    해묵은 하얀 돌,
    당신은 이곳으로 오는 성스러운 길을 만들 것입니다.

내 하얀 조개껍질 그릇이 놓인 곳에,
  네 번씩
    당신은 드나들 수 있는 성스러운 길을 만듭니다.

당신이 조용히 앉았을 때,
  우리 아이들은
    당신의 약수를
    마실 수 있을 것입니다.

그러고 나서, 그들의 성스러운 길은
새벽 호수에 다다르고,
그들의 여정은 끝날 것입니다.

그리고 더 나아가,
　저기 저 위에선,
　　이끼로 뒤덮인 산들,
　　그 산꼭대기,
　　중간 경사지,
　　입 벌린 협곡들,
　　　당신은 당신의 품 안에 세계를 품고 있는 유일한 이,
　　　　오래된 알록달록한 돌,
　　　당신은 이곳으로 오는 성스러운 길을 만들 것입니다.

내 하얀 조개껍질 그릇이 놓인 곳에,
　네 번씩
　　당신은 드나들 수 있는 성스러운 길을 만듭니다.

당신이 조용히 앉았을 때,
　우리 아이들은
　　당신의 약수를
　　　마실 수 있을 것입니다.

그리고 나서, 그들의 성스러운 길은
　새벽 호수에 다다르고,
　　그들의 길은 끝날 것입니다.

그리고 더 나아가,
 저 아래에선,
  이끼로 뒤덮인 산들,
  그 산꼭대기,
  중간 경사지,
  입 벌린 협곡들,
   당신은 당신의 품 안에 세계를 품고 있는 유일한 이,
   아주 오래된 검은 돌,
    당신은 이곳으로 오는 성스러운 길을 만들 것입니다.

 내 하얀 조개껍질 그릇이 놓인 곳에,
  네 번씩
   당신은 드나들 수 있는 성스러운 길을 만듭니다.

  당신이 조용히 앉았을 때,
   우리 아이들은
   당신의 약수를
    마실 수 있을 것입니다.

그리고 나서, 그들의 성스러운 길은
 새벽 호수에 다다르고,
  그들의 길은 끝날 것입니다.

그 산을 더 크게 노래하는 것

나바호Navajo 인디언의 시 작품은 엄청나게 많은데 그중에 일부만이 번역되었다. 여기에서 이 시가 소개되는 데는 작은 일화 하나가 관련되는데, 이 시는 1920년대에 애리조나와 뉴멕시코 지역 4천 킬로미터를 말을 타고 여행했던 클라이드 클럭혼Clyde Kluckhohn의 여행일지, 『무지개 아래에서』에 실려 있던 이야기이다. 여행의 막바지에 이르러 클럭혼은 하스틴 라산 이 베가이Hasteen Latsan Ih Begay라는 이름의 주술사에게 나흘간의 밤길 의식에 참여토록 해달라고 청했다. 그랬더니 이런 대답이 돌아왔다.

몇 달 동안 당신은 우리와 함께 살았고 이제 당신은 당신네 사람들에게 돌아가는 중이다. 그대는 젊고 아직 더 많은 세월을 살게 될 것이다. 많은 이들에게 우리 이야기를 하겠지. 3백 년 전부터 백인들은 자기네 종교에 대해서 우리에게 말을 해왔다. 우리는 그들의 마음을 안다. 우린 그들을 원하지 않는다. 백인은 우리의 종교를 모르면서 우리 믿음이 좋지 않은 거라 하고, 우리 예식이 불결하다고 하고, 우리의 신을 버리고 자기네 신을 받아들여야 한다고 말한다. 당신네 백인들은 기도도 않고 투덜거린다. 하지만 우리 친구가 다시 건강을 회복하게 될지 모르는 나흘 동안 우리가 여기서 기도하는 것을 당신은 보게 될 것이다. 난 당신이 여기에서 일어나는 일 대부분을 지켜보도록 할 것이다. 그러면 당신은 당신 종족에게로 돌아가 우리의 신은 우리에게 맡겨두라고 말하게 되리라.

예리한 뜻이 담긴 이 말은 간결하면서도 우아하게 핵심을 전달한다. 그렇다면 하스틴 베가이가 여기에서 언급한 예식은 무엇을 말하는 것일까? 이 예식은 한 인물이 죽어가거나 파괴당한다는 점에서 추격과 도망에 관한 극적인 재현이라고 할 수 있다. 주인공은 때에 따라 남자나 여자가 되기도 하고 자매나 형제들이 함께 시련을 겪기도 한다. 자기가 자초한 불행이건 무심코 저지른 행동으로 인한 불행이건 주인공들은 고통을 받다가 결국 신들의 도움으로 치유된다. 신들은 특별한 음식으로 상처를 낫게 하고 부러진 뼈를 고치고 약을 먹여 주인공을 회복시킨다. 심지어 죽은 사람을 살리기도 한다. 치유의 힘이 있는 신의 도움에는 노래가 동반된다. 환자들은 노래를 배우면서 건강을 회복하게 되고, 다시 집으로 돌아가 동료들에게 자신의 방법을 따르도록 가르치는 것이다.

모든 의식은 호메로스나 베르길리우스의 의식처럼 유럽 서사시와 비슷한 이야기의 극적인 재현이다. 그런데 나바호족의 이 이야기는 서구의 고전 전통에서 보는 것과는 다른 힘을 갖고 있는데, 그 핵심적인 차이는 밤길 의식에 있다. 성가와 춤이 함께 클라이맥스에 이르는 나바호 이야기는 신화적인 과거에 깊이 뿌리박고 있어서 이야

기가 크고 작은 모임에서 재차 반복되면서 예식으로서의 힘을 갖게 되었다. 이 이야기는 나바호족이 그들의 신을 부르는 노래로서 '거룩한 종족'의 지식을 보존하는 장치로 힘을 지니고 있다. 거룩한 종족은 세계와 우주에 관해서 균형을 유지하는 것이 중요한데, 나바호 말 '호조hozho'는 '아름다움' 혹은 '조화'를 뜻한다. 즉, 호조는 아름다움이 깃든 조화라는 뜻이다. 이야기에 등장하는 주인공들은 결국 호조를 잃었기 때문에 고통받는 것이다. 호조는 주인공의 힘의 근원이며 언어의 신용한 사용을 가능하게 하는 매개체로 고통스러운 체험을 통해 치유의 길로 나아간다. 이 거룩한 백성들이 균형 잡힌 세계를 어떻게 만들었는지를 설명하는 고대 서사들은 간혹 있는데, 나바호의 시 전통은 창조의 부활과 신비에 관해 섬세한 이야기와 노래 모음을 통하여 치유하고 회복하는 인간 언어의 힘을 드러낸다.

　나바호 시는 행 전체가 단어 대 단어로 반복되는 간결한 구조가 특징이다. 언어는 때로 좀 더 정교한 방식으로 다양해지지만, 서로 반복되는 구문 안에서 조화를 이루면서 세밀한 패턴으로 구성된다. 오늘날까지 이 이야기들은 나바호족에게는 풍부한 구술 전통으로 이어져 내려오면서 거룩한 백성들의 삶과 시적 예술을 환기하고 있다. 지금껏 잘 알려지지 않았던 나바호족의 신성한 이야기들을 여기 모아 집대성하는 것은, 더 넓은 문자 공동체를 만들기 위한 도전 과제가 아닐 수 없다.

〔해설: 폴 졸브로드Paul G. Zolbrod〕

산에서 부르는 노래

먼 옛날에 이런 이야기들도 전해졌다.

괴물들에게 계속 쫓기며 도망다니는 사람들이 있었다고 한다.

지금은 그들 스스로를 하즈나니 디네Ha'aznani dine'e라고 부르는데 이는 빌라가나Bilagaana의 언어로 '백인'을 뜻하며 "출현자들"이라는 의미를 가지고 있다. 그들은 세상의 땅 위에 살고 있는 나바호족의 조상으로 알려지게 될 사람들이었다.

비나이Binaayee라는 외계의 거인들로부터 벗어나기 위해 그들은 각자 안전하다고 생각하는 곳을 찾아 여기저기 이곳저곳으로 옮겨 다녔다. 그들은 한곳에 정착해 농사를 지을 수 있었고, 봄에 옥수수, 호박, 콩을 심은 후 가을이 오면 그들이 심은 것들을 수확할 수 있기를 기원했다.

그러나 무서운 괴물, 비나이가 그들의 위치를 알아내어 다시 잡아먹으려 했다. 굶주린 늑대가 길 잃은 양을 게걸스럽게 먹어치우듯 그들은 닥치는 대로 사람들을 죽이고 잡아먹었다.

그래서 그 끝나지 않는 도주의 마지막 생존자는 츠리가이 이히Tse

ligaii ii'ahi를 여행한다. 빌라가나어로 그 이름은 "고정된 흰 바위"이다.

이제 '첫번째 남자'인 알체 하스틴Altse hastiin과 '첫번째 여자'인 알체 아스드자Altse asdzaa와 또 다른 네 명의 생존자만이 남았다. 오로지 한 늙은이와 그의 늙은 아내, 그리고 노부부의 두 자식만이 그들과 함께 살아남았는데 한 녀석은 젊은 남자였고, 다른 사람은 젊은 여자였다.

네 사람은 지치고 허약했다. 그들은 완전히 희망을 잃은 채 두려움에 떨고 있었다. 그들은 이제 남아 있는 또 다른 땅마저 정리하는 것이 옳은 일인지 알고 싶었다. 당연히 비나이들이 찾아와서 파괴할 것이다. 그들이 죽인 모두처럼.

"그 사람들 안됐어."

'첫번째 남자' 알체 하스틴이 '첫번째 여자' 알체 아스드자에게 말했다.

"저 사람들은 살아갈 의지가 전혀 없어."

그가 이렇게 말하자 그녀는 이렇게 대답했다.

"저들은 진정 낙심하고 있고……"

"저들도 진심으로 두려워하지만 나야말로 저들이 두려워. 내가 나를 두려워하고 너를 두려워하듯이."

그에 대해서 첫번째 남자, 알체 하스틴은 이렇게 말했다.

"우리가 여기 꼭 머무를 경우를 대비해서……"

"우린 반드시 한 번 더 정착해봐야 돼. 어떻게든 신들이 우릴 도와주겠지."

그리고 첫번째 여자 알체 아스드자는 이렇게 대답했다.

"그들을 믿지 마." 그녀가 대답했다.

"우리는 무엇이 그들을 기쁘게 하고 무엇이 그들을 화나게 하는지 아직 다는 모른다. 언제 그들이 우리를 도와줄 것인지 그리고 언제 그들이 우리에게 맞서 행동할지 아직 모른다."

*   *   *

그래서 그들은 그날 밤, 스스로 자리를 잡았다. 자기들을 위해 집을 만들 시도는 감히 다시 하지 못한 채 얼마나 빨리 마지막 불운이 자기들에게 닥칠지 궁금해하면서 밤을 지새웠다.

정말로 좋은 시기가 아니었다.

하지만 아침에 첫번째 남자 알체 하스틴은 약간 떨어져 멀리 있는 거대한 전나무 산 출리의 꼭대기가 어두운 구름에 덮여 있는 것을 보았다. 다른 사람에게는 그가 본 것에 대해 말하지 않은 채 그는 그저 함께 일했다.

두번째 날 아침에 그는 구름이 출리의 중앙으로 내려간 것을 보았다. 그 산의 중턱에는 비가 내리고 있었다. 하지만 그는 다른 사람에게 말하지 않았고 일하고 있는 사람들 속으로 동참해서 함께 일했다.

낮이 세번째 아침을 불러왔을 때, 그는 어두운 구름이 막 출리의 측면으로 더 멀리 내려앉으려고 해서 산의 기슭이 덮여 있지 않은 채로 있는 것을 보았다. 하지만 여전히 그가 관찰한 것을 아무에게도 언급하지 않고 다른 사람들을 따라 일하는 것을 선택했다.

그런데 네번째 날, 어두운 구름이 막 출리의 기슭을 감싸려는 것을 알았을 때 비가 억수같이 쏟아졌다. 그는 그가 무엇을 보았는지 첫번째 여성인 알체 아스드자에게 말했다.

"나는 무슨 일이 일어났는지 궁금해." 그가 그녀에게 말했다.

"나흘 동안 출리는 어두운 구름에 덮여 있었어. 처음엔 그냥 산꼭대기만 덮였지. 그런데 매일 구름 때문에 산이 점점 더 낮아졌어요. 그 결과 지금은 심지어 산 옆구리까지도 완전히 감추어져 있어.

아무래도 내가 거기를 살펴보러 가는 게 좋겠어."

그녀는 그 제안에 대해 이렇게 응답했다.

"너는 여기에 머무르는 게 더 낫겠어." 그녀가 제안했다.

"밖은 위험해.

안 돼, 게걸스럽게 먹는 것들이 분명 너를 습격할 거야. 다른 이들이 그랬던 것처럼 너도 분명 게걸스럽게 먹힐 거야."

그것이 그녀의 대답이었다. 그리고 그가 다음으로 이렇게 말했다.

"두려워하지 마." 그가 말했다.

"잘못되지 않을 거야. 나는 나를 노래로 에워쌀 테니까.

나는 산으로 가는 길을 만들면서 노래를 부를 거야.

나는 산에 올라가면서 노래를 부를 거야.

그리고 나 자신을 노래로 둘러쌀 거야.

내 노래의 가사가 나를 보호할 거라고 너도 믿게 될 거야."

첫번째 남자인 알체 하스틴이 그의 아내인 첫번째 여인 알체 아스드자에게 말한 내용은 이러했다.

*   *   *

그래서 첫번째 남자인 알체 하스틴은 구름으로 덮인 거대한 전나무 산을 향해 출발했다. 그는 바로 다음 날 아침에 출발했고 가면서 노래를 불렀다.

"나는 알체 하스틴이야. 최초의 남자지." 그가 노래를 불렀다.

"알체 하스틴, 최초의 남자, 나는 지구의 많은 것을 만든 사람이지."

"알체 하스틴, 최초의 남자, 나는 어두움과 비구름을 따라 거대한 전나무 산인 출리를 향해 가고 있지."

"나는 번개를 따라가고 번개가 친 곳을 향해 가고 있지."

"나는 무지개와 무지개가 땅에 닿은 곳을 향해 가고 있지."

"나는 구름의 흔적과 구름의 가장 두꺼운 부분을 향해 가고 있지."

"나는 떨어지는 비의 향기를 따라가며 빗줄기가 가장 어두워지는 부분을 향해 가고 있지."

나흘 동안 그는 길을 가며 노래를 불렀고 이런 식으로 여행했다.

"나는 알체 하스틴이야." 그가 노래를 불렀다. "또 나는 행운을 좇아 거대한 전나무 산을 향해 가고 있지."

"행운을 좇아서, 나는 번개를 따라가고 번개가 친 곳에 가까이 다가가고 있지."

"행운을 좇아서, 나는 무지개를 따라가고 무지개가 드리운 땅에 가까이 다가가고 있지."

"행운을 좇아서, 나는 구름의 길을 따라가고 구름의 가장 두껍게 드리운 곳에 가까이 다가가고 있지."

"행운을 좇아서, 나는 떨어지는 비의 향기를 따라가고 빗줄기가 굵어지는 곳에 가까이 다가가고 있지."

그는 계속해서 여행했다. 거대한 전나무 산인 출리를 향해 길을 만들어가면서 계속 노래를 불렀다.

"나는 최초의 사람, 나는 장수와 행운을 추구하기 위해 출리를 향해 가고 있어."

그가 노래를 불렀다.

"장수와 행운을 좇아, 나는 번개를 따라가고 번개가 친 곳에 다가가고 있어."

"장수와 행운을 좇아, 나는 무지개를 따라가고 무지개가 땅에 닿은 곳에 다가가고 있어."

"장수와 행운을 좇아, 나는 검은 구름의 길을 따라가고 구름이 가장 두껍게 드리운 곳으로 다가가고 있지."

"장수와 행운을 좇아, 나는 비의 향기를 따라가고 빗줄기가 굵어지는 곳에 가까이 다가가고 있지."

이렇게 여행을 계속해서 그는 마침내 산꼭대기에 다다랐다. 이렇게 계속 나아가서 마침내 정상을 향하여 계속 나아갔던 것이다. 나아가면서 그는 줄곧 씩씩하게 노래를 불렀다.

"알체 하스틴이 바로 나야." 그는 노래했다. "또 여기 나는 출리 산을 오르고 있어. 나와 내 종족의 장수와 행운을 위해."

"여기 나는 번개가 친 곳에 다다르네. 나와 내 종족의 장수와 행운을 위해."

"여기 무지개가 땅에 닿은 곳에 나는 도착하고 있네. 나와 내 종족의 장수와 행운을 위해."

이렇게 하여 그는 출리라고 불리는 산의 점점 더 높은 곳으로 올라갔다. 거대한 전나무 가지가 점점 더 굵어지고 무성해지고 있었다. 산을 오르면서 그는 확신을 갖고 계속해서 노래했다. 정상에 도착하고서도 그는 계속 노래했다.

"나는 장수와 행운을 나와 내 종족을 위해 얻으리니." 그는 노래
했다.

"내 앞에 장수와 행운이 있다네."

"내 뒤에 장수와 행운이 있다네."

"내 위와 내 아래에도 장수와 행운이 있다네."

"내 주위에 장수와 행운이 있다네."

이렇게 노래하면서 그는 출리의 산꼭대기에 도착했는데, 하늘과
마주 섰다. 바로 그때 갓난쟁이의 울음소리가 들려왔다.

바로 그 순간, 그가 울음소리를 처음 들었을 때, 번개가 사방에 쳤
다. 번개가 너무 환해서 그는 아무것도 볼 수 없었다. 처음 그가 그
울음을 들었을 때, 무지개 끝이 강렬한 색깔로 산꼭대기를 내리비쳤
다. 그 빛이 너무나 강렬해서 그는 아무것도 볼 수 없었다. 그의 귀
에 처음으로 갓난쟁이의 울음소리가 들려왔을 때 어두운 구름이 마
지막 남아 있던 햇살마저 닫아버렸다. 구름이 너무 어두워서 그는
아무것도 볼 수 없었다. 처음으로 갓난쟁이의 울음소리를 들었을 때,
바로 그때 비가 그를 에워쌌다. 너무 세차게 내려서 그는 아무것도
볼 수 없었다.

아무것도 볼 수 없었지만 그는 울음소리가 나는 곳으로 짐작되는
그곳으로 나아갔다.

그곳에 다다르자, 번개가 그쳤다. 겹겹의 무지개의 강렬한 빛깔도
은은한 파스텔톤으로 바뀌었다. 어두운 구름도 가시고 푸른 하늘이
내려왔다. 비도 그쳤고 아침 햇살이 그를 비추었다.

그는 아기 울음소리가 들리는 발아래를 내려다보았다. 그는 거기
서 청록색을 띤 형체를 보았는데, 그 안에는 여자아이같이 생긴 형

체가 들어 있었다. 갓 태어난 아기 크기였는데, 여인의 몸처럼 성숙한 몸이었다. 어떻게 해야 할지 알 수 없었기에 그는 그것을 집어 들고 등 뒤에 둘러멨다. 그는 첫번째 여자 알체 아스드자와 다른 이들에게 그것을 갖다 주었다.

"봐." 그가 그들에게 말했다.

"진짜인 듯 고이 모셔."

"우리 아기인 것처럼 잘 키워."

이별 노래

하바수페이Havasupais는 유마어Yuman를 쓰는 애리조나의 작은 부족이다. 이들은 그랜드캐니언 지류에 살고 있는데, 드넓은 전망을 자랑하는 코코니노 평원도 이들이 돌보고 있다. 대지에 대한 하바수페이족의 사랑은 「이별 노래」에 잘 드러나 있다.

나는 이 노래를 그들이 집이라고 부르는 수페이Supai에서 처음 들었는데, 1964년 당시 나는 그곳에서 막 일을 시작하려던 참이었다. 대단한 음유시인 댄 해나Dan Hanna가 나를 위해 이 노래를 들려주었는데, 그가 전한 바에 따르면 「이별 노래」는 댄의 조상이었던 '뿔 달린 가슴'이 처음 불렀다고 한다. 이 노래가 대를 이어 전승되어 마침내 댄에게까지 이른 것이다.

이런 류의 하바수페이 노래는 '노인의 노래' 혹은 '늙은 여자의 노래'라고 불리는데, 하바수페이족이 자주 만들어 불렀고, 어떤 이야기를 바탕으로 즉석에서 고쳐 부르기도 했다. 기본적인 요소나 이야기의 뼈대를 이루는 부분은 반복되는 행으로 매번 똑같이 부르지만 더 보태거나 빼는 방식으로 다양한 개작이 가능했고 노래할 때의 상황에 맞추어서 각 행을 다른 순서로 엮기도 했다.

'늙은 남자의 노래' 혹은 '늙은 여자의 노래'들은 사랑, 분노, 자긍심 등 가슴 깊이 뭉클하게 느끼는 감정을 표현하기 위해 만들어졌다. 대개 특별한 사람을 위한 노래였고, 또 광활한 대지를 향해 직접 부르는 노래이기도 했다. 전통적으로 하바수페이족은 감정 표현을 잘 하지 않고 대신 노래를 불렀다. 대개 가장 아름다운 묘사는 잘 통합된 문화 속에서 나오는 법인데, 하바수페이의 이러한 노래는 이들이 전하는 신비로운 이야기 특징과도 잘 맞아떨어진다. 전통적인 하바수페이족의 이야기는 객관적으로 삼인칭의 입을 빌려 말해지며 주인공의 감정은 직접 묘사되지 않는다. 그럼에도 불구하고 이야기가 노인의 목소리를 빌려 나오고, 이 노래들은 한 인물이 다른 인물에게 이야기하는 형식으로 자기감정을 토로하고 있다. 즉, 일인칭의 형식으로 한 인물이 느끼는 감정을 다른 사람에게 표현하는 것이다. 늙은 남자 혹은 늙은 여자의 노래처럼 전통적인 이야기 안에 있는 노래들도 분노, 사랑, 조롱 같은 감정을 담고 있고 어떤 장소를 떠나는 슬픔, 약해지는 신체와 죽음에 대한 두려움 등 강렬한 감정을 담고 있다.

「이별노래」는 젊음은 영원하다는 생각과 또 이 생각이 틀렸다는 노년의 깨달음에 대한 깊은 슬픔을 나타낸다. 나아가 이 노래가 하바수페이족의 땅은 살아 있는 것이며 인간과 가깝고 애정 어린 관계에 있다는 믿음의 표현이기도 하다는 것을 드러내는 점은 참 놀랍다. 내가 다른 하바수페이족에게 배울 때, 땅은 항상 지각이 있는 것으로 다루어졌다. 처음 가보는 어떤 곳을 여행하는 사람은 땅에게 그가 누구인지, 왜 거기에 있는지, 어디로 가는지를 말한다. 봄에 기도

의 뜻으로 나뭇가지를 심는 관습이 그 사람들에게 널리 퍼져 있는 것
도 땅에 지각이 있다는 믿음 때문이다. 어느 하바수페이 여인이 내
게 말했다. "우리는 믿어요. 땅은 당신이 거기에 있는 것을 알고, 당
신이 떠난다면 당신을 그리워하지요." 삶의 여행을 계속하는 내내
늘 함께하는 멋진 생각이다.

〔해설: 린 힌튼Leanne Hinton〕

이별 노래

봄 비가 뚝 뚝   내가 헤매 다닌 땅에

그   장소   ha   na

내 얘길 들어요―   나를 잊어― 요.   ha   na

봄비가 뚝뚝
내가 헤매 다닌 땅에
　그 장소
내 얘길 들어요.

나를 잊어요.

ha na.

나는 내가 영원히 살 거라 생각했어.

난 영원히 여행할 거라고

　나는 그랬어.

나는 늘 그렇게 살 거라고 생각했어.

　하지만 내 힘은 이제 떠났어.

ha na.

나는 내가 늘 그렇게 살 거라고 생각했어.

나는 그랬어.

　하지만 이제 내게는 힘이 없어.

내가 걸었던 땅,

　그곳,

내 말을 들어요.

　나를 잊어요.

ha na.

뿔이 있는 동물들

나는 사냥을 했지.

　난 언제나 그렇게 있을 거라 생각했지.

그렇게 영원히 있을 거라고.

　하지만 지금 나는 힘이 없어.

ha na.

그게 나였어.
 나였어.
 나였어.
 우거진 덤불 속
  그곳이여.
                ha na.

나는 달리고 달렸어.
 그 주변을
 내 말을 들어줘.
 나를 잊어줘.
 나를 잊어줘,
                ha na.

떨어진 통나무들아
 내가 뛰어넘던,
  그곳이여.
 내 말을 들어줘.
  나를 잊어줘.
                ha na.

내가 항상 걸려 넘어지던

둥근 돌덩이들아.
  그곳이여.
  내 말을 들어줘.
  나를 잊어줘.
              ha na.

그곳에 있던 오솔길아
내가 한때 따라 걷던,
  한때 따라 걷던,
그곳이여.
  내 말을 들어줘.
나를 잊어줘,
  나를 잊어줘.
              ha na.

협곡아.
협곡아.
  내가 한때 뛰어넘곤 했던
그곳이여.
  내 말을 들어줘.
내 말을 들어줘.
  나를 잊어줘.
              ha na.

뾰족 솟은 산.
뾰족 솟은 산아.
　그곳이여.
내가 뛰어 올라가곤 했던
　그곳이여.
내 말을 들어줘.
　나를 잊어줘.
바로 그 정상
　내가 가곤 했던
내가 서서
　경치를 내려다보던
그곳이여.
　내 이야기를 들어줘.
나를 잊어줘.
　나를 잊어줘.
　　　　　　ha na.

멀리 산토끼,
어린 토끼,
　갈색 토끼.
폴짝 뛰어 숨었네.
　폴짝 뛰어 숨었네.
내가 쫓아갔지.
　내가 쫓아갔지.

ha na.

나는 토끼를 잡았지.
나는 바짝 뒤쫓았어.
　나는 그걸 해냈지.
사냥하는 학
　그것도 내 소유였어.
나는 그것을 낚아채고
　그것을 잡았어.
ha na.

나는 그것을 구웠지.
그것을 구웠지.
　또 그것을 먹었어.
나는 내가 영원히 살 거라 생각했어.
　영원히 여행할 거라 생각했어.
그럴 수 있을 것만 같았어.
　하지만 지금 나는 힘이 다했어.
ha na.

멀리 떨어져 있던 영양
멀리 떨어져 있던 영양
　어린 것
폴짝 뛰어 숨던

갑자기 튀어나오던
영양은 갑자기 도망쳤고
나는 그것을 쫓았어.
ha na.

나는 그것을 잡았고
나는 그것을 바짝 뒤쫓았어.
그게 내가 한 일.
사냥하는 학
그것은 내 것이었어.
나는 그것을 낚아챘어.
그것을 잡았어.
그것을 구웠어.
그것을 먹었어.
ha na.

나는 내가 영원히 살 거라 생각했어,
영원히 여행할거라 생각했어,
내가 언제나 그곳에 있을 거라 생각했어.
그땐 그렇게 보였어.
하지만 지금 나는 힘이 다했어.
내가 떠돌던 땅아
그곳이여
내 말을 들어줘.

나를 잊어줘.

그게 내가 말하는 바야.

　그게 내가 말하는 바야

　　　　　　ha na.

내가 떠돌던 땅아,

그곳아,

　내 말 좀 들어줘.

나는 언제나 그곳에 있을 거라 생각했어.

　그게 나였어.

하지만 그건 사실이 아니었어.

　나는 내가 그곳에 영원히 있을 거라 생각했어.

하지만 그건 사실이 아니었어.

　나는 내가 그곳에 항상 있을 거라 생각했어.

하지만 지금 나는 힘이 다했어.

　나는 내가 언제나 그곳에 있을 거라 생각했어.

　　　　　　ha na.

사슴 가죽

그건 나의 것이었어.

　나는 그걸 향나무에 걸어놓곤

나무 하나를 채웠어.

　그것들을 바라보았지.

나는 느꼈어.

너무나 자랑스럽게.

              ha na.

사슴 가죽
그건 내 것이었어.
  나는 그걸 향나무에 걸어놓았지.
나무 두 개를 사슴 가죽으로 채웠어.
  나무 세 개를 채웠어.
그것들을 바라보았지.
  느끼곤 했어.
너무나 자랑스럽다고.
  나는 영원히 그런 식으로 살 거라 생각했어.

              ha na.

나는 늘 그렇게 있을 것만 같았어.
하지만 이제 내겐 힘이 없어.
  나는 늘 그렇게 살 거라 생각했어.
나는 그랬지.
  나는 그랬지.

              ha na.

나는 영원히 살 거라 생각했어.
나는 영원히 살 거라 생각했어.
  그게 나였어.

나는 땅과 함께였고
  늘 그럴 것만 같았어.
그게 바로 나였고,
  늘 그럴 것만 같았어.
나는 늘 그랬었는데,
 지금 나는 힘이 다했어.
                ha na.

하늘이
내게로 펼쳐져 있어,
  그래 보였어.
나는 그 하늘과 영원히 함께할 거야.
  그래 보였어.
나는 내가 항상 그렇게 있을 거라고 생각했어.
  하지만 지금 나의 힘은 다해버렸어.
                ha na.

내 말 잘 들어.
나를 잊어줘,
  나를 잊어줘.
지금 나의 힘은 다해버렸어.
  나는 내가 영원할 거라고 생각했어.
그게 나였어,
  나였어.

ha na.

물가에 서서,

나는 그곳에 왔어,

　나는 꿇어앉았지.

내가 늘 취해 있던

　술 마시는 곳,

그곳이여,

　내 말을 들어줘.

나를 잊어줘.

　나를 잊어줘.

ha na.

색칠된 물웅덩이

바위 안,

　나는 그곳으로 왔어.

난 꿇어앉았지.

　그곳이여.

나를 잊어줘.

　나를 잊어줘.

ha na.

언덕 위의

태양,

나는 그것이 지는 것을 보았어.
나는 달리기 시작했어,
　달리기 시작했어.
그게 나였어.
　난 천천히 가지 않았어.
　　　　　ha na.

그건 내가 한 게 아니야,
난 그러지 않았어,
　그렇게.
난 빨리 달렸어,
　빨리 달렸어.
난 빨리 집으로 갔어,
　빨리 집으로 갔어.
　　　　　ha na.

난 태양보다 더 빨리 달렸어.
난 태양보다 더 빨리 달렸어.
　그게 바로 내가 했던 거야.
그게 나였어,
　나였어,
　　　　　ha na.

난 늦게까지 잠을 이룰 수 없었어.

태양을 기다리지 않았어.

　그것은 내가 했던 게 아니야.

난 그러지 않았어,

　그렇게.

　　　　　　ha na.

새벽이 왔을 때,

　난 그것을 보았어.

난 일어났어,

　난 일어났어.

그 새벽,

　난 그것을 향해 달렸지.

　　　　　　ha na.

나는 내가 항상 그렇게 있을 거라고 생각했어.

나는 그렇게 여행하곤 했어.

　나는 내가 영원히 그럴 거라고 생각했어.

하지만 지금 내 힘은 다해버렸어.

　나는 내가 영원할 거라고 생각했어.

그게 나였어.

　내 말을 잘 들어줘.

　　　　　　ha na.

내가 떠돌던 땅,

그곳이여.

　내 말을 잘 들어줘.

나를 잊어줘.

　나를 잊어줘.

그것이 내가 원하는 것.

　내가 원하는 것.

　　　　　　　ha na.

나의 힘은 다해버렸어.

나는 내가 영원할 거라고 생각했어.

　그게 나였어.

나는 영원히 살 거라고 생각했어.

　나는 영원히 살 거라고 생각했어.

나는 항상 땅과 함께할 거야.

　그래 보였어.

　　　　　　　ha na.

나는 항상 산과 함께 있고 싶어.

그래 보였어.

　그게 바로 나였어.

그게 내가 믿던 거였어.

　나는 느꼈어.

무척 자랑스럽다고.

　나는 영원히 그럴 거라고 생각했어.

하지만 이제 나의 힘은 다해버렸어.

　나는 영원할 거라고 생각했어.

그게 나였어.

나였어.

　　　　ha na.

제 7 장

캘리포니아

은백색 여우가 다른 세상을 창조하다

1930년에 버클리 소재 캘리포니아 대학의 인류학과를 졸업한 수전 브랜든스타인 파크Susan Brandenstein Park는 자신의 스승인 앨프레드 크로버Alfred Kroeber 박사의 권유로 내 아버지의 부족인 아추게위Atsugewi의 땅인 캘리포니아 북동부 끝으로 갔다. 1931년에서 1933년까지 수전은 우리의 이야기, 노래를 기록하고 햇 크릭Hat Creek과 딕시 밸리Dixie Valley의 원주민 인구 조사를 하며 우리 부족민들과 함께 지냈다. 수전은 이야기 서술의 목소리, 특징, 의미를 보존하기 위해 말한 그대로를 기록했다. 여기서 부족민인 리 본Lee Bone이 들려준 아추게위 이야기인 「은백색 여우가 다른 세상을 창조하다」의 구술 당시 현장 기록을 공개한다. 다소 매끄럽지 못한 부분을 자연스럽게 하기 위해 괄호나 각주로 원본 텍스트에 약간의 설명을 첨가했다.

철조망과 출입금지 표시가 없던 열린 시대, 떠오르는 해에 맞춰 노래하는 것이 정말로 좋았던 때, 서로에게 예의 바르게 행동하는 것이 도리이고 철철이 서로의 안위를 걱정하던 시절의 우리 역사를 드러냄으로써, 우리 부족민들에게 새로운 활력을 불어넣어주기 위해 나는 이 교훈적인 이야기들을 부활시키려 했다.

　은백색의 여우는 창조하는 굉장한 힘을 소유했고 코요테는 단지 변화시킬 수 있는 힘만 있었다. 탐욕과 질투심에 사로잡힌 코요테는 항상 무엇인가를 바꾸어놓았는데 영리하긴 해도 현명하지 못했다. 그리하여 항상 코요테는 여우에게 죽임을 당하는데 어떻게든 다시 살아나지만 더 현명해져서 살아 돌아오지는 않았다. 어리석고 해를 끼치는 인간의 성향이 코요테의 실수를 통해 나타난다. 여우는 코요테를 계속 죽이는 것에 싫증이 나서 아예 코요테가 없는 새로운 세상을 만들게 된다. 이는 올바른 것을 행하고자 하는 인간의 바람이 여우의 정신을 통해 보이는 것이다. 수전 파크는 오래전에 자신의 현장 기록에서 이러한 메시지를 간파하였다.

　1987년 가을에 데이비스 소재 캘리포니아 대학에 입학한 후 나는 『고향 캘리포니아의 소식』에 실을 글을 쓰기 시작했다. 나의 어머니 쪽은 피트 강 근처에 사는 아주마위Ajumawi 부족이고 아버지 쪽은 딕시 밸리의 오포레지Oporegee족들과 화합하여 햇 크릭 근처에 사는 사람들인 아추게위 부족이므로, 나는 보통 '아주마위/아추게위'로 나의 부족의 정체성을 표시한다.

　1990년에 『고향 캘리포니아의 소식』을 읽으면서 수전 파크는 60년 전에 크로버 박사가 그녀에게 연구하라고 했던 부족인 아추게위라는 이름을 보고서 깜짝 놀랐다. 그녀는 곧 나에게 연락을 해왔고, 편지를 서로 교환한 후, 나는 그녀가 살고 있는 네바다 주의 카슨 시티를 방문했다. 그녀가 연필로 기록한 낡은 옛날 현장 기록 속에서 나는 우리 부족의 그림자와 정신을 찾았다. 그녀는 계보나 사진 등의 다른 자료들도 모아놓았다. 그러나 그녀의 집에 화재가 나는 바람에

안타깝게도 이러한 자료는 소실되었다. 우리 역사의 소중한 부분이 사라져버린 것이다. 곤혹스럽고 좌절되기도 했지만, 우리는 다시 마음을 다잡고 구술 당시 현장 기록에서 이야기를 수집했다. 그 결과, 우리 조상들의 거주지가 사람 살기에 더욱 매혹적인 시대였던 오래전에 우리의 조상들이 나누었던 이야기를 선물로 받았다. 그리하여 전설과 교훈들이 담긴 첫 완성본이 나와 우리의 손에 돌아오게 되었다.

〔해설: 대릴 베이브 윌슨Darryl Babe Wilson〕

은백색 여우가 다른 세상을 창조하다

여기에는 아무것도 없었지만, 그러나 하늘의 다른 편 위에는 사람들이 많이 있었다.

거기에서 코요테는 난폭하게 행동했지만 여우는 그를 어떻게 내쫓아야 할지 몰랐다. 여우는 대규모의 한증막을 소유하고 있었고, 그 한증막 중앙에는 커다란 기둥이 있었다.

여우는 중앙에 있는 기둥을 뽑았다. 그러고 나서 여우는 구멍을 통과해서 아래로 내려와서는, 코요테가 볼 수 없도록 기둥을 내려놓았다. 그에게는 지팡이가 있었는데—그것을 가지고 왔다.

그리고 그는 물 위에 그것을 수직으로 놓고는, 그 위에 앉아서 노래를 불렀다.

그는 노래를 하며 빙 돌면서 작은 땅을 만들었다. 그리고 그것이 충분히 커졌을 때, 그는 한증막 노래를 불렀다.

코요테는 여우가 어디 있는지 찾으려고 애썼다. 그러나 어느 누구도 말해주지 않으려 했다. 어떤 작은 바구니가 그에게 말했다. 그가 그 기둥을 가리키며, "여우는 저 아래 있어요"라고 했다. 그래서 코

요테는 내려가게 되었다.

그는 여우가 간 것과 같은 길로 갔고, 여우가 한 것과 똑같이 했다. 그래서 그는 아래로 내려와 같은 방식으로 한증막의 기둥을 뽑았다.

코요테는 여우의 것과 같은 지팡이를 가지고 구멍을 통해 내려왔다. 그는 여우의 한증막으로 내려와서는 여우가 한증막에 있는 것을 보았다.

여우는 코요테가 자신의 집으로 온 것을 보았다. 그래서 그는 코요테와 함께 살고, 항상 크게 노래 부르고, 큰 세상을 만든다—바로 지금처럼. 여우는 도토리 빵을 얻기 위해 언덕 위로 나가서 그것에 요청했다.*

"도토리 빵을 내려주소서." 그리고 그는 앉아서 팔짱을 끼고 눈을 감았다. 그러자 빵이 내려왔는데, 그의 등 위에 떨어졌다. 모든 것이 그가 원하는 대로 이루어지자, 그는 눈을 떴다.

도토리 빵이 왔다. 여우가 해낸 것이다. 그는 집에 돌아가서 코요테가 볼 때까지 먹지 않고 기다렸다. 코요테가 빵을 보았다. 그는 도토리 빵을 보게 되어 기뻤다.

여우는 반을 코요테에게 주었다.

"이거 어디서 났지?"

"언덕에 올라갔지, 바로 언덕 위에 말이야. 난 머리를 두 팔에 파묻고 앉아서, 그더러 내려오라고 했지. 그러니 그가 내 등 위로 내려오더군. 그렇게 하고 나서, 난 눈을 뜨고 내 등 위에 놓인 빵을 보았

---

* 창조의 힘에 요청하다.

지." 그가 코요테에게 이렇게 말해주었다.

코요테는 생각한다. "그것 참 음식을 구할 수 있는 좋은 수로군. 잠시 후에 빵을 많이 가지고 와야겠어. 우선 이것부터 먹어야겠군."

코요테는 그 빵을 모두 먹어치웠다.

그리고 그는 다른 장소로 갔다.

그리고 그는 언덕의 비탈에서 여우와 같은 방식으로 앉았다. 그러고는 그들에게 내려오라고 했다. 그들이 내려온다. 그리고 그*가 내려다본다. 그리고 코요테가 커다란 바위를 지고 내려간다.

코요테는 그의 등에 커다란 빵이 내려왔다고 생각했다. 그는 "조금만 더 주세요"라고 말했다. 그러자 더 많은 바위가 내려와서 그는 완전히 다리를 절게 되었다.

그것은 모두 바윗덩어리였으므로 그는 음식을 손에 넣지 못하고 돌아왔다.

그는 돌아와 소리를 쳤다. "난 자네가 어떻게 그런 식으로 먹을 수 있게 됐는지 모르겠군. 아마도 도토리를 산산이 부수어서 빵을 만들어야 했을 텐데. 보통 그렇게 하지 않는가."

그러나 여우는 한마디도 하지 않았다.

그리고 여우는 아침에 나갔다. 그는 뇌조를 불렀다. 송진이 많은 커다란 나뭇가지 쪽으로 갔다. 그는 다시 머리를 두 팔 속에 파묻고 굵은 나뭇가지 하나에 불을 붙였다. 그리고 앉아 있는데 뇌조가 왔고 그는 그걸 집어 들었다.

그가 돌아보니 땅 위에 뇌조가 많이 있었다. 그는 그것들을 집어

---

* 위대한 힘.

들고 돌아왔다. 그가 한증막으로 돌아오니 코요테가 거기에 있다. 그래서 그는 반을 그에게 준다. 그는 그것들을 상당히 좋아했다.

그가 여우에게 물었다. "이걸 어떻게 했지?"

그래서 여우는 그에게 말한다. "나는 나뭇가지 끝에 불을 붙이고, 머리를 두 팔 속에 묻고, 보지 않았지."

코요테가 나가서 송진이 많은 큰 나무를 찾았다. 그리고 나뭇가지 끝에 불을 피우고, 두 팔 속에 머리를 묻고 쳐다보지 않았다. "많은 뇌조를 내려주소서!"

그러자 많은 뇌조가 그의 등 위로 내려왔다. 그리고 그가 일어났다. 그는 많은 뇌조를 본다. 코요테는 많은 뇌조를 보게 되어 기쁘다.

"자, 다음번에 난 많이 가질 수 있을 거야. 난 다시 불을 붙일 수 있어." 그가 말했다. 그리고 그는 바로 거기서 그것들을 다 먹어치웠다. 그는 그것들을 다 먹어치우고서는 또 다른 장소로 가서 똑같은 일을 또 했다. 그는 나뭇가지에 불을 붙이고, 같은 방식으로 다시 앉았다. 그러자 많은 나뭇진이 내려온다.

그리고 코요테가 생각한다. "오! 내려오네! 뇌조들이 많이."

그런데 송진이 내려와 그의 머리와 등에 온통 뒤범벅된다. 그가 흔들어 털어내려 하자 더 많은 송진이 쏟아진다. 그는 거의 일어설 수 없었다. 그래서 그는 펄쩍 뛰었다. 그는 그의 등에 묻은 송진 말고는 아무것도 얻지 못했다.

그가 돌아왔다. 그리고 여우는 아무 말도 하지 않았다. 그는 무슨 일이 있었는지 다 알고 있다. 그러나 코요테는 거짓말을 했다. 그는 무슨 일이 벌어졌는지에 대해 말했다.

"활과 화살로 뇌조를 쏘아야만 해. 그런 식으로 그것들을 잡을 수 있어."

우리가 이런 식으로 한다면, 이와 같은 일이 벌어지게 되어 있었다. 만약 그가 욕심 부리지 않고 여우에게 요청했다면, 좋은 먹을거리를 얻을 수 있었을 것이다.

그리고 여우는 다시 무엇인가 먹을 것을 구하기 위해 나갔다. 그는 뿌리―자투*를 원했다. 그는 나뭇가지가 쉽게 부러지는 삼나무로 갔다.

그는 앉았고, 모든 가지가 그의 등 위로 내려왔다. 그가 일어나자, 자투가 거기 많이 있었다.

그래서 그는 그것들을 주워서 바구니에 담아 집으로 가지고 왔다.

그는 바깥에서는 먹지 않는다. 그는 코요테가 돌아올 때까지 기다린다. 그것이 바로 코요테가 바깥에서 혼자 먹을 때, 벌을 받게 되는 이유이다.**

그가 "이걸 어디서 구했지? 이거 좋은데!"라고 말하는 코요테를 발견한다.

여우는 그가 나무 막대로 나뭇가지를 끌어내렸다고 코요테에게 말했다.

코요테는 "나도 할 수 있어"라고 생각했다. 자, 그들에게 먹을 것이 많다. 그래서 그는 아침에 나갔다. 그는 멋진 삼나무에게 가서 그

---

* jatu: "뿌리" 또는 에포스epos나 아파스apas로도 불린다. 이 식물의 꼭대기는 당근과 비슷하다. 각 뿌리의 크기는 사람의 새끼손가락만 하다. 뿌리는 달콤하고, 종종 바로 먹는다. 또한 겨울 동안에 빵과 수프를 만들기 위해 말려두기도 한다.
** 보통 코요테가 썩은 고기를 먹게 되는 것이 벌이다.

가 항상 하듯이 앉았다. 자투가 많이 내려온다.

그러자 코요테가 '난 그런 식으로 많이 손에 넣을 수 있었어. 기쁘군'이라고 생각했다.

그리고 그는 웃었다. 그리고 그는 다 먹어버렸다. 왜냐하면 "조금 후에 내가 집에 갈 때, 잔뜩 갖고 갈 거니까." 그리고 그는 "내가 다른 곳으로 가면, 좀더 갖게 되겠지"라고 생각했다. 그러고는 그것들을 다 먹어치웠다. 조금도 남겨두지 않았다.

그리고 그는 다른 나무, 더 큰 나무에게로 갔다. 그는 같은 방식으로, 다시 앉아서 말했다. "많은 것을 내려주소서." 그리고 '위대한 힘'은 바로 그의 등 위로 커다란 가지를 내려뜨려서 거의 그를 죽일 뻔했다. 그는 벌떡 일어나서는 달아나 집으로 왔다.

그는 어떤 것도 얻지 못했다. 여우는 아무 말도 하지 않았다. 코요테가 그런 짓을 할 때마다 여우는 무슨 일이 벌어지는지 다 알고 있었다. 그런데 그는 여우에게 말했다. "그런 식으로 그것을 구하려고 해봤자 소용이 없어. 여자들더러 자투를 구해 오라고 하자."

그래서 그는 아무 말도 하지 않고 아침에 다시 나갔다. 여우는 말벌 벌집으로 갔다. 여우는 연기를 피워 말벌들이 벌집에서 나오도록 작게 불을 붙였다. 그러자 연기가 벌들을 몰아냈다. 그리고 〔여우는〕 말벌 알을 많이 꺼냈다. 그는 그것들을 가지고 돌아와서 불을 피워 구웠다. 그리고 반을 코요테에게 주었다.

그러자 코요테는 그에게 어떻게 이렇게 할 수 있었는지 묻는다. 코요테는 "나도 그것을 할 수 있을 것 같아"라고 말한다.

그리고 코요테는 아침에 나간다. 그는 불로 말벌을 죽이며, 여우가 했던 것과 똑같이 한다. 그가 그것들을 몰아내고 거기에서 말벌 알을 많이 발견한다.

그리고 코요테는 눈을 뜨고서는* 바로 그것을 다 먹어버렸다. 그리고 그는 말했다. "나는 많이 구할 수 있어. 내가 이것들을 다 먹어치울 거야." 그리고 그는 그렇게 했다. 그리고 "다른 장소로 가야지. 그러면 거기서 더 많이 구할 수 있을 거야!"

그리고 그는 다시 같은 방식으로 했다. 그가 그의 머리를 양팔에 묻고 앉아 있는데, 말벌들이 온통 그의 귀로 달려들었다. 그리고 그는 퉁퉁 부었다.

그리고 그는 말했다. "뭔가 잘못된 거야."

그는 얼굴이 온통 부어올라 다시 돌아왔다. 그러나 코요테가 돌아왔을 때 여우는 한마디도 하지 않았다. 코요테는 자신이 무엇을 했는지 여우에게 말했다. 코요테는 말했다. "나한테 어떻게 하라고 자네가 말해주지 않았잖아!"

얼굴이 온통 부어오르자 코요테는 화가 났다. 코요테는 여우가 했던 것처럼 말벌 집에 자기의 물건**을 집어넣었다. 그런데 그는 오줌을 눌 수 없었다. 그는 여우에게 화가 났다. 여우가 말했다. "우리 토끼를 잡자." 그리고 그는 말했다. 〔저 너머에서〕 내가 토끼를 많이 보았다." 그리고 그가 말했다. "내가 이 줄을 갖게 될 거야."

그리고 온종일 내내 그는 그 줄을 만들었다. 그는 라수우***에 사

---

    * 코요테는 여우가 자신이 어떻게 했는지 설명한 대로 똑같이 눈을 감고 노래를 했었다.

  ** 음경.

*** rassouou: 유액을 분비하는 풀로 만든 줄. 유액 분비 풀의 줄기는 조심스럽게 긴 줄로 찢은 다음 말려, 실이 되도록 같이 꼬아 합칠 수 있는 매우 질긴 섬유소로 되어 있다.

탕 소나무 열매를 꿰어서, 그런 식으로 열매를 먹었다.

그런데 코요테는 여우가 무엇을 하고 있는지 볼 수 없었다. 코요테가 내내 잠을 자고 있었던 것이다. 코요테는 먹을 것이 별로 없다. 코요테는 깨어난 후에 머릿속으로 생각했다. "난 그것이 소나무 열매라는 것을 알아." 그러자 코요테는 여우에게 말했다. "나한테도 좀 주지그래. 자네한테 뭐가 있는지 보고 싶네!"

그러자 여우가 그에게 그것을 주었다. 소나무 열매는 그 줄에 모두 꿰어 있었다. 여우는 올가미가 만들고 싶어졌다. 그래서 그 줄을 만들었던 것이다. 여우는 코요테가 자신을 보지 못하게 할 것이었다. 여우는 줄을 만들면, 매우 잘 만들었다.

여우는 올가미를 빨리 만들고 싶었다. 그리고 코요테는 깊이 잠들었다. 그래서 여우는 코요테의 코의 치수를 쟀다.

코요테가 벌떡 일어나서 말했다. "자네 나를 재나, 그래?"

여우가 말했다. "아니, 자네에게 더러운 것이 많이 묻어 있었어. 내가 그걸 털어내었지." 그러자 코요테가 다시 잠을 잤다. 그리고 여우는 밤새도록 올가미를 만들었다. 그리고 올가미를 마무리하고는 말했다. "우리는 토끼를 많이 잡게 될 거야."

그는 코요테에게 다른 쪽으로 돌아와서 토끼를 올가미 쪽으로 내몰라고 했다. 그가 말했다. "토끼가 올가미에 걸려들도록 자네는 눈을 꼭 감고 있어야 하네."

코요테는 생각했다. "좋아. 내가 거기로 가지."

여우는 토끼가 걸려들도록 올가미를 가로질러 설치했다.

잠시 후에 코요테가 생각했다. "많은 토끼들." 그리고 그는 계속 눈을 감고 있었는데, 그가 눈을 떴을 때는 토끼가 많이 있게 될 것이다. 여우는 잡은 토끼의 반을 코요테에게 줄 것이다. 코요테는 생각 했다. "그것 참 좋군. 우리에게 먹을 것이 많이 생기게 될 거야."

그리고 그다음 날에 그들은 토끼를 잡으러 같이 나갔다. 그리고 여우는 코요테에게 돌아가서 토끼를 많이 몰아오라고 했다. 여우는 코요테가 볼 수 없도록 저 뒤로 가서 올가미를 설치했다. 코요테가 뒤로 뛰어와서, 올가미로 들어갔다. 그리고 여우는 커다란 곤봉을 쥐고 있었다.

코요테가 덫에 걸려들자마자, 여우는 그의 머리를 내리쳤다. 코요테가 말했다. "나한테 이러지 마!"

그러나 여우는 바로 거기서 코요테를 때려죽였다.

여우가 코요테를 죽인다. 코요테를 죽이는 것이 몹시 힘들다는 것을* 여우는 안다. 그는 말했다. "그는 분명히 살아 돌아올 거야. 그렇지만 난 그를 제거하려고 애쓸 거야."

그는 온 세상을 다 돌아다녔다—코요테가 돌아다녔던 모든 곳을. 여우는 코요테가 남긴 모든 오물과 그의 모든 냄새 자국을** 완전히 다 덮어버렸다. 그는 이틀 동안이나 이리저리 왔다 갔다 했다.

코요테 소리가 나지 않는다. 여우는 귀를 기울여 들어보았다. 두 번이나 〔그는〕 나가서 〔귀를 기울여 들었다.〕

이른 아침에 〔코요테가〕 외쳤다—여우는 그를 제대로 죽였다고 생각했다.

그가 한 곳을 놓쳤다. 이른 새벽에 코요테는 소리를 냈다. 여우는 놀라서 나갔는데 거의 소리를 지를 뻔했다.

---

* 코요테를 계속 죽어 있는 상태로 유지시키기가 어렵다는 뜻.
** 코요테가 소변을 본 모든 장소들.

코요테는 작은 섬*에 있는 툴리 호수의 한가운데 너머에 있었다.

코요테는 바닥에 다리를 만들었다. 그러고는 바로 나왔다. "나한테 이런 짓을 하다니, 내 확실하게 자네를 손봐주겠어!" 코요테는 그렇게 생각을 하고 돌아왔다.

코요테가 불을 피웠다. 불은 그의 뒤에서 올라왔다.

여우는 그를 보았고 큰 불이 이는 것을 보았다. 그는 생각했다. "어떻게 해야 되지? 나는 아파야 될 것 같아."**

그리고 그는 귀뚜라미와 자두를 마련했다. 그는 초크베리를 마련하고 만자니타 베리를 준비했다─그리고 코요테가 이것을 먹게 될 것이다.

코요테가 귀뚜라미를 본다. 그러자 그는 그것을 먹는다. 그가 이 모든 음식을 먹는다. 그리고 불이 뒤에서 타오른다.

그것이 상당히 가까이 있을 때, 그는 먹고 또 먹는다. 친구가 이 모든 음식을 마련해주었으니, 그는 그의 친구를 죽이고 싶은 마음이 없어진다.

그는 불에게 돌아가라고 했다. 그는 배가 불룩해져서 한증막으로 갔다. 그가 들어가니 여우가 누워 있다. 그는 너무 아파서 말도 거의 못할 지경이다.

그리고 코요테가 여우를 보니 그가 얼마나 아픈지 알고 싶어졌다. 그래서 코요테가 말한다. "무슨 일이야?" 여우가 말했다. "나 많이 아프네." 그러자 코요테가, "왜?"〔라고 묻는다.〕

---

* 코요테가 이곳에서 소변을 보았는데 여우는 이곳을 찾아서 청소하는 것을 빠뜨렸다.
** 여우는 코요테가 자신을 불로 죽이려고 하는 것을 알고 자기가 아프면 코요테가 그를 불쌍하게 여기게 될 것이라고 생각한 것이다.

그러자 그는 친구를 죽일 수 없었다. 그들은 다시 화해한다.

그리고 우리에게는 여전히 타오르는 불이 있다.* 그들은 결코 많이 변하지 않는다.

코요테가 여우에게 말했다. "자네가 때린 것이 나였어, 나였다고!"

코요테가 여우에게 이렇게 말했다. 그는 말했다. "내가 바로 그야.** 하지만 자네는 어쨌든 날 쳤지!"

그러자 여우는 자기가 상당히 귀가 먹어서 들을 수가 없다고 말했다.

---

* 땅의 여러 층 아래에는 여전히 코요테가 복수를 하기 위해 가져왔던 불이 있는 곳이 보인다. 은백색 여우에게는 아직도 그의 은백색 모피 끝이 그을린 데가 있다. 이 교훈적인 전설에서 리 본Lee Bone은 코요테가 은빛 여우의 한증막을 불태우기 위해 불을 가지고 왔던 이래로 지난 시간의 길이를 확인하기 위한 시도를 꾸준히 해오고 있다. "오래전에 불이 났었다. 석탄 아래에서 볼 수 있는데 상당히 깊이 파면 불에 탄 바위를 찾을 수 있다. 코요테가 불을 가져왔던 그 흔적 아래를 파고 있다는 것이다." 이 말은 아주 오래전이었다는 것이고, 땅속 아래를 파면, 거의 모든 곳에서 불에 탄 바위를 찾는 일이 가능하다는 뜻이다.

** 즉, 나는 너의 친구이고 동료이다.

[카룩]

네티 루빈의 저녁 별 노래

카룩Karuk 또는 카록Karok이라고 불리는 부족은 캘리포니아 북서부의 클래머스 강의 상류에 산다. 이 지역의 전통 구전문학은 대체로 인간이 존재하기 이전의 고대 시기를 배경으로 한 신화로 구성되어 있다. 신화에 등장하는 인물들은 정령 인간들, 즉 카룩 부족어로는 익사레야브ikxaréeyav이다. 이들 중 많은 이가 코요테, 곰, 사슴과 같은 이름으로 불린다. 전형적으로 신화는, 곧 존재하게 될 인간의 생명이 정령 인간이 정하는 대로 될 것이라는 정령 인간의 말로 끝난다. 이야기의 끝 부분에 많은 정령 인간들은 오늘날 우리가 알고 있는 동물 종의 원형으로 변형되고, 다른 이들은 무형의 존재로 세상에 남아 있다.

카룩 부족어로 치흐비츠바chiihvíichva로 불리는 노래의 형태는 영어식으로 보자면 "연가"인데 사실상 "사랑의 묘약"이다. 이는 사랑의 감정을 표현하는 것은 물론 연인을 끌리게 하는 일종의 마법이다.

1949~50년 사이에 네티 루빈이 많은 신화와 노래를 내게 가르쳐주었다. 그녀는 캘리포니아 주의 올리언스에 거주하는 카룩 부족의

여성으로 그 당시 약 일흔 살 정도였다. 네티는 유명한 바구니 제작자로 영어를 거의 하지 않는 전통주의자였다. 처음에 그녀는 나와 이야기를 하고 싶어 하지 않았다. 나중에 그녀는 나와 이야기하기로 동의하긴 했지만, 녹음하기 위해 마이크에 대고 이야기하고 싶어 하지는 않았다. 이윽고 그녀가 녹음하기로 동의한 후에도, 그녀는 사랑의 묘약 노래를 부르고 싶어 하지는 않았다. 그러나 마침내 그러기로 결정했다. 이런 노래를 가르쳐줄 자신의 딸이 없었으므로, 그녀는 내게 물려준 것이다. 그녀는 "내 노래를 백인 남자에게 물려주게 되었다"라고 했다.

내가 네티에게서 배운 가장 정교한 형식은 그녀의 "저녁 별" 사랑의 묘약으로, 말과 노래 사이에 이뤄지는 상호작용을 잘 보여준다. 주요 체제는 신화 양식으로 정령 인간들 중 한 쌍의 연인에 관한 이야기이다. 남자는 저녁 별이고 여자는 저녁 별의 애인이라는 것 이외에는 이름이 없다. 그들은 다투고 저녁 별은 오리건에 있는 클래머스 호수나 북극으로 생각되는 먼 곳으로 떠나버린다. 남겨진 여자는 외로워서 남자를 다시 오게 할 묘약을 만든다. 마법의 노래를 만드는 것이다. 노래에서 그녀는 자신의 외로움을 표현하고, 남자도 외로울 것이며 그래서 다시 돌아올 것이라고 말한다. 그리고 마지막으로 인간이 존재하게 되면, 이 이야기와 노래를 사용해 같은 효력을 볼 것이라고 예언한다.

〔해설: 윌리엄 브라이트William Bright〕

네티 루빈의 저녁 별 노래

작은 음표는 "꾸밈음"과 같은 것이다.

느리게 (♩. = 약 60ca.)

이이— 이이 이이 이이 야,

아아 이이 이이— 이이 야,

아아 이이 이이— 이이 야,

이, 타— 네엡— 샤암—키르.

열한 번

이, 나— 니-케에치- 이크- 야브

음계

저녁 별이 거기 살았다네,
　　그의 연인과 함께.
오랫동안 그들은 아름답게 살았다네.
그러나 어느 날 그들이 다투었다네,
　　오, 그들은 심기가 뒤틀렸지,
　　그들이 다투었지.
그리고 그가 집으로 갔다네,
　　저녁 별이 그랬지.
그리고 마침내 그는 내내 돌아다녔네,
　　온 세상을 모두 다녔다네,
그는 아주 멀리까지 가버렸다네.

그리고 여자는 생각했네,
　"오, 내 사랑!
　내가 그를 언제 다시 볼 수 있을까,
　　나의 사랑스러운 이를?"

오, 그녀는 외롭다네,
　그녀는 문간에 가만히 앉아 있네.
　"오, 난 얼마나 외로운가!
　오, 어떻게 그가 나를 떠나갔을까!"
　　그녀는 생각했다.
그리고 다음 날,
　저녁에 그녀는 거기에 앉았다네.

"내가 무엇을 해야 하나?"
그리고 그녀가 생각했네.
"아마도 노래를 만들어야겠다.
　그러면 내가 그를 다시 볼 수 있을 거야.
　내 연인."

그리고 다시 다음 날에,
　그녀는 문간에 가만히 앉았네.
그리고 그녀는 노래를 불렀다네,
　그녀는 생각했네,
"그러면 나는 그를 다시 보게 될 거야."

　　이이 이이 이이 이이야
　　아아 이이 이이 이이야
　　아아 이이 이이 이이야
　　오, 그가 날 떠났네
　　오, 내 연인

　　오, 난 외롭다네
　　오, 우리가 다투었지
　　오, 내 연인
　　오, 저녁 별
　　오, **이나 이나**

오, 그가 날 떠났네
오, 우리가 다투었지
오, 내 연인
오, 내 연인
오, 내 연인

비록 당신이 생각한데도 **이나**
"이 세상 수원지 끝까지
  나는 수원지가 있는 멀리까지 가리라."
그러면 당신 생각에 **이나아**
오, 내 연인

"오, 다시 함께합시다
오, 다시 함께합시다
오, 내 연인
오, 난 외롭다네
오, 내 연인."

그러면 당신 생각에 **이나**
"오, 내 연인
오, 우리가 다투었네."
당신은 거기로 가버렸네
세상의 상류 끝까지

당신에겐 집도 없다네
그러면 당신은 이리저리 떠다니겠지
여기 세상 한가운데까지
그곳에, 당신이 도달하면
여기에 우리는 다시 함께 떠다닐 거라네

그러면 바로 당신의 품에서
거기서 우리는 다시 함께 떠다닐 거라네
"오, 내 연인
오, 저녁 별
오, 저녁 별."

그러면 당신 생각에 **이나아**
"인간들이 존재하게 될 때
그러면 그들도 또한 그러하리라."
비록 당신들이 다툰다 하더라도
당신과 당신의 연인이

그러면 당신들은 다시 함께하겠지
그러면 당신들은 다시 함께하겠지
인간들이 거기에 존재하게 될 때
그들이 내 노래를 발견하게 될 때
그들이 그것을 알게 될 때 **이나**
그러면 우리는 함께 산다네

당신은
나에게서 그걸 배웠지 *이나*
오, 내 연인

그녀가 그것을 마쳤을 때,
  사랑의 노래 부르기를,
그러자 저녁 별이 생각했다네,
  "오, 나는 외롭다네,
  나는 내 연인을 생각하고 있다네,
  가서 그녀를 다시 보자!"
사실 그의 마음은 길을 잃었네,
  그러나 그는 그의 마음을 다시 찾았네.
사실, 여기 세상의 한가운데에서,
  그 둘은 서로를 다시 보게 될 것이라네.
  그래서 그는 그의 마음을 다시 찾을 것이라네.
저녁 별과 그의 연인이 서로 포옹을 했을 때.

그리고 그녀는 이렇게 말했네,
  그 여자는 그랬지,
  "인간들이 존재하게 될 때,
  비록 한 여자가 버림을 받아도,
  그녀는 그를 다시 찾을 수 있을 거라네,
내 노래로 인하여.
  그는 거기서 돌아올 것이라네,

비록 그가 이 세상 끝까지 가버렸어도."

그리고 저녁 별은 변신했다네,
　하늘에 떠 있는 커다란 별로.

옮긴이

신문수

서울대학교 영어교육과 및 같은 대학원 영어영문학과를 졸업했다. 미국 캘리포니아 대학교 버클리캠퍼스에서 석사학위를, 하와이 대학교에서 영문학 박사학위를 받았다. 현재 서울대학교 영어교육과 교수로 재직 중이다. 지은 책으로 『타자의 초상: 인종주의와 문학』『시간의 노상에서 1, 2』『미국 흑인문학의 이해』(편저) 등이 있다.

허정애

경북대학교 영어영문학과를 졸업하고 미국 일리노이 대학교에서 비교문학 석사학위를, 한국외국어대학교에서 영문학 박사학위를 받았다. 현재 경북대학교 영어영문학과 교수로 재직 중이다. 출간한 책으로 『20세기 미국문학의 이해 I』(공저), 『미국소설사』(공역) 등이, 논문으로 「마크 트웨인과 젠더」 등이 있다.

장경순

성균관대학교 영어영문학과를 졸업하고 같은 과 대학원에서 석사학위를 받았으며 미국 펜실베이니아의 인디애나 대학교(IUP)에서 영문학 박사학위를 받았다. 현재 신라대학교 영어영문학과 교수로 재직 중이다. 지은 책으로 『미국의 자연관 변천과 생태의식』(공저) 등이 있으며, 논문으로 「어니스트 게인즈의 『죽음 전의 교훈』: 아프리카 미국인 남성의 냉소주의 극복」 「『마마 데이』: 인간중심주의를 넘어 대화적 공존을 향하여」 등이 있다.

손승현

사진작가. 중앙대학교 사진학과 및 같은 과 대학원을 졸업했으며, 미국 럿거스 뉴저지 주립대학교에서 시각예술 석사학위를 받았다. 현재 계원예술대학교 비주얼다이얼로그군 겸임교수로 재직 중이다. 지은 책으로 『원은 부서지지 않는다』『제4세계와의 조우』가 있다.

정은귀

한국외국어대학교 영어학과를 졸업하고 서울대학교 영어영문학과에서 석사학위를, 버펄로 뉴욕 주립대학교에서 영문학 박사학위를 받았다. 현재 한국외국어대학교 영문학과 교수로 재직 중이다. 주요 논문으로 「소멸의 역사를 딛고 말하기, 국가 다시 만들기—동시대 아메리카 인디언 시 읽기의 문제들」이 있다.

본문 사진 손승현